한일 고전문학 속
비일상 체험과 일상성 회복

기적과 신이,
경험과 상상의 카니발

공편자 소개
정형鄭灐 단국대학교 일본연구소 소장, 일어일문학과 교수
윤채근尹采根 단국대학교 한문교육과 교수

필자 소개
이도흠李都欽 한양대학교 국어국문학과 교수
우쓰이 신이치笠井伸一 아이치대학 문학부 준교수
엄태웅嚴泰雄 강원대학교 국어국문학과 조교수
김정희金靜熙 한국외국어대학교 외국문학연구소 책임연구원
소메야 도모유키染谷智幸 이바라키기독교대학 문학부 교수
신익철申翼澈 한국학중앙연구원 한국학대학원 인문학부 교수
아베 야스로阿部泰郎 나고야대학 대학원 인문학연구과 인류문화유산텍스트학연구센터 교수
한정미韓正美 단국대학교 일본연구소 학술연구교수
강상순姜祥淳 고려대학교 민족문화연구원 HK교수
후쿠다 야스노리福田安典 일본여자대학 문학부 교수
엄기영嚴基榮 대구대학교 국어국문학과 조교수
김정숙金貞淑 고려대학교 대학인문역량강화사업단(CORE) 연구교수

기관 소개
단국대학교 일본연구소
동아시아학으로서의 일본문화에 관한 통합적 연구 개념의 정립과 전문연구인력의 양성, 인문과학을 중심으로 한 제 학문영역에서의 학제적이고 체계적인 일본연구를 통해 '한·일 인문학의 교류와 소통'이라는 연구소의 핵심 어젠다를 각 연구영역에서 구체화해 오고 있다.
특히 2014년도부터 3년간 한국연구재단의 토대연구지원사업과제(동북아 신화와 민족주의 관계 이해를 위한 전자지도 구축에 관한 연구)와 일반공동연구지원과제(한일 고전문학 속 비일상 체험의 형상과 일상성 회복의 메타포−콜로키엄을 통한 한일공동연구의 지평확장 모색)에 선정되어 연구소의 핵심 어젠다에 부합되는 연구 과제를 수행 중에 있다.

한일 고전문학 속 비일상 체험과 일상성 회복
—기적과 신이, 경험과 상상의 카니발

초판인쇄 2017년 5월 10일 **초판발행** 2017년 5월 15일
엮은이 정형·윤채근 **펴낸이** 박성모 **펴낸곳** 소명출판 **출판등록** 제13-522호
주소 서울시 서초구 서초중앙로6길 15, 1층
전화 02-585-7840 **팩스** 02-585-7848 **전자우편** somyungbooks@daum.net **홈페이지** www.somyong.co.kr

값 25,000원   ⓒ 정형·윤채근, 2017
ISBN 979-11-5905-151-7 93830

단국대학교 일본연구소 학술총서 06

한일 고전문학 속 비일상 체험과 일상성 회복

기적과 신이, 경험과 상상의 카니발

EXPERIENCES OF NON-DAILY LIFE
AND RECOVERY OF EVERYDAY LIFE
IN KOREAN
AND JAPANESE CLASSICAL LITERATURE

정형 · 윤채근 공편

소명출판

　단국대 일본연구소에서 이번 간행하는 본서는 전체 세 권의 총서 가운데 첫 권으로서 지난 2015년도에 한국과 일본 고전연구자들 간에 이뤄졌던 1차 연도 공동 연구의 성과를 보고하는 성격을 지닌다. 총서 첫 권을 강호제현들께 상재하며 이번 총서가 간행되게 된 경위를 설명하고 또 연구에 동참해 논문까지 수록해주신 분들이 이룬 성취에 대해 간략히 보고하고자 한다.

　단국대 일본연구소는 단순히 일본 관련 인문학 연구를 집적하는 것에 머물지 않고 한국 인문학과의 비교 연구를 추진해 이를 특화시키고자 특별한 노력을 경주해 왔다. 이와 같은 한일 문화 비교 연구는 일본학 관련 학술단체 가운데 단국대 일본연구소만이 거의 유일하게 전문화시키고 있다고 자부한다. 본 총서는 그러한 연구소의 지향에 따라 2014년도에 일본연구소 내에 결성된 한일공동연구 기획팀에 의해 첫 출발을 보게 되었다.

　한국과 일본은 정치 경제 문화 등 다방면에서 밀접한 관련을 맺고 있으며 애와 증을 포함한 상생의 운명체로 연결되어 있어 결코 서로를 무시할 수 없는 불가분의 위치를 지니고 있다. 이에 따라 인문학을 비롯한 수많은 문화교류가 빈번하게 이어져 온 것도 사실이다. 하지만 놀랍게도 양국의 고전문학 전공자들은 상대방의 연구 현황에 대해 너무나 무지하며 심지어 서로 몰라도 된다고 하는 기이한 나태함에 안주해 왔다. 설령 고전문학 방면의 교류가 있었다고 해도 이는 일회성 행사나 개인적 학문 탐구의 영역을 벗어나지 못했다. 이러한 문제의식에서 출발한 한일공동연구 기획팀은 한국과 일본의 고전연구자들을 하나의 인문학적 고민 위에 회집해 학문적으로 충돌시키고 그 결과를 책으로 출판해보자는 생각에 이르게 되었다.

다행스럽게도 당시 한국연구재단에서는 인문사회학분야 일반공동연구지원사업 프로그램을 운영하고 있었고 일본연구소는 이 프로그램에 맞추어 총 삼 년의 한일공동연구 기획안을 작성하였다. 주제는 '한일 고전문학 속 비일상 체험과 일상성 회복'이었다. 한국과 일본은 가깝지만 다르고 다르지만 아주 다르지도 않은 야릇한 가족유사성을 갖고 있는데, 이러한 친밀한 낯섦이야말로 서로를 비일상적 현상으로 바라보게 만드는 근본원인일 것이다. 예컨대 서로 아주 다르다면 비일상非日常이라기보다는 초일상超日常이 되고 따라서 각자의 일상을 흔들 현실적 파급력도 존재하기 힘들다. 그렇다면 한국과 일본의 고전문학에서 벌어진 다양한 비일상 체험과 그것이 일상으로 회복되는 과정을 검토하다 보면 한국과 일본 양측이 서로를 비일상의 관점에서 낯설게 바라보던 시각에도 일정한 수정이 가해지지 않겠는가 하는 기대가 가능할 것이다.

비일상은 타자의 침입에 의해 빚어지며 그 타자란 이방인일 수도, 죽음일 수도 혹은 질병이나 재난일 수도 있다. 숱한 이질적 존재나 사건들로 넘치는 게 현실이다. 과거 한국과 일본의 문학종사자들은 이러한 타자의 비일상을 어떻게 해석하고 마침내 일상으로 회귀했을까? 아무도 던진 적 없는 이 미지의 질문을 안고 공동연구 기획팀은 이 주제가 반드시 한국과 일본 고전문학 비교연구가 되어야 하는 당위들을 발견해 나갔으며 기획안에 이를 빼곡하게 채워나갔다. 다행스럽게도 연구소의 기획 의도를 긍정적으로 수렴한 한국연구재단은 총 삼 년 간의 공동연구사업을 지원하기로 결정해주었다.

이번 첫 책은 1차 연도 세부주제인 '이물과 이계'와 관련한 한국과 일본 연구자들의 논문들을 수록하였다. 일 년 동안 총 여섯 차례의 콜로키움과 한 차례의 국제학술대회를 개최했고 콜로키움에는 동일한 소주제를 들고 한국과 일본의 고전연구자 한 쌍이 번갈아 주제발표를 했다. 그러니까 소주제 세 가지를 두고 세 쌍의 한일 연구자들이 콜로키움을 진행했던 것이다. 국제학술대회에서는 한국과 일본의 권위자 한 분 씩을 모시고 양국 고전문학 속에 드러나고 있는 불교사상에 관해 종합적인 토론을 진행한 바 있다. 이 책에는 콜로키움과 국제학술대회에서 발표했던 논문들도 수록되어 있지만 공동연구원들의 개별논문들도 합집되어 있다.

'이물과 이계'에서 사용되고 있는 '이異'라는 한자는 갑골문에선 기이한 가면을 쓰고 춤추고 있는 사람을 상형하고 있다. 무당일 수도 있고 기괴한 가면을 쓰고 침입한 외적일 수도 있으며 역신疫神일 가능성도 있다. 그게 무엇이든 평화로운 일상의 규칙을 벗어났거나 이를 파괴하고 유린하려는 자임엔 분명하다. 그러한 낯선 타자와 그들이 만들어낸 기이한 세계에 대해 알아보는 것이 첫 해 탐구 주제였다. 간략히 소개해보면 다음과 같다.

이도흠 선생의 「『삼국유사』에서 비일상성의 서사화 원리와 양상」은 『삼국유사』에 나타나는 타계와 이물 관련 설화의 서사화 방식들을 분류하고 그 안에 담긴 신라문화 고유의 불교사상을 검출해내고자 하였다. 이를 통해 화쟁으로 상징되는 신라 특유의 정신적 종합의 과정을 확인해 볼 수 있다.

우쓰이 신이치 선생의 「일본 고전문학에 나타난 시체 묘사의 계보」는 일본 중세 소설집 『우게츠모노가타리雨月物語』에 등장하는 시신 묘사와 그것이 지닌 문화적 의미를 논하고 있다. 불교적 깨달음과 시신이라고 하는 죽음과 욕망의 상징 사이의 깊은 연관성을 인류학적 상상력으로 재구해 볼 수 있다.

엄태웅 선생의 「경판본 「구운몽」에 나타난 비일상적 면모의 변모 양상과 의미」는 그동안 논의에서 간과되어 온 경판본 「구운몽」의 독자적인 학술적 가치를 비일상 묘사의 차이점에서 찾으려고 하는 새로운 시도를 선보이고 있다.

김정희 선생의 「헤이안 시대 중기의 저주와 음양사」는 일본 특유의 직업이자 관인이었던 음양사의 전통을 소개하고 그들이 저주라는 행위를 통해 담당했던 역할의 특징들을 드러낸 논문이다.

소메야 도모유키 선생의 「한일의 이계의식과 자연」은 한국과 일본의 지리학적 특성에 토대해 그에 따른 한국과 일본의 자연관 및 재해관의 차이점들을 도출하고 이를 광범위하게 소개하고 있다. 기후와 지리적 차이가 종교와 자연관에 결정적 영향을 미친다고 하는 실증적 관점을 이계의식의 차이로까지 연결시키고 있다.

신익철 선생의 「조선 후기 연행록에 나타난 이계異界 풍경과 기괴奇怪

체험」은 조선 후기 연행사의 북경 체험들을 섬세히 묘사하면서 그 가운데 등장하는 기괴 체험들을 다루고 있다. 이에 따르면 서구 근대문물은 이물이나 이계의 상징으로 작용하면서 동시에 조선의 세계인식의 지평을 확장시키는 역할을 했음을 확인할 수 있다.

아베 야스로 선생의 「이계異界와의 교신과 종교 텍스트」는 일본을 대표하는 고승 세 분의 신이한 꿈 체험을 소개하면서 그 내부에 종교적 기적의 믿음과 세계를 구원하려는 비의적 열망이 담겨있었음을 분석해내고 있다.

한정미 선생의 「『일본영이기日本霊異記』에 나타나 있는 이계異界」는 사자 소생담에 나타난 명계 표상이라는 주제를 통해 과거 일본의 타계관과 이계 인식을 실증적으로 탐구하고 있다.

강상순 선생의 「조선시대의 역병 인식과 신이적 상상세계」는 조선시대 역병에 대한 의식과 이를 바라보는 신이적 상상력에 초점을 맞춘 논문으로서 질병이 인문세계에 초래한 문학적 효과를 확인해 볼 수 있는 연구다.

후쿠다 야스노리 선생의 「히라가 겐나이平賀源内가 상상한 외국체험」은 중세 일본인의 세계 지평을 문학적 상상력의 관점에서 분석한 것으로 근대라고 하는 새로운 공간 관념이 정초되어 가는 과정을 한국의 그것과 비교해볼 수 있는 논문이다.

엄기영 선생의 「「김현감호」와 「최치원」에서의 기이奇異의 형상화 양상과 차별적 시선」은 나말여초 전기소설에 등장하는 야수와 귀신이라는 존재가 갖는 반문명으로서의 의미를 따져 묻는 논문으로 중세사회가 지녔던 성적 차별의 시선을 해부해내고 있다.

김정숙 선생의 「조선시대의 이물異物 및 괴물에 대한 상상력」은 『산해경山海經』과 『태령광기太平廣記』에 등장하는 이물들을 분석하여 신화적 이물이 괴물이라는 다른 차원으로 이동해가는 과정을 도출해내고 있다.

단국대 일본연구소의 한일공동연구 기획총서는 2018년까지 총 세 권으로 완간될 예정이다. 그러나 연구소가 추구해온 한일 공동연구의 대의는 변함없이 추구될 것이며 후속되는 사업으로 계승될 것이다. 강호제현의 애정 어린 충고와 격려를 부탁드리는 바이다. 아울러 이번 총서간행의 기반이 된 연구 과제를 적극 지원해 준 한국연구재단에 심심한 감사의 마음을 전한다.

2017년 4월

공편자

단국대 일본연구소장 정　형

한일공동연구책임자 윤채근

차례

1부

제1장

『삼국유사』에서 비일상성의 서사화 원리와 양상

이도흠

1. 머리말

『삼국유사』의 편자 일연은 「서」에서 "이런즉 삼국의 시조들이 모두 신이한 일을 통하여 태어났음이 어찌 그리 괴이할 것이 있으랴. 이것이 신이한 이야기를 다른 편篇보다 먼저 놓는 까닭이며 그 뜻이 실로 여기에 있다"[1]라고 하였다. 일연은 중국 삼황오제三皇五帝의 신이를 열거하고서 고구려, 백제, 신라 등 삼국시조三國始祖들의 신이가 이에 못지

---

[1]　一然, 『三國遺事』 「敍」 : "然則三國之始祖 皆發乎神異 何足怪哉 此神異之所以漸諸篇也 意在斯焉"

않으며 괴이하지 않음을 설파하고 있다. 우리나라 역사를 중국의 역사와 동등하게 취급하려는 것은 자주적 사관의 자세이며, 유교적 합리주의를 벗어나 신이를 역사로 간주하겠다는 종교사관의 피력이다. 이처럼 일연은 자주적 사관과 종교사관을 가지고 삼국의 역사를 기술하려 하였기에 신이를 역사의 대상으로 삼았으며, 그 결과 우리는 삼국유사에서 신이, 바꾸어 말해 비일상성이 형상화한 다양한 서사를 만날 수 있다.

비일상은 일상과 대비한 상대적 개념이기에 절대적 정의를 하면 오류를 범하기 쉽다. 비일상은 인간 주체가 세계와 마주쳐 보통 / 특별, 정상 / 비정상, 반복 / 일회성, 연속성 / 단절성, 항상성 / 일시성, 구체적 체험 / 추상적 상상, 직관적 구성 / 상상적 유추, 재현 / 비재현으로 구분할 때, 전자에 대하여 '상대적으로' 후자인 것으로 인지하거나 체험하는 영역이다. 후자, 곧 비일상성을 결정하는 요인은 공간, 시간, 주체, 대상, 행위의 작동원리, 의미작용의 원리이다. 세계관에 따라 공간관, 시간관, 주체가 세계를 해석하고 대응하는 양상이 변하므로, 고대 사회에서 비일상성을 결정하는 큰 구조로 작동하는 것이 세계관이다. 이에 삼국유사에 나타난 세계관을 신라를 중심으로 풍류도風流道, 풍류만다라風流曼茶羅, 화엄정토만다라華嚴淨土曼茶羅, 분열기分裂期로 나누고, 이에 따라 어떻게 공간과 시간이 변하고, 주체와 대상이 이 공간에서 어떻게 은유metaphor와 환유metonymy의 의미를 만들고 이계와 이물과 접촉하면서 비일상성을 형성하는 지, 그 원리와 양상에 대하여 살피고자 한다. 다만, 위에서 필자가 제시한 비일상성의 개념에 한정하여 연구대상으로 삼으며, 분열기의 서사는 지면관계상 생략한다.

2. 이물과 이계의 의미작용의 원리

1) 화쟁기호학의 은유·환유론

인간은 어떻게 이물異物과 이계異界를 만들고 그것에 의미와 기능을 부여하는가.[2] 필자의 화쟁기호학에 따르면, 인간은 이물과 이계를 포함하여 자연과 세계의 도전에 집단 무의식적으로 대응하면서 삶과 문명을 형성해 왔으며, 그 대응의 한 양식으로 의미를 형성하고 공유한다. 인간이 자연과 세계를 해석하고 차이에 따라 의미를 형성하고, 자연의 도전과 모순, 세계의 분열 내지 부조리에 대응하면서 그 지혜를 공유하고 모방하고 전승하는 것이 문화다. 문화 창조의 주체로서 인간은 의미의 해석과 기억, 집단학습을 통한 계승을 통하여 1만년 만에 문명의 획기적인 발전을 이루었다.

인간이 자연과 세계에 대하여 의미를 생성하는 두 축은 유사성likeliness의 유추인 은유metaphor와 인접성contiguity의 유추인 환유metonymy다. 인간은 자연과 세계의 현상(品, 相), 본질(몸이나 참, 體), 작용(짓, 用)을 인식하고서 이에 유사성의 유추를 하거나 인접성의 유추를 하며 의미를 형성한다. 예를 들어, 달의 '둥그런 모습相'에서 그처럼 유사한 '엄마 얼굴'의 의미를 떠올리고, '달이 하늘에 높이 떠서 산과 들을 비추는 작용用'에서

---

2 이물은 원래 인간 이외의 이질적 존재를 지칭하는 낱말이다. 하지만, 고대 사회에서 이물을 의인화하고 신격이나 인격을 부여하였기에, 동물이라 하더라도 이는 인격화 / 신격화한 것이다. 이에 이물에 이인異人이나 신도 포함시킨다.

'그처럼 자비의 빛을 온 세상에 뿌리는 관음보살'로 의미를 전이하며, '사라졌다가 다시 나타나는 달의 본질體'에서 '부활, 재생' 등의 의미를 유추한다. 여기서 중요한 것은 체는 용을 통해 드러나고, 용은 상은 만들며 상은 체를 품는다는 점이다. 차이를 만들면서 영겁의 순환을 하는 것이다.

이런 의미는 시와 신화를 만들고, 의례로 구성되고, 문화로 전승된다. 예를 들어 새가 하늘과 땅을 오가는 작용을 하는 것을 보고 그처럼 새가 천상과 지상, 신과 인간의 메신저messenger 구실을 할 것으로 의미를 부여한다. 이에 새를 양자의 중개자로 한 노래나 신화를 만들고, 더나아가 새를 매개로 신께 자신의 소망을 전달하거나 이를 근거로 새를 신으로 섬기는 의례를 만들어 행하고 이를 후손에게 전승한다.

전이론을 비롯하여 개념체계론, 21세기의 행위구조론에 이르기까지 서양의 은유이론이 공통으로 갖고 있는 문제는 은유를 창조되고 작동하고 해석되고 소통되는 네 장 가운데 어느 한 면에서만, 주로 수사적 차원에서 다룬다는 점이다. 은유는 창조, 또는 (유추적) 인식의 장, 수사의 장, 해석의 장, 소통의 장을 아우르는 개념이어야 한다. "은유는(자신의 몸이 늙고 병드는 체험을 바탕으로 차고 기우는 것이 달의 본질이라 생각하고 이와 유사하게 인간의 삶이나 이 세계 자체가 영고성쇠榮枯盛衰한다고 생각하듯), 한 개념이나 대상을 물질적 경험을 바탕으로 몸을 확장하여 다른 개념이나 대상과 견주어 양자 사이의 유사성이나 차이를 발견하고('엄마 얼굴'을 환하고 둥그렇다는 유사성을 바탕으로 '보름달'로 노래하듯), 이를 바탕으로 세계를 유추하여 한 대상이나 개념을 다른 무엇으로 전이하거나 대치하여 비유하는 것이자('촛불'이 자신을 녹여 어두운 방을 밝힌다는 속성으로부터 그와 유사하게 자신이 고통이나 불편을 감수하고 어두운 세상을 밝히는 촛불시위에 나서는 시민처럼), 담론 안에서 작동할 때 수용자가 주어진 세계관과 문화 안에서 형성된 개념 체계와 상상력에 따라 원관념과 매체관념 사이의 관계를 유추하여 의미작용을 일으키는 방식이자 소통하고 실천하는 양식이다. 창조의 장에서 보면 은유는 두 개념이나 대상 사이의 유사성을 유추하는 것이다. 수사의 장에서 은유는 전이轉移와 대체代替다. 해석의 장에서 보면 이는 원관념과 매체관념 사이의 동일화同一化다. 소통의 장에서 보면 은유는 상호작용을 통해 해석한 의미의 실천이다."[3]

반면에, 같은 새임에도 까마귀를 저승사자로 생각한 것은 밤과 저승의 빛인 까만 색의 깃털로 뒤덮인 것과 시신의 주변에 나타나는 인접성에서 유추한 것이다. 이는 환유다. 환유metonymy는('축구장'에서 '메시'를 떠올리듯), 신체에 대한 경험을 바탕으로 한 개념이나 대상을 다른 것과 견주어 양자 사이의 인접성을 발견하고 이를 바탕으로 세계를 유추하여 한 대상이나 개념을 다른 무엇으로 연합적으로 연결하는 것이자('히틀러'에서 '철십자, 나치즘, 유태인 대학살'을 떠올리듯), 담론 안에서 작동 시 수용자가 주어진 맥락 안에서 경험을 종합하여 원 단어와 매개 단어 사이의 관계를 유추하여 의미작용을 일으키는 방식이자(망자가 소지하였던 유물을 태워 그 재가 하늘로 올라가는 의식을 통하여 망자의 혼이 하늘로 올라갔다고 생각하는 것처럼), 이 의미에 따라 메시지를 전달하고 해석하는 실천양식이다.

은유든 환유든, 상相, 용用 체體의 세 범주에 따라 의미가 생성되는데,

---

3 이도흠, 「역사 담론에서 은유의 기능과 진실성에 관한 연구」, 『기호학연구』 16호, 한국기호학회, 2004, 341~342쪽. 참고하며 일부 수정함.

세 가지 가운데 어떤 것이든 이를 관장하는 큰 구조는 세계관이다. 여기서 세계관이란 "세계의 분열 및 부조리에 대한 인간의 집단 무의식적 대응양식의 체계이자 세계를 해석하고 의미를 형성하는 바탕원리"를 뜻한다. 달이 "높이 떠서 산이든 들이든 가리지 않고 두루 비추는" 용을 행하는 것을 보고 불교적 세계관을 지닌 신라인들은 그처럼 "자비의 빛을 귀족이건 양인良人이건 가리지 않고 두루 뿌린다"라는 인식을 하여 달을 '관음보살'로 노래하고 해독하며, 질병과 혜성의 출현과 같은 문제에 부딪쳤을 때 달에게 소원을 빌어서 해결하고자 한다. 반면에 똑같은 달의 용에 대해 성리학적 세계관을 지향하는 조선조의 양반층은 이를 "양반과 서민을 가리지 않고 은총을 베푼다"라는 인식을 하여 '임금님'으로 노래하고 해독하며, 달을 바라보며 임금님을 향한 충성을 다짐하는 노래를 불러 임금이 그를 전해 듣고 자신을 유배지에서 해배解配하기를 바란다.[4]

『삼국유사』를 보면, 이런 세계관에 따라 은유와 환유를 형성하고, 이를 서사구조 속에서 공간을 배경으로 주체의 행위를 엮고 시간 속에 배치하면서 다양한 이야기를 형성한다. 삼국유사의 서사는 어느 편목篇目의 서사든, 추가와 약간의 변개가 있긴 하나 '신성神聖의 징표(또는 결핍)→시련 및 도전→권력의 획득, 또는 조력자의 도움→주체의 목적 실현'이라는 보편구조를 지향하고 있다. 이 보편 구조 속에서 각 편목의 서사는 개별성을 지니고 있으며 이 개별성이 각 편목을 다른 편목과 변별시키며 이 변별성을 기반으로 하여 각 편목은 다른 메시지를 갖는다.

---

4 이상 이도흠, 『화쟁기호학, 이론과 실제』, 한양대 출판부, 1999, 182~192쪽 요약함.

또 이 편목의 보편 구조 아래 각 서사는 편목 안의 다른 서사와 변별성을 보이며 이 변별성이 개별 서사의 메시지를 형성한다. 상위체계는 하위체계의 약호로서 기능을 하고 있다.[5]

3. 풍류도 시대에서 타계, 이계와 이물의 형성 및 접촉과 서사화

1) 풍류도의 세계관과 타계관

기억의 길이와 상대적 시간의 길이는 비례한다. 신라에 대한 기억이 영성하기에 1000년의 신라 왕국의 시간은 조선조에 비하여 너무도 짧게 생각한다. 신라 1000년은 조선조 500년에 비하여 두 배의 절대적 시간의 길이를 가진다. 건국에서 망국까지 단순하게 생각하지만, 조선조 이상으로 다양한 차이를 보인다. 신라시대를 세계관에 따라 구분하면, 풍류도에 따라 사고하고 실천한 풍류도시대, 불교 공인 이후 기존의 풍류도의 틀 안에서 현실구복적現實求福的으로 불교를 수용한 풍류만다라시대, 현실구복성을 초월하여 내세에서 왕생하기를 염원하며 화엄사상을 통하여 모든 것에서 원융을 지향한 화엄정토만다라시대, 정치

---

5 이도흠, 「三國遺事 篇目의 구조 분석과 의미 해석」, 『韓國學論集』 第26輯, 漢陽大 韓國學硏究所, 1995. 2, 458쪽.

적 혼란과 함께 통일된 사상 없이 선종과 유학 등으로 갈라져 대립한 분열기로 나눌 수 있다.

풍류도시대는 삼국의 건국에서 불교 공인 이전까지 풍류도가 지배적 세계관으로 자리하던 시기다. 신라로 한정하면, 박혁거세 거서간朴赫居世居西干(재위 : 기원전 57년~기원후 4년)에서 불교를 공인한 법흥왕法興王(재위 : 514~540년) 14년(527년) 이전까지다. 이 시기에 잔존적殘存的 세계관은 토테미즘과 샤머니즘이고, 부상적浮上的 세계관은 불교다.

최치원崔致遠이 『난랑비鸞郎碑』 「서序」에서 언급한 풍류도란 유불선儒佛仙 삼교三敎의 사상과 일부 상통하는 한민족 고유의 신앙이다. 풍류도는 세계의 분열 및 부조리와 재앙을 맞았을 때 샤먼巫의 매개를 통해 '지금 여기에서' 제재초복除災招福의 염원이 담긴 주술적 행위를 통하여 재앙을 없애거나 세계의 부조리를 해소하고 복을 불러와 삶의 평안과 행복을 이루려는 신앙이다. 이는 '지금 여기에서' 삶의 평형과 세계와의 조화를 이루기 위해 산, 나무, 새, 샤만 등의 중개를 통해 지상에서 천상, 인간적인 것에서 신적인 것, 세속적인 것에서 성스런 것, 현실적인 것에서 초월적인 것을 현실의 맥락에서 지향하는 사상 체계다.[6]

일상의 차원에서 풍류도는 풍류를 통해 신명에 이르려는 한국인의 열망과 미적 지향의 관념 복합체다. 신라인은 아름다운 자연에 신의 정령이 깃들어 있다고 생각하여, 산천제山川祭를 지내면서 자연과 하나를 이루어 놀이를 하면서 집단 모두가 신명의 상태에 이르는 것을 풍류라

---

6 풍류도의 세계관에 관한 논의는 이도흠, 「新羅人의 世界觀과 意味作用에 대한 연구」, 『한민족문화연구』 제1집, 한민족문화연구학회, 1996, 159~162쪽을 요약함. 상세한 설명과 각주는 이를 참고하기 바람.

한다. 신라시대에 팔관회, 연등회, 한가위 축제를 열어 왕과 온 나라의 백성이 함께 제사를 지내고 술을 먹고 노래하고 춤추면서 하나로 어우러져 '신명'의 경지에 이르렀다. 서로 어우러져 우주와 내가 하나가 되고 나와 타인의 구분이 무너지면서 최고로 기분이 좋은 흥興과 열락悅樂의 순간을 고대 한국인은 가장 인간적이고 미적으로도 아름다운 경지라 여겨 신이 내려와 그 신이 드러난다는 뜻으로 '신명, 혹은 신이 난다'라고 표현한다. 이것은 예술에도 반영되어, 고유의 춤, 향가, 속요, 시조, 탈춤은 모두 정情과 한恨의 대립을 신명의 흥으로 승화시키는 미학적 구조를 바탕으로 하고 있다.

풍류도의 세계관으로 보면, 사람들이 살고 있는 저 바깥에 천상계天上界, 지하계地下界, 해수계海水界, 광명계光明界(붉누리)가 존재한다. 인간 주체들은 신들의 뜻에 따라 운명이 결정되는 미약한 존재다. 대상 또한 신들이 창조한 것이거나 신들이 깃들어 있는 것이다. 인간의 행위를 결정하는 것은 신의 섭리다.

타계他界는 좁은 의미로는 사후의 세계, 즉 내세를 말하지만 넓은 의미로는 '지금 여기에' 존재하는 현실세계를 초월한 영역 일반을 가리킨다. 고대인에게 행위를 통해서든 인식을 통해서든 다다를 수 없는 하늘과 바다 너머, 지하세계는 미지의 영역이자 타계였다. 이 타계는 오랜 동안 공포의 대상이었다. 하지만, 고대 한국인과 신라인은 육체적 죽음은 불가피하게 인정하면서도 영혼은 죽지 않고 다른 세계로 돌아간다는 계세적 내세관繼世的來世觀과 순환적 시간론을 결합하여, 타계를 자신들이 생을 영위하는 현실계와 소통이 가능한 공간으로 설정하였다. 이에 따라 고대 한국인은 현실 세계 저 멀리 천상계 및 태양과 빛의 세계인 광명계와 해수계, 지하계의 타계가 있고 타계와 현실 세계가 순환하는 타계관他界觀을 형성하였다. 다시 말해, 영원한 곳인 타계에서 사람이 와서 현실 세계에서 순간의 생을 영위하다가 죽어 다시 영원한 타계로 돌아가는 것으로 본다. 이에 순장殉葬, 후장厚葬, 풍장風葬을 행하였고, 지금도 한국인은 사람이 죽었을 때 "죽었다"라는 표현 대신 "(타계로) 돌아갔다" "타계하였다"라 표현한다.[7]

2) 풍류도에서 이계와 이물의 형성과 의미

풍류도의 공간에서는 현실의 삶을 사는 지상계와 구분되는 타계가 모두 이계로 설정된다. 고대 한국인과 신라인에게는 수직적 타계관과 수평적 타계관이 공존한다. 수직적으로 보면, 하늘 위 천상계와 땅 아래 지하계가 타계다.[8] 이 타계에서는 하늘과 땅, 지상과 땅 속을 오고가는 용用을 갖는 대상이 모두 메신저로서 신격神格의 은유를 형성한다.

한국의 신화와 삼국유사에서 가장 활발하게 나타나는 신격은 산신山神이다. 특히 신라인은 건국 초기부터 망국에 이를 때까지 삼산오악신三山五嶽神을 섬기며 산신제山神祭를 지냈다. 산은 높이 솟아있는 모습이 신

---

7 이에 대해 장자에서도 죽음을 '歸'로 표현하는 등 풍류도의 특성만이 아니라고 반박할 수 있다. 이승과 저승을 순환관계로 파악하는 것은 우리만의 독특한 특성만이 아니라 중국, 일본, 인도, 중동 등 다른 문명권에도 분포한다. 하지만, 필자가 과문한 탓이겠지만, 귀족이나 지식인이 아니라 서민들 대다수가 일상에서 "죽었다" 대신에 "돌아갔다"나 "타계했다"로 대체하여 대중적으로 사용하는 민족은 우리를 제외하고는 거의 없을 것이다.
8 풍류도의 기저사상을 형성하는 것 가운데 하나는 시베리아 샤머니즘이다, 수직적 타계관은 이에서 비롯된 것으로 보인다.

성한 경외감(공포설)을 주고 사람들에게 많은 이익을 베풀기에(경제설) 신앙의 대상이었지만, 결정적으로 산이 땅에서 하늘을 향하여 높이 솟아 양자를 매개한다는 산의 용用이 은유화하면서 산신신앙을 형성한 것이다. 신들은 하늘에서 산으로 내려와 인간계를 다스리다가 다시 산을 통해 하늘로 돌아간다. 환웅은 하늘에서 태백산의 나무를 통해 지상으로 강림하며, 신라의 6부족의 조상들은 모두 산으로 내려와 신라를 다스리다가 다시 산으로 가서 산신이 된다. 천신이었던 김유신은 신라 통일의 위업을 이루고서 다시 산신이 된다.

나무, 새, 달, 용龍, 천마 등 하늘과 땅 사이에 존재하거나 그 사이를 오가는 모든 대상이 사자使者 내지 신으로 의미를 형성하였다. 산신, 신단수神檀樹나 신목神木, 천조天鳥, 용, 천마 등이 천신天神의 하위신격으로 이물을 형성한다. 샤먼이 새 날개 모양의 옷을 입고 굿을 행하고, 샤먼이나 임금이 신표로 갖는 청동거울에 새를 새기며, 솟대에 새를 올린다. 신라 금관에 새 날개 장식을 달고 신라인과 고구려인이 새의 깃털을 머리에 꽂은 것은 새가 하늘과 땅의 메신저라고 생각하였기 때문이다. 또, 당시 고분에서 부장물로 새나 천마의 형상을 한 토기나 그림이 출토되는 것도 피장자가 새나 천마를 타고 하늘로 돌아간다고 생각하였기 때문이다. 삼국유사의 설화에서 인간이 이런 이물을 만나는 것은 천상이나 지하계의 절대자가 보낸 사자를 만남을 의미한다.

천상계와 겹치기도 하지만, 수직적 타계관에서 또 하나의 이계는 밝누리, 광명계다. 이 시대의 무덤인 목곽적석분木槨積石墳에서도 타계관을 엿볼 수 있다. 목곽의 주축선과 피장자의 머리는 정동쪽에서 15° 정도 기울어진 곳, 곧 새해 첫날인 동짓날에 해가 뜨는 방향을 향하고 있다. 이곳에서 신목신앙神木信仰, 곧 세계수 신앙을 형상화한 금관, 기마 인물상과 말을 새긴 토제품, 배 모양 토기, 새 모양 토기 등이 부장물로 발견된다. 이는 죽은 자가 빛의 세계인 타계로 다시 돌아갈 때, 마차와 배, 새, 천마가 이들을 옮겨준다고 믿었기 때문이다. 이는 타계관에 태양, 또는 밝은 빛을 숭상하는 밝사상이 바탕으로 깔려 있음도 뜻한다.

현실세계의 아래에는 지하세계가 있다. 제주도의 삼성시조는 모두 땅속에서 나왔다. 『삼국사기』를 보면, 고국천왕故國川王의 왕후우씨王后于氏는 지하에서 고국천왕을 볼 낯이 없으니 산상왕릉山上王陵 곁에 묻어 달라 하고, 이에 고국천왕은 부인 우씨가 산상왕에게 가는 것을 보고 화를 낸다. 『삼국유사』에서는 사복蛇福이 원효元曉와 함께 어머니의 시체를 메고 지하에 있는 연화장 세계로 들어간다.

수평적 타계는 저승의 꽃밭과 바다 너머 왕국이다. 바리공주 무가에서 바리공주는 지상에서 걸어서 간 선향의 꽃밭에서 얻은 약물로 죽은 어머니를 살린다. 허황후는 바다 너머 세계에서 가야로 시집을 와서 왕후가 된다. 수로부인은 용궁으로 잡혀갔다가 돌아온다. 석탈해는 바다 건너 용성국龍城國에서 와서 꾀를 써서 왕이 되었다가 동악신東岳神, 곧 토함산의 산신이 된다. 바다나 호수와 땅을 오고 가는 거북이와 자라, 물고기도 두 세계를 이어주는 사자로 수평적 타계관에서 비롯된 하위신격이자 이물이다.

현실세계와 타계는 엄연히 단절되어 있다. 현실세계와 타계 사이의 경계에는 커다란 강이나 바다가 있는 것으로 상정하였다. 이때 강이나 바다는 현실세계와 타계 사이의 경계를 뜻하는 동시에 장애를 의미한다. 때문에 타계로 가려면 배, 마차, 천마, 스님, 무당과 같은 중개자가 필요하다.

타계와 지상계는 영원 / 순간, 신 / 인간, 성聖 / 속俗, 빛 / 어둠, 이상 / 현실, 비일상 / 일상의 이분법적 구조를 형성한다. 현실에서 타계로(돌아)간다는 것은 후자에서 전자를 지향하는 것이며, 타계에서 현실로 온다는 것은 전자에서 후자를 지향하는 것을 의미한다. 그러므로 새나 천마 등 양자의 중개자인 이물을 만난다는 것은 전자에서 후자, 혹은 그 반대를 지향함을 의미한다.[9]

풍류도에서 시간은 계세적이고 순환적이다. 시간은 순간에서 영원을 지향하지만, 원처럼 순환한다. 인간은 죽음을 인식할 때 인간의 유한성을 인식하며, 이 유한성은 현실에서는 어떻게 살 것인가 라는 실존적 물음을 던지고, 이상에서는 영원한 삶을 지향하게 한다. 풍류도는 양자의 딜레마를 순환하는 것으로 해결하였다. 이에 유한한 존재인 인간이 무한한 신이나 그가 보낸 메신저를 만났을 때 이계와 이물의 체험을 한다.

풍류도에서 작동원리는 제재초복의 원리다. 풍류도에서 타계란 내세를 설정하지만, 풍류도에서 인간의 목표는 내세에서 구원을 받고자 함이 아니라 '지금 여기' 현실에서 재앙을 없애고 복을 받고자 함이다. 이물을 만나고자 하는 근본적인 목적은 지금 이곳 현실에서 세계의 부조리와 모순에 맞서서 샤먼이나 이물의 매개로 그로 인한 비극을 없애고 행복을 추구하려는 것이다.

---

9 이에 대한 논의는 이도흠, 『신라인의 마음으로 삼국유사를 읽는다』, 푸른역사, 2000, 23~33쪽을 참고하여 수정함.

3) 풍류도에서 이계와 이물의 접촉과 서사화

① 제8대 阿達羅王이 즉위한 4년 丁酉(157년)에 동해 바닷가에는 延烏郎과 細烏女 부부가 살고 있었다.

② 어느 날 연오랑이 바다에 나가 海藻를 따고 있는데 갑자기 바위 하나(물고기 한 마리라고도 한다)가 나타나더니 연오랑을 등에 업고 일본으로 가 버렸다.

③ 이것을 본 나라 사람들은, "이는 범상한 사람이 아니다"하고 왕으로 삼았다.

④ 細烏女는 바닷가에서 남편을 찾다가 그 바위 위에 올라갔더니 바위가 세오녀를 업고 일본으로 갔고, 연오랑의 貴妃가 되었다.

⑤ 이때 신라에서는 해와 달에 光彩가 없자 왕이 使者를 보내고, 연오랑은 세오녀가 짠 비단으로 하늘에 제사를 드리라 이른다.

⑥ 그리 하니, 해와 달의 정기가 전과 같았다.

⑦ 그 비단을 국보로 삼아 임금의 창고에 보관하고 그 창고를 貴妃庫라 하며, 제사지낸 곳을 迎日縣, 또는 都祈野라 불렀다.[10]

연오랑과 세오녀 조는 이계와 이물에 대해 타자가 취한 입장을 이쪽의 입장에서 서술한 것으로 특이하다. 석탈해는 바다 건너 용성국龍城國에서 신라로 와서 왕이 된다. 반면에 '연오랑과 세오녀'는 일본 쪽에서 볼 때 바다 건너 세계에서 건너온 자가 왕이 되는 이야기다.

---

10 一然, 『三國遺事』「紀異」, '延烏郎細烏女'

연오랑과 세오녀가 살던 영일현은 일본 쪽에서는 타계로 읽히지만, 신라 쪽에서 보면 타계가 아니다. 여기서 바위, 혹은 물고기가 두 세계를 연결해 주는 메신저로 기능을 하고 있다. 고대시대에서 삼라만상에 생명의 빛을 주고 주재하는 해는 왕, 어두운 밤에 대지를 환하게 밝히는 달은 왕비로 은유화하는 것은 흔한 일이다. 연오랑과 세오녀가 사라지자 신라에서는 해와 달이 빛을 잃는다. 이런 세계의 부조리에 대한 신라인의 대응은 당연히 두 사람을 다시 신라로 데려오는 것이어서 사자를 파견한다. 이에 연오랑은 비단을 대신 주어 돌려보낸다. 비단은 연오랑과 세오녀의 환유로 의미작용을 한다. 신라는 연오랑과 세오녀 대신 비단을 가지고 와서 제사를 올린다. 제사는 한갓 헝겊에 지나지 않는 비단을 연오랑과 세오녀로 의미작용을 하게 해달라고 신께 소청하는 것이자, 이를 신라인이 공유하는 의례다. 이 의례를 통하여 해와 달이 옛날의 정기를 회복한다. 실제로는 신라인 사이에 의미의 공유가 이루어진 것이다. 세계의 부조리는 해와 달이 광채를 잃음이고, 이에 대한 신라인의 대응은 연오랑을 다시 모셔옴과 대신 비단을 가져와 하늘에 제사를 지냄이다. 이 제재초복의 대응에 따라 해와 달은 다시 정기를 찾고 신라에는 복이 온다.

서사의 전반적인 상황이 비일상인데, 연오랑과 세오녀, 일본인, 신라인의 입장에 따라 비일상은 다른 층위를 갖는다. 연오랑과 세오녀의 입장에서는 바위나 물고기의 중개로 일본으로 가서 왕과 귀비가 되는 것이 비일상이다. 이런 비일상이 전개된 것은 영일 지역의 토착세력이 이주민보다 문명이 뒤져서 이주해야 하는 것 때문이다. 고대 시대에는 문명이 앞선 곳에서 온 사람이 선진문명을 전수하여 왕이나 신이 되는 예가 허다하며, 현대에서도 남미나 남태평양의 원주민 사회에서도 거의 유사하게 반복되었다. 역사적으로 해석하면, 연오랑 세오녀 설화는 2~3세기에 이주민 세력에 밀린 영일 지역의 토착세력의 지배층인 연오랑과 세오녀가 일본의 열도의 한 지역으로 건너가서 선진문명을 전수하고 그 지역의 지배자로 성장한 것을 투영한 것이다.[11] 연오랑과 세오녀의 비일상을 매개한 것은 바위나 물고기이다. 이 비일상은 연오랑과 세오녀 세력이 바위로 상징되는 안정감 있는 배를 타고 이주하여 일본의 한 지역의 지배자가 됨으로써 일상으로 환원된다.

일본인의 입장에서는 바다 건너 타계에서 왕과 귀비로 삼을 만한 사람이 온 것이 비일상이다. 이런 비일상이 전개된 것은 그 지역에 선진문명을 가진 사람이 도래했기 때문이다. 이를 현실적으로 해석할 경우, 연오랑과 세오녀 세력이 일본에 비단을 짜는 선진기술을 전하고 이로 비단을 짜서 일월에 제사를 지낸 것으로 보인다. 이연숙은 "이 설화가 한일 양국의 양잠교섭 관계를 반영하고 있고, (…중략…) 연오랑과 세오녀가 비단을 짜서 일식, 동지, 신년에 태양제를 지낸 司祭者였을 것"[12]으로 추정한다. 일본인의 비일상을 매개한 것 또한 바위나 물고기이다. 연오랑과 세오녀가 왕과 귀비의 요청을 받아들여 일본인을 다스리고 비단 짜는 기술을 전수하게 되자 일본인들은 일상을 회복한다.

신라인의 입장에서는 해와 달이 광채를 상실함이 비일상이다. 이런

---

11 李文基, 「2~3세기 韓半島와 日本列島의 情勢와 交流에서 본 延烏郎 細烏女 說話의 歷史的 背景」, 『동방한문학』 57권, 동방한문학회, 2013, 178~179쪽 참고함.
12 李姸淑, 「延烏郎 細烏女 說話에 대한 一考察-韓日 養蠶交涉史的 측면에서」, 『국어국문학』 제23집, 부산대 국어국문학과, 1986, 222쪽.

비일상이 전개된 것은 이주민이 토착세력과 갈등을 하였기 때문이다. 신라인에게 비일상을 매개하는 것은 연오랑과 세오녀의 떠남으로 인하여 남은 토착세력과 이주민 사이에 갈등이 증폭된 것으로 추정할 수 있다.[13] 이는 세오녀가 짠 비단으로 일월신에 제사를 지내는 대응에 의하여 일상을 회복하게 된다.

4. 풍류만다라 시대에서 타계, 이계와 이물의 형성 및 접촉과 서사화

1) 풍류만다라의 세계관과 타계관

풍류만다라시대는 불교 공인(법흥왕 14년, 527년)에서 화엄철학이 꽃피고 삼국의 통합원리로 작동한 신라 통일(676년) 이전 시기까지다. 이 시기에 잔존적 세계관은 풍류도이고, 부상적 세계관은 화엄철학이다.

처음엔 풍류도와 불교가 대립하였지만, 신라인은 양자가 회통會通할

---

13 더 가능성이 있는 추정은 연오랑과 세오녀 세력이 이주민에게 무기는 뒤졌지만, 비단 짜는 기술은 앞서 있어서, 이들이 일본으로 떠나는 바람에 영일현 지역에서는 비단을 잘 짤 수가 없게 되었고, 이에 사자를 보내서 연오랑과 세오녀로부터 비단 짜는 기술을 다시 전수받아 이로 비단을 짜서 처음에는 연오랑과 세오녀에게, 나중에는 일월신에게 제사를 지낸 것으로 보인다. 그리고 이문기의 추정대로, "영일군의 斤烏只縣에서 日月神에 대한 제례가 나중에 국가적 제사제도의 변화 과정에서 東海祭로 변한 것"으로 보인다(이문기, 앞의 글, 176~177쪽).

수 있음을 깨닫고 이를 추구하였다. 당대 신라인이 불교를 수용한 논리는 수복멸죄修福滅罪, 홍국이민興國利民, 숭신구복崇信求福의 틀이다. 이는 샤머니즘, 또는 풍류도의 현실위주적 삶의 원리와 크게 다르지 않다. 이것은 샤머니즘 자체의 포용성과 문화적 적응성, 자기승화를 통한 창조성에서도 기인하지만, 당시의 주도적 불교 유파였던 밀교의 즉신성불卽身成佛의 논리와 진언眞言이 풍류도의 제재초복의 원리와 서로 대립 없이 맞설 수 있는 논리적이고 신앙적인 공간을 허용했기 때문이다. 또 현재의 불행과 비극을 해소하고 복을 불러와 전일全一을 지향하여 지금 여기 현실 속에서 조화를 추구하고자 하는 풍류도의 세계관과 고苦를 멸滅하고 원융을 지향하고자 하는 불교적 세계관이 서로 상동성을 가졌기 때문이다. 즉 당대의 불교는 제재초복의 틀을 벗어나지 못한 채, 현실의 삶의 차원에서는 수복멸죄와 숭신구복을 강조했고, 국가의 차원에서는 홍국이민을 외쳤으며, 세계관의 차원에서는 모든 대립과 갈등의 지양을 통한 조화와 원융의 세계를 추구했다. 당대 신라에는 불교의 여러 신앙체계 가운데 기존의 고유 신앙과 크게 맞서지 않고 현실의 복락을 불러오며 신이神異와 영응靈應을 강조하는 신주신앙神呪信仰이 먼저 뿌리를 내린다. 백고좌강회, 팔관재회, 점찰법회, 신행결사信行結社 등 풍류도와 밀교를 융합한 여러 의식이 모두에게 대단한 호응을 받으며 유행한 것으로 볼 때, 풍류만다라의 신앙은 왕족에서 양인, 노비계층에 이르기까지 삶의 원리로 받아들여졌다.[14]

---

14 이도흠, 앞의 글, 163~166쪽 요약함. 이에 대한 상세한 설명과 논증, 각주는 이 논문을 참고하기 바람.

풍류만다라의 세계관으로 보면, 사람들이 살고 있는 저 바깥에 천상계, 지상계, 해수계가 존재하지만, 더 멀리에는 서방정토가 있다. 시간은 무시무종無始無終의 헤아릴 수조차 없는 우주의 시간 속에서 과거와 현재, 미래가 업業의 원리에 따라 윤회한다. 인간 주체는 타자 및 우주 삼라만상과 서로 영향을 미치고 서로 의지하여 생성하는 오온五蘊의 결합체로 공空한 것일 뿐이며 대상 또한 마찬가지다. 인간의 행위를 결정하는 것은 불법, 그 중에서도 연기와 업의 원리다.

2) 풍류만다라에서 이계와 이물의 형성과 의미

풍류도와 불교가 하나로 회통하면서 세계가 재편된다. 천상계는 도솔천, 도리천으로 바뀌며, 산신은 부처님이 나투신 곳이 된다. 산신을 모시는 산왕당山王堂이나 산신당山神堂 둘레에 절을 세우고 산신과 부처를 공히 모신다. 해수계에서도 바다 건너 타계는 서방정토로 변화하며, 해양표착설화는 해양신 대신 불법을 매개한다. 해양신으로서 용신 또한 인도불교의 용신앙과 융합, 불교를 전파하고 수호하는 호법용護法龍으로 바뀌며, 이는 다시 호국용護國龍으로 바뀐다. 천상계와 지상계, 성과 속, 신과 인간의 중개자 또한 '사師'로 바뀌는데, 이들은 샤먼이자 승려를 겸한 이들이다.[15]

풍류만다라 시대에서 이계는 전 시대의 천상계, 해수계와 광명계도

---

15 이도흠, 앞의 글, 169~171쪽.

남아있지만 이를 도솔천, 도리천, 서방정토가 대체한다. 이물 또한 용
과 같은 전 시대의 신격이나 중개자가 잔존하지만 이에 도솔천, 도리
천, 서방정토에서 온 부처나 부처의 화신들이 추가된다.

3) 풍류만다라에서 이계와 이물의 접촉과 서사화

① 신라 제24대 眞興王 14년(553년) 2월에 龍宮 남쪽에 대궐을 지으려 한다.
② 黃龍이 그곳에 나타났으므로 이것을 고쳐서 절을 삼고 이름을 皇龍寺라
하고, 17년 만에 완성했다.
③ 蔚州 谷浦에 阿育王이 丈六尊像을 만들라고 보낸 쇠와 금과 三尊像과 왕의 公
文을 실은 배가 도착하여 東竺寺를 창건하고 삼존상을 모시도록 하였다.
④ 574년에 丈六尊像을 만들어 황룡사에 모셨더니 그 이듬해 불상에서 눈
물이 발꿈치까지 흘러내려 땅이 한 자나 젖었다.
⑤ 뒤에 慈藏이 중국으로 유학하여 五臺山에 이르렀더니 文殊菩薩이 現身해
서 秘訣을 주면서 황룡사가 석가와 迦葉佛이 강연하던 인연이 있는 곳
이라 알려준다.
⑥ 眞平王 5년(584년)에 이 절의 금당이 이루어지고, 歡喜師, 慈藏, 惠訓, 廂
律師 등이 住持를 맡았다.[16]

위 설화를 보면, 용과 부처가 이물로 나타나며, 이계 또한 용이 나타

---

16 『三國遺事』「塔像」, ‘皇龍寺丈六’

나는 해수계와 서축西쯔이 공존한다. 세계의 분열 및 부조리는 궁을 지으려는데 용이 나타나 방해한 일이다. 이에 대한 대응은 궁을 지으려던 것을 수정하여 절을 짓는 것이다.

세계관이 작동하는 원리는 표층으로 보면 제재초복의 원리인데, 심층적으로 해석하면 연기와 업의 원리다. 큰 연못, 다시 말해 용이 신격으로 자리하는 해수계에 굳이 절을 지으려는 것은 그 공간이 석가와 가섭불이 강연하였던 인연이 있기 때문이다. 『삼국유사』, 「탑상」, '가섭불연좌석迦葉佛宴坐石' 조에서도 "옥룡집玉龍集과 자장전慈藏傳, 그리고 여러 사람의 전기에는 모두 이렇게 말했다. '신라 월성月城 동쪽, 용궁龍宮 남쪽에 가섭불의 연좌석이 있으니, 이것은 곧 전불前佛 때의 절터이며, 지금 황룡사 터는 곧 일곱 절의 하나이다'라고 밝히고 있다. 곧, 현겁賢劫의 네 번째 부처인 석가불에 앞서서 세 번째 부처인 가섭불이 강연을 한 인연이 있는 성소가 황룡사 터라는 것이고, 이에 서축에서 불상까지 보냈다는 것이다.

처음엔 이런 인연을 모르고 그 자리에 궁을 지으려 했다. 이에 이물인 황룡黃龍이 나타나 방해한다. 용은 풍류도에서 천상계와 해수계와 지상계를 연결하는 매개자로 바다와 호수 지역에서 풍어와 안녕을 관장하는 신격이다. 궁은 왕권의 환유다. 이계는 용이 나타난 용궁 남쪽 지역이다. 이 지역은 원래 호수가 있던 곳이다. 궁을 지으려는데 용이 나타나 이를 중지하였음은 궁을 지으려는 일을 용이 막았음을 의미한다. 용은 용신앙을 받드는 세력의 환유다. 황룡사 자리의 호수에서 물고기를 잡으면서 풍어와 안녕을 기원하며 용신앙을 믿던 세력이 중앙왕권의 지배에 항거하였음을 의미한다. 이에 중앙의 왕권은 이를 포용하는 풍류만다라의 대응을 취한다. 궁을 지으려던 일을 포기하고 절을 짓기로 변경하고 절 안에 용왕당을 포용하며, 원래대로 용신앙을 믿는 것을 허용한다. 영묘사靈妙寺를 비롯하여 망해사望海寺 등 신라의 많은 사찰은 연못이나 바닷가 등 용왕신을 믿던 지역에 지어졌으며, 이런 절에는 대개 용왕당龍王堂을 배치하였다. 호수를 메우는 일이 어려운 일인데도 굳이 이 길을 택한 것은 재래신앙인 풍류도를 믿는 세력을 신라사회에 편입시키려는 정치적 의도 때문이다. 이렇게 하여 용왕신을 떠받들던 세력은 불교를 받아들이고, 대신 불교세력은 그들을 포용한 것이다.

동축東쪽은 서축西쪽에 대응하는 이름이다. 이는 신라인이 자기네 신라를 동쪽의 서축으로 인식하였음을 의미한다. 아육왕은 아쇼카왕이다. 이 왕은 8만여 탑을 세우는 등 불교를 크게 일으키고 사절을 시켜 불교를 전 세계에 전파한 인물이다. 이로 인해 그는 이상적 군주, 전륜성왕轉輪聖王이 된다. 신라인은 이 땅 신라가 바로 불국토라는 현세적이고 신라적인 불교인 불연국토사상佛緣國土思想을 지향하였다. 해수계가 구체적인 서축으로 전환하였으며, 천상계와 지상계는 하나가 된다. 산신제 중 대사大祀를 지내던 삼산三山의 하나인 낭산狼山이 도솔천이 되고, 진흥왕眞興王(재위 : 540~576년)은 전륜성왕, 화랑은 미륵의 화신이 되는 것과 동류同類의 원리다. 삼국유사를 보면, 처음엔 부처와 보살이 하늘에서 떨어지고 바다에서 왔으나 나중에는 신라 땅에서 솟아나거나 신라인의 모습으로 나타난다.

여기서 비일상은 용이 나타나 궁을 짓는 것을 방해함, 서축에서 아육왕이 쇠와 금을 보낸 것, 장육존상이 눈물을 흘림, 문수보살이 현신하여 비결秘訣을 주고 황룡사가 석가와 가섭불이 강연하던 인연이 있는 곳이라 일러 준 것이다.

첫째 비일상에서 이계는 해수계이고 이물은 용이다. 첫째 비일상이 전개된 것은 용왕을 믿는 세력과 중앙의 왕권이 대립하였기 때문이다. 이는 용왕당을 포용하는 황룡사 절을 지음으로써 일상으로 전환한다.

둘째 비일상에서 이계는 서축이고 이물은 쇠와 금과 아육왕의 공문이 실린 배다. 이 비일상이 전개된 것은 황룡사의 터가 가섭불과 석가가 강연한 인연이 있는 성소였기 때문이다. 이는 그 쇠와 금으로 장육존상을 주조하고 황룡사를 지어 모심으로써 일상으로 전환된다.

셋째 비일상에서 이계는 부처님이 계신 그 자리가 극락이니 극락이고, 이물은 부처님이다. 『삼국유사』에서는 "그 이듬해 불상에서 눈물이 발꿈치까지 흘러내려 땅이 한 자나 젖었으니, 이것은 대왕大王이 승하할 조짐이었다"라고 기술하고 있다. 그 이듬해란 장육존상을 주조한 574년의 다음 해이니 575년이다. 진흥왕은 576년(재위 37년)에 51세의 나이로 승하했다. 주지하듯, 진흥왕은 불법을 진흥시키고 말년에 법운法雲이라는 승려가 된 사람이기도 하다. 이 장육존상이 눈물을 흘림은 불법과 왕에서 물러나 승려가 될 정도로 신심이 깊었던 진흥왕을 동일화하자는 소산이다. 장육존상이 눈물을 흘림은 진흥왕의 승하로 이어진다. 그러니, 셋째 비일상이 벌어진 것은 진흥왕의 승하 때문이다. 이는 진지왕眞智王(재위 : 576~579년)이 왕위를 계승하면서 일상으로 복원된다.

넷째 비일상에서 이계는 성소인 오대산, 혹은 문수보살이 상주하는 청량산淸凉山이고 이물은 문수보살이다. 이런 비일상이 일어난 것은 신라인이 황룡사 터가 석가와 가섭불이 강연한 인연이 있는 성소라는 것을 모르는 점이다. 문수보살이 알려준 대로, 자장이 신라에 귀국하여 황룡사를 지음으로써 이는 일상으로 바뀐다. 삼국유사 '황룡사 구층탑' 조에서는 당시 선덕여왕대로 여자가 왕이라 덕은 있어도 위엄이 없기 때문인데 황룡사를 지으면 이웃나라가 항복하고 구한이 조공을 하고 왕업이 길이 편안할 것이라고 더 구체적으로 기술하고 있다. 이후 신라인들은 이곳에서 나라가 맞은 분열을 국가적 차원에서 해소하고 나라의 안정을 이루려는 팔관회와 백고좌회를 가장 빈번히 연다.

5. 화엄정토만다라시대에서 타계, 이계와
이물의 형성 및 접촉과 서사화

1) 화엄정토만다라의 세계관과 타계관

화엄정토만다라란 풍류만다라에서 기복적 요소를 최소화하고 불교 철학의 원리를 철저하게 적용하면서 일즉다다즉일—卽多多卽—의 화엄 사상으로 체계화하고, 지금 여기에서 복을 구하는 것을 지양하고 내세인 정토에 왕생하는 것으로 삶의 평형을 모색하는 세계관이다. 통일 이후부터 혜공왕惠恭王(재위 : 765~780년)대까지의 시기가 바로 화엄정토만다라가 지배적 세계관으로 자리한 시대다. 잔존적 세계관은 풍류만다라이며, 부상적 세계관은 유교다.

화엄은 한 마디로 해서 총체성總體性의 세계관이다. 화엄에서 보면, 삼계三界가 유심唯心이요 만법萬法이 상즉상입相卽相入하는 일여一如이다. 즉, 세계에 존재하는 모든 것은 일심一心의 운동이며 발현이다. 화엄에서 보면, 본질과 현상, 사물과 인식주체, 유有와 무無 등 대립적 요소들을 서로 부정하는 것이 아니라 상즉상입의 원리에 따라 서로 총섭總攝하고 원융하여 사사무애법계事事無碍法界의 총체성을 지향한다. 세계의 본체인 리理와 형상인 사事는 서로 타자를 용납하고 또 자기도 타자 가운데 들어가기 때문에, 차별이 없을 뿐만 아니라 개개의 사물현상들도 역시 그들 간에 서로 불가분리이며 서로 받아들여 상호 방해하지 않는 관계에 놓여 있으면서 끝없이 계속된다. 참다운 본체는 매우 깊고 극히 미묘하여 일체의 인연에 따라 현상을 발생시키는 것이다. 사물과 사물들이 서로 의존하고 서로 침투하여 서로 거리끼지 않은 채 끝없이 현상을 발생시킨다. 곧, 하나를 움직이는 것이 일체를 움직이는 것이다.

집 전체總相는 각각의 기와와 기둥, 벽別相이 모여서 이루어진 것이며, 각각의 기와와 기둥, 벽들은 서로 연기적 관계에 있다. 각 기와와 기둥, 벽들은 비와 바람을 막고 지붕을 받치는 등 각각의 작용異相을 하지만, 중력의 법칙이나 힘의 균형처럼 기와와 기둥, 벽들은 모든 물질에 공통적인 원리同相를 공유한다. 기와와 기둥과 벽의 조합으로 이루어진 집의 전체 모습成相을 이루고 있지만, 각각의 기와와 기둥과 벽들이 각각의 자리에서 자신의 모습壞相을 갖는다. 이 여섯 가지의 상들, 각자의 모습과 위상과 작용과 본성이 서로 상즉상입한다. 그렇듯, 총은 곧 별, 별이 곧 총이며總卽別別卽總, 동은 곧 이, 이는 곧 동이며同卽異異卽同, 성은 곧 괴, 괴는 성成卽壞壞卽成이다.

화엄의 보살관은 마치 태양을 중심으로 우주가 있는 것처럼 비로자나불을 중심으로 제신과 보살을 총섭하는 구조를 지향한다. 이런 화엄사상에 의거해 비로자나불에 의하여 재래신앙까지 총섭시키고자 한 것이 화엄만다라다. 즉 화엄만다라의 체계 안에서는 재래신앙과 불교신앙, 불교의 제유파가 맞서지 않고 서로 상즉상입하여 총섭할 수 있는 대상일 뿐이다. 이런 세계관 속에서 신라인들은 현실의 삶의 복락뿐만 아니라 내세의 삶을 지향하는 여러 사고체계와 신앙체계를 통일시킬 수 있었다.

연화장세계가 미타정토를 포함한 여러 불토를 원용한다는 내세관을 펼치고 있는 것이 종교로서 화엄정토만다라의 체계다. 그러니 화엄의 왕생이란 연화장세계로의 왕생만도, 미타정토의 왕생만도 아니다. 어느 방법으로든, 어느 신을 섬기든, 그것을 통해 일단 왕생할 수 있고 나아가 궁극적으로 연화장세계에까지 왕생할 수 있다는 것이다. 따라서 신라인들은 삶의 고뇌와 마주치거나 생의 한계를 절감했을 때 스스로 수행정진하여 자력自力으로 성불해야 하는 까다로운 성도문聖道門 대신 아미타불을 염송하기만 해도 타력他力에 의해 왕생할 수 있는 정토문淨土門을 통해 우선 미타정토로 왕생할 수 있었고 여기에서 더 나아가 연화장세계에까지 도달할 수 있었다.[17]

17 이상 화엄정토만다라의 세계관에 대해서는 이도흠, 앞의 글, 175~183쪽을 요약하며 일부 수정함.

2) 화엄정토만다라에서 이계와 이물의 형성과 의미

화엄정토만다라의 세계관으로 보면, 사람들이 살고 있는 저 바깥에 극락이 있으며, 극락은 정토에서부터 비로자나불이 계시는 연화장까지 다양하다. 이 시대의 신라인들은 현실에서 복을 구하려는 기복불교에서 벗어나 내세인 정토에서 왕생하기를 지극히 염원하였다. 현실의 삶이란 고통의 연속이며, 극락왕생하는 것이 사바세계의 고통을 끝내고 열반에 이르는 길이라 생각하였다.

시간관은 특이하다. 시간은 구세九世가 일세一世로 상즉상입相卽相入하는 것으로 파악한다. 의상義湘의 말대로 "끝이 없는 무량겁이 곧 한 생각이요, 한 생각이 곧 무량겁이다. 구세, 십세가 서로 상즉하여 어지러이 뒤섞이는 일 없이 따로 떨어져 이루었다."[18] 이를 현대적으로 풀면, 과거의 과거는 과거의 기억이고, 과거의 현재는 과거의 업에 따라 이루어진 현실이며, 과거의 미래는 과거의 과거와 과거의 현재가 원인이 되어 인과응보로 구성되는 시간이다. 현재의 과거는 현재의 기억이며, 현재의 현재는 과거의 과거, 과거의 현재, 과거의 미래가 원인이 되어 지금 여기에서 체험하는 원본의 사건이며, 현재의 미래는 현재의 모순 속에서 기대하는 것이다. 미래의 과거는 미래의 기억이며, 미래의 현재는 과거의 과거에서 현재의 현재에 이르기까지 원인이 되어 형성되는 사건이며, 미래의 미래는 미래의 현재까지 원인을 바탕으로 빚어질 기대다. 한 사건마다 기억과 성찰과 진리가 인연에 따라 회통會通

---

18 義湘,『華嚴一乘法界圖』, 東國大 佛典刊行委員會 編,『韓國佛教全書』, 동국대 출판부, 1979, 제2권, 3쪽 -上: "無量遠劫卽一念 一念卽是無量劫 九世十世互相卽 仍不雜亂隔別成"

하고 있으니 이것이 십세十世이다.

작동원리는 상즉상입이다. 이 세계는 상즉상입相卽相入한다. 상즉은 이것과 저것, 현상과 본질, 존재와 비존재, 부처와 중생, 깨달음과 깨닫지 못함, 생사와 열반, 삶과 죽음, 무위無爲와 유위有爲, 언어와 진리가 서로 불일불이不一不二의 연기관계에 있어서, 서로 둘로 대립하면서도 실은 서로 의지하고 인과관계를 맺고 작용하면서 서로 방해하지 않고 하나로 융섭함을 뜻한다. 상입은 동시돈기同時頓起, 동시호입同時互入, 동시호섭同時互攝을 뜻한다.[19]

이런 화엄의 세계관으로 보면, 이계는 극락이며, 그 중에서도 연화장이다. 이물은 부처의 현신이나 화신이다. 짐승이 나타나더라도 그것은 짐승이 아니라 부처의 화신이다. 여기서 메신저로서 이물이 나타나지만, 생사와 열반, 현실과 극락, 부처와 중생이 상즉의 관계인 것이 전 시대와 다르다.

3) 화엄정토만다라에서 이계와 이물의 접촉과 서사화

① 백월산 동남쪽 3,000보 쯤 되는 곳에 선천촌에 살고 있는 노힐부득과 달달박박이 이 산의 무등곡에 들어와서 왕생을 염원하며 각각 북쪽과 남쪽에서 암자를 짓고 수행하였다.

② 3년이 못 되어 성덕왕 8년(709년)에 저물녘에 얼굴이 매우 아름다운 여인

---

19 이에 대한 풀이는 까르마 츠앙, 이찬수 역, 『華嚴哲學』, 경서원, 1990, 195~196쪽을 참고하기 바람.

이 북암에 와서 자고 가기를 청하였으나, 달달박박은 단호히 거절하였다.

③ 여인은 다시 南庵을 찾았고, 노힐부득은 불쌍히 여겨서 여인을 받아들였다.

④ 여인은 노힐부득에게 해산을 도와 달라 함은 물론 몸을 씻겨 주기를 청하였다.

⑤ 노힐부득이 이에 응하자 물이 金液으로 변한다. 여인의 청에 따라 부득 또한 목욕을 하니 몸이 금빛으로 변한다. 여인은 자신이 觀音菩薩의 화신임을 밝히고 옆에 앉기를 권한다.

⑥ 다음 날 아침에 달달박박이 노힐부득이 파계하였을 것으로 생각하고 방문하니, 노힐부득이 미륵존상이 되어 빛을 내뿜고 있었다.

⑦ 달달박박이 남은 물에 목욕을 하여 阿彌陀佛이 된다.

⑧ 경덕왕이 755년에 사자를 보내 큰 절을 세우고 이름을 白月山南寺라 했다.[20]

광덕과 엄장 조를 비롯하여 삼국유사에 이와 유사한 설화가 많이 등장한다. 화엄정토만다라시대의 신라인은 극락정토, 특히 연화장에 왕생하기를 지극히 염원하였다. 『삼국유사』 '욱면비염불서승郁面婢念佛西昇' 조에서 볼 수 있듯, 가장 미천한 신분인 노비 신분의 욱면이 지극한 정성으로 염불을 하여 부처가 되어 왕생한다.

이 서사에서 비일상은 관음보살이 여인의 모습으로 나타남과 신라시대의 평민인 양인 신분의 노힐부득과 달달박박이 부처가 된 것이다. 여기서 이계는 극락정토다. 이물은 관음보살이다. 당시에 부처님은 소 등의 짐승, 혹은 걸인이나 여인의 모습으로 나타났다. 『삼국유사』 '낙

---

[20] 『三國遺事』「塔像」, '南白月二聖 努肹夫得 怛怛朴朴'

산이대성 관음·정취·조신洛山二大聖 觀音·正趣·調信'조처럼 이를 알아보지 못하고 지나치는 적도 있고, 반대로 이 만남을 계기로 왕생하기도 한다. 비일상이 벌어진 것은 고통의 바다인 사바세계 때문이다. 신라인은 고통의 연속으로 불난 집火宅으로 불리는 세상을 떠나 극락에서 왕생하여 모든 고통이 사라지고 무상으로부터 벗어나 영원한 삶을 살고자 열망하였다.

극락왕생의 조건은 수행이다. 위의 서사는 크게 두 가지 수행의 예를 보여준다. 노힐부득이든, 달달박박이든 관세음보살의 화신인 여인으로부터 시험을 받고 이를 극복하여 부처가 된다는 점은 서로 동일하다. 하지만, 박박은 욕망으로부터 자신을 철저히 지키기 위하여 여인이 밤길에 산에서 죽거나 다칠 수도 있는데 이를 외면하였다. 부득은 여인의 처지를 염려하여 방으로 들이는 선택을 했지만, 여인의 몸과 향기로 현혹되어 수행이 장애를 받았다. 박박의 선택은 의상식 수행의 환유인데, 이런 수행은 조금도 흐트러짐이 없이 엄격하게 계율을 지켜서 모든 욕심과 나를 버려선 열반에 이른다. 이런 소승식 수행에서 계율은 깨달음에 이르는 사다리다.

반면에 노힐부득의 수행은 원효식 수행의 환유인데, 이런 수행은 계율과 중생구제衆生 救濟가 서로 맞설 때 파계를 하더라도 후자를 선택하는 수행이다. 『유마경』의 가르침대로 중생이 아프면 보살도 아프기에, 위로 깨달음을 얻어 아래로 중생을 구제한다는 대승사상을 바탕으로 한다. 이 수행에서 계율은 깨달음의 장애이다. 암자의 불교와 시장의 불교라 할 양자는 누가 우월하고 누가 열등한 것이 아니다. 서로 상즉상입한다. 그러기에 박박과 부득 모두 부처가 된다. 이렇게 박박과 부득이 수행을 하고 관음보살의 중재를 통하여 부처가 되고, 사람들은 두 부처를 모신 절에 경배함으로써 일상으로 돌아온다.

이처럼, 화엄정토만다라시대에서 이물은 어떤 모습을 하든 그것은 곧 부처의 화신으로 상즉상입相即相入하는 것이다. 인간 또한 부처와 상즉상입하기에 아무리 미천한 자라도 불성을 가지고 있어서, 유리창의 먼지만 닦으면 맑은 하늘이 드러나듯, 수행을 통하여 어리석음과 화, 욕망, 나라는 집착을 모두 없애버리고 동체대비同體大悲의 자비심을 가지고 보살행을 힘써 행하면 누구나 부처가 된다. 이계는 처음에는 극락정토이지만 종국에는 비로자나불이 있는 연화장이다. 신라인은 수행을 하여 일단 아미타불이 상주하는 극락정토에 왕생할 수 있었고, 여기서도 수행 등을 통하여 극락에서 최상의 곳인 연화장까지 갈 수 있었기 때문이다.

6. 맺음말

지금까지의 논의를 하나의 표로 압축하면 다음과 같다.

풍류도 시대는 신라 건국부터 불교 공인 이전까지로 이 세계관의 작동원리는 샤먼을 통한 제재초복除災招福이며, 시간은 순환적이어서 타계에서 와서 생을 살다가 다시 타계로 돌아간다고 생각하였다. 이계는 천상계, 해수계, 지하계가 있으며, 이와 지상계의 메신저인 새,

	시기	세계관의 작동원리	시간관	이계	이물	접촉의 궁극목적
풍류도	신라건국 (B.C.57) ~ 불교공인 이전 (526년)	샤먼의 중개를 통한 除災招福	순환적 시간관	천상계, 해수계, 광명계, 지하계	용, 새, 거북, 등의 메신저	지금 여기에서 재앙이 없는 현실의 행복
풍류만다라	불교공인 (527년) ~ 통일 이전 (675년)	師의 중개를 통한 연기와 業에 따른 修福滅罪	윤회적 시간관	도솔천, 도리천, 서방정토(천상계, 해수계)	부처의 화신 (용, 새, 거북)	지금 여기에서 수복멸죄 통한 현실의 행복
화엄정토 만다라	삼국통일 (676년) ~ 신라중대, 혜공왕 (780년)	相卽相入의 연기론에 따른 해탈	상즉상입의 화엄적 시간관	극락정토와 연화장	부처의 화신	극락 왕생

용, 거북 등이 이물로 등장한다. 인간이 이물이나 이계와 접촉하는 궁극적 목적은 지금 여기 현실에서 재앙을 없애고 복을 불러와 삶의 평형과 전일全一을 이루고자 함이다.

풍류만다라시대는 불교 공인 이후부터 통일 이전까지로 이 세계관의 작동원리는 샤먼과 승려의 혼합적 인물인 사師의 중개를 통하여 연기와 업의 원리에 따라 죄업을 멸하고 복을 닦고자 함이다. 시간은 업과 연기에 따라 윤회하며, 이계는 도솔천, 도리천, 서방정토, 기존의 천상계와 해수계였다. 이물은 대부분 부처의 화신이고, 가끔 용이나 새도 나타난다. 인간이 이물이나 이계와 접촉하는 궁극적 목적은 지금 여기에서 죄업을 소멸시키고 복을 닦아 행복하게 살고자 함이다.

화엄만다라 시대는 통일이후부터 혜공왕惠恭王대까지로 이 세계관의 작동원리는 상즉상입相卽相入의 화엄연기론華嚴緣起論에 따라 해탈을 이루려는 것이다. 시간은 상즉상입하여 한 순간이 무한한 시간과 원융圓融한다고 보았다. 이계는 극락정토, 그 중에서도 연화장이다. 이물은 극락정토와 연화장으로 이끄는 부처의 화신이다. 인간이 이물 및 이계와 접촉하는 궁극 목적은 연화장에서 왕생往生하는 것이다.

죽음에 다가갈수록 삶이 의미로 반짝이듯, 삼국유사에 나타난 비일상성의 세계는 일상과 대립적인 것이 아니라 오히려 일상을 비일상에 비추어보는 거울이자 일상의 상투성과 권태를 일소하는 빛이었다. 삼국 시대의 사람들은 비일상성의 세계에서 노닐며 현실일탈의 즐거움을 만끽하면서 때로는 정치적이거나 무의식적으로 억압된 욕망을 풀어버리고, 때로는 현실을 전복시키면서, 집단의 원형과 상징, 코드, 이미지들을 창조하고 공유하고 이를 통하여 연대를 강화하고 문화적 정체성을 형성하였다.

근대적 합리성으로 보면, 이계와 이물은 황당무계하고 시대착오적인 상상이다. 하지만, 아무리 황당하더라도 꿈과 판타지와 유토피아가 없다면 우리 삶과 예술은 권태로움과 상투성에서 벗어나지 못할 것이다. 21세기에는 오늘에 부합하는 이계와 이물들이 존재한다. 우리는 아날로그의 영역에서는 합리성과 과학적 객관성이란 현대성의 잣대를 들이대어 이계와 이물을 몰아냈지만, 디지털의 영역에서는 전혀 새로운 양식으로 무수한 이계와 이물을 창조하고 공유하고 있다. 그것은 때로는 현실의 모순과 부조리를 은폐하는 허위의식으로 우리를 조작하기도 하고, 때로는 권태롭고 상투적인 현실을 부정하고 초월하여 전혀 낯선 세계로 이끄는 새로운 지평을 열기도 한다.

참고문헌

1. 자료

一然,『三國遺事』

義湘,『華嚴一乘法界圖』, 東國大學校 佛典刊行委員會 編,『韓國佛教全書』上, 동국대 출
  판부, 1979.

2. 논문 및 단행본

까르마 츠앙, 이찬수 역,『華嚴哲學』, 경서원, 1990.

이도흠,『신라인의 마음으로 삼국유사를 읽는다』, 푸른역사, 2000.

_____,「三國遺事 篇目의 구조 분석과 의미 해석」,『韓國學論集』第26輯, 한양대 한국
  학 연구소, 1995.

_____,「新羅人의 世界觀과 意味作用에 대한 연구」,『한민족문화연구』제1집, 한민족
  문화연구학회, 1996.

_____,「역사 담론에서 은유의 기능과 진실성에 관한 연구」,『기호학연구』16호, 한국
  기호학회, 2004.

_____,『화쟁기호학, 이론과 실제』, 한양대 출판부, 1999.

李文基,「2~3세기 韓半島와 日本列島의 情勢와 交流에서 본 延烏郎 細烏女 說話의 歷史
  的 背景」,『동방한문학』57권, 동방한문학회, 2013.

李姸淑,「延烏郎 細烏女 說話에 대한 一 考察 ─韓日養蠶交涉史的 측면에서」,『국어국문
  학』제23집, 부산대 국어국문학과, 1986.

제2장

일본 고전문학에 나타난 시체死体 묘사의 계보

「푸른 두건青頭巾」, 「기비쓰의 가마솥 점吉備津の釜」을 중심으로

우쓰이 신이치

1. 머리말 — '시체'의 양의성両義性에 대해서

'시체'는 그 존재에 의해서 일상의 영위에 싫든 좋든 균열을 생기게 하고 때로는 사람을 패닉에 빠지게 한다. 이른바 '궁극究極의 비일상성 非日常性'을 구현화具現化하는 것이라고 할 수 있다. 그러나 한편으로 누구나 언젠가는 시체가 된다는 것, 죽는다는 것은 냉정한 사실이고, 그런 의미에서 절대적으로 확실한 '궁극의 일상'이라고도 할 수 있다.

예를 들어 불교의 전통적인 수행 방법에 '부정관不淨観'이라는 것이 있다. 이것은 육체가 부정不淨한 것임을 상상하여 거기에 집착하려는

생각이나 번뇌를 줄이고 끊어내기 위한 수행법이다. 특히 썩어 없어지는 시체를 관상의 대상으로 삼는다는 것이 알려져 있고, 시체가 부패하고 흙먼지로 돌아가기까지의 과정을 아홉 단계로 구분한 '구상九相'에 관한 글 및 그것을 소재로 한 그림첩絵巻이나 시가 널리 알려져 있다.

「부정관」은 현재의 일본불교에서는 거의 행해지지 않지만, 타이나 미얀마 등 소승불교권上座部仏教圏에서는 실제로 시체를 눈앞에서 보며 실천되고 있다.[1] 시체를 관상하는 행위를 통해 자기 자신도 언젠가는 그렇게 된다는 엄연한 사실을 받아들이도록 하는 것이 목적이다. 속세俗世에서는 죽음을 이상한 것, 비일상적인 것, 슬퍼해야 하는 것이라고 착각하고 있지만, 그 착각으로부터 벗어나면 있는 그대로의 사실로서의 죽음을 담담하게 받아들이고 집착하지 않는 괴로움 없는 삶의 자세를 가질 수 있게 된다. 그것은 이른바 '해탈解脱'에 이르기 위한 도정道程(원문은 道筋)이 된다.

---

1 소승불교Theravada는 부다고사Buddhaghosa의 『청정도론清浄道論, Visuddhimagga』을 답습하여 그곳에 정리된 업처業処, kammaṭṭhāna를 관조観照와의 대상으로 삼는다. 이 경우에 『대지도론大智度論』 등에 유래하는 '구상九相'이 아니라 십부정十不浄 업처로 구분된다. 또한 스스로의 죽음을 관상하는 '사수념死随念'도 실천된다.

2. The Body―'시체'에 의해 성장하는 이야기

그런데 당초 본고의 제목에 The Body라는 말을 붙이려고 생각했었다. 이는 물론 '시체'라는 의미의 body이며 또한 The라는 정관사가 붙어 있는 것에서 알 수 있듯이 특정한 시체를 의미한다. 이것은 호러물의 세계적인 인기작가로 알려진 미국의 현대작가 Stephen King의 작품명이다. 중편소설 네 작품으로 구성된 『*Different Seasons*』이라는 1982년에 간행된 작품집의 한 편이다. 「The Body」라는 소설의 본래 제목보다도 오히려 Rob Reiner에 의해 영화화된 〈Stand by Me〉라는 Benjamin Earl King의 명곡에서 따온 제목이 더 잘 통할지도 모르겠다. 호러물의 대왕인 Stephen King의 작품이지만 공포스러운 요소는 거의 없고, 청춘소설의 구조를 갖는 작품으로, 일본에서는 '살면서 두 번 봐야할 영화'라는 캐치프레이즈로 알려져 있다. 한 번은 청춘 시절에, 그리고 성인이 되어 다시 봐야 할 영화로 꼽힌다.

그런데 '시체'와 '청춘 영화'는 어떻게 연결되는 것일까. 내가 생각하는 바를 단적으로 말하자면 이것은 현대판 '부정관'이야기이다.

죽은 형의 추회追懷에 여념이 없는 부모로부터 관심을 받지 못하는 주인공 Gordie를 비롯해서 그의 친구들 세 명에게도 각각의 가정환경 등에 문제가 있어 울적한 일상을 보내고 있다. 그들은 3일 전부터 행방불명이 되어 모두가 찾고 있는 소년이 철로에서 기차에 치여 숲 속에서 시체인 채로 방치되어 있다는 사실을 알게 된다. 그것을 발견하여 미디어에 보도가 되면 그들은 일약 유명인이 되고 영웅이 된다고 생각하여 '시체 찾기 여행'에 나선다. 즉, 이 이야기의 발단에서 시체는 그들의 울적한 일상을 잊게 해주는 '비일상'을 향한 입구가 되는 것이다.

그리고 그들은 결국 '시체'를 발견하는데 비로소 '죽음'과 진지하게 마주보게 되어 그 '시체'가 본래 자신들과 같은 존재였음을 깨닫고, 그러나 '죽음'에 의해 결정적으로 격리된 존재가 되었다는 엄연한 사실을 알게 된다.

그것을 깨닫는 순간 비로소 상황을 실감할 수 있었다. 이 아이는 죽었다. 병이 난 것도 아니고 잠든 것도 아니다. 아침이 밝아도 두 번 다시 일어나지 못할 테고, 사과를 너무 많이 먹어 설사를 하는 일도 없을 테고, 덩굴옻나무 때문에 옻이 오르는 일도 없을 테고, 까다로운 수학 시험을 보다가 연필 끄트머리의 지우개가 다 닳아버리는 일도 없을 것이다. 이 아이는 죽었다. 완전히 죽었다. 이 아이는 봄이 되어 눈이 녹을 때 친구들과 함께 마대자루를 둘러메고 빈 병을 주워 모으지도 못할 것이다. 이 아이는 올해 11월 1일 새벽 2시에 눈을 뜨고 부리나케 화장실로 달려가 싸구려 할로윈 사탕을 왕창 토해내는 일도 없을 것이다. 이 아이는 홈룸 시간에 여자애들의 땋은 머리를 잡아당기지도 못할 것이다. 이 아이는 다른 아이의 코피를 터뜨리지도 못하고 자기가 코피를 흘리지도 못할 것이다. 이 아이는 아무것도 할 수 없고, 하지 않고, 안 하고, 못하고, 해서는 안 되고, 하려고 하지도 않고, 하려고 해도 못한다. 건전지로 말하자면 그는 '음극'쪽이다. 끊어져버린 퓨즈다. 교사의 책상 옆에 놓인 휴지통, 언제나 연필깎이에서 나온 연필 부스러기와 점심 때 먹은 오렌지 껍질 냄새를 풍기는 휴지통이다. 그는 마을 변두리에 있는 흉가다. 유리창은 모조리 깨지고 출입금지 팻말이 여기저기 나뒹구는 집, 다락방에는 박쥐들이 가득하고 지하실에는 쥐들이 가득한 집이다. 이 아이는 죽었습니다. 아저씨, 아주머니, 젊은이, 아가씨. 이런 식으로 하루 종일 지껄여도 땅에 놓인 그의 맨발과 덤불에 걸린 더러운 케즈 운동화 사이의 거리는 헤아릴 길이 없다. 그 거리는 1미터밖에 안 되는데도 수백억 광년처럼 까마득하다. 이 아이와 운동화는 타협의 여지도 없이 완전히 분리되었다. 그는 죽었으니까[2] [3]

주인공 Gordie는 자신들도 허망하게 그런 '시체'가 될 수 있다는 점, 죽음이란 결코 타인의 일이 아니라 누구에게나 있을 수 있는 '일상'이라는 점을 '시체'를 눈앞에 두고 깨닫게 되는 것이다. 이 체험을 통해서 그들은 유년시절을 끝내고 어른이 되는 한 걸음을 내딛게 된다. 이 작품에서 The Body 즉 '시체'는 말하자면 사람을 비일상으로 초대하는 입구임과 동시에, 일상으로 회귀시키는 출구이기도 하다. 이 소설은 소년들이 시체를 보고 성장하는 이야기인 것이다.

이처럼 '시체'는 '일상'과 '비일상'의 이면성·양의성을 동시에 가진, 그것을 문첩蝶番처럼 연결하는 매우 상징적이며 구체적인 존재이고, 그렇기 때문에 여러 가지 이야기를 생성해 내는 엔진이 되어 왔다. 이하에서는 이러한 '시체'의 특성을 자각的自覺的이고 효과적으로 다루었다고 생각되는 일본고전문학작품으로서 에도 중기에 간행(1776년, 안에이安永 5년 간행)된 『우게츠모노가타리雨月物語』중 두 편인 「푸른 두건青頭巾」과

2　스티븐 킹, 김진준 역, 『스탠 바이 미』, 황금가지, 2010, 231~232쪽.
3　Stephen King, *Different Seasons*, New York City : Signet, 1983, pp.1~512.

「기비쓰의 가마솥 점吉備津の釜」을 대상으로, 또한 그들이 참조한 작품군의 비교・검토를 통해 일본고전문학에 보이는 시체묘사의 계보를 개관概觀해 본다.

3. 「푸른 두건」 – '시체'를 먹는다는 것

『우게츠모노가타리』는 아홉 개의 단편으로 구성되어 있는데, 그 중에 구체적으로 '시체'가 그려지는 것은 두 편이다. 아니, 정확히 말하자면 한 편뿐일지도 모른다. 왜 '정확히 말하자면'이라고 했는지는 후술後述하기로 하고 우선은 정말로 생생하고 그로테스크하게 '시체'를 묘사한 「푸른 두건」이라는 작품을 살펴보자. 아래에 이야기의 발단이 되는 부분을 인용한다(『우게츠모노가타리』의 일본어 인용은 이와나미 일본고전문학대계본岩波日本古典文学大系本에 의한다. 본 발표원고는 가로쓰기이니 원문의 반복기호는 적절히 수정하였다. 이하 같음).

옛날 가이안 선사라는 덕이 높은 스님이 있었다. 젊었을 때부터 선종의 본뜻을 터득하고 있었던 분으로, 평생을 정처 없는 여행길에 몸을 맡기고 여러 지방을 떠돌아다녔다. 어느 해의 일이었다. 미노 지방의 류타이지에서 한여름 동안 방 안에 계속 틀어박혀 참선을 수행하는 하안거를 마치고, "이번 가을은 '오우 지방'에서 지내기로 하자"하고 여행길에 올라 발걸음을 재촉하여 시모쓰케 지방으로 내려갔다. (…중략…) 도미타라는 마을에 이르렀을 때, 해가 완전히 저물어 부유하게 보이는 커다란 집에 들러 하룻밤 머물 곳을 청하려고 하였다. 그런데 밭에서 돌아온 남자들이 황혼의 어스름 속에 선사가 서 있는 것을 보고는 놀라 몹시 무서워하면서, "산에서 귀신이 내려왔다. 모두 나와라!"라고 큰 소리로 외쳤다. 그러자 그 소리에 집 안에서 큰 소동이 일어나더니 여자와 아이들은 울고불고 난리를 치면서 집 안 구석구석으로 흩어져 숨어버렸다. 주인이 산일을 할 때 사용하던 작대기를 가지고 달려 나와 대문 바깥쪽을 보니, 나이 오십에 가까운 노승이 머리에 청색으로 물을 들인 두건을 쓰고 해진 검은 옷을 입고 여행 봇짐을 등에 진 채 서 있었다. 주인을 보더니 노승이 지팡이를 흔들면서,

"주인께서는 어째서 이렇게까지 경계를 하십니까. 소승은 여러 지방을 떠돌고 있던 중에, 오늘 하룻밤 잠자리를 청하려고 여기에서 안내하는 사람을 기다리고 있었을 뿐인데 이렇게 커다란 소동이 일어날 줄은 꿈에도 생각하지 못했습니다. 이처럼 볼품없는 중이긴 하지만 도둑질을 할 리 없으니 너무 의심하지 마십시오."

라고 말했다. 주인이 이 소리를 듣고는 작대기를 버리고 손을 저으며 웃으면서,

"아둔한 하인들이 오해를 하여 스님을 놀라게 했습니다. 하룻밤 공양으로 사죄를 드리도록 하겠습니다"라며 공손하게 안으로 맞아들여 진수성찬을 차려놓고 대접하였다. 그러면서 주인이 이렇게 이야기하는 것이었다.

"아까 하인들이 스님을 보고 귀신이 왔다고 무서워하며 소란을 피웠던 것에는 그럴 만한 사정이 있습니다. 지금 이 마을에는 세상에서 참으로 보기 드문 괴상한 이야기가 떠돌고 있습니다. 믿을 수 없는 기괴한 이야기이지만

한번 들어보시고 기회가 있으면 다른 사람들에게도 전해주셨으면 합니다.

이 마을 뒷산에 절이 하나 있습니다. 원래는 고야마 집안에서 선조 대대로 위패를 모셔왔던 사찰로서 덕이 높은 스님들이 계속해서 살고 있었습니다. 지금의 주지 스님도 아무개라고 하는 훌륭한 분의 조카뻘 되는 분으로 학식이 깊고 수행도 많이 쌓았다고 평판이 자자했던 분이었습니다. 그래서 이 부근 사람들은 그 스님의 덕을 흠모하여 시주와 공물을 가져다 바치며 가르침을 마음속으로 깊이 따르고 있었습니다. 스님께서는 저희 집에도 자주 방문해주셔서 저희와는 아주 허물없이 지내왔습니다.

그런데 작년 봄의 일입니다 주지 스님께서는 관정의식 때 계율을 전수해주는 스님으로 에쓰 지방으로 초빙되어 가셔서 그곳에서 백 일 남짓 머무르셨던 적이 있었는데, 돌아오실 때 열두세 살쯤 되는 소년을 데리고 오셔서 주변 시중 등 잡일을 거들게 했습니다. 그 소년은 매우 뛰어난 용모를 가지고 있었는데, 스님께서는 소년을 매우 총애하시어 오랫동안 해오시던 불사나 수행은 잊고 지내시는 것처럼 보였습니다. 그런데 금년 4월경에 이 소년이 사소한 병으로 앓아눕더니 날이 갈수록 병이 깊어져갔는데, 스님은 소년이 앓아누워 괴로워하는 것을 매우 가슴 아프게 여기셨습니다. 그래서 이 지방 의원 중에 가장 뛰어난 의원을 초빙하여 소년을 돌보아주게 했지만, 수고한 보람도 없이 소년은 결국 죽어버리고 말았습니다. 그때 스님께서는 구슬이나 머리 장식 꽃처럼 소중하게 오래도록 간직해온 보물이라도 잃어버린 듯이 아주 커다란 슬픔에 빠져버리고 말았습니다. 죽은 소년의 손을 매만지거나 껴안고 얼굴을 비벼대며 눈물이 다 메말라 더 이상 소리가 나오지 않을 때까지 울고 한탄하며 날을 지새우고 있을 뿐 시체를 화장하거나 매장할 생각도 하지 않았습니다. 그렇게 오랜 세월을 보내는 동안에 스님은 결국 미쳐버리고 말았습니다. 그리고 소년을 살아 있던 때와 똑같이 어루만

지며 그 살과 뼈가 썩어가는 것을 아까워하더니 마침내 살을 빨고 뼈를 핥아 끝내는 다 먹어버렸습니다. 그러자 절에서 사는 사람들이 그 모습을 보고 모두 넋이 나가, '주지 스님이 미쳐서 사악한 귀신이 되어버렸다'라고 하면서 허둥지둥 도망쳐버렸습니다.

　그 후부터 밤이면 밤마다 스님이 마을에 내려와 사람들을 습격하여 놀라게 하거나, 새로 생긴 무덤을 파서 아직 썩지 않은 시체를 먹는데, 그 끔찍한 모습이란 이루 말로 다할 수 없었습니다. 귀신이란 것은 옛날이야기에서나 들어왔는데 저희들은 실제로 바로 눈앞에서 귀신을 본 것입니다. 그렇지만 저희들이 어떻게 스님의 발광을 멈추게 할 수 있겠습니까. 그저 해가 떨어지기만 하면 집집마다 사람들이 문을 굳게 닫고, 집 안에서 꼼짝하지 않고 지낼 뿐이지요. 요즘은 이런 소문이 이웃 마을에까지 나돌아 사람들의 왕래조차 끊겨버렸습니다. 이런 연유로 낯선 스님을 보고 그런 소동이 벌어진 것입니다"[4]

　여러 지방으로 수행修行여행을 떠난 가이안快庵이라는 선승禪僧이 어느 마을에 도착해서 하룻밤 묵기를 청하지만, 마을 사람들은 그를 '귀신'으로 오인하여 무서워하고 쫓아내려고 한다. 가이안은 자신이 그러한 자가 아니라고 마을 사람들을 납득시키고 겨우 숙소를 빌릴 수 있었다. 그리고 숙소의 주인으로부터 왜 가이안을 '귀신'으로 오해했는지에 대한 이 마을의 유서 깊은 절에서 일어난 어느 처참한 사건에 대해 듣게 된다.

4　우에다 아키나리, 이한창 역, 『우게쓰 이야기』, 문학과지성사, 2008, 171~174쪽.

그 절에서는 행학行学을 거듭하여 온 밀교密教의 승려, '인주院主'가 주지를 맡고 있었는데, 어느 날 그가 곁에서 시중드는 아름다운 소년을 맞아들인 이래, 그 소년을 심하게 총애하게 되어 불사仏事를 소홀히 하게 된다.

　그러나 사소한 병이 계기가 되어 그 소년은 죽어 버린다. 그러자 인주는 그를 애석하게 여겨 장사 지내지도 않고, 생전과 다름없이 애무하고, 결국에는 시체를 범하기까지 한다. 결국 시체는 썩기 시작하는데, 그러자 인주는 슬퍼하며 그 부패한 육체를 빨고, 뼈를 핥고, 결국은 먹어 버린다.

　그 이래 미쳐버린 인주는 밤마다 묘지를 파헤쳐 시체를 먹는 악귀悪鬼가 되어, 마을 사람들을 위협하게 되었다. 가이안을 보고 사람들이 무서워했던 것은 이런 경위가 있었기 때문임이 밝혀진다.

　시체를 먹는 이야기, 즉 카니발리즘은 이후에 작중인물인 가이안 자신도 예를 들고 있듯이 동서고금의 신화나 고전문학에서 많이 그려져 있다. 그러나 이 정도로 처참한 이야기는 이 외에 예가 없는 것은 아닐까. 현대소설에는 카니발리즘의 심연深い闇을 응시하고 그것을 주제화한 Thomas Harris의 작품과 같은 예[5]도 있지만, 고전문학에서는 유례가 없는 것처럼 생각된다.

　이 이야기가 얼마나 처참한지를 비교하기 위해 이 이야기가 전거典拠로서 삼고 있는 작품을 참조해보겠다. 미카와三河의 승려, 오에 사다모

5　*Red Dragon*, Dell; Reissue, 1990, pp. 1~480; *The Silence of the Lambs*, St. Martin's Paperbacks, 1991, pp. 1~384; *Hannibal*, Dell, 2000, pp. 1~560; *Hannibal Rising*, Dell; Reprint edition, pp. 1~384.

토大江定基가 발심하게 된 에피소드이다.

　옛날 옛날 엔유円融천황 시대에 미카와 지방의 태수 사다모토라는 자가 있었다. 참의 좌대변 식부대보 나리미쓰参議左代弁式部大輔済光라는 박사의 아들이다. 따뜻한 마음을 갖고 있으며 학문도 다른 사람보다 뛰어났는데, 구로우도 직을 맡아 일하다가 미카와 태수로 전출하게 되었다.

　그런데 그는 예전부터 함께 살던 아내가 있는데도 불구하고, 한창 젊고 아름다운 다른 여성을 사랑하게 되어 그녀와 헤어질 수 없을 정도가 되었다. 본처는 아주 심하게 질투했고 머지않아 부부의 인연이 끊기고 서로 멀어져 버렸다. 이에 사다모토는 젊은 여성을 아내로 삼아 지내던 중이었는데 그녀와 함께 임지로 향하게 되었다.

　그러던 중 그녀는 미카와 지방에서 중병에 걸려 오랫동안 괴롭게 앓았다. 사다모토는 한탄하고 슬퍼하며 마음을 다하여 여러 가지 기도를 다 해 보았지만, 그 병은 낫지 않았다. 날이 감에 따라 여자의 아름답던 모습은 점점 시들어갔다. 사다모토는 이것을 보고 슬픈 마음을 비할 데가 없었다. 그렇게 여자는 결국 병이 심해져서 죽었다. 그 후 사다모토는 슬픔을 참지 못하고 오랫동안 장사지내지 않고 옆에 누워서 끌어안았다. 며칠이 지나서 입을 맞추었는데 여자의 입에서 이상한 냄새가 났다. 갑자기 역겨운 생각이 들어 눈물을 흘리며 장사지냈다. 그 후 사다모토는 '이 세상은 덧없는 것이다'라고 깨닫고 홀연히 도심을 일으켰다.

　　　　　　　—『곤자쿠모노가타리슈今昔物語集』제19권 제2화[6]

6　「미카와의 태수 오에 사다모토가 출가한 이야기」,『곤자쿠모노가타리슈今昔物語集』제19권 제2화, 이와나미 신일본고전문학대계판, 1994.

사다모토가 미카와국의 국수国守로서 부임했을 때, 임지任地에 동행한 애인이 죽어 그것을 슬퍼한 나머지 매장도 하지 않고 주변에 두었는데, 어느 날 그 입에 입 맞추려 하자 아주 심한 부패취腐敗臭가 났다. 이에 여인에 대한 집착을 끊고 불도仏道에 정진하게 되었다는 이야기이다.

이러한 사다모토의 체험은 글자 그대로 '부정관'이라고 할 수 있을 것이다. 아내를 버리면서까지 가까이 한 아름다운 여인이지만 시체가 되어버리면 어쩔 수 없다. 그것은 당연한 일이며 이 세상에 집착할 만한 대상 따위 없다, 사다모토는 그것을 깨닫고 그 결과 불도에 정진하게 되는 것이다.

이에 대해 「푸른 두건」의 인주는 부취腐臭는커녕 썩어 문드러진 육체나 고름을 마셔도 소년에 대한 애욕愛欲은 멈추지 않는다. 그 집착의 대단함에 반대로 압도된다. 어떤 의미에서 이렇게 상궤常軌를 벗어난 행동은 부정관과 같은 수행과는 다른 차원에 이르는 일종의 고행으로 느껴지기까지 한다. 실제로 인도의 후기밀교Tantra, Tantrism에서는 그러한 이상한 행동(금기)을 일부러 범하는 것에 의해 일상적인 가치판단으로는 도달할 수 없는 인간의 이성을 뛰어넘은 곳, 이른바 신의 영역에 있는 궁극적인 진리를 체득할 수 있다고 주장하는 수행법도 존재했다. 나는 이전에 그것을 바탕으로 「「푸른 두건」의 깨달음―여래장如来蔵으로서의 '본원本源의 마음'」[7]이라는 논문에서 이 작품에 대해 논한 적이 있는데, 그러한 교의적教義的인 문제를 끄집어내지 않더라도 인주의 행위가 너무나도 이상한 이른바 궁극의 '비일상'의 행위, 금기를 범하는 것

---

[7] 『日本文學』, 第53卷4号, 日本文學協會, 2004, 50~59쪽.

임은 명백할 것이다. 이렇게 상궤를 벗어난 행동에 의해서 그는 일상에서 멀리 떨어진 이상한 존재, '산속의 귀신山の鬼'으로서 공포의 대상이 되고 꺼리고 싫어하는 존재가 되어 버리는 것이다.

가이안은 황폐해진 절에 가서, 인주가 스스로 사로잡혀있는 망념妄念으로부터 해방되고 싶어 하는 것을 알고 그에게 선종에서 중요시되는 '증도가証道歌'라는 게송詩偈 중의 두 구句인 '강월조송풍취 영야청소하 소위江月照松風吹 永夜清宵何所為'를 주고 그것만을 오로지 생각하도록 명한다.

그로부터 일 년 후 가이안이 다시 이 황폐한 절을 찾았을 때 거기에는 그 게송을 읊조리고 있는 인주의 모습이 있었다. 가이안은 그것을 보고 일갈一喝하고는 그 머리를 겨냥해서 선장禅杖을 내려쳐 날카로운 일격을 가한다. 그러자 인주의 육체는 한 순간에 사라져 없어지고 가이안이 그에게 주었던 푸른 두건과 뼈만이 남았다고 하는 아주 인상적인 결말을 맞이하게 된다.

"오늘은 그 모습을 꼭 확인해보고 오겠소"라고 하고 다시 산에 올랐다. 그런데 주인의 말대로 절로 올라가는 산길은 사람의 왕래가 완전히 끊긴 듯, 작년에 지났던 길이라고는 생각할 수 없을 정도로 황폐해져 있었다. 절에 들어가 보니 물억새, 참억새가 사람의 키보다도 크고 무성하게 자랐으며 초목에 맺힌 이슬은 늦가을에 지나가는 비처럼 떨어져 내리는데, 절 안은 부엌이나 우물에 가는 길조차 분간할 수 없을 정도였다. 본당과 경각의 문은 좌우로 썩어 무너져 내리고, 스님의 방과 창고를 둘러싸고 있던 복도는 썩은 부분에 물기를 머금은 채 이끼가 끼어 있었다. 그런데 주지 스님을 앉혀 놓았던 대나무로 엮은 툇마루 근처를 살펴보니, 잡초가 서로 얽히고 참억새가 온통 우거져 있는 사이에 **어슴푸레한 그림자 같은 것**이 승려인지 속세의 사람인지 구별할 수 없을 정도로 수염과 머리카락이 덥수룩한 채 앉아 있었다. 모기 소리같이 희미한 소리로 무언가를 말하고 있는데 확실하게 잘 들리지는 않지만 상당한 간격을 두고서 드문드문 말소리가 들려왔다. 선사가 귀를 기울여서 그 소리를 잘 들어보니,

강월조송풍취 영야청소하소위江月照松風吹 永夜清宵何所為

(가을의 맑은 달은 냇물을 비추고, 소나무에 부는 바람은 상쾌하다. 이 긴 밤 깨끗한 초저녁 경치는 무엇을 위해서인가)

바로 선사가 주지 스님에게 가르쳐준 '증도가'였다. 선사가 이것을 듣고 즉시 지팡이를 바로잡고서, "어찌해서 무엇 때문에!"라고 큰 소리로 꾸짖으며 그의 머리를 내려치자, 아침 안개가 해를 만난 듯 이내 형체가 사라져버리고 푸른 두건과 하얀 백골만이 잡초 속으로 떨어져 내렸다. 정말이지 오랫동안 주지 스님을 따라다니던 집착이 겨우 오늘에 이르러서야 완전히 사라지게 된 것이다.[8]

『우게츠모노가타리』의 연구사에서는 이 장면에서 인주가 깨달음을 얻었는지, 아니면 이른바 박살나듯이 퇴치되었는지의 두 가지로 의견이 나뉘어져 있다.[9] 나 자신은 앞서 말한 논문에서 이 이야기의 틀 속에서는 해탈, 깨달은 것으로써 명확하게 읽어야 한다고 말했다. 그 때

---

8   우에다 아키나리, 이한창 역, 『우게쓰 이야기』, 문학과지성사, 2008, 182~183쪽.

9   전자는 와시야마 주신鷲山樹心, 후자는 모리야마 시게오森山重雄를 들 수 있으나, '깨달음'의 내실을 어떻게 파악할 지 등에 대해 오구라 레이치小椋嶺一를 비롯하여 지금까지 다양한 논이 제시되었다.

에는 인주가 행한 밀교와 가이안 측의 선종이 일견一見 대립하는 듯 보이면서도, 그 근저根底에는 '여래장如來藏'이라는 발상에 있어서 둘은 나누기 어렵게 되어 있다는 교의적敎義的인 문제로 다루었지만, 이번에 다루는 '시체'를 실마리로 하여 보면 이러한 점도 말할 수 있다고 생각된다.

인주는 썩어가는 시체에 의해 집착을 끊어버린 오에 사다모토와는 달리, 오히려 한층 더 소년을 향한 집착이 더해져서, 결국에는 그 시체를 먹어버린다. 사다모토가 '시체'에 의해 사람은 죽는다는 당연한 사실, 즉 그것이 '일상'임을 깨달은 것과는 정반대로, 인주는 '시체'의 양의성이 갖는 다른 한편의 '비일상'으로 전진해버리는 것이다. 말하자면, 그는 살아있으면서 '시체'와 일심동체一心同体화된 이상한 존재가 되어버린 것이다. 그것이야말로 이 작품에서 말하는 '귀신鬼'이다.

이처럼 스스로 '귀신'이 되어버린 이 남자를 일상으로 회귀시키는 일, 즉 인간으로 되돌리는 것은 그야말로 불가능하다. 따라서 이 남자의 미혹迷い을 풀기 위해서는 '인간'도 '귀신'도 아닌, 일상도 비일상도 아닌 영역에 도달하게 하는 수밖에 없다. A도 비非 A도 아닌 것으로 변하게 하는 것은, 즉 그 존재 자체를 소거하는 것과 다름없다.

그러한 경계영역境域을 말로 표현한다면 대승불교나 선禪의 키워드인 '무無'나 '공空'에 해당할 것이다. 이 개념은 극히 요령부득不得要領으로 그것이야말로 공리공론空理空論이고 나 자신은 불교의 통속화通俗化라고 비판적으로 파악하고 있지만, 이 작품은 명백히 그러한 대승적大乘的, 선적禪的 발상에 입각한 것이고 또한 작자 우에다 아키나리上田秋成, 1734~1809의 다른 텍스트에 비추어보아도 작품을 쓰는 데에 있어서 그의 자각적自

覺的인 발상으로서 인정되는 점이라고 생각된다.

가이안이 인주에게 게송을 준 것은 인주를 '무'에 이르게 하기 위한 구체적인 방법인 셈이 된다. 이로써 소년을 향한 집착심이 게송으로의 집중력으로 전환되어, 인주는 오로지 거기에만 몰두하게 된다. 일 년이 경과하고 소년에 대한 애집愛執은 그것에 의해 거의 사라져 없어진다. 거기에 더 이상 '귀신'의 모습은 없다.

그 모습을 본 가이안이 그 머리에 선장禪杖을 내려친 것은 언뜻 폭력적이고 무자비한 행동처럼 보인다. 앞서 인주가 퇴치되었다고 보는 선행연구가 있다고 말했는데 그것은 이 장면을 그런 식으로 받아들였기 때문이다. 그렇지만 결코 그렇지 않다. 이 장면은 선종에서 제자가 깨달음에 도달하는 계기로서 스승이 내리는 이른바 '방할棒喝'의 전형적인 패턴을 따르고 있다.

①'왕상시가 법문을 청함' 하북부의 절도사인 왕상시는 여러 관원과 함께 임제스님께 법좌에 올라 법문하시기를 청했다. 스님이 상당하여 말하였다. "산승山僧이 오늘 부득이 굽혀 인정에 따라 방금 이 법좌에 올라왔다. 만일 조사문중祖師門中의 종지상宗侍上으로 말하자면 감히 입을 열어 말할 수 없고, 발붙일 곳이 없다. 그러나 산승이 오늘 왕상시가 군이 청하거늘 어찌 근본종지를 숨기겠느냐? 훌륭한 선장禪將은 바로 진陣을 쳐서 깃대를 꽂고 법전法戰을 해보자. 대중 앞에서 증명해 보자." 그때에 젊은 스님이 물었다. "불법의 극치는 무엇입니까?" 스님이 바로 할喝하시니 젊은 스님은 예배를 했다. 스님이 말했다. "이 스님은 같이 말을 할 만 하구나." 또 다른 승려가 물었다. "스님께서는 뉘 집의 곡조를 부르시며 종풍宗風은 누구를 이었습니

까?" 스님은 말했다. "내가 황벽스님에게 세 번 묻고 세 번 얻어맞았다." 승려가 또 무슨 말을 하려하니까 스님은 문득 할嚇을 하시고 바로 한 차례 때린 다음 이르기를 "허공에다 말뚝을 박아서는 안 된다"[10]

또한 선종에서는 거의 깨달음에 가까이 간 제자에게 스승이 결정적인 힌트를 주는 타이밍, 즉 호흡이 딱 맞는 경우를 '줄탁啐啄'이라는 말로 표현한다. 이것은 미혹迷い의 '껍질殼'을 깨어 부수려는 제자의 모습을 달걀 안쪽에서 쪼는 아기새雛鳥에 빗대어, 그 껍질을 바깥에서 쪼아 도와주는 어미새親鳥의 모습을, 스승의 날카로운 지도에 빗댄 것이다.

「파란 두건」의 클라이맥스는 인주의 미혹의 근원이었던 '육체'라는 '껍질'이 스승인 가이안의 석장에 의해 깨부수어지고 없어진 글자 그대로 '무'가 되는 순간이다. 소년의 육체에 집착하고 그 시체를 먹는 것으로 그것과 일체화하고 '귀신'이 되어버린 인주 자신의 육체는 게송을 향한 집중에 의해 말라버리고 어렴풋한 '그림자'같은 것이 된다. 게송을 계속하여 읊는 희미한 의식만이 잔존해 있지만, 그것도 가이안의 일갈에 의해 한 순간에 사라진다. 남은 것은 그가 가이안과 사제師弟관계를 맺은 때에 받은 파란 두건과 육체를 잃어버린 뼈뿐이다. 그것에 의해 '시체'의 일상성도 비일상성도 뛰어넘어 모든 미혹이 사라지는, 즉 '무'가 되었다는 극적인 '깨달음'의 순간이 그려져 있는 것이다.

이처럼 『우게츠모노가타리』의 「파란 두건」은 『곤자쿠모노가타리

---

10 이리야 요시타가入矢義高 역, 「상당上堂」, 『임제록臨済録』, 이와나미문고, 1989년(한국어 역은 이리야 요시타가, 서옹 역, 『임제록 연의』, 아침단청, 2012, 70~71쪽에서 인용).

슈』등에도 그려진 '시체'의 일상·비일상의 양의성을 이으면서도 그 경향은 더욱 깊어져, 일상도 비일상도 아닌 경계영역, 존재자체가 '무' 가 되어 없어져 버리는 순간을 극적으로 그리는 것에 성공했다고 볼 수 있다.

4. 「기비쓰의 가마솥 점」―쇼타로正太郎의 '시체'의 행방

그런데 앞서『우게츠모노가타리』에는 시체가 그려진 작품이 두 편 있는데 정확히 말하자면 한 편일지도 모른다라는 식으로 말했다. 「파 란 두건」에 시체가 명확하게 그려져 있다고 한다면 그에 비해 상당히 미묘한 묘사를 하고 있는 것이 「기비쓰의 가마솥 점」이라는 단편이다.

유복한 농가의 아들 쇼타로正太郎는 품행이 좋지 않은 사람으로 그것 을 걱정한 양친의 권유로 정숙하고 아름다운 이소라磯良를 아내로 맞이 한다. 결혼 후 잠시 동안은 나쁜 버릇도 얌전해졌지만, 결국 쇼타로는 유녀遊女 소데袖와 깊은 사이가 되어 아내를 속이고 그녀와 도망쳐 버린 다. 이소라는 원한을 품은 채 죽고, 원령이 되어 쇼타로를 위협한다. 쇼 타로는 그 저주를 피하기 위해서 42일간에 걸쳐 길게 근신物忌み을 한 다. 그 마지막 날 밤이 밝았다고 생각하여 쇼타로는 이웃에 사는 친구 히코로쿠彦六가 부르자 밖으로 나가는데, 사실은 원령이 보여준 환영幻 으로 사실은 아직 날이 새지 않았고, 쇼타로는 절규하며 사라진다. 히코로쿠는 이곳저곳을 찾아보지만 생생하게 피가 뚝뚝 떨어져 있을 뿐 쇼타로를 발견할 수 없었다. 달빛에 비추어진 처마 끝에 기이한 것이 있음을 간파하고 자세히 보니 그것은 '남자의 머리 상투^髷'였다. 그 후 날이 밝았는데 아무리 찾아도 쇼타로의 행방은 알 수 없었다는 내용이 적혀있다.

이렇게 많은 밤을 두려움 속에서 보낸 두 사람에게 마침내 음양사가 말한 사십일 일째의 밤이 찾아왔다. 이제는 오늘 하룻밤만 무사히 지나면 모든 일이 끝나기 때문에 다른 날보다 특별히 조심하면서 밤을 보냈다. 이윽고 한밤이 지나고 하늘도 희끗희끗하게 밝아오는 새벽이 되자, 두 사람은 길고 긴 악몽에서 깨어난 듯한 기분이 되었다. 쇼타로가 히코로쿠를 부르니, 히코로쿠가 벽 쪽으로 다가와서,

"자네 괜찮은가?"하고 물었다. 쇼타로가,

"끔찍했던 근신도 드디어 끝나가고 있네. 오랫동안 보지 못했던 자네 얼굴이 보고 싶기도 하고 또 이 수십 일간 겪었던 괴로움과 무서움을 마음껏 이야기하며 기분전환을 하고 싶네. 이제 그만 무서운 꿈에서 깨어나 밖으로 나오게. 나도 밖으로 나갈 테니"

라고 말했다. 히코로쿠도 그다지 신중하지가 못했던 사내였던지라,

"벌써 날이 밝아오는데 이제 무슨 일이 있겠는가? 자 이리로 오게."

하고 방문을 반쯤 열었다. 바로 그때, 쇼타로가 살던 이웃집의 처마 끝에서,

"으악!"

하고 외마디 소리가 났다. 이 소리에 히코로쿠는 자신도 모르게 엉덩방아를 찧으며 주저앉고 말았다. '필시 쇼타로의 신상에 무슨 일이 일어난 것이

다'라고 생각하고 도끼를 들고서 밖으로 뛰쳐나갔다. 밖에 나가보니 이미 날이 밝았다고 생각했던 것과는 다르게 아직도 밖은 컴컴했으며, 달은 중천에 걸린 채 몽롱한 빛을 비추고 있을 뿐, 밤바람만이 매우 차가웠다. 쇼타로의 집으로 달려가 방 안을 들여다보니 방문이 활짝 열린 채로 텅 비어 있는데 쇼타로의 모습이 보이지 않았다. 구석으로 도망쳐 숨었나 하고 히코로쿠가 방 안으로 들어가 보았지만 아무도 없었다. 집 안에는 달리 숨어있을 만한 곳이 별로 없는지라, 쇼타로가 길가에라도 쓰러져 있는가 하고 집 주위를 찾아보았지만, 눈에 띄는 것이 없었다. 히코로쿠는 '어떻게 된 일일까?' 하고 생각하며 한편으로는 이상하기도 하고 또 한편으로는 무섭기도 했으나 그래도 등불을 들고 집 안팎을 이곳저곳 돌아다니며 살펴보았다. 그랬더니 활짝 열린 문 옆 벽에 묻은 피가 바닥에 뚝뚝 떨어져 흐르며 비린내를 풍기고 있었다. 그러나 시체나 뼈 따위는 어디에도 보이지 않았다. 히코로쿠가 눈을 크게 뜨고 달빛에 의지하여 가만히 살펴보니 처마 끝에 무엇인가가 매달려 있었다. 불빛을 들고 자세히 비추어보니 쇼타로의 상투만이 처마 끝에 매달려 있을 뿐 그 밖에는 아무것도 없었다. 히코로쿠는 그만 아연실색하고 말았는데 그때의 무서움이란 글로 다 표현할 수가 없었다.[11]

시체는 결국 찾을 수 없었다는 것이 결말이고 정확하게는 '시체'를 그린 이야기라고는 할 수 없을지도 모른다. 그렇지만 반대로 말하자면 이 이야기는 '시체'가 발견되지 않는 점에 의미가 있고, 그렇게 서술함으로써 어떤 '의미'를 부여하려고 하는 것이라고 나는 생각한다.

---

11 우에다 아키나리, 이한창 역, 『우게쓰 이야기』, 문학과지성사, 2008, 127~128쪽.

그렇다면 어떠한 깊은 의미가 있을까. 그것을 규명하기 위해 이렇게 원령이나 귀신에게 먹혀 죽임을 당하고, 살해된 뒤에 남은 시체가 일본고전문학작품 속에서는 종래에 어떤 식으로 묘사되어 왔는가를 비교, 검토해보고자 한다. 이하 ⓐ~ⓕ에 열거하지만, 이들 작품은 아키나리도 참조했다는 점이 지적되어 있다.

ⓐ 『일본영이기日本霊異記』 중권中巻 제33화
— 「여자가 악귀에게 능욕당하여 잡아먹힌 이야기」

쇼무聖武 천황 시대에 온 나라 사람들이 다음과 같은 노래를 불렀다. '당신을 아내로 맞이하고 싶다고 하는 이 누구인가. 아무치 마을 요로즈 가문의 딸이여. 나무나무야 선인이 술을 한 말이나 마시고 법을 설한 나머지.' 그때 야마토 지방 도치군 아무치 마을 동쪽에 무척이나 부유한 집이 있었다. 성씨는 가가미쓰쿠리노 미야쓰코였다. 그 집에 딸이 하나 있었는데 이름을 요로즈노코라 하였다. 아직 시집을 가지 않았고 남자와 정을 통하지 않았다. 용모가 반듯하여 지체 높은 집안의 사람들이 구혼하였으나 계속 거절하면서 여러 해가 지나갔다. 그런데 어떤 남자가 청혼하면서 여러 차례 물건을 보내왔다. 아름다운 색깔의 비단을 세 수레에 신고 오자 딸은 그것을 보고 마음이 흔들렸고 그래서 남자에게 다가가 가까운 사이가 되었다. 남자의 말에 따라 동침하기로 하고 규방에서 정을 통하였는데 그날 밤 규방에서 소리가 들려왔다.

"아파"

이런 소리가 세 번이나 들려왔다. 딸의 부모는 그 소리를 듣고 서로 말하였다.

"아직 익숙하지 않아서 아픈 게지."

이렇게 말하고는 그대로 그냥 잠을 잤다. 다음날 늦게까지 딸 부부가 일어나서 나오지 않자 그 모친이 방문을 두드리며 깨웠으나 대답이 없었다. 기이하다고 여겨서 문을 열어 보았더니 딸의 머리와 손가락 하나만 남아있고 나머지 몸은 악귀가 모두 먹어치웠다. 이를 본 부모는 크게 두려워하며 슬픈 마음에 예물로 보내온 채색 비단을 보니 짐승의 뼈로 변해있었고 그것을 싣고 왔던 수레 세 대도 수유나무로 변해 있었다.

사방팔방에서 이 소문을 듣고 몰려온 사람들 가운데 그것을 보고 기이하게 여기지 않은 사람이 없었다. 부모는 삼한三韓에서 가져온 상자에 죽은 딸의 머리를 넣고 초이레 아침에 불전에 두고 재식齋食을 마련하여 공양을 올렸다.

그래서 의심스런 것은 재앙의 조짐이 먼저 나타나는데 그 노래가 이 일의 조짐이었다는 사실이다. 어떤 이는 신이 하신 기이한 일이라고 하였고 어떤 이는 악귀가 잡아먹었다고 하였다. 거듭 생각해 보면 이 역시 전생의 원한이었을 것이다. 이 또한 기이한 일이다.[12]

---

12 같은 이야기가 『곤자쿠모노가타리슈』 제20권 37화에도 실려 있다(한국어 역은 교카이, 문명재 · 김경희 · 김영호 역, 『일본국현보선악영이기』, 세창출판사, 2013, 307~309쪽).

ⓑ『삼대실록三代実録』제50권(아사히신문사판)
— 「닌나仁和 3년(887년) 8월 17일 무오戊午 17일」

무오17일. 오늘 밤 해시(밤10시무렵) 어떤 사람이 와서 말하기를 행인이 말하기를 무덕전 동쪽 엔노 마쓰바라 서쪽에 아름다운 여인 세 명이 동쪽을 향해 걷고 있었다. 소나무 아래 용모가 단정한 한 남자가 있었는데 한 아름다운 여성 앞에 나와 손을 잡고 말을 걸었다. 여인이 남자의 말에 공감하여 그와 함께 나무 아래로 갔다. 그런데 조금 후 더 이상 그들의 말소리가 들리지 않았다. 놀라서 떨며 그곳에 가보니 거기에는 여인의 팔, 다리가 떨어져 있는데 몸도 머리도 없었다. 우병위 우위문의 숙직경비대원들이 그 말을 듣고 와서 보았는데 시체는 없었다. 그 여자들도 홀연히 사라졌다. 사람들은 여자가 둔갑한 귀신에게 살해당했다고 했다. 또한 그 다음날 전독轉讀이 있었던 날의 일이다. 여러 절의 승려들이 청을 받고 모여 조당원 동서쪽 마루방에서 숙직했다. 밤중에 소란스러운 소리를 듣지 못하고 승려가 방 밖으로 나가 보니 잠시동안 조용해졌다. 그 연유를 물으니 왜 밖으로 나왔는지 이유를 모르겠다고 했다. 그가 떨면서 말하기를 이것은 저절로 그렇게 된 것이라고 했다. 이번 달에는 궁중 및 교토의 법사들이 근거 없는 이상한 이야기들을 지어내는데 어떤 사람에 의하면 약 36종이나 된다고 한다. 상세를 다 기록하기는 어렵다.[13]

---

[13] 『후쇼랴키扶桑略記』 및 『곤자쿠모노가타리슈』 제27권 제8화, 『고콘초몬주古今著聞集』 변화편 제27화에도 실려 있음.

ⓒ『이세모노가타리伊勢物語』제6단

옛날에 남자가 있었다. 도저히 자신의 사람으로 만들 수 없었던 여자였는데 오랫동안 사귀어 그녀의 집에 드나들다가, 겨우 보쌈을 해서는 어두울 때에 도망쳤다. '아쿠타가와'라는 강가로 여자를 데리고 도망가던 중, 여자가 풀 위에 맺힌 이슬을 보고 "저게 뭐예요?"라고 남자에게 물었다.

갈 길은 멀고 밤도 깊었기에 귀신이 출몰하는 곳인지도 모르고, 천둥마저 심하게 치고 비도 심하게 내렸기에, 허물어진 헛간에 여자를 밀어 넣고 남자는 활과 전통을 매고는 문간에 서있었다. '어서 날이 샜으면'하는 마음으로 앉아 있을 때, **귀신은 그녀를 한입에 삼켜 버렸다.** 여자가 '아! 아!'하고 외쳤지만 천둥소리에 남자는 들을 수가 없었다. 마침내 날도 새고 해서 안을 들여다보니 데리고 왔던 여자가 없어졌다. 발을 구르며 한탄을 해도 소용이 없었다.

저기 흰 구슬 무어냐고 그녀가 물었을 때에

이슬이라 답하고 사라져 버릴 것을

이것은 '니조 황후'가 아직 사촌인 후궁 밑에 계실 때, 용모가 뛰어나셨기에 어느 남자가 보쌈을 해 간 것을, 황후의 오라버니인 '호리카와'대신, 장남인 '구니쓰네' 다이나곤이 아직 낮은 신분일 때, 입궐하시다가 아주 심하게 우는 사람이 있다는 소리를 듣고, 여자를 데리고 가는 것을 말려서 여자를 다시 되돌려 보내셨다. 그것을 이처럼 '도깨비'라고 한 것이다. 황후가 젊었던 시절로, 아직 입궁하시지 않고 보통사람으로 계실 때의 일이라고 한다.[14]

ⓓ『곤자쿠모노가타리슈』제27권 제7화

―「아리와라노 나리히라在原業平 중장中將의 여자가 귀신에게 잡아먹힌
이야기」

옛날 옛적에 우콘右近 중장 아리와라노 나리히라라는 사람이 있었다. 세상에 알려진 호색가로 아름다운 여성이 있다고 들으면 궁중에서일하는 여성이든 다른 사람의 딸이든 개의치 않고 전부 관계를 맺어버렸는데, 어떤 집의 딸이 용모와 자태가 세상에 없을 정도로 그윽하다고 듣자 마음을 다해 정성을 쏟았지만 '고귀한 자를 사위로 삼을 것이다'라고 하며 부모들이 소중히 지키고 있으니 나리히나 중장은 어쩔 수 없이 지내다가 어느 날 어떤 식으로 일을 꾸몄는지 그녀를 몰래 데리고 달아났다.

그런데 그녀를 숨길만할 곳이 없자 고민했는데 기타야마시나北山科 부근에 오래되고 황폐한 산장으로 사람이 살지 않는 곳이 있었다. 그 집에는 큰 창고가 있는데 한 쪽 문은 무너져 있었다. 사람이 살았던 쪽은 판자도 없고 들어갈 수 없을 듯해서 이 창고 속에 다다미를 한 장 깔고 이 여자를 데리고 가서 중장도 같이 누웠다. 그런데 갑자기 천둥번개가 심하게 쳤다. 중장은 큰 칼을 뽑고 여자를 뒤쪽으로 물러나게 한 뒤, 칼을 번쩍거리며 서 있자 천둥도 멈추고 날이 밝았다.

그러던 중, 여자의 목소리가 들리지 않아, 중장은 이상하게 생각하며 뒤돌아보았는데, 여자의 머리 부분만이 입었던 옷과 함께 남아 있었다. 중장은 이상하고 무서워서 옷도 줍지 않고 도망쳤다. 그 후로 이 창고는 사람을 잡아먹는 창고라

---

14 구정호 역,『이세모노가타리』, 제이앤씨, 2003, 31~32쪽.

고 알려졌다. 그렇다면 천둥번개가 아니라 창고에 사는 귀신이었던가.

그러니까 잘 모르는 곳에는 결코 발을 들여서는 안 된다. 하물며 숙박하거나 하는 것은 상상도 할 수 없는 일이다라고 전해진다.

ⓔ『곤자쿠모노가타리슈』제27권 제9화
―「새벽에 조정에 출근한 벤이 귀신에게 먹힌 이야기」

옛날 옛적에 태정관에서는 조청朝廳이라는 것을 행했다. 그것은 아직 날이 밝기 전에 관리들이 횃불을 들고 출근하는 일이었다. 그 때에 사관 아무개라는 자가 지각을 했다. 벤 아무개는 먼저 와서 앉아 있었다. 사관이 지각할 것을 꺼리며 급히 오고 있던 중 중문 사이에 벤의 우차가 놓여 있는 것을 보고, 벤이 먼저 와 있음을 알고 급히 들어가려고 하는데, 궁의 북문 안쪽에 벤의 부하들과 심부름하는 자들이 보였다. 사관은 벤이 일찍 와 있는데 자신은 지각했음을 두려워하며 급히 동청의 동문쪽으로 가서 청내를 들여다 보았는데, 불이 꺼져 있고 사람의 기색도 없다.

사관은 정말 무서운 생각이 들어 벤의 부하들이 있는 곳으로 가서 '벤 전하는 어디에 계십니까'라고 물었는데 부하들은 '일찍 동청으로 가셨습니다'라고 대답했다. 사관은 주전료의 하급관리에게 명하여 불을 붙여서 청내를 둘러보니, 벤의 자리에는 붉은 피투성이의 머리에 머리카락이 붙어 남아 있었다. 사관은 '이건 무슨 일인가'라고 깜짝 놀라 무서워서 옆을 보니 홀과 신발에도 피가 묻어 있었다. 부채도 있었는데 부채에는 벤의 필적으로 공무의 절차 등이 적혀 있었다. 다다미에는 피가 떨어져 있는데 다른 것은 전혀 보이지 않았다. 이상하기 짝이 없는 일이다.

그리고 날이 밝자 사람들이 모여 떠들었다. 벤의 머리는 그의 하인들이 가지고 갔다. 그 후 그곳 동청에서는 조청을 행하지 않게 되었고 서청 쪽만 행했다.

그러니 공무라고는 해도 그렇게 사람이 없는 곳에는 가지 않아야 한다. 이 일은 미즈오 천황 때의 일이라고 한다.

ⓕ『신 오토기보코新御伽婢子』제1권 제2화

—「둔갑한 여인化女의 머리묶음髢」(『에도괴담집』하권)

무사시국武州의 아사쿠사浅草 주변에 고라甲良의 아무개라는 사람이 있었다. 그의 주택이 한 순간에 연기가 되었고 그 터전에 임시가옥을 짓고 잠시 거주했다. 그 집 하인 중에 오타 사부로 우에몬太田三郎右衛門이라는 자가 어릴 때부터 형설 아래서 문학에 힘쓰고 시에 몰두하거나 책에 열중해서 잘 잠들지 못했다. 어느 눈 내리는 밤, 두보의 칠언율시에 점점 마음에 드는 바가 있어서 책상 아래 무릎을 넣고 앉아있는데 밤이 꽤 깊어갔다.

겨울 달의 모습이 차갑게 장지문에 비치니 그 모습을 보고 있었는데, 창백한 얼굴빛으로 이를 검게 물들인 뇨보女房가 차바퀴처럼 큰 얼굴을 하고 그 키는 깊은 산 속 나무만한데 오타를 향해 방긋 미소 지으며 서 있었다. 보통 사람이라면 참을 수 없었을 텐데, 오타는 본디 문무를 겸비한 사무라이로 조금도 주저하지 않았다. '쓱'하고 칼을 빼어 베자, 효과가 있어 여자는 사라졌다.

그 칼바람에 등잔불이 꺼지어 어두워졌다. 하인을 불러 불을 붙이게 하려 해도 깊이 잠들어 나오지 않으니 여러 번 깨워 겨우 불을 가져 왔다. 이러한 일이 있었다고 하인에게 들려주고 함께 피가 떨어진 흔적을 찾아보았지만 그 행방을 알 수 없었다. 핏방울 속에 여자의 머리카락이 정말 아름답게 묶인 상투가 한 묶음 떨어져 있었다. 어떠한 것이 둔갑한 것인지 알 수 없다.

이 까만 머리는 세월이 흘러도 색이 변하는 일이 없었으니 실로 인간의 머리카락이다. 옛날에 미사키三崎의 아무개라고 하는 무사의 딸이 이러한 저택에 외롭게 살며 지붕이 기울고 문이 쑥으로 뒤덮였는데, 세상 사람들에게 버려져 원망하며 죽었다고 하는데, 그 후로 괴이한 모습을 한 여자가 비 오는 날 밤이나 세찬 바람이 부는 날 저녁에 나타난다고 옛 사람들이 이야기했었다. 이런 종류의 이야기인지.

ⓐ『일본영이기』의 예는 이런 종류의 이야기의 가장 오래된 것의 하나로 알려져 있다. 쇼무聖武천황(재위 : 724~749)의 시대, 어떤 유복한 집에 아름다운 딸이 하나 있었는데, 부모는 시집보낼 곳을 고르고 있었다. 어느 날 상당한 선물을 준비하고 구혼求婚하는 자가 있어, 이에 기뻐하며 딸과 만나는 것을 허락한다. 그 남자가 온 첫날 밤, 딸의 아파하는 소리가 들리는데, 처녀이기 때문이라고 생각하고 그대로 신경 쓰지 않고 밤을 지내버렸다. 날이 새어 보니, 딸의 잘린 목과 손가락 한 개만이 남아 있었고, 나머지는 무참하게도 다 먹혔다는 이야기이다. 남자의 정체는 확연하지 않지만, 귀신이거나 혹은 그런 종류일 것으로 추측된다.

이처럼 귀신에게 먹히고 죽임을 당해 신체의 일부, 특히 '잘린 목'이 남아있다는 것은 하나의 패턴이었다고 생각된다. ⓑ의 『삼대실록』은 고대일본의 정사正史, 육국사六国史의 하나인데, 닌나仁和 3년(887년) 8월

17일조条에, 실제로 있었던 사건 기록으로 귀신에게 먹힌 여자의 이야기가 수록되어 있다. 밤 10시경亥時(해시) 궁중의 무덕전武德殿 부근 '엔노 마쓰바라宴の松原'라는 광장을 미인 세 명이 걷고 있을 때, 소나무 아래에서 서성거리던 잘생긴 남자가 말을 걸자, 여자 중 한 명이 대답했다. 조금 지나 그들의 목소리가 들리지 않아서 이상하게 생각되어 쳐다보니, 수족이 잘린 시체가 지면에 널 부러져 있는데 목이 없었다. 큰 소동이 일어나 경호하는 사람들이 달려왔을 때에는 그 시체도 사라져 있었다는 이야기이다.

이 '엔노 마쓰바라'라는 곳은 『오카가미大鏡』등에서도 괴이한 것의 출현과 관련된 부분이 보이는데(제5권, 미치나가道長), 그러한 귀신이나 원령이 실제로 출현하고 사람에게 위해危害를 가한다고 믿어져 온 장소인 것 같다. 주지하는 바와 같이 헤이안 시대에 이러한 것이 사실로 받아들여져, 공포스러웠던 시대, 말하자면 원령·귀신이라는 비일상의 현상·존재가 일상과 그대로 연결되어 있었다고 할 수 있는 시대이다. 또한 시체의 비일상성이라는 감각도 현재와 비교하면 훨씬 더 희박했을지도 모른다. 헤이안平安 귀족은 죽음의 부정穢れ을 타는 것, 즉 '사예死穢'를 두려워하고, 그것에 접했을 때에는 엄중한 '근신物忌み'이 제도적으로 부과되는 등, 꽤 예민했다고 생각되는데, 그것은 반대로 말하면 헤이안쿄平安京(현재의 교토)라는 도읍에서는 죽음과 시체와 조우하는 일이 빈번했다는 뜻이기도 하다. 물론 그러한 일은 불길하고 비참한 일임에는 틀림없지만, 그러나 ⓐ, ⓑ 어느 쪽의 기술도 있을 수 없는 일이 일어났다는 식의 서술방식은 아니다. 오히려 부주의해서 사고에 맞닥뜨렸다는 식의 말투이며, 거기에는 비판이나 훈계가 포함되어 있다.

이에 대해 픽션·이야기 속에 그려진 '시체'는 어떤 식으로 그려져 있는 것일까. ⓒ의 『이세 이야기』 제6단, 이른바 '아쿠타가와芥川'의 장 단에서는 아리와라노 나리히라로 생각되는 '남자'가 허락되지 않는 사 이의 여성과 도망쳐서 천둥이 내리치는 밤에 도피하던 중, 그녀를 어 느 폐옥廢屋에 숨겼는데, 날이 새어 보니 그녀의 모습은 온데간데없고 그 폐옥은 사실은 귀신이 사는 곳이었으며 여자는 한 입에 먹혀버렸다 는 것이다.

이른바 '귀신 한 입鬼一口'이라는 이름으로 알려진 이 이야기의 특징 은 앞의 『일본영이기』나 『삼대실록』과는 결정적으로 다르고, 마귀魔物 에게 먹힌 시체는 전혀 남아있지 않다. 전설적인 '풍류(미야비)'의 귀공 자, 나리히라의 슬픈 사랑을 그린 로맨틱한 우타 모노가타리歌物語(시를 중심으로 하는 단편 이야기)에서 피비린내 나는 리얼한 시체묘사가 생략된 것은 당연하기도 하다. 이로써 독자는 가령 처참하게 살해된 여성을 안타깝게 생각할 일은 거의 없고, 그것을 슬퍼하며 비탄에 잠기는 남 자의 애석함에 감흥의 초점이 모아지게 되는 것이다.

그리고 여자의 시체 일부, 잘린 목이나 손가락 등의 부분이 남아있지 않은 것에는 또 하나의 중요한 의미가 있다. 그것은 여자의 죽음이 확 실하지 않다는 점이다. 한 순간에 사라졌다는 것은 혹시 어딘가에 살아 있을지도 모르며, 그녀는 끌려간 것이 아닐까 라는 '함의含み'를 남기는 것이 된다. 그리고 주지하는 바와 같이 이 이야기에는 '후일담後日談'이 있 다. 이 여자는 사실은 살해되지 않았고 사실은 이 여자는 니조二条 황후 인 후지와라 다카코藤原高子이고, 후지와라씨와 정치적으로 대립하는 관계에 있다(고 이야기 속에서 일컬어지는). 나리히라와 사랑에 빠져 사랑의 도피를 했지만, 오빠인 구니쓰네国経, 모토쓰네基経가 그것을 간파하고 그녀를 다시 데리고 왔고, 그 오빠들을 '귀신'이라고 한 것이다, 라는 이야기가 이어지는 것이다.

이 후일담에 의해 정치적 대립에 의해 어쩔 수 없이 헤어지게 된 연인들의 비극이라는 로맨틱한 이야기가 성립하게 된다. 그것을 위해서는 시체의 일부분이 남아있으면 안 된다. 남아 있으면 이야기가 엉망이 될 것임이 분명하다.

그리고 그 엉망이 된 패턴을 그린 것이 이 '아쿠타가와'를 이은 ⓓ의 『곤자쿠모노가타리슈』의 버전이다. 이 이야기의 나리히라에게는 풍류의 귀공자라는 이미지는 전혀 없고, 한심한 겁쟁이 호색가漁色家로 그려져 있다. 데리고 도망친 여자를 황폐한 집에 숨기고 귀신에게 그 여자가 먹히고 만다는 줄거리는 『이세모노가타리』와 일치하지만, 이 『곤자쿠모노가타리슈』의 버전에서는 여자의 잘린 목과 그 옷이 남아있고 그것을 본 나리히라는 무서워서 도망친다는 한심한 이야기로 되어있다. 이래서는 여자가 실제로 살아있었다는 등의 후일담이 생길 여지가 없다. 그리고 후일담 대신에 그러한 일을 당하는 것을 부주의 하다고 훈계하는 교훈이 따라붙게 된다.

이처럼 '시체'의 일부가 남아있는 경우와 전부가 사라지는 경우에는 결정적인 차이가 있다. 전자에서는 피해자가 확실히 살해된 잔혹함이 클로즈업되어, 사실로서의 리얼한 괴이함이 기술되게 된다. 이에 비해 전부가 사라진 경우에는 살해된 비참함은 그다지 인상에 남지 않고, 오히려 어딘가에 한 순간에 데려져 간, 이른바 신이 숨겨버리는 것과 같은 신기한 느낌이 생기게 된다. 또한 그로 인해 사실은 피해자가 살아있었다는 후일담이 덧붙여지게 되는 여지가 남는다.

그런데 「기비쓰의 가마솥 점」의 묘사에서 가장 특징적인 것은 쇼타로의 '상투髷'만이 남았다는 점이다. 이 묘사에 영향을 주었을 가능성이 있다고 지적되는 것 중 하나는 ⓔ의 『곤자쿠모노가타리슈』의 이야기이다. 이른 아침 출근에 지각한 직장인이 상사가 자신보다 먼저 출근한 것을 보고, 살금살금 상사의 오피스를 들여다보니, 그 자리에는 피투성이의 잘린 목 이쪽저쪽에 머리카락이 붙어있었다는 이야기이다. 잘린 목만 있는 것 보다 '머리카락'에 관한 묘사가 부가되는 것에 의해 섬뜩함이 더해진다고 할 수 있을 것 같다. 단 그것은 잘린 목과 세트이기 때문으로 '상투'만 남은 경우에는 전혀 다른 인상을 남긴다.

이와 같이 머리카락만이 남겨진 경우로 참조할 수 있는 것은, 「기비쓰의 가마솥 점」의 '상투'라는 말과 공통점이 있고, 그 외의 이야기에서도 영향관계가 확인되어 아키나리가 훑어보았을 것이라고 지적되는 텍스트 ⓕ의 『신 오토기보코』 「둔갑한 여인의 머리묶음」이라는 이야기이다. 다만 이것은 습격당한 인간의 것이 아니라 인간을 위협하는 괴이·원령 쪽이 남기고 간 머리카락과 피의 흔적이다. 일본에서는 여성의 유령을 그릴 때, 헝클어진 검은 머리가 하나의 약속(기호)으로 되어 있고, 이러한 묘사는 괴이함을 표현하는 데에 효과적이라고 할 수 있다. 그리고 또 하나 중요한 점은 남겨진 것은 머리카락뿐으로 괴이한 여성이 퇴치되었는지 어떤지는 불분명하다는 점이다. 이것이 ⓔ처럼 잘린 목과 세트가 되어 있는 경우에는 참혹하게 살해된 것이 확실해지고 그 잔혹함이 강조되는 것이 된다. 그러나 머리카락만으로는 죽었다고 할 수 없으며 일의 전말顚末이 불분명한 채로 놓여 있는 것이 된다.

이상의 비교를 통해서 「기비쓰의 가마솥 점」이 쇼타로의 보이지 않는 '시체'를 그리는 것에 대한 '함의'를 생각해보고 싶다.

시체가 발견되지 않는 이상 쇼타로의 생사에 대해서는 확실히 알 수 없다. 어딘가로 끌려갔다는 후일담이 함의로서 남게 된다. 물론 생생한 핏방울이 남아있는 이상, 그가 상처입지 않았다고는 생각할 수 없다. 또한 '상투'만이 남아있다는 것도 인상적이다. 머리를 자르거나 자르지 않는다는 것은 오늘날에도 일종의 사회적 메시지를 갖는다. 특히 봉건 시대처럼 복장이나 머리 스타일이 그 인물의 사회적 속성·신분을 직접적으로 표현했던 시대라면 그것은 현재보다도 더욱 중요한 의미를 가질 것이다. 예를 들면 '상투 자르기髻切'라는 말이 있는데, 타인의 '상투'를 강제로 잘라 버리는 것은 살인이나 강도와 맞먹을 정도의 악질의 범죄행위였다(사카노우에 기요스미坂上清澄의 상소문, 쇼오正応 4년(1292) 10월 11일). 또한 그와 반대로 죄를 범한 자에 대한 처벌로서 상투를 자르는 일도 있었다. 예를 들면 이하라 사이카쿠井原西鶴, 1642~1693의 『호색일대남好色一代男』에는 주인공 요노스케世之介가 강간하려고 했던 것에 대한 처분으로 한쪽 옆머리(살쩍, 片小鬢)를 깎아 밀어내서 추방했다고 하는 이야기가 있는데(제3권, 요노스케 27세), 이것은 중세사회의 형벌의 모습을 투영한 것임이 지적된다.

쇼타로의 '상투'는 물론 스스로 자른 것은 아니다. 이소라가 자른, 혹은 억지로 잡아 뜯었다고 할 수 있을 것이다. '상투'처럼 머리를 묶는 것은 본래 '관冠'이나 '에보시烏帽子'같은, 남성이 사회적인 표징을 나타내기 위한 수단이었다. 그렇다면 그것을 잡아 뜯는 것에 의해서 이소라는 그 남성성 — 그것은 그녀를 괴롭힌 쇼타로의 생득적生得的 속성과 다름없다. ― 을 파손함으로써 그에게 결정적인 치욕을 주고 처절한 복수를 행한 셈이 된다.

그러면 그렇게 '상투'를 뜯긴 쇼타로는 어디로 끌려간 것일까. 앞에서 말했듯이 머리카락의 절단은 죽음을 뜻하지 않는다. 생사가 불분명하다면 그 틈새기에 있다는 것이 된다. 생사의 경계지점, 그것은 원령으로 변한 이소라가 있는 곳에 다름없다. 그렇다면 이소라는 자신을 매몰차게 배반하고 다른 여성과 도망친 별 볼일 없는 남자를 일부러 자신 곁으로 되찾아 왔다는 것이 된다. 그렇다면 이소라는 죽여 버려도 시원치 않을 이 알미운 남자에게 아직 집착하고 있다는 셈이 된다. 이소라의 마음속에는 쇼타로에 대한 미련이 남아있었다는 '함의'가 보이는 것이다. 사랑과 증오가 공존하고 길항하는 남녀 간의 복잡한 심리의 갈등이 '행방을 알 수 없는 시체'를 그리는 것에 의해 표현되는 것이다. 이 작품에는 그러한 장치가 있다고 볼 수 있지는 않을까. 그리고 이것은 일본고전문학에 보이는 시체묘사의 계보를 계승하여 만들어진 하나의 달성이라고 할 수 있는 것이 아닐까라고 나는 생각한다.

5. 맺음말

이번에는 두 편만을 고찰하는 것에 그쳤는데 '시체'를 그리는 것이 단순히 있을 수 있는 사실로서의 기술이나 공포감의 부여라는 레벨에 그치지 않고, 남녀 간의 애증의 갈등이나 상실한 자를 추도하는 극한의 고뇌라는, 한 가지로는 다 꿸 수 없는 인간 심리의 내측을 그려내는 수단이 되어 있는 것은 문학적 달성을 가늠하는 데에 있어서 하나의 지표가 되는 것은 아닐까라고 생각한다. 그리고 그것은 이문화간의 비교 연구를 하는 데에도 실마리가 될 것이라고 생각하여 이러한 소재를 골랐다. 콜로키엄 석상에서는 경청할만한 교시敎示, 비정批正을 많이 얻었다. 특히 「기비쓰의 가마솥 점」에 대해서 한국 연구자 측으로부터 그 내용을 받아들이는 데에 있어 큰 차이가 있다는 말을 듣고, 한일 문화 교류나, 이 작품과 같이 『전등신화剪燈新話』의 흐름에 속하는 『금오신화金鰲新話』에 대해 고찰할 점 등 많은 과제를 안게 되었다. 이들 과제에 대해서는 지금 논하기는 어렵고 앞으로 지속적으로 고찰하고자 한다.

마지막으로 이와 같은 기회를 주신 정형 선생님께 진심으로 감사드립니다. 또한 콜로키엄 당일에 질의해 주신 김경희 선생님, 이용미 선생님, 송혁기 선생님, 엄태웅 선생님을 비롯하여, 참석해 주신 여러 선생님들께 감사드립니다. 그리고 한국에 머무는 동안 신세를 진 한정미 선생님, 김정희 선생님, 통역을 해주신 이권희 선생님, 한일 우호와 관련하여 따뜻하고 심도 있는 말씀을 해주신 최광준 선생님, 남서울대학교에 와주신 사쿠라이 노부히데櫻井信栄 선생님께 깊이 감사드립니다.

＊번역 : 홍성준(단국대 일본연구소)

참고문헌

1. 논문 및 단행본

森山重雄, 『幻妖の文学 上田秋成』, 三一書房, 1982.

鷲山樹心, 『秋成文学の思想』, 法蔵館, 1979.

小椋嶺一, 『秋成と宣長』, 翰林書房, 2002.

鵜月洋, 『雨月物語評釈』, 角川書店, 1969.

重友毅, 『雨月物語の研究』, 大八州出版, 1946.

野田寿雄, 『近世小説史論考』, 塙書房, 1961.

後藤丹治, 「雨月物語と伊勢・今昔との関係」, 『国文学論叢』5号, 龍谷大学国文学会出版部, 1955.

경판본 「구운몽」에 나타난
비일상적 면모의 변모 양상과 의미

엄태웅

1. 머리말—선본 「구운몽」의 비일상성

본 논문은 「구운몽」 이본 중 비선본非善本 계열이라 할 수 있는 경판본 「구운몽」을 선본 계열과 비교하여, 선본 계열에 나타나는 비일상적 면모가 경판본에서 어떻게 구현되고 있는지 실증적으로 고찰하고, 이본 간 차이가 비롯된 이유를 밝히는 것을 목적으로 한다. 더불어 필자가 구성원으로 참여하여 한일 고전문학에 나타나는 비일상과 일상의 면모를 고찰하고 있는 연구단의 향후 연구에 사족을 붙이고자 한다.

2014년에 개봉한 크리스토퍼 놀란Christopher Nolan 감독의 영화 〈인터스텔라〉를 보면서, 이 영화의 배경은 지구 밖 우주로 설정되어 있지만, 실제로 영화는 철저하게 인간 내면의 상상적 질서를 다루고 있다는 생각을 했다.

「구운몽」도 이와 비슷하다고 말하면 지나친 비약일까? 「구운몽」 또한 天上界, 異界, 夢界 등이 다채롭게 펼쳐지면서 물리적 공간의 한계를 넘나들지만, 결과적으로 그 모든 체험은 인간 내면의 문제의식으로 수렴된다. 「구운몽」의 서사적 외형은 지나치게 비현실적이지만, 그 문제의식은 인간의 삶이라는 현실적 차원과 긴밀히 닿아 있다.

그래서인지 「구운몽」에서는 비현실적 상황과 현실적 상황이 분리되어 나타나지 않는다. 등장인물들에게 양자는 서로 다른 세계로 인식되지 않는 듯하다. 등장인물들은 비현실과 현실을 자유롭게 유동流動한다. 전술했듯 이는 물리적으로는 실현 불가능한 것이다. 인간의 상상에 의해 구현된 무질서의 질서인 셈이다.

선행 연구에서 이미 지적한 바, 「구운몽」의 이러한 비현실적 체험은 주로 꿈, 환상, 가상의 상황에서 이루어진다.[1] 꿈, 환상, 가상은 작품에서 각각 별개의 상황으로 주어지기보다는 복합적으로 작동한다. 작품 전체가 커다란 꿈에 둘러싸여 있지만, 그 꿈 안에서 또 다른 꿈이나 환상, 가상의 체험들이 뒤섞여 존재하는 것이다.

이렇듯 꿈, 환상, 가상은 중층적으로 등장하며 작품의 주제 의식을 구현하기도 하고, 서사적 유희의 동력이 되기도 한다. 그런데 필자의 부족한 소견으로는 이러한 비현실적 체험들이 작품의 주제 의식을 구

---

1 이강옥, 「구운몽의 幻夢 경험과 주제」, 『구운몽의 불교적 해석과 문학치료교육』, 소명출판, 2010, 162~203쪽.

현하는 데 기여하는 것보다 작품의 서사적 유희를 강화하는 데 기여하는 측면이 더 커 보인다.[2] 이는 「구운몽」의 비현실적 체험에 '꿈'과 '환상'뿐만 아니라 '가상'이라 명명할 수 있는 이른바 '속임수'가 자주 등장하는 것에서 그 이유를 찾을 수 있다.

「구운몽」에는 꿈과 환상 그리고 상대방을 꼬임에 넘어가게 하는 속임수가 자주 등장하는데, 이 속임수는 현실에서 일어나는 일이기 때문에 엄밀히 말하면 '비현실적'이라고 보기는 어렵다. 그런데 「구운몽」에서는 속임수와 같은 가상적 상황이 '꿈', '환상'과 엮이어 작품의 비현실적 면모를 부각시키는 데 기여하는 경우가 많기 때문에, 이 또한 잠정적으로 「구운몽」의 '현실적이지 않은 면모'로 포함시켰다.

이렇게 본다면 「구운몽」은 '비현실적 상황'과 '가상적 상황'이 다채롭게 등장하여 '현실적이지 않은 면모'를 보여주는 작품이라고 말할 수 있을 것이다. 본 논문에서는 이러한 두 가지 측면을 모두 살펴보려고 하기 때문에, 둘을 포함할 수 있는 넓은 개념으로 '비일상성'이라는 표현을 상정하였다.

---

[2] 물론 서사적 유희를 강화하는 것도 궁극적으로는 작품의 주제 의식을 구현하는 데 기여하기 마련이다. 여기서는 다만 서사적 유희의 기능을 간과한 채 주제 의식 구현에만 초점을 맞추어서는 안 된다는 뜻에서 한 말이다.

2. 문제제기

「구운몽」이 비현실적 면모만이 아니라 속임수와 같은 가상적 면모도 갖고 있기 때문에, 「구운몽」의 비일상적 면모에 대한 고찰은 비단 작품의 주제 의식에 대한 연구에 국한될 필요가 없다. 오히려 속임수와 같은 가상적 면모가 어떻게 작품의 흥미를 유발하는지 그 구체적인 양상에 대해 천착하다 보면, 작품이 지니고 있는 서사적 매력의 다채로운 면모를 확인할 수 있을 것이다.

그런데 지금까지 「구운몽」 연구는 그보다 비현실적 체험이 주제 의식의 구현에 얼마나 기여했는가를 살피는 데 주력하였다. 그간의 「구운몽」 연구가 대체로 입몽入夢과 각몽覺夢의 환상구조幻夢構造 분석을 기반으로 한 주제 파악에 있었다는 점이 이를 증명한다. 물론 환몽구조 분석을 통한 주제 파악이 「구운몽」 해석의 출발이자 귀결점이 될 수밖에 없다는 점은 인정하지만, 「구운몽」의 연구가 주제 파악에 치중한 나머지, 이 작품이 지니고 있는 다채로운 비일상적 모티프들에 대한 천착에 소홀했다는 점은 아쉬움으로 남는다.

환몽구조 분석을 통한 주제 파악이 「구운몽」 연구의 본령이 됨으로 인해 도출된 또 하나의 연구 경향은, 「구운몽」 연구가 주로 선본 계열에 집중되었다는 점이다. 정확한 주제를 파악하기 위해서는 당연하게도 완벽한 텍스트가 필요하기 때문이다. 그리하여 수백 종에 달하는 「구운몽」 이본 중 손에 꼽히는 몇몇 이본들이 주된 연구 대상이 되었다. 선본 중심의 연구는 「구운몽」 창작의 본질을 파악해야 한다는 점에서는 끊임없이 진행되어야 하는 것임에는 틀림없다. 그러나 「구운 몽」이 인간 내면의 성찰을 다루는 공감과 치유의 텍스트라는 점을 감 안한다면, 「구운몽」이 수용된 다양한 면모를 고찰하는 것 또한 매우 중 요한 작업이라 할 수 있다. 즉 비선본 계열 이본들을 단순히 불비不備한 텍스트가 아니라, 수용자에 의해 다른 의미로 재구성된 텍스트로 보는 수용사적 맥락의 접근이 필요하다는 것이다.[3]

물론 「구운몽」의 비일상적 체험이 서사 전개에 미치는 영향을 다룬 연구나, 「구운몽」의 수용사적 측면에 대해 살핀 연구가 없었던 것은 아니다.[4] 본고가 제기한 문제들은 이미 선행 연구를 통해 그 방향이 제 시된 바 있다. 다만 비선본 계열의 중요성을 인식하면서, 비선본 계열

3　비선본 계열 이본의 중요성에 대한 필자의 입장은 다른 논문을 통해 밝힌 바 있다. 이에 본 논문에서는 재론하지 않고, 기존 논의를 일부 인용하는 것으로 대신하고자 한다. "본 고는 '異本'이라는 존재가 선본을 전사하는 과정에서 발생한 결락의 결과물이 아니라, 선 본과는 다른 서사적 지향을 추구하는 과정에서 발생한 취사선택의 결과물이라 전제한 다. 다시 말해 이본은 선본으로 나아가지 못한 오류의 결과물이 아니라, 애초에 선본과는 다른 미감을 구현하기 위해 기획된 결과물이라는 것이다. 이본은 그렇기에 선본과 더불 어 작품 정체성을 형성하는 또 다른 한 축이며, 따라서 이본은 선본의 존재를 밝히기 위한 '수단'이 아니라 그 자체로 '목적'이라고 본다. (…중략…) 우리에게는 수많은 복수複數의 '「구운몽」들'이 있다. 위와 같은 연구를 통해 밝혀낸 선본 「구운몽」이 김만중의 작가 의식 과 원본의 실체를 구명하는 데 큰 기여를 한 것은 자명한 사실이지만, 그렇다고 선본 「구 운몽」이 조선 후기에 존재했던 '「구운몽」들'을 모두 설명할 수 있는 것은 아니다. (…중 략…) 이본 연구의 과정에서 선본 확정 및 원본 재구를 위해 활용되었던 다수의 이본들은, 선본과의 위계적 구도 속에서 '결함을 지닌 불완전한 이본'으로 명명되어 격하된 위상 속 에 존재해야 하는 것인가? 이는 한 개의 소실점만으로 눈에 보이는 전경을 완벽히 재현해 낼 수 있다고 믿는 근대 서유럽의 선원근법의 논리와 흡사하다. 소실점의 위치에 놓여 있 는 대상은 비교적 완벽히 재현할 수 있지만 그 이외의 대상들은 주변부로 갈수록 더욱 더 본래의 실체로부터 왜곡된 모양으로 재현될 수밖에 없는 것처럼, 단일한 초점으로 '「구운몽」들'을 바라보게 되면 주변부로 밀려난 '「구운몽」들'은 실체와 다르게 이해될 수 있다." 엄태웅, 「완판본 「구운몽」의 인물 형상과 주제 의식」, 『어문논집』 72, 민족어문학 회, 2014, 111~116쪽.

4　대표적인 논문은 다음과 같다. 이강옥, 앞의 글; 장효현, 「구운몽의 주제와 그 受容史」, 『韓國古典小說史硏究』, 고려대 출판부, 2002, 203~229쪽.

이본 자체의 내용적 특징을 밝히려고 한 시도는 찾아보기 어렵다.

본 논문에서는 「구운몽」 비선본 계열 이본 중 경판본에 주목하였다. 주지하다시피 경판본은 조선 후기 고전소설의 상업적 출판과 유통을 대변한다. 서울 지역을 중심으로 널리 유통된 경판본은 독자 수용의 측면에서 보자면 결코 비선본 계열이라는 이유로 치부할 수 없는 판본이다. 경판본이 「구운몽」의 주제 의식을 충실히 담아낸 이본은 아니지만, 조선 후기 다수의 독자들은 경판본을 통해 「구운몽」을 접했기 때문이다.

이에 본 논문에서는 경판본 「구운몽」의 특징적 양상을 살펴보기 위해 선본인 서울대학교 소장 한글 필사본을 비교 대상으로 삼았다. 이를 통해 경판본에서 선본 계열의 비일상적 면모가 어떻게 변하였는지 살펴보도록 하겠다. 앞서 언급한 것처럼 이는 주로 꿈, 환상, 가상 체험에 해당되는데 이들 체험은 뒤섞여 있는 경우가 많다. 그러므로 비일상적 체험의 요소들로 나누어 살피기보다는, 주요 에피소드를 서사 순서에 따라 비교 고찰하며 경판본에서 어떠한 변화가 일어났는지 알아보도록 하겠다.

3. 경판본 변모의 양상

흔히 경판본은 상업적 이윤을 극대화하기 위해 분량을 최소화한 것으로 알려져 있다. 그래서 모든 작품의 경판본 이본은 선본에 비해 상당히 축약된 형태이다. 「구운몽」도 마찬가지여서, 서울대학교 소장본(이하 서울대본)을 비롯한 선본 계열은 4권 혹은 16회의 장회체로 구성된 장편인 데 비해, 경판본은 32장에 불과한 축약본이다. 단순히 분량을 비교해보면 경판본은 서울대본의 1/4에 미치지 못한다.[5] 이 비율만 보아도 상당히 많은 내용이 축약되었음을 예상할 수 있다.

그런데 경판본이 선본의 내용을 일정한 비율로 균질하게 축약한 것은 아니다. 어떤 부분은 선본과 거의 동일한 수준인 반면, 어떤 부분은 아예 에피소드 전체가 빠져 있기도 하다. 상당히 많이 축약된 이본이기 때문에 서울대본에 없는 내용이 경판본에만 존재하는 경우는 단 한 장면에 불과하며, 그 장면이 그리 큰 의미를 갖지 않는다. 따라서 경판본이 축약을 하면서도 한편으로 견지하고자 했던 서사적 지향이 무엇인지를 살펴보기 위해서는 — 선본과 비교해볼 때 — 취하고 사한 부분이 무엇인지, 그리고 이로 인하여 서사 전개에 변화가 발생한 것은 무엇인지 확인해야 한다.

본 논문이 비일상적 면모에 주목한 관계로 이 글에서 경판본 「구운몽」의 전체적인 조망은 하지 못하지만, 필자가 살펴본바 경판본 「구운

---

5   서울대본이 13만여 자인데 비해 경판본은 3만여 자에 불과하다.

몽」은 상당한 양을 축약하는 가운데에서도 나름의 서사적 일관성을 지키기 위해 노력했음이 확인되었다. 흔히 경판본이 상업적 이윤 추구를 위하여 과도한 생략을 함으로써 작품의 본질을 훼손하였다는 인식이 강한데, 물론 선본의 문제의식을 온전히 담아내지 못한 점이 있기는 하지만, 한편으로는 선본 서사의 방만함을 효율적으로 정리한 측면도 없지 않다. 「구운몽」 서사의 큰 줄기에서 다소 멀어지는 단편적 사건들이나 서술자의 불필요한 설명들을 생략하는 것이 대표적이다. 물론 그 과정에서 필수적인 인물 정보나 사건 정보를 과감하게 삭제하여 독자들이 작품의 내용을 이해하는 데 어려움을 주기도 하지만, 그렇다고 하여 서사의 유기적 맥락을 끊어버리는 막무가내의 축약은 찾아볼 수 없었다. 즉 경판본 「구운몽」이 대폭적인 축약을 했지만 그 안에서 일정한 서사적 지향을 찾아볼 수 있을 것이라는 말이다.

따라서 비일상적 면모에 변화가 있다면 그 또한 경판본이 추구하고자 했던 서사적 지향과 궤를 같이 했을 가능성이 높다. 이를 살펴보기 위해 본 논문에서는 서울대본과 경판본의 대목을 일일이 비교하여 그 출입의 양상을 살펴보기로 했다. 서사의 출입을 살펴야 하므로 구체적으로 비교하지 않으면 그 차이가 확연히 드러나지 않기 때문이다.[6] 작품의 흐름을 따라가며 그 차이를 하나씩 살펴보도록 하자.

---

6 물론 서울대본은 경판본의 저본이 아니기 때문에 서울대본과 경판본의 비교는 선본과 비선본의 차이를 확인하기 위한 방편에 국한되는 것이다.

1) 성진이 입몽하는 대목

서울대본	경판본
성진이 홀일업셔 불상과 스부의게 녜비ᄒ고 모든 동문을 니별ᄒ고 녁ᄉ와 ᄒᆞᆫ가지로 명ᄉ의 나아갈 ᄉᆡ 유혼관을 들고 망향ᄃᆡ를 디나 풍도셩의 다ᄃᆞᄅᆞ니 셩문 잡은 귀졸이 못거늘 녁ᄉᆡ 뉴관대ᄉ 법지로 죄인을 ᄃᆞ려오노라 ᄒ니 길흘 여러 주거늘 바로 삼나뎐의 니ᄅᆞ니 ㉠염왕이 공ᄉᄒᆞ여 녁ᄉ를 주어 보ᄂᆡ더라 셩진이 뎐하의 ᄭᅮ니 염왕이 무ᄅᆞᄃᆡ 셩진 샹인아 샹인의 몸이 남악의 이시나 일홈은 임의 지쟝왕 향안 우희 치부ᄒᆞ여시니 블구의 큰 도를 어더 놉히 년좌의 오ᄅᆞ면 즁싱들이 대되 은덕을 입을가 ᄒᆞ더니 므스 일노 이 싸히 니ᄅᆞ러ᄂᆞᄂᆈ 셩진이 가쟝 참괴ᄒᆞ여 ᄒ다가 왕긔 알외ᄃᆡ 셩진이 무샹ᄒᆞ여 노샹의셔 남악 션녀를 만나보고 ᄆᆞ음의 거리낀 고로 스승의게 득죄ᄒᆞ여 대왕긔 명을 기ᄃᆞ리ᄂᆞ이다 염왕이 좌우로 ᄒᆞ여금 디쟝왕긔 말ᄉᆞᆷ을 올녀 굴오ᄃᆡ 남악 육관대ᄉ 그 뎨ᄌ 셩진을 보ᄂᆡ여 명ᄉ로셔 벌ᄒᆞ라 ᄒ니 여나문 죄인과 다ᄅᆞᆯᄉᆡ 췌품ᄒᆞᄂᆞ이다 보살이 ᄃᆡ답ᄒᆞᄃᆡ 슈힝ᄒᆞᄂᆞᆫ 사ᄅᆞᆷ의 오며 가기ᄂᆞᆫ 져의 원ᄃᆡ로 홀 거시니 어이 구ᄐᆡ여 무ᄅᆞ리오 (권지일12a-13a)	셩진이 홀 일 업셔 불상과 ᄉ부의게 하직 ᄒ고 녁ᄉ를 ᄯᅡ라 풍도의 드러가니 념왕이 불너드려 문왈 셩진 샹인이 부쳐의 도를 통하여 군싱을 증궤홀가 ᄒᆞ엿더니 엇지 이의 니르럿ᄂᆞᆿ ㉠' 셩진이 츔괴ᄒᆞ여 밋쳐 답지 못ᄒᆞ여 (4a-4b)

　육관대사六觀大師의 제자인 성진은 스승의 명을 받들어 남해 용왕을 뵙고 오는 길에, 우연히 팔선녀를 만나 속세의 부귀영화에 미혹되고, 이러한 번민이 이유가 되어 그 죄로 풍도酆都에 가게 된다. 서울대본에서는 풍도에 간 성진이 염라대왕의 물음에 답을 하고, 염라대왕과 좌우의 신하 그리고 시장보살이 의논하는 상면이 등장한다(㉠). 그러나 경판본에서는 염라대왕이 성진에게 이곳에 온 연유를 묻자 성진이 부끄러워하며 우물쭈물하다가 대답을 하지 못하는 모습으로 처리되었다(㉠'). 사소한 차이로 보이지만 이는 경판본이 '꿈속 환상적 공간'에서

이계異界의 인물들과 벌이는 대화의 장면을 그리 중요하게 생각하지 않은 결과라는 점에서 주목할 필요가 있다.

2) 양소유가 도인과 만나는 대목

서울대본	경판본
양소유가 피난 도중 부친을 만난 적이 있는 한 도인을 만나 머물며 거문고를 배운다. ⓛ 싱이 졀ᄒ여 밧고 인ᄒ여 슬오ᄃᆡ 쇼즈의 션싱 만나믄 벅벅이 부친의 지교ᄒ시미로다 원컨ᄃᆡ 궤쟝을 뫼셔 뎨지 되여지이다 도싀 웃고 닐오ᄃᆡ 인간 부귀를 그ᄃᆡ 면치 못 ᄒ리니 어이 능히 노부를 조차 암혈의 깃드리리오 허믈며 나죵의 도라갈 곳이 이시니 나의 무리 아니라 비록 그러ᄒ나 은근ᄒ 뜻을 져ᄇ리디 못 ᄒ리라 ᄒ고 픵도의 방셔 ᄒ 권을 ᄂᆡ여 주며 닐오ᄃᆡ 이를 닉이면 비록 연년을 ᄒ디 못 ᄒ나 쏘 가히 병이 업고 늙기를 믈니치리라 싱이 다시 졀ᄒ여 밧고 인ᄒ여 므러 굴오ᄃᆡ 션싱이 쇼즈를 인간 부귀를 긔약ᄒ실ᄉᆡ 인간 일을 뭇줍ᄂᆞ이다 쇼지 화음현 진시 녀즈를 만나 보야흐로 의혼ᄒ더니 난병의 쓸이여 이곳의 와 이시니 아디 못게라 이혼ᄉ 일니잇가 도싀 대쇼ᄒ고 닐오ᄃᆡ 이 혼인 길히 어둡기 밤 ᄀᆞᆺᄐ니 텬긔를 어이 미리 누셜ᄒ리오 비록 그러나 그ᄃᆡ 아름다온 인연이 여러 곳의 이시니 모ᄅᆞ미 진녀를 일편도이 권념ᄒ디 말디어다 이날 도인이 뫼셔 셕실의셔 자더니 하ᄂᆞᆯ이 치 붉디 못 ᄒ여셔 도인이 싱을 ᄭᆡ와 닐오ᄃᆡ 길이 임의 트엿고 과거를 명츈으로 믈녀시니 대부인이 문을 의지ᄒ여 기ᄃᆞ리ᄂᆞ니 셜니 도라갈디어다 인ᄒ여 노비를 츨혀 주거ᄂᆞᆯ 싱이 빅빅ᄒ여 도인의게 샤례ᄒ고 금셔를 슈습ᄒ여 뫼흐로 ᄂᆞ려오며 도라보니 도인의 집이 간 곳이 업더라 (권지일 26b-28a)	양소유가 피난 도중 부친을 만난 적이 있는 한 도인을 만나 머물며 거문고를 배운다. ⓛ' 해당 내용 없음

양소유는 과거를 보러 가던 길에 난離을 만나 피난을 가게 되고, 그러던 중 한 도인을 만난다. 이 도인은 얼마 전 양소유의 부친을 만났다고 전한다. 양소유의 부친은 일전에 갑자기 자신이 세속 사람이 아니며 선자仙者들이 자신에게 자꾸 오라 하니 떠날 수밖에 없다고 하며 백룡과 청학을 타고 깊은 산골짜기로 들어갔다. 이에 양소유는 도인으로부터 뜻밖에 소식을 듣고 기뻐하고 함께 거처한다. 그리고 그에게서 나중에 쓰일 일이 있다며 거문고와 통소를 받게 된다.

서울대본에서는 그 뒤로도 양소유와 도인의 대화가 이어진다(ⓛ). 양소유는 도인에게 자신의 몸을 의탁하고자 부탁하지만 거절당하고, 도사는 양소유에게 불로장생을 위한 책인 팽조彭祖의 방서方書를 내어주며 또한 양소유의 혼인의 문제에 대해서도 앞날을 예언하듯 조언한다. 그리고 헤어진 뒤에 도인은 감쪽같이 사라진다. 반면 경판본에서는 거문고와 통소를 받은 뒤 곧바로 헤어진다(ⓛ'). 앞서 소개한 내용이 모두 생략되어 있다. 헤어지는 장면 또한 일상적인 인간의 헤어짐과 다를 바가 없다.

주지하다시피 성진이 입몽하여 양소유로 태어나고, 양소유는 장성하여 과거를 보러 간다. 도인은 그 길에 만난다. 양소유로 살아가고 있는 몽중夢中 상황을 '현실'이라고 할 경우, 양소유는 현실에서 신이한 체험을 하는 셈이다. 굳이 꿈, 환상, 가상의 범주로 구분하자면 환상에 해당이 된다. 서울대본에서는 양소유가 도인과 비일상적 체험을 하고, 헤어진 직후에 도인의 자취가 감쪽같이 사라지며 환상적 면모를 드러내지만, 경판본에서는 그저 이별을 하는 것으로 처리되어 환상적 면모를 찾기가 어렵다. 일상적 차원의 만남과 헤어짐으로 변모한 것이다.

3) 정경패의 출생 과정을 설명하는 대목

서울대본	경판본
원간 뎡스되 다른 녀즈 업고 오딕 쇼져 일인을 기르더니 ⓒ최부인 희산홀 졔 졍신이 혼곤홀 쌔 보니 흔 션녜 흔 손의 흔 낫 명쥬롤 가지고 드러오거늘 보아더니 쇼져롤 나흐니 아히 젹 일홈은 경패라 용모와 직덕이 셰샹 사룸 갓디 아니 흐니 비필을 굴희기 어려워 빈혀 쏘즐 나히로되 졍혼흔 곳이 업더라 (권지일49a-49b)	스되 두른 즈녜 업고 다만 일녜 잇스니 ⓒ' 일홈은 경픽라 (11a)

양소유는 과거를 보기 위해 경사에 가서 모친의 표매表妹인 두련사杜鍊師의 추천으로 정경패라는 여인에게 관심을 갖게 된다. 통상 고전소설에서 재자가인才子佳人은 출생 과정부터 남다른 면모를 보인다. 서울대본을 보면 정경패 또한 모친이 해산할 때 선녀로부터 명주를 건네받는 경험을 한다(ⓒ). 그런데 경판본에서는 이러한 부연 설명 없이 그저 정경패가 정사도의 외동딸이라는 정보만을 제시한다(ⓒ'). 등장인물의 신이한 면모에 큰 관심을 두지 않음을 알 수 있다.

4) 양소유가 여장을 하고 정경패 앞에서 거문고를 연주하는 대목

양소유는 바깥출입을 하지 않고 외부인을 만나지 않는 정경패를 보기 위해 거문고 타는 솜씨를 빌미로 삼아 여자로 위장하고 정경패와 한자리에 있게 된다. 이 자리에서 양소유는 거문고 여덟 곡조를 연주해 자신의 거문고 연주 솜씨를 뽐내고 정경패를 향한 마음을 은연중에 드러내게 된다.

서울대본	경판본
양싱이 혼 곡됴를 타니 쇼졔 굴오디 이 곡됴 비록 아름다오나 즐거오디 음난ᄒ고 슬프미 과ᄒ니 진 후쥬의 옥슈후뎡홰라 이ᄂ 망국ᄒᄂ 소리니 다른 니를 듯고져 ᄒᄂ이다 싱이 ᄯᅩ혼 곡됴를 타니 (…중략…) 쳥컨디 다른 곡됴를 타쇼셔 양싱이 ᄯᅩ 혼 곡됴를 타니 (…중략…) 싱이 ᄯᅩ 혼 곡됴를 타니 (…중략…) 싱이 ᄯᅩ 혼 곡됴를 타니 쇼졔 굴오디 아름답다 이 곡됴여 놉혼 뫼히 아아ᄒ고 흐르ᄂ 믈이 양양ᄒ여 신션의 종젹이 진셰예 ᄲᅱ여나시니 이 아니 빅아의 슈션되니잇가 빅아의 넉시 아름이 이시면 종즈긔 죽은 줄을 혼티 아닐소이다 싱이 ᄯᅩ 한 곡됴를 타니 (…중략…) 양싱이 향노의 향을 고텨 픠오고 다시 혼 곡됴를 타니 (…중략…) 싱이 곳쳐 안쟈 굴오디 빈되 드르니 풍뉴 곡됴 아홉 번 변ᄒ면 하늘 신녕이 나린다 ᄒ니 앗가 쥬혼 거시 계유 여듧이니 오히려 혼 곡됴 잇ᄂ이다 다시 거문고를 썰쳐 시울을 됴화ᄒ니 곡됴 유향ᄒ고 긔운이 틱탕ᄒ여 뎡뎐의 일빅 곳치 봉오리 벙을고 져비와 괴ᄭᅩ리 빵으로 츔추더니 쇼졔 취미를 ᄂᆞ죽이 ᄒ고 츄파를 거두지 아니 ᄒ더니 믄득 양싱을 두어 번 거듭 써 보고 옥ᄀᆞ톤 보죠개에 블근 긔운이 올나 봄 슐이 취혼 듯ᄒ더니 몸을 니르혀 안으로 드러가거ᄂᆞᆯ (권지일53a~56a)	싱이 년ᄒ야 여듧 곡조를 타니 쇼졔 그치고져 ᄒ거ᄂᆞᆯ 싱 왈 빈되 들으니 풍뉴 아홉 번 변ᄒ면 텬신이 하강ᄒ다 ᄒ오니 ᄯᅩ 혼 곡죄 잇스니 마즈 ᄀᆞ르쳐 ᄭᅢ닷게 ᄒ쇼셔 ᄒ고 드시 줄을 골나 일곡을 쥬ᄒ니 곡죄 유랑ᄒ고 심혼이 호탕ᄒ지라 쇼졔 아미를 나초고 츄파를 드지 아니타가 이의 거ᄃᆞᆯ써 보고 화용의 홍광이 올나 몸을 니러 안흐로 드러가거ᄂᆞᆯ (12a)

    서울대본에서 이 대목은 곡조 하나하나를 일일이 상세하게 장면화하여 양소유와 정경패가 음악으로 교감하는 모습을 아름답게 묘사하고 있다. 곡조 중에는 백아의 〈水仙操〉도 있는데, 정경패는 이 곡조를 알아보고 '높은 산이 하늘 높이 치솟고 흐르는 물이 끝없이 넓어서 신선의 자취를 느끼는 듯하다'고 말한다. 여덟 곡조를 연주하는 장면은 전체적으로

아름답고 전아한 분위기이며, 경우에 따라서는 신비로운 면모를 풍긴다.

더욱이 이 장면은 여장을 한 양소유가 은연중에 곡조를 통해 남성으로서 정경패를 흠모하는 마음을 드러내는, 그러니까 '속임수'를 써서 상대방을 당황스럽게 하는 '가상'의 면모도 지니고 있다. 「구운몽」에서 자주 등장하는 속임수의 수법을 활용하고, 이 과정에서 신비로운 분위기를 조성함으로써 「구운몽」이 지향하는 비일상적 면모의 전형적 모습을 드러내고 있는 것이다.

만약 경판본이 선본의 본래 의도를 살리려면, 이 장면에 나타나는 비일상적 면모의 축약을 최대한 자제해야 한다. 그런데 경판본에서는 이 대목을 "싱이 년ᄒᆞ야 여듧 곡조를 타니"(실제로는 먼저 한 곡조를 타고 그 뒤로는 여덟 곡조가 아닌 일곱 곡조를 탔다)로 매우 간략하게 처리한다. 「구운몽」의 전형적인 비일상적 체험을 보여주면서 한편으로 서사적 흥미를 유발하는 이 장면을 생략한 것이다.

그런데 이는 단순히 분량을 줄이기 위한 방편이라고 보기 어렵다. 주지하다시피 「구운몽」 경판본의 독자들은 선본 계열 독자들에 비해 대체로 신분이 낮고 한문학적 소양이 부족할 수밖에 없다. 서울대본이 한글본이기는 하지만 여러 곡조가 등장하는 이 대목에 수록된 내용들은 일정한 한문학적 소양을 요구하는 것들이다. 따라서 경판본에서는 이 대목을 상세히 서술할 필요가 없었다. 전아하고 신비로운 분위기를 담고 있다고 하더라도, 경판본 독자들에게는 그것이 감동의 대상이 될 수 없기 때문이다. 수용자의 수준과 기호에 의해 내용이 취사선택되면서, 「구운몽」 선본에서 볼 수 있는 아름다운 장면이 경판본에서는 자연스럽게 사라진 것이다.

5) 양소유가 신녀(神女)로 위장한 가춘운과 만나는 대목

서울대본	경판본
쥬호롤 추오 십여리롤 힝ᄒ여 맑은 시내롤 님ᄒ고 솔수플을 혜여고 잔을 젼ᄒ더니 ㉣이째 츈하간의 쇠쇠치 어지러이 퍼져 물결을 조챠 ᄂ려오니 완연이 무릉도원이오 경개 절승ᄒ더라 뎡싱이 닐오ᄃᆡ 이 믈이 주각봉으로 조차 ᄂ려오니 예셔 십여리롤 힝ᄒ면 고이ᄒ 따히 이셔 숯 픠고 달 볼근 밤이면 신션의 풍뉴 소릭 난다 ᄒᄃᆡ 내 일작 보디 못 ᄒ얏더니 형으로 더브러 당당이 ᄒᆞᆫ 가디로 조출 거시라 ᄒ니 양싱이 본듸 셩품이 긔특ᄒᆫ 일을 묘하ᄂ᠃는디라 이 말을 듯고 크게 긔특이 넉여 힝ᄒ더니 홀연 뎡십삼 집 죵이 급히 와 니르ᄃᆡ 우리 낭지 병환이 겨셔 낭군을 쳥ᄒ시ᄂ이다 (권지이10a-10b)	셩 밧ᄀ 나가 십여리롤 힝ᄒ여 ᄒᆞᆫ 곳의 니르러 한님이 뎡싱으로 더부러 시녀가의 안져 슐을 셔로 권ᄒ며 글귀롤 읇더니 ㉣' 해당 내용 없음 홀연 뎡싱 가동이 급히 와 고ᄒ되 낭지 홀언 병환이 급ᄒ시니 낭군은 쌜니 힝ᄒ소이다 (16a)

서울대본	경판본
미인 왈 쳥컨ᄃᆡ 졍ᄌ 우히 가 말숨을 베퍼지이다 싱을 인ᄒ여 뎡ᄌ 우히 가 쥬긱으로 난화 안고 녀동이 쥬찬을 드리더니 ㉤미인이 탄식ᄒ고 갈오ᄃᆡ 녜 일을 니르려 ᄒᄆᆡ 사롬의 슬푼 ᄆᆞ음을 돕ᄂ᠃는도다 쳡은 본대 요지왕모의 시녀러니 낭군의 젼신이 곳 샹쳔션ᄌ라 옥뎨 명으로 왕모ᄭᅴ 됴회ᄒ더니 쳡을 보고 신션의 실과로 희롱ᄒ니 왕뫼 노ᄒ샤 샹뎨ᄭᅴ 살와 낭군은 인셰예 써러지고 쳡이 쏘ᄒ 산듕의 귀향 왓더니 이제 그흔이 차도로 요지로 갈 거시로ᄃᆡ 브듸 낭군을 ᄒᆞᆫ번 보아 녯 졍을 펴랴 ᄒᄂᆞᆫ 고로 션관의게 비러 ᄒ 둘 그 한을 주니 쳡이 진실노 낭군이 오ᄂᆞᆯ 오실 줄 아더니이다 이째 돌이 놉고 은ᄒᆡ 기우러시니 밤이 깁허ᄂᆞᆫ디라 셔로 잇그러 침셕의 나아가니 (권지이12a-13a)	그 녀지 한님을 쳥ᄒ여 좌롤 졍ᄒ고 녀동을 불너 쥬효롤 나오니 한님이 사례 왈 무슴 년고로 요지의 즐거오미 이딕도록 ᄒ뇨 ㉤' 해당 내용 없음 한님이 호탕ᄒᆫ 졍이 발양ᄒᄆᆡ 드디여 미인을 잇글어 ᄒᆞᆫ가지로 ᄌ리의 나아가니 (16b)

서울대본	경판본
녀직 人양 왈 첩의 근본을 낭군이 불셔 아라 겨시니 낭군은 홀노 아쳐흔 무음이 업人니잇가 (…중략…) 흔번 이 임의 의심흐니 어이 감히 갓가이 뫼시리잇가 싱이 골오디 ⑭귀신을 아쳐흐는 쟈는 셰쇽 어린 사름이라 사름이 귀신 되고 귀신이 사름 되니 피츠롤 어이 분변흐리오 나의 졍이 이러틋 흐거늘 그디는 츠마 엇디 브리리오 낭군이 첩의 눈셥을 프르고 쌤이 블근 양을 보고 권년흐는 무음을 니거니와 이 다 거즛 거슬 쑤며 싱인을 샹셥흐미라 낭군이 첩의 진짓 복을 알고져 흐실딘디 빅골 두어 조각의 프른 잇기 씨여실 분이라 츠마 엇디 귀흔 몸의 갓マ이 흐려 흐시느니잇가 양싱이 골오디 부쳐의 말의 닐오디 사름의 몸이 지는 풍화로 거즛 거슬 밍그랏다 흐니 뉘 진짓 거시며 거즛 거신 줄 알니오 녀주롤 잇그러 침셕의 나아가 밤을 흔가디로 디내니 은졍의 견권흐미 젼일의셔 더흐더라 (권지이16b-18a)	미인이 人양 왈 첩의 근본을 임의 알아 계시니 엇지 긔이리오 (…중략…) 두 번 갓가이 흐심을 브라리잇가 한님이 드시 人미롤 잡고 니르디 ⑭'엇지 날을 빈쳑고져 흐느뇨 흐고 즉시 미인을 잇글어 방중의 드러와침셕의 나아가니 졍이 젼의셔 빈나 더흐더라 (18a-18b)

양소유와 정경패와의 결연이 성사된 뒤, 정경패는 자신이 양소유에게 속임을 당한 것이 분하여 양소유를 속일 요량으로 시비이자 정경패와 함께 양소유와 혼약을 하게 되는 가춘운賈春雲을 신선이자 귀신으로 위장시킨다. 그리고 양소유를 유인하여 신이한 존재를 만난 것처럼 속이게 된다. 여기서도 속임수가 등장한다. 그리고 그 속임수는 등장인물을 신이한 존재로 만드는 것이다. 마찬가지로 「구운몽」의 비일상적 면모가 잘 드러나고 있다.

그런데 위 세 장면만 보아도 경판본이 이 대목의 비일상적 면모를 얼마나 과감하게 축약했는지 알 수 있다. 첫 번째 장면의 경우, 서울대본에서는 신녀로 위장한 가춘운을 보러 가는 길의 자연 풍광이 보여주는 신비로운 이미지(괴이한 땅, 신선의 풍류 소리)가 보이는데(ㄹ), 경판본에서는 이를 생략하였다(ㄹ').

두 번째 장면의 경우, 서울대본에서는 신녀로 위장한 가춘운이 양소유에게, 자신의 본래 모습을 요지瑤池 서왕모西王母의 시녀로 소개하고 양소유의 전신을 하늘의 선자仙子라고 설명하며, 자신들의 만남을 기이하고 신비로운 인연이라 말하고 있다(ㅁ). 이 시점에 가춘운은 신녀로 설정되어 있기 때문에 이러한 설명이 신녀로 위장한 가춘운의 면모를 더욱 강조하게 된다. 그런데 경판본에서는 이러한 신비로운 면모를 전혀 찾아볼 수 없다(ㅁ'). 단순히 낯선 곳에서 재색을 겸비한 여인을 만났다는 느낌밖에 들지 않는다. 그러다보니 연이어 제시되는 동침 장면 또한 서울대본은 아름다운 사랑으로 비쳐지지만 경판본은 양소유의 결연 욕망 실현이라는 느낌을 강하게 받는다.

세 번째 장면도 상황이 비슷하다. 양소유가 신녀로 위장한 가춘운을 과히 사모한 나머지 또 다시 만나자고 제안을 하는데 가춘운이 자신이 세속 사람이 아니라며 거절한다. 이에 양소유는 '귀신을 싫어하는 자는 세속의 어리석은 사람이다. 사람이 귀신이 되고 귀신이 사람이 되니 피차 어찌 분변하리오. 나의 정이 이러한데 그대는 나를 차마 어찌 버리는가?'라든가, '부처의 말씀에 사람의 몸은 떨어지는 풍화로 헛되이 만든 것이라고 한다'는 발언을 쏟아낸다(ㅂ). 물론 이러한 발언은 양소유가 가춘운을 설득하기 위해 한 것이지만, 이러한 발언을 통해 양소유가 생각하는 인간과 귀신에 대한 생각, 인간이라는 존재에 대한 생각을 엿볼 수 있다. 그리고 그 생각은 현실적 차원 혹은 일상적 차원에서는 성립 불가능한 것임을 알 수 있다.

　반면 경판본에서 양소유는 거절하는 가춘운에게 '어찌 날 배척하는 가?'라고 말하며 단도직입적으로 묻고 있다(ㅂ'). 애초에 경판본에서는 가춘운에게 신녀의 면모를 부여하지 않았고, 그러다 보니 양소유의 행동은 그저 사모하는 마음을 받아주지 않는 가춘운에게 억지로 동의를 구하는 것처럼 묘사가 된 것이다.

6) 양소유가 꿈속에서 동정 용녀를 만나는 대목

서울대본	경판본
첩이 귀인을 쳥ᄒᆞ여 더러온 짜히 니르시게 흐믄 흔ᄌᆞ 첩의 회포를 베플려 ᄒᆞ미 아니라 ⓐ-1 삼군이 믈이 업셔 우믈 파기를 슈고ᄒᆞ니 비록 빅댱을 파도 믈을 엇디 못 ᄒᆞ시리이다 첩의 사ᄂᆞᆫ 못 믈이 녜ᄂᆞᆫ 쳥슈담이라 본디 됴흔 믈이러니 첩이 온 후 슈셩이 다르게 되니 이 짜 사ᄅᆞᆷ이 감히 먹디 못 ᄒᆞ여 일홈을 곳쳐 빅뇽담이라 ᄒᆞᄂᆞ니이다 이제 귀인이 이에 님ᄒᆞ시니 첩이 죵신 의탁ᄒᆞᆯ 곳이 잇ᄂᆞᆫ디라 죵젼의 괴로온 ᄆᆞᄋᆞᆷ이 님의 플엿ᄂᆞᆫ디라 그윽흔 골의 양츈이 도라옴ᄀᆞᆺᄒᆞ니 일노브터 믈마시 녜와 다르디 아니 ᄒᆞ리니 삼군이 기러 먹어도 해롭디 아니 ᄒᆞ고 몬져 먹고 병든 사ᄅᆞᆷ도 능히 곳치리이다 샹셰 왈 낭ᄌᆞ의 말노 불작시면 우리 냥인의 인연이 하늘이 졍ᄒᆞ션디 오라니 아름다온 긔약을 이제 감히 졈복ᄒᆞ리잇가 뇽녜 굴오디 첩의 더러온 직질을 군ᄌᆞ긔 허ᄒᆞ연 디 오라거니와 이제 믄득 군ᄌᆞ롤 뫼시믄 가치 아니미 세 ᄀᆞ디니 (…중략…) ⓐ-2 둘흔 첩이 쟝	ⓐ-1' 해당 내용 없음 ⓐ-2' 원슈 흔 번 보미 졍신이 황홀ᄒᆞ여 손을 잇그러 침소의 나아가 깃부미 측냥업더라 (24a)

첫 사룸의 몸을 어더 군주를 셤길 거시니 이제 비눌과 진의 도든 몸으로 퇴석을 뫼시미 가치 아니 흐고 (…중략…) 낭군은 모루미 쓸이 진의 도라가 삼군을 졍졔호야 대공을 일온 후 개가룰 브루시고 경소로 도라가셔든 쳡이 당당이 치마룰 잡고 진슈룰 건너리이다
샹셰 왈 낭주의 말이 비록 아룸다오나 뇌 쓰슨 그러치 아니 흐고 (…중략…) ⓐ-3 낭주는 이 신명의 주손이오 녕흔 죵뉘라 사룸과 귀신 수이의 출닙호여 가티 아니미 업스니 어이 비눌 도드믈 즈겸호리오 (…중략…) 둘이 붉고 부람이 묽으니 됴흔 밤을 어이 허슈히 디내리오 드듸여 뇽녀로 더브러 침셕의 나아가 은졍이 견권호더니 (권지삼9a-11a)

본 논문에서 상세히 언급하지는 않겠지만, 이 대목에 앞서 양소유는 심요연을 만나 신이한 경험을 한다. 이 부분 또한 경판본에서는 신이한 면모가 많이 생략되고, 두 사람의 결연에 대한 짤막한 정보만을 남겼다.

이후 양소유는 심요연이 일러준 몇 가지 가르침을 기억하고 군대를 이끌고 가다가 어느 골짜기에서 군사들이 물을 마시고 죽어가는 것을 보고, 이곳이 심요연이 조심하라고 당부한 골짜기임을 알아채고 고민하던 중, 홀연 꿈을 꾸어 동정洞庭 용녀龍女 앞에 가게 된다.

동정 용녀는 양소유를 모시면서, 자신이 본래 양소유와 인연이 있음을 이르고, 아울러 지금 군사들이 고통을 받고 있는 것이 자신 때문이라고 말한다. 즉 지금 군사들이 머물고 있는 골짜기는 자신이 온 뒤로 냉기가 흐르는 물로 변하여 마실 수 없게 되었다는 것이다. 그런데 이제 용녀 자신이 바라던 양소유를 만나게 되어 마음이 풀렸고, 그리하여 골짜기의 물 또한 냉기가 사라지고 마실 수 있는 물이 되었다고 말

해준다(㉦-1).

그런데 경판본에서는 동정 용녀와 골짜기의 냉기 가득한 물과의 상관관계에 대한 언급이 전혀 없다(㉦-1'). 방금 언급한 것처럼, 양소유가 이곳에서 얼핏 잠이 든 것은 양소유의 군사들이 골짜기의 물을 먹고 죽어나갔기 때문이다. 따라서 여기서 꿈의 기능은 위기에 처한 양소유의 군대를 구출하는 데 초점이 맞춰져야 한다. 하지만 경판본에서는 이 내용을 생략함으로써 동정 용녀와 골짜기의 물을 전혀 연결시키지 않고 있다. 대신 양소유와 동정 용녀의 결연만을 부각시키고 있다. 결국 경판본에서 양소유의 꿈은 남해 용왕으로부터 핍박 받는 동정 용녀를 구출하고 그녀와 사랑에 빠지는 것으로만 구성이 된 것이다. 환상적 면모가 상당히 소거됨과 동시에 양소유 군대의 위기 극복이라는 서사적 흐름 또한 사라졌다.

마찬가지로 양소유와의 결연을 주저하는 동정 용녀를 설득하는 장면에서도 경판본은 별다른 설명 없이 곧바로 두 남녀가 동침하는 장면으로 이어진다(㉦-2'). 그러나 서울대본을 보면 동정 용녀가 자신이 이계異界의 존재라는 이유를 들어 양소유와의 결연을 거절하자, 양소유가 동정 용녀는 신령한 존재이기 때문에 인간과 귀신 사이를 넘나드는 것이 혐의가 되지 않는다며 설득을 하는 장면이 등장한다(㉦-2, ㉦-3). 다시 말해 현실과 환상의 구분을 무화시키는 양소유의 인식이 또다시 등장하는 것이다. 따라서 이러한 모습이 완전히 생략된 경판본은 신이한 존재와의 결연이라는 측면보다는 두 남녀의 결연이라는 측면으로 이야기의 축을 이동시켰음을 알 수 있다.

7) 전쟁에서 돌아온 양소유에게 정소저(영양공주)가 죽었다고 속이는 대목

서울대본	경판본
양 샹셰 영양을 위ᄒᆞ야 됴명을 세 번 위월ᄒᆞ니 내 쏘 ᄒᆞᆫ 번 속이고져 ᄒᆞᄂᆞ니 샹담의 말이 흄ᄒᆞ면 길타 ᄒᆞ니 샹셰 환됴ᄒᆞ거든 속여 니ᄅᆞᄃᆡ 뎡 쇼졔 병을 어더 불힝ᄒᆞ다 홀디어다 샹셰 스스로 말ᄒᆞᄃᆡ 뎡녀를 보앗노라 ᄒᆞ니 아라보ᄂᆞᆫ가 보소이다 (…중략…) 승샹이 이 말을 듯고 어린 듯ᄒᆞ야 오릭 말을 못ᄒᆞ다가 문 왈 뉘 샹ᄉᆞ을 만나시다 말고 십삼 왈 슉뵈 남직 업고 오딕 녀ᄋᆞᆯ 두엇다가 이에 니ᄅᆞ니 어이 샹회티 아니리오 승샹이 보셔든 일졀 비척ᄒᆞᆫ 말을 마ᄅᆞ쇼셔 승샹이 눈물 소ᄉᆞ나믈 ᄭᆡ딧디 못 ᄒᆞ야 슬허ᄒᆞ거ᄂᆞᆯ (…중략…) 츈운이 마ᄌᆞ 고두하야 뵈거ᄂᆞᆯ 승샹이 운을 보니 더옥 슬허ᄒᆞ믈 춤디 못 ᄒᆞ야 눈믈이 흘너 오싴 졋거ᄂᆞᆯ (…중략…) 부인 왈 어이 속디 아녀시리오 다만 겹내고 두려ᄒᆞᄂᆞᆫ 양을 보려 ᄒᆞ엿더니 이완ᄒᆞ기 심ᄒᆞ야 귀신 아쳐홀 줄을 모ᄅᆞ니 호싴ᄒᆞᄂᆞᆫ 사룸을 싴등아귀라 ᄒᆞ미 녯 말이 그ᄅᆞ디 아니 ᄒᆞ니 귀신이 엇디 귀신을 두리리잇가 모다 대쇼ᄒᆞ더라 승샹이 ᄇᆞ야흐로 영양이 뎡신 줄 알고 녜 일을 싱각ᄒᆞ니 졍을 이긔디 못 ᄒᆞ야 창을 열고 드러가고져 ᄒᆞ다가 홀연 싱각ᄒᆞᄃᆡ 제 날을 속이려 ᄒᆞ니 내 쏘ᄒᆞᆫ 져를 속이이라 (권지삼47a-권지사14b)	(에피소드 전체가 생략됨)

양소유는 앞서 살펴 본 동정 용녀의 도움으로 전쟁에서 승리한 뒤 군대를 이끌고 경사京師로 돌아오게 된다. 그 사이 난양공주와 정경패 사이에 놓여 있던 양소유와의 혼사 갈등이 봉합되고, 정소저는 천자의

양녀로 영양공주가 되어 혼인의 자격을 갖춘 뒤 양소유를 기다리게 된다. 그런데 이때 그간 양소유가 혼사 문제로 자신을 괴롭혔다고 생각한 태후가 양소유를 속일 계교를 생각해낸다. 정경패, 즉 정소저鄭小姐가 죽었다고 거짓말을 하는 것이다. 이에 모든 사람들이 양소유를 속여 곤란에 빠뜨린다.

이 이야기는 16회 중에서 12회와 13회를 차지하는 매우 긴 에피소드이며, 내용 또한 상당히 흥미진진하다. 그런데 주목할 만한 사실은 이 내용 모두가 경판본에서 사라진다는 점이다. 이 대목은 그 자체로서 속임수라는 「구운몽」의 비일상적 면모를 대표하는 것이기에, 이 이야기가 빠지면 「구운몽」의 후반부에 진행되는 양소유와 처첩의 결연 과정이 무미건조해질 수밖에 없다. 그럼에도 경판본은 이러한 흥미로운 대목을 일거에 없애버렸다. 그리하여 경판본에서는 전쟁에서 승리하여 돌아온 양소유가 영양공주, 난양공주 등과 곧바로 혼인을 맺는 것으로 쉽게 결론이 난다.

이러한 대폭적인 축약은 여기서 그치지 않는다. 자신이 속았다는 사실을 안 양소유는 이번엔 자신이 영양공주를 속여야겠다고 마음을 먹고 실천에 옮기는데, 이 대목도 마찬가지로 큰 폭으로 축약이 된다.

8) 양소유가 자신을 속인 영양공주를 속이는 대목

이 대목이 경판본에 없는 것은 사실 너무 당연하다. 양소유가 영양공주를 속이는 대목은 그 앞에서 양소유가 속임을 당한 대목과 연결되기 때문이다. 서울대본에서는 양소유가 처첩들에게 속임수를 쓰고 있다. 그리고 그 과정에서 자신에게 죽은(것으로 위장된) 정경패의 모습이 나타난다고 말하고 있다. 즉 이 대목에서도 「구운몽」의 비일상적 면모들이 두루 활용이 되었지만, 경판본에서는 이와 같은 선본 「구운몽」의 특징적 면모를 모두 포기했다.

서울대본	경판본
승상이 보야흐로 영양이 뎡신 줄 알고 녜 일을 싱각ᄒᆞ니 졍을 이긔디 못 ᄒᆞ야 창을 열고 드러가고져 ᄒᆞ다가 홀연 싱각ᄒᆞᄃᆡ 제 날을 속이려 ᄒᆞ니 내 ᄯᅩᄒᆞᆫ 져를 속이이라 ᄒᆞ고 (…중략…) 승샹 왈 내 쟉야 ᄉᆞ몽비몽간의 뎡녜 날을 언약을 져버리다 ᄒᆞ고 노ᄒᆞ야 칙ᄒᆞ며 진쥬를 우희여 쥬거늘 바다 먹어 뵈니 이ᄂᆞᆫ 흉ᄒᆞᆫ 죄오 눈을 금으면 뎡녀 내 알픠 셔시니 내 명이 오래디 아니ᄒᆞᆯ 거시니 영양을 보고져 ᄒᆞ노라 (…중략…) 승샹이 졍ᄉᆡᆨ 왈 쇼워 본ᄃᆡ 병이 업ᄉᆞᄃᆡ 요ᄉᆞ이 풍속이 그릇되여 부녜 결당ᄒᆞ여 지아비 속이믈 방즈히 ᄒᆞ니 일노 병이 니럿ᄂᆞ이다 난양과 슉인이 다 우음을 먹음고 ᄃᆡ답디 못 ᄒᆞ더니 뎡 부인 왈 이 일은 쳡등의 알 배 아니니 샹공이 병을 곳치려 ᄒᆞ실진ᄃᆡ 태후 낭낭긔 무ᄅᆞ쇼셔 (권지사14a-권지사18b)	(에피소드 전체가 생략됨)

9) 양소유가 벼슬에서 물러나 2처 6첩과 취미궁에서 지내는 대목

서울대본	경판본
◎ 승상은 본뒤 블문 고뎨오 졔낭즈는 남악 션네라 품긔ᄒᆞ기를 녕이 허ᄒᆞ엿고 승상이 쏘혼 남뎐산 도인의 션방을 품슈ᄒᆞ얏ᄂᆞ디라 츈취 놉ᄒᆞ나 긔인의 용뫼 더옥 져므니 시졀 사름이 신션인가 의심ᄒᆞᄂᆞᆫ 고로 뎨셔의 그리ᄒᆞ여 겨시더라 승상이 쟝소를 여러 번 올녀 말슴이 더옥 근졀ᄒᆞ니 샹이 인견ᄒᆞ시고 ᄀᆞᆯ♀샤ᄃᆡ 경의 뜻이 이러ᄒᆞ니 딤이 어이 놉혼 뜻을 일워 주디 아니 ᄒᆞ리오 (권지사57b-권지사58a)	◎' 해당 내용 없음 이에 샹소ᄒᆞ여 퇴ᄉᆞ홈을 쳥ᄒᆞ오니 그 뜻이 심히 간졀ᄒᆞᆫ지라 샹이 인견ᄒᆞ시고 ᄀᆞᆯ샤ᄃᆡ 경의 뜻이 이에 니르니 딤이 엇지 경의 뜻을 아니 니루리오 (29a)

서울대본	경판본
승상이 셩은을 감격ᄒᆞᅡ 고두샤은ᄒᆞ고 거가ᄒᆞ야 취미궁으로 올마 가니 이 집이 죵남산 가온뒤 이시뒤 누뒤의 댱녀홈과 경개의 긔졀ᄒᆞ미 완연이 봉뇌 션경이니 ㉛왕흑ᄉᆞ의 시의 ᄀᆞᆯ오뒤 신션의 집이 별노 이의셔 낫디 못ᄒᆞᆯ 거시니 므ᄉᆞ일 통쇼를 빌고 프른 하늘노 향ᄒᆞ리오 ᄒᆞ니 이ᄒᆞᆫ 글귀로 가히 그 경개를 알녀러라 승상이 졍뎐을 븨워 독셔와 어졔시문을 봉안ᄒᆞ고 그 남은 누각대ᄉᆞ의ᄂᆞᆫ 졔낭직 난화 들고 날마다 승상을 뫼셔 믈을 님ᄒᆞ며 미화를 ᄎᆞᆺ고 시를 지어 구름 ᄭᅵ인 바회의 ᄡᅳ며 거믄고를 타 슬ᄇᆞ람을 화답ᄒᆞ니 쳥한ᄒᆞᆫ 복이 더옥 사름을 블워홀 배러라 (권지사58b-권지사59a)	승상이 더옥 셩은을 감동ᄒᆞ여 고두 샤은ᄒᆞ고 즉일로 거게 취미궁으로 이졉ᄒᆞ니라 이궁이 죵남 산즁의 잇셔 누뒤의 댱녀홈과 경긔의 졀승ᄒᆞ미 진줏 봉뇌 션경이라 ㉛' 해당 내용 없음 승상이 졍젼을 뷔여 됴셔와 어졔시문을 봉안ᄒᆞ고 그 나문 누각은 냥 공쥬와 뉵 낭즈를 거쳐ᄒᆞ게 ᄒᆞ고 날마다 물을 님ᄒᆞ여 들을 희롱ᄒᆞ고 운벽을 지나미 시문을 챵화ᄒᆞ고 숑음의 안즈면 거문고를 타니 만년의 쳥한ᄒᆞᆫ 복을 사름마다 흠모ᄒᆞ난지라 (29b)

세속에서 모든 부귀영화를 모두 누린 양소유는 이제 벼슬에서 물러
나고자 천자에게 은퇴를 허락받으려 하는데, 천자는 양소유와 2처 6첩
을 곁에 두고 싶어 이를 허락하지 않는다. 그러나 양소유가 재차 요청하자
결국 허락을 하게 되는데, 이때 서울대본에서는 서술자가 양소유와 2처 6

첩의 정체에 대한 흥미로운 설명을 한다. '양소유는 본래 불문佛門의 제자요, 모든 낭자는 남악南嶽 선녀였다. 양소유의 품기가 신령하고 또한 남전산藍田山 도인의 선방仙方을 받아서 춘추가 높으나 용모가 젊으니 사람들이 신선인가 의심하였고 그래서 황제도 반대를 했다'는 내용이다(◎).

「구운몽」의 내용을 이미 잘 알고 있는 이들에게 이는 사실 참 이해하기 어려운 부분이다. 일단 양소유가 불문의 제자이고 낭자들이 남악 선녀라는 사실과, 양소유가 남전산 도인의 선방을 받은 것은 다른 세계(꿈밖과 꿈속)에서 이루어진 일이다. 그리고 지금 이 지점은 양소유와 2처 6첩이 아직 꿈에서 깨어나지 않은 때이다. 그러니까 아무리 서술자의 설명이라 하더라도 양소유와 팔낭자의 정체를 꺼내는 것은 환몽구조 상 맞지가 않다. 그런데 선본 「구운몽」은 이러한 경계를 비웃기라도 하듯, 이미 이들이 본래 성진이었으며 팔선녀였다는 사실을 꺼내고 있다. 앞서 여러 차례 언급한 것처럼 현실과 비현실의 경계를 자유롭게 넘나들고 있는 것이다. 그런데 경판본에는 이러한 내용이 아예 등장하지 않는다(◎'). 합리적인 측면에서 보면 경판본이 맞는 것이긴 하지만 선본에서 보여준 「구운몽」의 비일상적 면모와는 거리가 있다.

그리고 두 번째 장면의 경우, 서울대본에서는 취미궁이 신선의 집보다도 낫다고 언급하고 있지만(ㅈ), 경판본에는 이러한 부연 설명이 없다(ㅈ'). 여기서도 현실과 비현실의 경계를 오가는 면모가 확인되는데, 역시 경판본에는 이런 부분이 생략된다. 물론 바로 앞에 '봉래선경'이라는 표현을 통해 신비로운 면모가 제시되기는 했지만, 이 대목에서는 왕학사, 즉 왕유王維의 시가 있어야 취미궁의 신비로운 면모가 온전히 느껴진다. 이러한 축약은 한편으로 앞서 여덟 곡조가 대폭 생략되었을 때처럼, 경판본의 독자 성향을 감안한 선택이었을 수 있다. 여하간 이 대목의 생략으로 인해 취미궁에 대한 경판본 독자들의 인식은 화려하고 아름다운 단계에는 이르렀을지 모르나 신비롭고 환상적인 단계에는 이르지 못했을 것이다.

지금까지 살펴본 바와 같이 선본 「구운몽」의 특징을 잘 나타내주는 비일상적 면모들이 경판본에서는 상당히 많이 생략되었다. ㉠~㉩의 대목들은 대체로 「구운몽」의 비일상적 면모를 대표하는 부분이다. 따라서 경판본이 이들 대목에서 비일상적 면모를 최소화하기 위한 일관된 의도가 보인다는 것은, 경판본이 비일상적 면모를 줄여야만 하는 이유가 존재했음을 짐작할 수 있다. 과연 그것은 무엇일까?

4. 경판본 변모의 의미

지금까지 「구운몽」의 비일상적 면모에 주목하여, 경판본 「구운몽」이 이러한 내용을 어떻게 변화시켰는지 살펴보았다. 경판본은 비일상적 면모를 드러내는 주요 대목을 과감히 생략하는 경우가 많았다. 대신 경판본은 양소유와 여덟 명의 여인이 결연을 성취하는 모습에 더 많은 관심을 두었다. 그리고 신이한 존재와의 만남이나 신비로운 경험들을 일상적이고 현실적인 차원의 경험으로 형상화하려는 경향을 보였다.

물론 많은 분량을 압축하다 보면 서사 전개에 있어 빠지면 안 되는 가장 필수적인 내용을 — 「구운몽」에서는 양소유와 여덟 명의 여인이 결연을 성취하는 이야기일 수밖에 없다 — 전달하는 데 집중하지 않을 수 없을 것이다. 그러나 앞서 살펴본 것처럼 경판본의 축약이 작품의 전 부분에서 균형적으로 이루어진 것이 아니다. 본 논문에서 언급하지 않은 부분에서도 경판본은 긴 에피소드를 통째로 생략하는 과감함을 보인다. 그렇다면 우리는 이를 어떻게 이해해야 할까? 그 단서는 이 작품의 후반부인 각몽覺夢 이후에서 찾을 수 있다.

서울대본	경판본
급히 셰슈ᄒ고 의관을 졍졔ᄒ며 방쟝의 나아가니 다른 졔ᄌ들이 임의 다 모다더라 대ᄉ 소ᄅ`ᄒ야 무ᄅ`되 셩진아 인간 부귀를 디내니 과연 엇더ᄒ더뇨 셩진이 고두ᄒ며 눈물을 흘녀 ᄀ`오되 셩진이 임의 ᄭ`다랏ᄂ`이다 졔ᄌ 블쵸ᄒ야 넘녀를 그릇 먹어 죄를 지으니 맛당이 인셰의 뉸회ᄒ`홀 거시어늘 ᄉ`뷔 ᄌ`비ᄒ`샤 ᄒ`로밤 ᄭ`ᄆ으로 졔ᄌ의 ᄆ`음 ᄭ`닷게 ᄒ`시니 ᄉ`뷔의 은혜를 쳔만겁이라도 갑기 어렵도소이다 ㉧ 대ᄉ ᄀ`오되 네 승흥ᄒ`야 갓다가 흥진ᄒ`야 도라와시니 내 므ᄉ 간녜ᄒ`미 이시리오 네 ᄯ`ᄒᄂ`되 인셰의 뉸회홀 거슬 ᄭ`믈 ᄭ`ᄌ다 ᄒ`니 이는 인셰의 ᄭ`믈 다리다 ᄒ`미니 네 오히려 ᄭ`믈 ᄎ`ᄆ`딘다 못 ᄒ`엿도다 댱쥐 ᄭ`믜 나뷔 되여다가 나뷔 댱쥐 되ᄂ`니 어니 거즛 거시오 어니 진짓 거신 줄 분변티 못 ᄒ`ᄂ`니 어제 셩진과 쇼유 어니ᄂ`ᄂ는 진짓 ᄭ`ᄆ이오 업ᄂ`ᄂ는 ᄭ`믄 아니뇨 셩진이 ᄀ`오되 졔ᄌ 아득ᄒ`야 ᄭ`ᄆ과 진짓 거슬 아디 못 ᄒ`니 ᄉ`부ᄂ는 셜법ᄒ`샤 졔ᄌ를 위ᄒ`야 ᄌ`비ᄒ`샤 ᄭ`닷게 ᄒ`쇼셔 (권지사66a-권지사67a)	급히 계슈ᄒ고 방쟝의 나아가니 대ᄉ 고셩ᄒ여 문 왈 셩진아 인간 ᄌ`미 엇더ᄒ더뇨 셩진이 고두 왈 졔ᄌ 무샹ᄒ여 ᄆ`음을 부졍이 가지기로 ᄉ`뷔 ᄒ`로 밤 ᄭ`ᄆ을 닐위여 셩진의 ᄆ`음을 ᄭ`닷게 ᄒ`시니 ᄉ`부의 은혜 쳔츄의 갑지 못ᄒ`리로소이다 ㉧`해당 내용 없음  바라건되 ᄉ`부ᄂ는 셜법ᄒ`여 졔ᄌ를 ᄭ`닷게 ᄒ`소셔 (32a)

각몽 이후의 부분을 비교한 결과 확인되는 흥미로운 특징은, 경판본이 그 전까지 과감한 축약을 많이 했음에도 각몽 이후 부분에서는 과감한 축약을 하지 않았다는 점이다. 작품 분량이 세 배 이상 많은 서울대본과 비교해보아도 큰 차이가 없다. 양적으로만 그런 것도 아니도 내용적으로도 큰 차이가 없다. 이는 경판본이 축약본임에도 각몽 이후의 깨달음의 과정에 대해 큰 의미 부여를 하고 있다는 사실을 반증한다.

그렇다고 서울대본과 완전히 같은 것은 아니다. 따라서 경판본이 각몽 이후의 내용을 상당 부분 유지하면서도 일부분을 변화시킨 이유를 추적하면, 경판본이 어떠한 의도를 지니고 있는지 파악할 수 있을 것이다. 서울대본과 경판본에서 명확하게 차이가 나는 지점은 딱 한 군데이다. 인용문에서 ㉊으로 표시한 육관대사의 발언이다.

㉊의 바로 위를 보면, 성진은 자신이 윤회할 잘못을 저질렀음에도 육관대사가 하룻밤 꿈으로 자신을 깨닫게 해줘서 감사하다는 말을 쏟아내고 있다. 성진은 본인이 이미 육관대사의 가르침을 모두 파악했다고 생각하고, 스승에게 감사의 말을 전하는 것이다. 즉 양소유는 자신의 환몽 체험을 인생무상, 일장춘몽의 메시지로 이해하고 있는 셈이다.

이 부분까지는 두 판본이 유사하다. 그러나 그 다음 내용에서 차이가 난다. 서울대본에서는 양소유의 이 발언에 대해 육관대사가,

네가 흥을 타고 갔다가 흥이 다하여 돌아왔으니 내가 무슨 간여할 바가 있겠느냐? 또 네가 말하기를, '인간 세상에 윤회한 것을 꿈을 꾸었다'고 하니, 이는 꿈과 세상을 다르다고 하는 것이니, 네가 아직도 꿈을 깨지 못하였도다. 옛말에 '장주莊周가 꿈에서 나비가 되었다가 다시 나비가 장주가 되었

다라고 하니, 어느 것이 거짓 것이고, 어느 것이 참된 것인지 분변하지 못하나니, 이제 성진과 소유에 있어 어느 것이 참이며 어느 것이 꿈이냐?

라고 말한다. 육관대사는 장자의 호접몽胡蝶夢을 비유로 들면서, 그 어느 것도 참眞도 아니고 꿈夢도 아니라는 말을 하고 있다. 두 세계를 나누어 보는 것이 아닌, 두 세계를 관류하는 참 이치를 깨달아야 한다는 말이다.[7] 성진이 인간 세계를 부정적인 공간으로, 불가를 긍정적인 세계로 나누어 인식하는 것을 보며, 육관대사는 옳고 그름, 참과 거짓, 사실과 허구와 같은 이분법적 구분에 사로잡힌 것은 아직까지 깨달음에 도달하지 못한 것이라 말하고 있다.

그렇다면 이제 앞서 살펴본 서울대본의 비일상적 면모가 어떠한 이유에서 구현된 것인지 대략적으로 짐작할 수 있다. 앞서 살펴본 비일상적 면모의 특징 중 하나는 그것이 일상적 체험들과 구분되지 않은 채 혼재되어 있다는 점이다. 양소유의 세계와 성진의 세계, 현실의 세속적 공간과 천상의 공간 혹은 이계異界의 공간 등이 뒤섞인 상태가 전혀 이상하게 느껴지지 않는다. 이는 결국 육관대사의 가르침과 관련이 깊다. 육관대사가 바로 옳고 그름, 참과 거짓, 사실과 허구 등등의 이분법적 구분을 무의미하다고 말했기 때문이다. 다시 말해 서울대본은 스스로가 결론에서 말하고자 한 바를 본문에서 일관되게 구현시키고 있는 것이다. 서울대본이 김만중의 원작에 가까운 선본이라는 점을 감안할 때, 이러한 주제 구현은 결국 김만중의 「구운몽」 창작의 이유와 방법

---

7   장효현, 앞의 책, 209쪽.

이 되었을 것이라 유추해볼 수 있다.

경판본도 이와 같은 맥락으로 접근해보겠다. 경판본에서는 육관대사의 마지막 발언만이 빠져 있다. 즉 이 작품의 주제 의식을―성진이 깨달은 바―인생무상, 일장춘몽으로 본 것이다. 세속적 부귀공명이라는 것이 한낱 덧없고 부질없는 욕심이라는 사실을 피력하고 있는 것이다.

서울대본의 이유를 분석한 것과 같은 방식으로 경판본에서 비일상적 체험의 면모가 줄어든 이유를 해명할 수 있을 것 같다. 경판본의 주제는 인생무상과 일장춘몽이다. 따라서 성진이 입몽하여 양소유의 삶을 사는 과정은 철저하게 세속적 부귀영화로 점철되어 있어야 한다. 그래야만 세속적 부귀영화의 끝에 허무함이 존재한다는 사실을 부각시킬 수 있기 때문이다.

그런데 선본 계열의 이야기를 그대로 가져다 옮길 경우, 세속적 부귀영화를 누리는 과정이 지나치게 비현실적으로 그려질 우려가 있을 것이라 판단했을 것이다. 앞서 살펴본 것처럼 세속적 삶의 모습에서 비일상적 면모가 자주 확인되기 때문이다. 또한 선본 계열에서 다채롭게 드러나는 속임수의 양상을 그대로 가져다 쓸 경우, 세속적 부귀영화의 극치를 누리는 등장인물들의 면모를 자칫 훼손시킬 수 있을 것이라는 우려가 가능하다.

다시 말해 경판본 「구운몽」은 그 주제 의식을 구현시킴에 있어, 양소유와 여덟 여인의 세속적 삶에 대한 절대적인 긍정의 가치를 부여해야 할 필요성을 느꼈을 것이다. 그러하기에 양소유와 2처 6첩의 삶에는 어려움도, 갈등도, 사소한 장난조차도 허용되지 않았을 것이다.

결국 경판본 「구운몽」은 단순히 상업적 이윤 추구의 논리에 떠밀려대충대충 작품을 축약한 것이 아님을 알 수 있다. 선본과는 다른 나름의 주제 의식을 설정하고, 그것에 크게 도움이 되지 않는 서사들을 가지치기한 것이다. 즉 경판본 「구운몽」은 그 나름의 서사적 유기성을 담지한 채 작품을 축약한 것으로 보아야 하는 것이다. 우리가 보기에 지나치다 싶을, 비일상적 면모의 축약과 생략은, 그래서 경판본에서는 유의미한 재구성이라고 보아야 한다.

5. 맺음말

지금까지 경판본 「구운몽」을 선본 계열인 서울대본 「구운몽」과 비교하여, 선본에 나타나는 비일상적 면모가 경판본에 와서 어떻게 변화하였는지를 살폈다. 그리고 그 의미가 무엇인지 고찰하였다.

경판본은 선본인 서울대본과 달리 서사에서 중요한 기능을 하는 비일상적 체험들을 상당 부분 축약 혹은 생략하였다. 이로 인해 선본이 지니고 있었던 비일상적 면모, 비일상과 일상이 혼재되는 면모가 많이 사라졌다. 이러한 차이는 경판본이 상업적 논리에 의해 과도한 축약을 한 것에서 비롯된 것이라기보다, 경판본이 선본과는 다른 주세 의식을 구현하기 위해서 이루어진 것으로 보아야 한다.

선본 계열은 각몽 이후 육관대사의 설법을 통해 참과 거짓의 이분법적 구분으로부터의 탈피를 주장하지만, 경판본은 세속적 부귀공명의 덧없음을 이야기하고 있다. 즉 경판본에서 비일상적 체험이 줄어든 것은, 세속적 삶의 가치에 대한 절대적인 긍정을 통해 역설적으로 그것의 덧없음을 이야기하기 위한 것으로, 의도적으로 재구성된 것이라고 보아야 하는 것이다.

필자는 최근 완판본 「구운몽」의 서사적 특징에 대해 고찰한 바 있다.[8] 경판본과 완판본 「구운몽」은 공히 비선본非善本계열 이본들이다. 이러한 이본들이 단순히 선본에 비해 불비한 이본으로 평가받기보다는, 그 나름의 서사적 지향과 주제 의식이 있음을 밝혀낼 필요가 있다고 본다. 이러한 과정에서 선본 계열 「구운몽」의 비일상적 면모가 각 이본들에 어떻게 수용되었는지를 파악함으로써, 「구운몽」 수용과 향유의 다층적 면모를 확인할 수 있으리라 기대된다.

나아가 「구운몽」 선본과 비선본의 이질적인 면모에 대한 고찰이, 한일 고전문학에 나타나는 비일상 체험의 실상과 일상성 회복의 지향을 테마로 삼고 있는 연구단의 향후 연구에 한 단서가 될 수 있기를 기대한다.

---

8 엄태웅, 「완판본 구운몽의 인물 형상과 주제 의식」, 『어문논집』 72, 민족어문학회, 2014, 111~163쪽.

참고문헌

1. 자료

「구운몽」, 서울대본.

「구운몽」, 경판본.

2. 교주본

김병국, 「구운몽」, 서울대 출판문화원, 2009.

장효현, 「구운몽」, 신구문화사, 2008.

3. 논문 및 단행본

김일렬, 「구운몽 신고」, 『한국고전산문연구』, 동화출판사, 1981.

류준경, 「방각본 영웅소설의 문화적 기반과 그 미학적 특성」, 서울대 석사논문, 1997.

서인석, 「고전소설의 결말구조와 그 세계관」, 서울대 석사논문, 1984.

_____, 「구운몽 후기 이본의 변모 양상」, 『서포문학의 새로운 탐구』, 중앙인문사, 2000.

안창수, 「구운몽 연구」, 영남대 박사논문, 1989.

엄태웅, 「방각본 영웅소설의 지역적 특성과 이념적 지향」, 고려대 박사논문, 2012.

_____, 「완판본 「구운몽」의 인물 형상과 주제 의식」, 『어문논집』72, 민족어문학회, 2014.

이강옥, 「구운몽의 환몽 경험과 주제」, 『고소설연구』28, 한국고소설학회, 2009.

_____, 『구운몽의 불교적 해석과 문학치료교육』, 소명출판, 2010.

장효현, 「「구운몽」의 주제와 그 수용사」, 『한국고전소설사연구』, 고려대 출판부, 2002.

정규복, 「구운몽 이본고(1) – 원작의 표기문자 재고를 중심으로」, 『아세아연구』4-2, 고려대 아세아문제연구소, 1961.

_____, 「구운몽 이본고」, 『국어국문학』23, 국어국문학회, 1961.

_____, 『구운몽 연구』, 보고사, 2010.

_____, 『한국 고소설사의 연구』, 보고사, 2010.

조동일, 「구운몽과 금강경, 무엇이 문제인가」, 『김만중연구』, 새문사, 1983.

정병설, 「주제 파악의 방법과 『구운몽』의 주제」, 『한국문화』64, 서울대 규장각 한국학연구원, 2013.

제4장

헤이안 시대 중기의 저주와 음양사

현대 음양사 붐의 전사前史

김정희

1. 머리말

현대 일본문화를 이루는 중요한 요소 중에 하나는 고전을 문화 콘텐츠로 하여 새로운 현대문화를 창조해 내는 것이다. 90년대 중반 이후 현재까지 꾸준한 사랑을 받고 있는 것 중에 하나가 『음양사陰陽師』 시리즈로, 이것 역시 고전에서 확인되는 이야기와 자료를 가지고 소설, 만화, 영화로 재탄생시킨 것이다.[1] 본고에서 다룰 테마는 헤이안 시대

---

1   1990년대 중반 음양사 아베노 세이메이安倍晴明 붐을 일으킨 것은 유메 마쿠라바쿠夢枕獏의 소설 『음양사』 시리즈로, 이후 이를 바탕으로 만화, 영화가 만들어져 대히트를 기록하게 된다.

(793~1183)에 활약했던 음양사가 당시 성행했던 저주행위와 어떤 관련이 있는지에 대한 것이다.

음양도陰陽道는 음양오행설에 바탕을 둔 신앙으로 중국에서 전래된 문화라는 것이 종래 선행연구의 지적이었으나,[2] 근래에는 이 음양도라는 명칭이 일본에서만 통용되고 있다는 점, 그리고 음양오행설, 점술, 달력, 천문, 도교신앙 등이 중요한 요소를 이루면서도 헤이안 시대 전기에서 중기에 걸쳐 독자적으로 발전하게 되었다는 점을 들어 일본 고유의 특색을 가진 것이라는 설이 지배적이다.[3] 음양사는 율령제律令制의 관청인 음양료陰陽療에 속한 관료들로, 점술, 달력, 천문 등으로 국가의 길흉을 점치고 흉조나 괴이怪異를 미연에 막고자 하라이祓い라는 불제祓除 행위를 하며 주술, 제사를 지내는 등의 주술적인 활동을 한다. 다시 말해서 음양도는 헤이안 시대인 9~10세기경에 성립한 것이라고 할 수 있는데, 이후에는 민간에도 퍼져나가 민간에서도 음양사를 칭하는 사람들[4]이 나타나게 된다.

이 시대에는 눈에 보이지는 않지만 사람들의 주변에서 좋고 나쁜 영향을 미치는 신神, 불佛, 귀鬼, 영靈, 정精 등의 존재를 총칭하여 모노モノ[5]라고 하였고, 재해와 괴이, 원령인 모노노케物の怪 등이 사람을 저주하

---

2 齋藤勵, 『王朝時代の陰陽師』, 甲寅叢書刊行所, 1915; 村山修一, 『日本陰陽道史總說』, 塙書房, 1981.

3 小坂眞二, 「九世紀段階の怪異變質に見る陰陽道成立の一側面」, 竹內理三 編, 『古代天皇制と社會構造』, 校倉書房, 1980; 小坂眞二, 「陰陽道の成立と展開」, 『古代史研究の最前線』 第4卷, 雄山閣出版, 1987; 山下克明, 『平安時代の宗敎文化と陰陽道』, 岩田書院, 1996; 繁田信一, 『平安貴族と陰陽師』, 吉川弘文館, 2005, 1~12쪽.

4 繁田信一, 『安倍晴明 陰陽師たちの平安時代』, 吉川弘文館, 2006, 60~84쪽은 관리로서의 음양사가 아닌 민간에서 활약하는 음양사를 법사음양사法師陰陽師라고 지칭하고, 이들은 조정의 허가를 받은 음양사가 아니라고 지적하고 있다. 본고에서도 그 명칭과 구분에 따르고자 한다.

5 森正人, 「モノノケ・モノノサトシ・物怪・怪異」, 『國語國文學硏究』 27号, 1991, 73~90쪽.

여 병과 죽음의 원인이 된다고 여겼다. 이러한 현상은 유교적 율령제도가 흔들리고 귀족 사이의 정쟁이 격화되면서 원령에 대한 두려움이 가속화되어 나타나기 시작했고, 이로 인해 원래 국가의 길흉을 점치고 예측하던 음양사가 귀족 개인의 하라이도 담당하게 되었다.[6] 이와 같은 시대적 배경을 바탕으로 음양사는 개인적인 저주와 원한에 대해서도 관여하게 된 것이다.

본고에서는 헤이안 시대 중기를 중심으로 저주의 예를 확인하고, 음양사가 이 저주 행위와 어떠한 관련이 있는지를 문학 작품과 당시의 사료史料를 중심으로 살펴보고자 한다. 이미 선행연구에서도 이 음양사와 저주에 대해서 다룬 바가 있는데,[7] 이를 바탕으로 선행연구의 지적을 수정하면서 논을 전개해 나가고자 한다.

2. 헤이안 시대 중기의 저주 형태

헤이안 시대는 후지와라 북가藤原北家에 의한 섭관정치摂関政治가 이루어진 시기이다. 그 중에서도 3명의 딸을 황후로 만든 후지와라노 미치나가藤原道長는 당대 최고의 권력자로 군림하였다. 이 미치나가의 경우, 후지와라노 가네이에藤原兼家의 5남으로 태어나, 관백関白이 된 두

---

6   山下克明,『平安時代陰陽道研究』, 思文閣出版, 2015, 3~28쪽.
7   繁田信一,『呪いの都 平安京』, 吉川弘文館, 2006, 1~209쪽.

명의 형인 미치타카道隆, 미치카네道兼의 이른 죽음에 의해서 관백이 된 인물이다. 이 과정에서 미치타카의 아들인 고레치카伊周와 치열한 정권싸움이 이루어졌고, 이에 승리하여 헤이안 시대 중 가장 큰 외척세력으로 군림하기에 이른다. 이러한 사실은 미치나가가 고레치카를 비롯하여 많은 적을 만들어낸 것을 의미하며, 따라서 헤이안 시대의 사료와 모노가타리物語에서는 이 미치나가의 집안을 둘러싸고 원령뿐만 아니라 살아있는 정적이 저주를 행한 예가 다수 확인된다.

장덕원년(995년) 8월 10일, 우대신(미치나가)을 저주하는 법사음양사는 고이위법사(다카시나노 나리타다)의 집에 있었다. 사건의 모양새를 보면 내대신(고레치카)의 소행과 비슷하다.

長德元年八月十日、呪詛右大臣(道長)之陰陽師法師、在高二位法師(高階成忠) 家、事之體似内府(伊周)所爲者、

—『百練抄』(2編 2冊, 448쪽)[8]

아침 일찍 노인을 찾아가고 우대신을 뵈었다. 노인의 병은 어제 매우 위독하셔서 원호, 연작, 연관 등도 정지하고 싶다고 어제 (이치조 천황에게) 주상하셨다고 한다. 또 말하길 어떤 사람이 노인을 저주했다고 한다. 사람들은 노인의 침전에 판을 깐 곳 아래에서 주물을 꺼냈다고 하였다.

早朝參女院、謁右大臣、院御惱昨日極重、被停院号・年爵年官等事之由、昨夜

---

8   이하『백련초百練抄』는 동경대 사료편찬소 데이터베이스 중 '대일본사료데이터베이스'에서 인용하였고, 편수와 책수, 페이지를 표시하였다.
    (http://wwwap.hi.u-tokyo.ac.jp/ships/shipscontroller).

被奏聞了、又云、或人咒詛云々、人々厭物自寢殿板敷下堀出云々、

—『小右記』(長德二年(996년)三月二十八日, 2권, 6쪽)[9]

유배의 조칙을 내리셨다. 가잔법황을 화살로 쏜 것, 노인을 저주한 것, 사적으로 다이겐노 호를 행한 것

仰配流宣命事　射花山法皇事、咒詛女院事、私行大元法師事等也、

—『小右記』(長德二年四月二十四日, 2권, 7쪽)

이 장덕(長德, 995년~999년) 연간에 일어난 후지와라노 고레치카의 히가시산조인 후지와라노 센시東三条院藤原詮子에 대한 저주사건은 당시 관백의 자리를 둘러싸고 벌어진 고레치카와 미치나가의 치열한 정쟁의 결과로 이루어진 것이었다. 995년 4월에 홍역이 대유행한 후 관백이었던 미치타카가 죽고 그의 동생인 미치카네가 관백이 되지만, 불과 7일 만에 홍역에 걸려 죽게 된다. 미치나가를 제치고 내대신內大臣이라는 고위관직에 올랐던 조카 고레치카는 스스로 관백이 되기를 자청했지만, 미치나가를 아꼈던 그의 누나이자 이치조 천황의 어머니인 후지와라노 센시의 강력한 요청에 의하여 미치나가가 내람內覧(관백에 준하는 직책)[10]의 자리에 오르게 된다. 이에 불만을 품은 고레치카와 다카시나노 나리타다高階成忠가 미치나가를 저주한다는 소문이 995년 8월 시점에서 돌

9　이하『소우기小右記』의 본문은 동경대 사료편찬소 데이터베이스 중 '고기록 풀 텍스트 데이터베이스'에서 인용하였고, 권수와 페이지를 표시하였다(古記録フールテキストデータベース, http://wwwap.hi.u-tokyo.ac.jp/ships/shipscontroller).

10　『소우기』, 長德元年(995년), 5월 11일 기록.

았고, 이듬해인 3월 28일에는 병으로 누워있는 후지와라노 센시의 처소에서 저주를 담은 주물呪物이 발견된다(강조부분). 그리고 996년 정월에는 고레치카가 여자문제로 연적이라고 생각한 가잔법황花山法皇에게 협박을 하는 의미로 활을 쏘는 사건을 일으키고,[11] 이 두 사건이 계기가 되어 그는 내대신에서 다자이노곤노소쓰太宰権帥로 좌천된다. 여기에서 주목하고 싶은 것은 저주의 형태로, 995년 8월 10일의 기록에 따르면 법사음양사法師陰陽師가 저주를 하고 있다는 것, 996년 3월 28일에는 저주의 대상이 되는 인물의 거처에서 주물이 직접 발견되고 있다는 점이다. 단, 이 주물을 묻도록 한 인물이 고레치카라는 것이 밝혀지는 과정에 대해서는 사료에서는 기록을 찾아볼 수 없다. 또한 이 사건에 대해서는 문학작품인 『에이가모노가타리栄花物語』에서도 다루고 있는데, 양자의 차이는 저주 행위를 한 사람이 법사음양사라는 점을 모노가타리가 직접 언급하고 있지는 않다는 점과 주물을 묻었다는 기술이 확인되지 않는다는 점이다.

내대신(고레치카)은 자신의 입지가 위험하다고 생각됨에 따라서 이위(나리타다)에게 '방심하지 마, 방심하지 마'하고 채근하셔서 **이위는 알 수 없는 비법을 자신도 하고 또한 다른 사람에게도 시켜서** '무슨 일이 있어도 안심 하십시오. 무슨 일이든지 사람이 할 수 있겠습니까. 단지 천도가 행하는 것입니다'라고 부탁하며 말하였다.

内大臣殿、世の中危うく思さるるままに、二位を「たゆむなたゆむな」と責めのたま

---

11 『소우기』, 長德二年(996년), 正月十六日 기록.

へば、二位、えもいはぬ法どもを、われもし、また人しても行はせて、「さりとも
と心長尔に思せ。何ごとも人やはする。ただ天道こそ行はせたまへ」と頼めきこゆ。

이 예문에서는 나리타다가 비법을 행하고 있다고 기술하고 있는데
(인용문 강조부분), 이 비법에 대해서 『신편일본고전문학전집』은 다음에
인용할 본문 중에 나오는 '다이겐노 호大元法'라는 주석을 붙이고 있다.
이 '다이겐노 호'라고 하는 것은 오로지 조정에서만 예부터 실시해 온
것으로, 신하는 어떤 경우라도 해서는 안 되는 것이었는데, 그것을 이
내대신이 요 몇 년간 몰래 해왔다는 것이다.

또한 다이겐노 호라고 하는 것은 오로지 조정에서만 예부터 행해진 비법으로 신
하는 어떤 중대한 일이 있어도 행하는 일이 없었다. 그것을 이 내대신이 몰래 연
내에 행하시고 계시다는 소문이 최근에 들려와서 이것이 좋지 않은 일에 포
함되게 되었다는 것이다.

また大元法といふことは、ただ公のみぞ昔よりおこなはせたまひける、ただ人
はいみじき事あれどおこなひたまはぬことなりけり。それをこの内大臣殿忍びてこ
の年ごろおこなはせたまふということこのごろ聞こえて、これよからぬことのうち
に入りたなり。

—1권, 230~231쪽

12 山中裕・秋山虔他校注, 『榮花物語』1, 新編日本古典文學全集, 小學館, 1995. 이하 인용은 이
에 따르며, 권수, 페이지를 표시하였다.

조정에서만 행한 비법인 '다이겐노 호'를 신하인 고레치카가 미치나가의 저주를 위해서 시행했다는 것이 밝혀지고 있는데, 이것은 앞서 인용한 『소우기』의 996년 4월 24일 기록에서 고레치카를 좌천시킨 이유 중 하나로 든 '사적으로 다이겐노 호를 행한 것'이라는 대목과 일치하고 있다. 이 '다이겐노 호'에 대해서 『신편일본고전문학전집』의 주석은 '매년 정월 8일에서 7일간 치부성治部省에서 수행하고 있었던 대법회. 본래 외국의 위해에 대비하기 위한 비법이었는데 성체호지, 국가진호를 목적으로 하게 되었다. 신하가 행하는 것은 금지되어 있었다'(1권, 230)라고 기술하고 있다.

이 사료의 기록과 모노가타리物語의 예를 종합해 보면, 저주의 방법으로서는 법사음양사의 저주행위, 주물을 저주대상의 처소에 묻는 행위, '다이겐노 호'를 사적으로 이용하여 저주하는 행위로 정리해 볼 수 있을 것이다. 그리고 이 기록에서 법사음양사의 저주와 주물을 저주대상의 처소에 묻는 행위가 관련성이 있는 것처럼 서술되고 있는 점에도 주의해야 할 것이다. 즉 주물을 묻는 행위를 법사음양사가 했다는 것을 시사하고 있는 것이다.

그러나 미치나가 일가에 관한 기록을 좀 더 자세히 살펴보면, 위에서 언급한 저주 형태 이외에도 '식신式神'이라는 것을 사용한 저주가 눈에 띈다.

같은 해 같은 달 8일, 좌대신의 병은 **식신**의 소행이라고 한다.

9일 좌대신의 집에서 주물이 나왔다.

同年同月八日、左府所惱、式神所至云々事、

九日、左府家中出厭物事、

　　　　―『小記目錄』(長保二年(996년), 五月八日・九日, 2編 3冊, 775쪽)[13]

　미치나가의 병의 원인에 대해서 이 기록은 '식신'의 소행에 의한 것
이라는 소문이 돌았다는 점과 9일에 미치나가의 저택에서 주물이 발견
되었다는 점을 언급하고 있다. 그렇다면 '식신'이라는 것이 어떤 것인
지 구체적으로 살펴볼 필요가 있을 것이다. 다음 장에서는 이 '식신'이
어떻게 묘사되고 있는지에 대해서 논하고자 한다.

3. 헤이안 시대의 '식신式神'과 그 기능

　헤이안 시대의 식신[14]에 대한 기록은 주로 설화나 모노가타리 작품
에서 찾아볼 수 있다.[15] 식신에 관한『일본국어대사전』의 설명을 참조

13　이하『소기목록 小記目錄』은 동경대 사료편찬소 데이터베이스 중 '대일본사료데이터 베
　　이스'에서 인용하였고, 편수와 책 수, 페이지를 표시하였다.
　　(http://wwwap.hi.u-tokyo.ac.jp/ships/shipscontroller)
14　13세기까지의 문헌에서 '식신'의 예를 살펴보면 그 수는 21개로, 표기는 '式', '式の神', '式
　　神', '識神'로 되어 있다.
15　'식신'에 대한 선행연구로는 鈴木一馨, 「式神について」, 『宗教研究』315号, 1998; 「式神の起
　　源について」, 駒澤宗教學研究會, 『宗教學論集』20輯, 1998, 49~66쪽; 「「式神」と「識神」とを
　　めぐる問題」, 『宗教學論集』21号, 2002, 25~44쪽; 「怨靈・調伏・式神」, 齋藤英喜他編, 『〈安
　　倍晴明〉の文化學』, 新紀元社, 2002, 42~65쪽; 繁田信一, 『呪いの都 平安京』, 上揭書, 56~65
　　쪽; 志村有弘, 『陰陽師 安倍晴明』, 角川ソフィア文庫, 1999, 38~48쪽 등을 참조 바람.

하면, '음양도에서 음양사가 다루는 귀신. 음양사의 명령에 따라서 자유자재로 변화하는 불가사이한 주술을 하는 것이라고 한다(陰陽道で、陰陽師が使役するという鬼神。陰陽師の命令に従って変幻自在、不思議な術をなすという)'[16]라는 설명에서 알 수 있듯이, 음양사와 깊은 관련이 있다는 것을 짐작해 볼 수 있다. 먼저 식신이 어떠한 기능을 하는지를 예를 통해서 확인해 보고자 한다.

ⓐ서궁 좌대신 다카아키라는 저녁에 다이리內裏를 나와 니조대로의 교차점을 지나가려고 하는데 신선원神泉苑의 북동쪽 모퉁이, 레이제이인의 남서쪽 구석의 담장 안쪽에 가슴이 담장의 위쪽에 닿을 정도로 키가 큰 자들 세 명이 서 있는데, 대신의 하인들이 앞을 선도하며 길을 여는 목소리를 듣고는 엎드리고, 목소리가 들리지 않을 때에는 몸을 앞으로 내밀었다. 대신은 그 마음을 읽으시고 하인들에게 계속해서 소리를 내도록 했다. 담장을 지나갈 때 (세 명이) 대신의 이름을 불렀다. 그 후 얼마 안 있어서 큰 일이 발생하여 좌천되었다. '신선원에서 경마가 있었을 때 음양사가 식신이 내려오기를 청하고 이것을 땅에 묻었는데 지금도 해제되지 않았다. 그 정령이 있다고 전해지고 있다. 지금도 지나가서는 안 된다'라고 아리유키라는 음양사는 말하였다.

西宮左大臣高明、日くれて内よりまかり出給けるに、二条大宮の辻をすぐるに、神泉の丑寅の角、冷泉院の未申のすみのついぢのうちに、胸、ついぢの覆にあたるほどにたけたかきもの、三人たちて、大臣、さきをふ声をききてはうつぶし、をはぬ時はさし出けり。大臣、その心を得て、しきりにさきををはしむ。つ

---

16 『日本國語大辭典』, 小學館, JapanKnowledge(http://japanknowledge.com).

いちをすぐるほどに、大臣の名をよぶ。其後゛ほどなく大事いできて、左遷せられ

けり。「神泉の競馬の時、陰陽、識神を嘱してうづめるを、今に解除せず。その霊

ありとなんいひつたへたる。いまもすぐべからず」とぞ、ありゆきと云陰陽師は申

ける。

—655쪽[17]

이 인용문은 『속고사담續古事談』에 전해지는 이야기로, 미나모토노 다카아키라源高明가 969년에 일어난 안나의 변安和の変으로 좌천된 사건의 원인에 대해서 이야기하고 있다. 이 사건은 후지와라 씨가 자신들의 정권을 확립하기 위해서 꾸민 것으로, 무라카미 천황村上天皇의 비妃가 된 다카아키라의 딸은 천황과의 사이에 다메히라 친왕為平親王을 낳는다. 이 친왕을 다카아키라가 천황으로 옹립하려고 한다는 후지와라 씨의 모략으로 인해 그는 다자이노곤노소츠太宰権帥의 자격으로 좌천된다. 이러한 사건의 전말에도 불구하고 이 설화에서는 다카아키라의 좌천의 원인을 그 이전 시대인 우다宇多, 다이고醍醐 천황 때에 이루어진 경마대회에서 누군가를 저주하기 위해 음양사가 식신을 불러들일 주물을 묻어두었는데, 그것을 없애지 않고 그대로 놓아 둔 탓이라고 하고 있다(인용문 강조부분). 사건의 원인에 대한 가부는 제쳐두고, 여기에서 확인할 수 있는 것은 음양사가 저주를 위해 땅에 주물을 묻고 식신을 불러들였다는 사실이다.

　그렇다면 본디 식신은 저주를 위해서 존재한 것인지, 그 기능과 모

17　川端善明・荒木浩校注, 『古事談 續古事談』, 新日本古典文學大系, 岩波書店, 2005. 인용은 이에 의하며, 페이지수를 표시하였다.

습은 어떤 것이었는지에 대해서 구체적으로 살펴보고자 한다.

세이쇼나곤清少納言이 쓴 수필집 『마쿠라노소시枕草子』에는 처음으로 궁중에 들어간 세이쇼나곤과 중궁 데이시中宮定子의 에피소드가 그려져 있다. 중궁이 '나를 생각하는가?'하고 질문하여 세이쇼나곤이 그렇다고 대답한 순간 누군가가 재채기를 하자 중궁은 그녀의 대답이 거짓이라고 말한다. 세이쇼나곤이 재채기를 한 사람을 미워하고 있을 때 중궁에게서 편지가 도착하고 그에 대해서 세이쇼나곤은 다음과 같이 대답한다.

> 꽃이라면 색의 옅고 짙음에 따라 좌우되겠지만, 그에 좌우되지 않는 (사람의) 코이기 때문에 당신을 생각하는 마음의 깊고 얕음은 재채기에 좌우되지 않습니다. 그런데도 불구하고 괴로운 몸이 된 것은 매우 슬픕니다.
>
> **역시 이것만은 정정하게 해 주십시오. 식신도 자연스럽게 보고 계시겠지요. 너무나 두려울 정도로 정확히 꿰뚫어서.**
>
> 薄さ濃さそれにもよらぬはなゆゑに憂き身のほどを見るぞわびしき
>
> **なほこればかりしなほさせたまへ。式の神もおのづから。いとかしこし……**
>
> — 177단, 314쪽[18]

여기에서 확인되는 식신은 사람들의 행동을 지켜보는 역할을 하고 있는데, 따라서 세이쇼나곤은 자신의 말의 진위 여부를 식신은 알고 있기 때문에 거짓말은 할 수 없다고 호소하고 있는 것이다. 그렇다면 원

---

18 松尾聰校注, 『枕草子』, 新編日本古典文學全集, 小學館, 1997. 이하 인용은 이에 따르며, 장단 수, 페이지를 표시하였다.

래 식신이란 기존의 선행연구가 언급한 것처럼 애당초 음양사가 부리는 정령을 의미하는 것이 아니라, 본래 사람을 지켜보는 정령으로, 이것을 사역할 수 있는 능력을 가진 사람이 음양사의 자격을 갖춘 것이라고 봐야 할 것이다.[19] 또한 모노가타리나 설화, 사료에서의 식신의 예는 거의 대부분 저주와 관련되어 있는데, 그러나 식신은 원래 저주와는 관계없이 음양사의 사역에 의해 저주와 연결되어진 것이라고 판단하는 것이 타당할 것이다. 예를 들어 다음의 『오카가미大鏡』의 예도 이러한 설을 뒷받침해 준다. 퇴위한 가잔천황花山天皇이 때마침 음양사인 아베노 세이메이安倍晴明의 집 앞을 지나갈 때, 세이메이가 손뼉을 치면서 '천황이 퇴위할 것을 예고하는 이변이 일어났는데, 이것은 이미 퇴위가 정해진 것을 의미하므로 지금 바로 궁정으로 들어가 봐야겠다'라는 이야기를 듣는다. 그리고 이어서 세이메이는,

'바로 식신 한 명은 궁정으로 가라'라고 말하자 눈에는 보이지 않지만 (식신이) 문을 열고 천황의 뒷모습을 보았는지 '바로 지금 이곳을 지나가고 계시는 것 같습니다'라고 대답했다는 것이다. 그 집은 쓰치미카도 마치구치인데, 바로 천황이 지나가시는 길이었다.

---

19 鈴木一馨, 「怨靈・調伏・式神」, 上揭書, 64쪽에서 '식신'은 음양사가 '육임식점(六壬式占)'으로 괴이를 점치는 능력으로부터 식점이라는 것 자체가 신격화한 것이라고 설명하고 있다. 이 『마쿠라노소시』의 예에서 보면 식신과 음양사의 관련성은 보이지 않는 점으로 볼 때, 원래 '식신'이란 정령 중의 하나로 그것이 후에 음양사와 결합한 것이라고 보아야 할 것이다. 또한 '식신'을 부리는 음양사의 예를 보면, 뛰어난 능력을 가진 음양사로 인식되었던 아베노 세이메이의 일화에 집중되어 있는 점을 알 수 있다(앞서 언급한 대로 '식신'의 예 21개 중 음양사와 관련이 있는 예는 18개이고, 이중 2개를 제외한 모든 예가 아베노 세이메이와 관련되어 있다). 따라서 모든 음양사가 아닌 특히 능력이 좋은 음양사가 '식신'을 다룰 수 있다고 인식되고 있었다고 해야 할 것이다.

「且、式神一人内裏にまゐれ」と申しければ、目には見えぬものの、戸をおしあ
けて、御後をや見まゐらせけむ、「ただ今、これより過ぎさせおはしますめり」と
いらへけりとかや。その家、土御門町口なれば、御道なりけり。

—46〜47쪽²⁰

라고 식신을 궁정에 보내겠다고 말하고 있다. 이것은 퇴위하는 천황을
지켜보도록 하기 위한 것으로, 따라서 식신은 마침 세이메이의 집 앞
을 가잔천황이 지나가고 있다는 것을 그에게 보고하고 있는 것이다.
이 인용문에서 식신은 세이메이의 명령에 따르고 있지만, 그가 식신이
퇴위하는 가잔천황을 지켜보도록 하는 것은 식신의 본래 행위를 인식
하고 있기 때문이라고 해석할 수 있다. 이와 같이 식신은 원래 누군가
를 지켜보는 역할을 했었던 것으로 추측해 볼 수 있는 것이다.

　식신을 사역할 수 있는 음양사는 전게 인용문 ⓐ의 예에서 확인한 대
로, 식신을 불러들일 주물을 땅에 묻어 상대방을 저주하는 것 이외에
직접 저주의 대상을 죽일 수도 있다는 예도 보인다. 『곤자쿠모노가타
리슈今昔物語集』 24권 16화에는 음양사 아베노 세이메이가 히로사와広沢
의 간초승정寬朝僧正이라고 하는 사람의 집을 방문했을 때 젊은이들과
승려들이 식신을 사용하여 사람을 죽일 수 있느냐고 질문하자 죽일 수
는 있지만 살릴 수는 없기 때문에 죄를 짓는 행위라고 세이메이가 대답
하는 장면을 볼 수 있다.

20　橘健二・加藤靜子校注,『大鏡』, 新編日本古典文學全集, 小學館, 1996. 이하 인용은 이에 따
　르며, 페이지를 표시하였다.

정원에서 개구리가 5, 6마리 연못 쪽으로 튀어오니 젊은이들이 '그렇다면 저것을 한 마리 죽여주십시오. 시도해 봅시다'라고 이야기했다. 세이메이는 '죄를 짓는 짓을 하는 분이시구려. 그러나 시도해 보고 싶다고 하시니까'라고 하며 풀잎을 따서 무언가를 외우는 모습을 하고 개구리 쪽으로 던져 그것이 개구리 위에 걸린 것을 보자 개구리는 퍼져서 죽어버렸다. 승려들은 이것을 보고 새파랗게 질려 두려워했다.

庭ヨリ蝦蟆ノ五ツ六ツ許踊ツツ、池ノ辺様ニ行ケレバ、君達、「然ハ彼レ一ツ殺シ給ヘ。試ム」ト云ケレバ、晴明、「罪造リ給君カナ。然ルニテモ、『試ミ給ハム』ト有レバ」トテ、草ノ葉ヲ摘切テ、物ヲ読様ニシテ蝦蟆ノ方ヘ投遣タリケレバ、其ノ草ノ葉ノ上ニ懸ルト見ケル程ニ、蝦蟆ハ真平ニ口テ死タリケル。僧共此ヲ見テ、色ヲ失テナム恐ヂ怖レケル。

—3권, 286~287쪽[21]

여기에서 세이메이는 풀잎을 매개로 식신을 이용하여 개구리를 직접 죽이고 있다. 뿐만 아니라 위의 인용문의 바로 직후에서 그는 평소에도 집에 사람이 없을 경우에는 식신을 부리고 있는지 문이 저절로 열렸다 닫혔다 한다는 서술이 이어지고 있다(3권, 287). 이러한 점에서 미루어 볼 때 식신을 다루는 기능이 출중한 사람이 능력이 뛰어난 음양사로 인정을 받았다는 점을 알 수 있다. 모습을 알 수 없는 식신이 이 인용 본문에서는 풀잎을 통해서 기능하고 있는데, 이 외에도 동자의 모습을 하거나(『곤자쿠모노가타리슈』24권 16화), 까마귀가 되어 똥을 사람에게 떨

---

21 馬淵和夫 他校注,『今昔物語集』3, 新編日本古典文學全集, 小學館, 2001. 이하 인용은 이에 따르며, 권수, 페이지를 표시하였다.

어뜨리는 것으로 저주를 씌우기도 한다(『우지슈이모노가타리』 2권 8화).[22] 또한 주의해야 할 점은 아베노 세이메이가 식신을 부려 저주를 행한 예는 보이지 않고, 다만 개구리를 살생하는 예만 보여 주고 있다는 점이다. 뿐만 아니라 저주 행위에 대한 기록을 보면 관리인 음양사가 아닌 법사 음양사만이 관여하고 있다는 점도 알 수 있다.

이와 같이 식신은 눈에는 보이지 않지만, 음양사의 사역에 의해 변신을 하며 사람을 저주하는 기능을 하게 된 것이다.

4. 저주와 관련된 음양사의 역할

전장에서는 음양사가 식신을 사용하여 사람을 죽이는 예를 살펴보았는데, 『우지슈이모노가타리』 10권 9화에는 음양사가 식신을 사역하지 않고 주문으로 사람을 저주하여 죽이는 예를 볼 수 있다.

국비의 지출을 관할하는 주계主計의 장頭인 오쓰키 마사히라小槻当平의 아들인 모스케茂助는 기량이 뛰어나고 학문에도 능하여 많은 사람들의 질투를 샀다. 어느 날 신탁에 모스케는 자신을 저주하는 사람이 있다는 것을 알게 되어 음양사를 찾아가 근신해야 할 날을 받아왔다. 그러나 사실은 모스케를 미워하는 자가 이 음양사에게 그를 저주하는

22 小林保治·増古和子校注, 『宇治拾遺物語』, 新編日本古典文學全集, 小學館, 1996. 이하 인용은 이에 따르며, 페이지를 표시하였다.

주술을 외우게 하였다. 그리고 이 음양사는 자신이 모스케에게 가르쳐 준 근신해야 하는 날에 찾아가 그의 목소리라도 듣고 저주를 하면 효력이 있을 것이라고 했다. 과연 근신하는 날, 자신을 만나기 위해 찾아온 음양사를 위해서 대문 밖으로 얼굴을 내민 모스케는 음양사의 저주를 받아 3일후 죽어버렸다(323~325). 이와 같이 음양사는 식신을 이용하지 않고 저주의 주술을 외우는 것으로 사람을 죽음에 이르게 하기도 하였다.

그러나 주의해야 할 점은 음양사가 저주를 행하는 행위에만 관여하지는 않았다는 점이다. 저주와 관련하여 음양사는 저주를 받은 것을 불제하는 행위도 하였다. 세이쇼나곤은『마쿠라노소시』안에서 '기분 좋은 것(「心ゆくもの」)'에 대해서 서술하고 있는데, 그 중에는 '말을 잘하는 음양사에게 부탁하여 강으로 나가 저주의 불제를 하는 것(29단, 71쪽) 이라는 표현이 있어서 음양사의 역할 중 불제가 큰 비중을 차지하고 있었다는 점을 알 수 있다. 이러한 점은 실제 사료에서도 찾아볼 수 있다.

11일 무신, 토평, 고레카제가 와서 말하길 '어제 주물이 있었던 우물을 파 냈더니 그것의 부속물이 있었습니다.' 또 음양사들을 불러서 불제를 시켰다.

十一日、戊申、土平、惟風朝臣来云、昨日有厭物御井汲、其具物侍者、又召陰陽師等令解除

─『御堂關白記』(長和元年(1012년)四月, 2권, 147쪽)[23]

---

23 http://wwwap.hi.u-tokyo.ac.jp/ships/shipscontroller)
이하『미도칸파쿠키』御堂關白記』의 본문은 동경대 사료편찬소 데이터베이스 중 고기록 풀텍스트 데이터베이스에서 인용하였고, 권수와 페이지를 표시하였다.

이것은 후지와라노 고레카제가 미치나가에게 전날 발견된 주물의 부속물이 나왔음을 알리자 미치나가가 음양사들을 불러서 불제를 시킨 예로, 주물을 땅에 묻는 역할 뿐만 아니라 발견된 주물에서 저주를 없애는 역할도 음양사들이 했다는 점을 알 수 있다. 이것은 1012년 4월 10일에 있었던 산조 천황三条天皇의 중궁이자 후지와라노 미치나가의 차녀인 후지와라노 겐시藤原妍子(미치나가의 차녀)에 대한 저주 사건의 이튿날에 있었던 정황을 기록한 것으로, 여기에서 알 수 있는 것은 주물을 저주대상의 거처뿐만 아니라 우물에도 넣었다는 점이다. 그 전날 주물이 발견된 것에 대해서는 다음과 같이 기록하고 있다.

> 11일 무신, 미쓰요시가 말하기를 오늘 아침에 좌대신이 부르셔서 좌대신의 집으로 갔다. 명령하여 말씀하시기를 히가시산죠인의 우물 밑에 여러 개의 떡과 사람의 머리카락 등이 가라앉아 있었다고. 요시히라와 함께 점을 쳐 보니 매우 강한 저주의 기운이 있었다. 정월부터 중궁께서는 이 저택에 계셨다.
>
> 十一日、戊申、光栄朝臣云、今朝依召参左府、命云、東三条院居井底沈餅數
> 枚・人髪者、吉平朝臣相並占推、頗見呪詛気、従正月中宮座此院、
>
> ─『小右記』(長和元年(1012년)四月, 3권, 4쪽)[24]

중궁 겐시의 거처인 히가시산죠인의 우물에서는 떡과 사람의 머리카락이 나왔는데, 이것을 음양사인 가모노 미쓰요시賀茂光栄와 아베노 요시히라安倍吉平가 점을 쳐 보니 주물이라는 것이 밝혀졌다는 것이다.

---

24 『소우기』는 우물에서 주물이 발견된 사건을 4월 11일의 일로 기록하고 있으나 『미도칸 파쿠키』는 그 전날인 4월 10일의 일로 기록하고 있다.

즉 주물인지의 여부를 점치는 것도 음양사의 역할이었다는 것이 드러나고 있다. 또한 주물은 앞에서 살펴본 바와 같이 식신이 내려오도록 주물을 땅에 묻는 형태가 있었는데, 그것뿐만 아니라 사람의 머리카락 등 물건을 묻는 경우도 있었다.[25] 특히 머리카락은 주물로서 효험이 있었다는 점을 『소우기』의 1017년 11월 23일자 기록에서도 알 수 있다.

> **사랑스러운 아이의 머리카락을 잘라서** 신장대에 바치어 뜰 가운데로 나가 모든 신에게 저주를 기원했다.
>
> 切愛子如御髮、捧御幣出庭中、咒咀諸神等事也
>
> —『小右記』(寬仁元年(1017년)十一月二十三日, 4권, 272쪽)

이것은 좌대신 후지와라노 아키미쓰藤原顯光가 신에게 아이의 머리카락을 공물로 바쳐 후지와라노 사네스케를 저주한 부분이다. 사네스케는 『소우기』를 기록한 인물로 당대 가장 유명한 지식인이자 정치가였다. 이에 반해 아키미쓰는 조정의 의식의 순서도 잘 모르는 바보로 취급받고 있었다. 실제로 이 인용문은 사네스케가 그를 조롱하였다고 해서 아키미쓰가 사네스케를 저주하는 말을 했다는 18일자 기록의 연장선상에 있는 것이다. 이와 같이 신에게 머리카락을 공물로 바쳐 저주를

---

25 繁田信一, 『呪いの都 平安京』, 上揭書, 64쪽. 여기에서 시게타 신이치 씨는 이 기록을 다루면서 주물은 모두 식신이라고 하고, 음양사의 불제 행위는 식신의 효력을 없애려고 하는 것이라고 지적하고 있다. 물론 직접 주물을 묻지 않고 음양사에게 주물을 묻도록 한다는 점에서 식신에 의한 저주의 효과를 높이려고 한다는 점에서는 수긍할 수 있는 부분도 있다. 그러나 앞서 언급했듯이 모든 음양사가 식신을 다룰 수 있었는지에 대해서는 여전히 의문이 남는다. 음양사에게 저주 행위를 부탁하는 것은 식신의 효과가 아니더라도 주물의 저주의 기운이 강해진다고 생각했기 때문이라고 해석하는 것이 타당할 것이다.

하는 행위 이외에도 음양사에게 부탁하지 않고 직접 인형 등의 주물을 묻어 저주하는 행위는 나라시대奈良時代 때부터 성행했던 것으로 보인다.[26]

이외에도 음양사가 저주를 예견하여 이를 예방한 예도 있다. 『우지슈이모노가타리』 2권 8화에는 음양사인 아베노 세이메이가 우연히 젊고 재능 있는 구로우도노 쇼쇼에게 까마귀가 새똥을 뿌리고 날아가는 것을 보고 그를 돕는 이야기가 등장한다. 이를 본 세이메이는 구로우도노 쇼쇼에게 당신은 오늘 밤을 못 넘길 운이지만 내가 그것을 막을 수 있다고 하여 쇼쇼를 하룻밤 동안 껴안고 불법의 가호를 바라는 기도를 외워서 그를 저주로부터 막아냈다는 것이다(83~84). 이 설화의 사실여부는 알 수 없는데, 특히 세이메이는 능력이 특출한 음양사로서 여러 가지 설화를 낳고 있다는 점에서 이 이야기가 과장된 것일 가능성도 높다. 이렇게 직접 음양사가 저주를 받은 사람을 껴안고 기도를 한 예는 이 외에 확인되지 않기 때문에 진위가 의심스러운 부분도 있지만, 그러나 어떠한 저주의 예견이 있었을 때 그것을 막기 위해서 음양사가 불제를 시행한 예는 『소우기』에서도 읽을 수 있다.

2일, 무진, 저주의 기운이 보이는 꿈을 꿔 나카하라노 쓰네모리에게 해제시켰다.

二日、戊辰、聊有夢想、見咒咀気、仍以恒盛令解除、

—『小右記』(萬壽四年(1024년)十二月二日, 8권, 44쪽)

---

26 鈴木一馨, 「怨靈・調伏・式神」, 上揭書, 52~53쪽. 헤이조궁平城宮터의 우물에서 목재로 된 못이 박힌 흔적이 있는 인형이 출토된 점에서 저주 행위가 이루어지고 있었다는 점을 미루어 짐작할 수 있다.

여기에서 사네스케는 꿈속에서 자신을 향하여 누군가가 저주하는 꿈을 꾸고 이것을 음양사인 나카하라노 쓰네모리中原恒盛에게 불제를 하여 없애도록 하였다. 그리고 이상의 서술에서 주목해야 할 점은 저주에 관여한 음양사가 민간의 법사음양사라고 한다면, 귀족들이 행한 저주의 불제, 또는 저주를 미연에 막는 행위, 저주를 점치는 행위는 주로 관리인 음양사들이 담당했다는 것을 알 수 있다.

그렇다면 음양사가 누군가를 저주한 후 그것이 발각되었을 때는 어떻게 되었을까? 앞서 예로 든『우지슈이모노가타리』2권 8화에서 아베노 세이메이가 저주받은 구로우도노 쇼쇼藏人少将를 보호한 이야기의 결말을 보면 다음과 같다.

이 쇼쇼가 죽을 뻔한 것을 세이메이가 발견하여 철야로 기도를 하니 그 식신을 사용한 음양사가 있는 곳에서 사람이 와서 큰소리로 '마음이 갈피를 못 잡고 있어 특별히 신의 가호가 강한 사람(쇼쇼)에게 명령을 어기지 않으려고 식신을 사용하였는데, **어느 새인가 그 식신이 (저주한 음양사에게로) 돌아와 반대로 제가 식신에게 정복되어 죽습니다**. 해서는 안 될 짓을 해서'라고 말하는 것을 세이메이가 '이것을 들으십시오. 어젯밤 제가 발견하지 않았더라면 이렇게는 계시지 않겠지요'라고 말하고 그 심부름꾼에게 사람을 붙여 보내 듣자하니 '**음양사는 결국 죽었습니다**'라고 말했다.

さてその少将死なんとしけるを、晴明が見つけて夜一夜祈りたりければ、そのふせける陰陽師のもとより人の来て、高やかに「心の惑ひけるままに、よしなくまもり強かりける人の御ために仰せをそむかじとて式ふせて、**すでに式神かへりて、おのれ只今式にうてて死に侍りぬ。すまじかりける事をして**」といひけるを、晴明、

「これ聞かせ給へ。夜部見つけ参らせざらましかば、かやうにこそは候はまし」と
いひて、その使ひに人を添へてやりて聞きければ、「陰陽師はやがて死にけり」と
ぞいひける。

—84쪽

　결국 이 이야기의 결말은 구로우도노 쇼쇼를 미워하여 그를 저주하
도록 한 구로우도노 오위蔵人五位가 집에서 쫓겨나고, 식신을 사용해 저
주를 행한 음양사는 자신이 행한 저주를 되돌려 받아 죽게 되었다는 것
이다.

　이와 같이 법사음양사는 저주와 관련하여 저주를 시행하는 역할을
하였고, 귀족들에게 그것을 미연에 방지하도록 하고, 저주 여부를 점
치며, 저주에 대해서 불제를 하는 역할을 한 것은 주로 관리인 음양사
라는 것을 알 수 있었다. 또한 저주를 실행했을 때에는 그 저주를 자신
이 받아 죽는 경우도 있었다는 점을 알 수 있다.

5. 맺음말

　헤이안 시대는 권력싸움의 격화로 인해 보이지 않는 모노モノ가 사람
들의 마음을 점령하게 된 시기라고 할 수 있다. 음양도라는 것도 처음
에는 중국의 음양오행설을 바탕으로 하고 있었으나 원령 등 사람들의

생사를 좌우한다고 믿었던 모노에 의해 독자적인 주술 종교로 발전하게 된 것이라는 점이 현재 연구의 지배적인 설이다. 음양사의 역할 확대도 이러한 시대적 배경을 바탕으로 이루어진 것으로, 특히 민간에서 활동한 법사음양사의 저주 행위는 정적에 대한 원한을 과감 없이 보여주는 예라고 하겠다.

헤이안 시대 후기, 즉 원정기院政期에 이르면 음양사의 활동은 더욱 다양해지고 복잡한 양상을 띠며, 이것이 중세, 근세로 이어지게 된다. 특히 아베노 세이메이의 경우는 헤이안 시대 이후 다양한 설화로 발전하게 되고, 그의 능력은 과도하게 포장되어 전승되기도 한다. 그리고 이러한 음양사, 특히 아베노 세이메이의 활약은 현대 문화콘텐츠의 하나로 중요한 역할을 하고 있다. 음양사의 저주 행위와 불제행위 등은 현대 문화 속에서도 그려지고 있지만, 앞서 언급한 대로 모든 음양사가 식신을 다룰 수 있었던 것은 아니라는 점 등을 예로 들어 볼 때, 실제로 기록과 문학작품 속에서의 양상과는 차이점이 드러난다. 본고는 현대의 문화콘텐츠로 자리매김한 음양사의 역할을 자료를 통해서 면밀히 검증해 보고자 한 것으로, 현대와 헤이안 시대 기록과의 차이점에 관한 좀 더 상세한 고찰은 이후의 과제로 삼고자 한다.

참고문헌

1. 자료

川端善明・荒木浩校注, 『古事談　続古事談』, 新日本古典文学大系, 岩波書店, 2005.

小林保治・増古和子校注, 『宇治拾遺物語』, 新編日本古典文学全集, 小学館, 1996.

橘健二・加藤静子校注, 『大鏡』, 新編日本古典文学全集, 小学館, 1996.

松尾聡校注, 『枕草子』, 新編日本古典文学全集, 小学館, 1997.

馬淵和夫 他校注, 『今昔物語集』3, 新編日本古典文学全集, 小学館, 2001.

山中裕・秋山虔他校注, 『栄花物語』1, 新編日本古典文学全集, 小学館, 1995.

2. 논문 및 단행본

小坂眞二, 「九世紀段階の怪異変質に見る陰陽道成立の一則面」, 竹内理三編, 『古代天皇制と社会構造』, 校倉書房, 1980.

_____, 「陰陽道の成立と展開」, 『古代史研究の最前線』第4巻, 雄山閣出版, 1987.

斉藤励, 『王朝時代の陰陽師』, 甲寅叢書刊行所, 1915.

繁田信一, 『平安貴族と陰陽師』, 吉川弘文館, 2005.

_____, 『安倍晴明 陰陽師たちの平安時代』, 吉川弘文館, 2006.

_____, 『呪いの都 平安京』, 吉川弘文館, 2006.

志村有弘, 『陰陽師 安倍晴明』, 角川ソフィア文庫, 1999.

鈴木一馨, 「式神について」, 『宗教研究』315号, 1998.

_____, 「式神の起源について」, 駒沢宗教学研究会『宗教学論集』20輯, 1998.

_____, 「「式神」と「識神」とをめぐる問題」, 『宗教学論集』21号, 2002.

_____, 「怨霊・調伏・式神」, 斎藤英喜他編, 『〈安倍晴明〉の文化学』, 新紀元社, 2002.

村山修一, 『日本陰陽道史総説』, 塙書房, 1981.

森正人, 「モノノケ・モノノサトシ・物怪・怪異」, 『国語国文学研究』27号, 1991.

山下克明, 『平安時代の宗教文化と陰陽道』, 岩田書院, 1996.

_____, 『平安時代陰陽道研究』, 思文閣出版, 2015.

3. DB자료

『日本国語大辞典』,

JapanKnowledge, http://japanknowledge.com

『小右記』古記録フールテキストデータベース,

http://wwwap.hi.u-tokyo.ac.jp/ships/shipscontroller

『小記目録』大日本史料データベース,

http://wwwap.hi.u-tokyo.ac.jp/ships/shipscontroller

『百練抄』大日本史料データベース,

http://wwwap.hi.u-tokyo.ac.jp/ships/shipscontroller

『御堂関白記』古記録フールテキストデータベース,

http://wwwap.hi.u-tokyo.ac.jp/ships/shipscontroller

2부

제1장

한일의 이계의식과 자연

소메야 도모유키

1. **머리말**－일본과 자연재해

10년 정도 전의 일로 기억하고 있는데, 한국[1] 유학생으로부터 다음과 같은 이야기를 들었다. 그건 바로 며칠 전에 이바라키 현茨城県[2]을 진원지로 하는 큰 규모의 지진(진도 4 정도)[3]이 나자 서울에 계신 부모님

---

[1] 현재 대한민국ㆍ조선민주주의인민공화국의 통치하에 있는 지역ㆍ해역을 일본에서 어떻게 불러야 하는지에 대해서는 여러 논의가 있고 통일되어 있지 않다. 본고에서는 조선시대의 문물에 관해 많이 언급하므로 '조선'이라고 부르는 것으로 한다. 또한 현대의 문제에 대해 언급하는 경우에는 '한국', '북조선'을 사용하는 것으로 한다.

[2] 이바라키현은 일본 관동지방의 북쪽에 위치한다. 현청 소재지인 미토水戸는 도쿄로부터 철도로 1시간 정도이다. 이바라키 그리스도교 대학은 그 현의 북부 히다치시日立市에 위치한다.

[3] 매그니튜드는 지진 그 자체의 규모를 나타내고 진도는 지진을 체감한 장소에서의 흔들림의 세기를 나타낸다. 동일본대지진의 매그니튜드는 9, 최대 진도는 7이었다.

이 전화로 "땅이 갈라져 거기에 떨어져 버리면 구출될 수 없으니까 밖에 나가지 마라"고 했다는 것이었다.

유학생이 이 이야기를 했을 때, 나 이외에도 일본인이 다수 있었는데, 쓴 웃음을 지을 수밖에 없었다. "유학생의 부모님은 재난영화[4]를 좀 많이 보셨나 봐요"라는 식의 얘기도 나왔다. 나는 자식이 걱정되어 일본으로 전화하신 그 유학생 부모님께 감사하면서도 마음속으로는 아무래도 지진에 관해서 너무 모르시는 분인 거 같다고 생각했다.

그 후 한국인의 일본 자연현상에 대한 인식을 주의 깊게 관찰하며, 그 인식방식에 차이를 느끼고 크게 놀라는 경우가 많았다. 동시에 그러한 차이가 나타나는 배경에도 뭔가 짐작되는 점이 있었다. 결론부터 말하면 한국과 일본은 바로 옆 나라이지만, 자연환경이 많이 다르다는 점이다.

예를 들어 지진 말이다. 자주 듣는 말인데, 일본은 세계에서도 유명한 지진국가임에 비해, 한국에는 지진이 거의 없다. 다음에 제시하는 그림은 일본 내각부가 매년 발행하는 방재백서 2012년판에 보이는 일본부근의 지진활동이다.

이 그림에서 알 수 있듯이, 동북아시아 지역의 지진 중 거의 대부분이 일본열도를 중심으로 일어나고 있고, 한국에는 거의 지진이 일어나지 않는다는 것을 알 수 있다. 또한 이 책에는 세계의 매그니튜드 6.0 이상의 지진횟수(2000년~2009년)를 나타낸 그래프가 있는데,[5] 1036회

---

4 〈일본침몰〉(동보, 1973년)이나 〈폼페이 최후의 날〉(RKO, 1935년)등의 영화에서 땅이 갈라진 곳에 사람이 떨어져 죽는 장면이 나온다.
5 당초에는 2011년의 동일본대지진이 포함된 도표를 제시할 필요가 있다고도 생각했지만

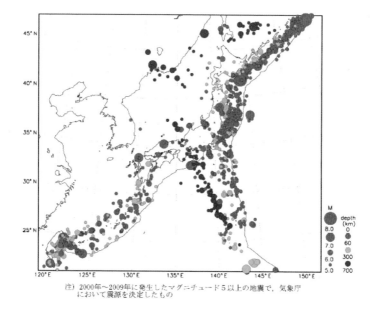

注) 2000年～2009年に発生したマグニチュード5以上の地震で，気象庁
において震源を決定したもの

〈그림 1〉 2012년 일본 부근 지진활동

중 일본에서 일어난 것이 212회에 이르고, 전체의 20.5%를 차지하고
있다. 또한 재해피해총액(1979년~2008년)도 11.9%에 달하고 있다〈그림
1〉, 참조). 일본 국토가 전 세계의 0.28% 밖에 되지 않는 것을 생각하면
일본은 눈에 띄는 지진재해・자연재해국가라는 셈이다.

(당연히 대지진 이후에는 지진의 횟수나 피해액도 증가할 것임이 분명하지만), 적당한
자료가 없는 점에 더해 반대로 대지진 자료를 첨가하면 그 수치가 이상스럽게 뛰어오를
뿐만 아니라, 특별한 것이라는 인상을 주기 쉽다. 여기서는 일본이 처한 자연환경을 통
시적으로 제시하는 것이 목적이므로 대지진 이후를 생략한 형태로 제시하기로 했다.

マグニチュード6.0以上の地震回数

日本
212(20.5%)

世界
1,036

〈그림 2〉 매그니튜드 6.0 이상의 지진횟수

2000년부터 2009년까지의 합계. 일본에 대해서는 기상청, 세계에 대해서는 미국지질조사소(USGS)의 진원자료를 근거로 내각부가 작성.

災害被害額(億ドル)

日本
2,068(11.9%)

世界
17,361

〈그림 3〉 재해피해액(억달러)

1979년부터 2008년까지의 합계. CRED의 자료를 근거로 내각부가 작성.

또한 일본에서 큰 재해라고 하면 태풍을 들 수 있다. 다음 그림은 국립정보학연구소(NII)의 기타모토 아사노부北本朝展 씨가 작성한 태풍의 정보를 사용해서, 2000년부터 2009년까지 동북아시아를 엄습한 주요 태풍을 제시한 것이다.

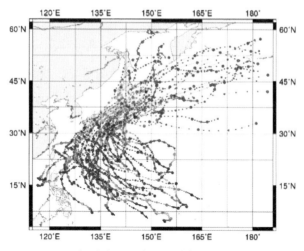

〈그림 4〉 2000년~2009년의 주요태풍
http://agora.ex.nii.ac.jp/digital-typhoon/search_geo.html.ja

이것을 보면 이 지역 대부분의 태풍이 일본열도에 집중되어 있고, 조선반도나 대륙쪽에는 거의 일어나지 않음을 알 수 있다. 이 그림을 보기 쉽게 조금 각도를 바꾸어 다음과 같이 표시해 보았다.

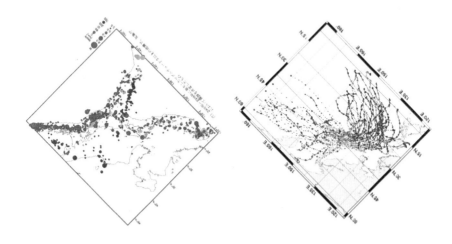

이렇게 보면, 일본은 마치 동북아시아의 방파제(파도 방지 블록), 방풍림과 같은 것이다. 만약 일본열도가 없다면, 태평양판, 필리핀판 등이 복잡하게 얽힌 중에 일어나는 지진에 의해 발생하는 해일이 조선반도나 중국 등의 유라시아 대륙을 직격할 것이다. 또한 3,000미터 급의 산맥을 다수 가진 일본열도가 없다면, 많은 태풍 또한 유라시아 대륙을 직격할 것이다.

말하자면 동아시아 방파제(파도 방지 블록) 혹은 방풍림에 집을 세운 사람들, 그것이 일본인이라고 하겠다.

2. 천하의 요충지로서의 한국(조선)

한국의 경우는 어떠한가. 물론 당연히 일본과 같은 자연재해는 적지만, 그 역사를 돌아보면 자연이 아니라 인간이 일으킨 재해, 특히 전란이 많았음을 알 수 있다. 아래에 최남선의 『조선상식문답』(1947년)의 유명한 한 부분을 인용한다.

조선은 어떠하였습니까. 땅이 천하의 요충지여서 무릇 대륙에서 큰 활동을 하는 민족이나 나라는 먼저 여기를 조처하여 놓아야만 했습니다. 그런 적마다 조선은 사나운 무리에게 흉악하게 짓밟힐 운명에 처하였습니다. 그래서 4천년 역사가 실상 대륙의 모든 강대하다는 민족과 더불어 쉴 새 없이 씨름하여 나온 기록입니다. 만일 조선 민족이 웬만큼 약했다고 하면 조선이라는 나라는 그동안 몇 번 없어지거나 아주 사라져 버리고 말았을지 모릅니다. 그런 가운데서 온갖 비바람을 다 겪으면서 나라와 백성이 저대로 지녀 나온 것은 진실로 세계 역사상에 유례를 보지 못하는 일대 기적입니다. (…중략…) 일본은 골방 속 색시요 온실 안 화초입니다. 조선은 동양 역사의 저자거리에 앉은 늠름한 여장부요, 서리 아래 국화요, 눈 속의 매화요, 또 바람 가운데 대나무요, 진흙에 핀 연꽃입니다. 줄창 물려지내면서도 한 번도 몸을 더럽히지 아니한 절대 철부哲婦이었습니다.

— 최남선, 『조선상식문답』, 1974[6]

이 글에 대해서는 다른 원고에서도 인용해서 문제시 했지만,[7] 최남선이 말하듯이 조선반도가 '사나운 무리에게 흉악하게 짓밟힐 운명에 처하여' 온 것은 분명하다. 아래에 조선을 무대로 한 국제전쟁을 화살표로 표시해 보았다.

6 한국어 번역은 최남선, 이영화 역, 『조선상식문답』, 『최남선한국학총서』 22, 경인문화사, 2013, 102~103쪽을 인용함.

7 「韓國の〈怒り〉と東アジアの未來志向」, 『日本學研究』 第40輯, 檀國大學校, 2013.9. 또한 해당 논문에서도 말했지만 최남선이 "일본은 골방 속 색시요 온실 안 화초"라고 말한 것은 자국의 비극성을 강조하기 위한 레토릭으로 무사가 오랫동안 지배층이고 전쟁이 비교적 많았던 일본의 역사를 정당하게 파악하고 있지 않음은 말할 나위도 없다. 다만 일본의 무사들이 행한 전쟁이란 주로 국내의 패권을 쥐기 위한 전쟁이고 그것은 어느 나라나 민족에게도 있었던 것이다. 동시에 일본의 무사들이 싸운 상대는 인간뿐만 아니라, 자연이기도 했다는 점에 유의할 필요가 있다. 전국 시대의 무장인 다케다 신겐武田信玄이 치수를 위해 만든 신겐 제방信玄堤, 가토 기요마사加藤清正가 시라카와白川의 치수를 위해 축조한 도로쿠 둑渡鹿壤 등이 유명한데, 자연재해가 많은 일본에서 지배층이 되기 위해서는 자연을 억제하고 국토를 비옥하게 하는 토목적 역량이 필요했다.

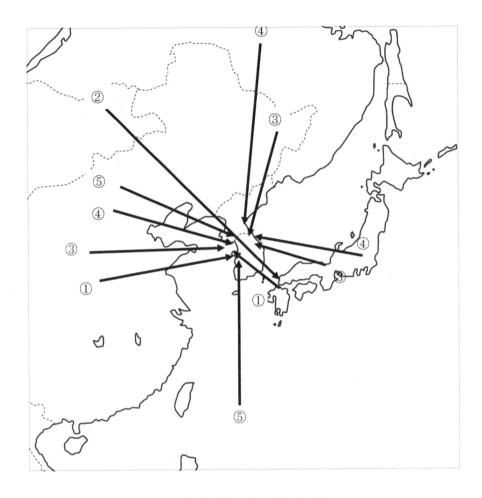

① 당, 고구려, 백제, 신라, 왜의 싸움 (백촌강 전투)

② 원(몽고)습래, ③ 임진왜란·정유재란, 정묘호란·병자호란

④ 청일전쟁·러일전쟁 등의 근대국제전쟁,[8] ⑤ 한국전쟁

---

8 이것은 어디까지나 일본 측으로 부터의 시점인데, 일본근대(메이지 이후)에는 8번 정도의 국제 전쟁이 있어났다. 그 중 많은 경우가 조선반도를 무대로 하고 있다.

물론 이 그림은 대략적인 흐름만 나타낸 것으로 예를 들어 ④의 근대 국제 전쟁에 대해 말하자면 청일전쟁, 의화단 사건, 러일전쟁, 중일전쟁, 만주사변, 아시아 태평양 전쟁 등 많은 전쟁이 이 시기에 일어났는데, 여기에서는 조선과 일본의 고대부터 현대까지의 역사를 통시적으로 부감하기 위해 상세한 사항은 생략했다.

어쨌든 이렇게 보면 조선반도가 타국(특히 일본)에 비해 국제전쟁에 많이 휘말려 왔음을 알 수 있다. 물론 국제전쟁이라고 하면 중국을 무대로 한 것이 많은데, 그것은 중국 대 지방이라는 형태가 많은 것에 비해, 조선반도의 경우는 반도를 무대로 한 다른 두 나라의 전쟁이었던 경우나 그것과 유사한 병참(발판·후방보급지)이 되었던 경우가 많다. 그것은 특히 ④에서 예로 든 근대전쟁의 경향으로, 청일전쟁, 러일전쟁을 비롯한 동아시아의 많은 전쟁은 조선반도 쟁탈전이라고 해도 좋을 정도였다. 최남선이 말하는 대로, 조선반도는 동아시아의 요충지로 이 조선반도를 장악하지 않고서는 동아시아 전체를 장악하기가 어려웠기 때문이다. 말하자면, 조선민족이란 동아시아의 교차점에 집을 세운 사람들이었다.[9]

그와 동시에 중요한 것은 교차점으로서의 조선반도가 있었기 때문에 조선반도 끝의 열도인 일본에서는 동아시아의 국제 전쟁이 거의 일

---

[9] 다만 조선반도가 동아시아의 교차점의 위치를 차지하게 된 것은 최근 김시덕씨가 언급하듯이 임진왜란(분로쿠 케이초의 역) 이후, 즉 일본이 동아시아의 강국으로서의 두각을 나타낸 이후로 그 전까지는 동아시아의 요충이라고 불릴 정도의 위치에 있었던 것은 아니다(김시덕, 『동아시아, 해양과 대륙이 맞서다』, 메디치미디어, 2015). 그러나 일본과 대륙의 관계에 있어서 조선반도는 항상 결절점, 즉 일본에게 조선반도는 항상 계속적으로 동아시아의 요충지였음은 틀림없다.

어나지 않았다는 것이다.

증기선에 의한 본격적인 해운이 시작된 근대 이후와는 달리 근대 이전의 해운은 주로 육지의 해안을 따라서 범선을 운행하는 식이었다. 따라서 대군大軍이 움직이는 것은 육지가 대부분이고(특수한 예로서는 명나라 때 정화鄭和(1371~1433?)에 의한 여러 번의 인도양 아프리카 쪽으로의 대원정이 있었다) 일본에 대군을 보내기 위해서는 육지를 따라 조선반도를 통할 필요가 있었다. 즉 동아시아의 국제전쟁에 일본이 말려드는지 아닌지는 조선의 거취가 결정타가 되어왔다고 말할 수 있다.

예컨대 백촌강白村江전쟁(663년)에서 나당 연합군에 패한 왜(일본)는 두 나라의 보복을 두려워하고 국방 문제에 부심했는데(그때 왜에서 일본으로 이름을 바꿔 정식으로 일본이 성립되었다고 한다), 이 일본의 위기를 구한 것은 신라의 당나라에 대한 반격이었다.

또한 원나라가 일본을 침략하려고 했을 때(1274년, 1281년)에 일본을 구한 것은 가미카제神風(폭풍우)라기보다는 원나라가 조선반도(고려) 침략에 사십 년이나 걸려 피폐해졌던 것(즉 그만큼 고려가 완강히 저항한 것)이 원인이다.

물론 신라도 고려도 의도적으로 일본을 도우려고 그렇게 한 것이 아니며 어디까지나 결과론에 지나지 않지만, 가령 그렇다 하더라도 이러한 지정학적인 경험적 법칙은 근대에 들어선 일본의 국방의식을 어느 선 이하로 내려가지 않도록 방지했다. 그것이 조선반도를 일본의 방위선으로 하는 일본의 사고방식이다. 이런 사고방식이 어떻게 만들어져 갔는지 여기서 일일이 말할 여유는 없지만 일본의 아시아에서의 근대전쟁의 대부분이 조선반도에서 이루어지고 또한 조선반도가 일본의 병참(병판·후방보급지)이 된 것은 일본에게 조선반도가 얼마나 중요한 의미를 갖는지를 보여준다.

조선에게 일본이 자연재해天災로부터의 방파제였다고 하는 것과는 반대로 일본에게 있어서 조선반도는 전쟁(인재人災)으로부터의 방어벽이었던 것이다.[10]

3. 일본의 신불과 이계인식

앞에서 지진과 관련해 한국유학생 에피소드를 소개했는데, 이 이야기에 한 가지 더 가까운 에피소드로 〈센과 치히로의 행방불명千と千尋の神隠し〉(미야자키 하야오 감독)에 대해 이야기해보자.

이 유명한 일본 애니메이션은 2001년 7월에 일본에서 공개된 후, 2002년 6월에 한국에서도 공개되었다. 그 때의 한국어 제목은 〈센과 치히로의 행방불명〉으로 일본어로 직역하면 〈千と千尋の行方不明〉였다. 이렇게 '신이 감추다'가 '행방불명'으로 번역되었다는 이야기를 일본에서 하면, 많은 사람들이 웃어 버린다. 그것은 '신이 감추는 것'과 '행방불명'이 비

---

10 조선반도에 있어서 일본이 자연재해로부터의 방어벽이고 일본에게 조선반도가 전란으로부터의 방어벽이 되어 온 관계는 한일관계를 생각하는 데에 있어서 상당히 중요한 문제이다. 이러한 상호보완의 관계에 대해, 한일 서로가 거의 의식하지 않는 점이 문제이다. 무의식적인 상호보완, 한국과 일본 사이에는 이러한 도식이 존재하는 것은 아닌가라고 생각된다.

숫하기는 해도 다른 것이기 때문이다.

물론 여기서 말하고 싶은 것은 번역의 좋고 나쁨의 문제가 아니라, 이 번역에는 양국의 신이나 자연에 관한 의식 차이가 명료하게 나타나 있다는 점이다.[11]

당연히 신이 감추는 것은 단순히 사람의 행방을 알 수 없게 되는 것은 아니다. 일본에서 '신이 감추는 것'은 그 외에 '덴구天狗가 감추는 것''뭔가가 감추는 것'(오키나와) 이라고도 일컬어지고, 신이나 사물(물건, 영락한 신), 덴구라고 하는 신괴神怪가 사람을 채어가서 감추어 버린다는 것을 가리킨다. 일본에서는 아이가 없어지면, 신이 데려갔다거나 덴구의 습격을 받았다고 생각하는 경향이 널리 분포하고 있던 점이 민속학 조사로 드러났다. 내 전공분야인 에도시대에도 신이 감추어 버린 사람을 찾기 위해 친족을 비롯한 많은 사람들이 북이나 징을 치고, 신이 감추어 버린 사람 이름을 연호하는 풍습을 담은 많은 소설이나 설화를 볼 수 있다. 아래는 이하라 사이카쿠井原西鶴의 소설 『세켄무네잔요世間胸算用』에 실린 삽화로 신이 숨긴 사람을 찾기 위해 수색하는 모습이 그려져 있다.[12]

---

11 물론 이렇게 '신이 감추는 것'을 '행방불명'이라고 한 것이 한국어로 적절한 번역이라고는 할 수 없을 것이다. 좀 더 어울리는 번역 방식이 있었을텐데 라고도 생각한다. 그러나 여기서 중요한 점은 한국에는 '신이 감추는 것'에 해당하는 단어가 없다는 사실, 즉 행방불명자에 대해 신괴가 데려갔다고 인식하는 풍속이나 풍습이 거의 없었다는 점이다.

12 또한 신이 감추는 것은 식구를 줄이기(교육 부담을 줄이는 것)위해 아이를 상점 봉공으로 보내거나 유곽에 파는 구실로 사용되기도 했다. 사이카쿠 작품의 신이 감추는 이야기도 순수한 행방불명이 아니라, 빚쟁이로부터 벗어나기 위한 교겐狂言으로 짜여진 것으로, 어머니가 없어졌다고 이웃 사람들을 속이고 수색활동을 하면서 빚 갚는 날을 어떻게든 넘겨보려고 꾀를 내는 남자의 이야기이다.

〈그림 7〉 이하라 사이카쿠 『세켄무네잔요』 제5권의 4 「헤이타로도노(平太郎殿)」 삽화

　이처럼 신이 감추는 것에서 볼 수 있듯이, 일본에서는 여러 가지 사건·사고나 그것을 일으키는 자연현상을 신괴神怪의 소행이라고 생각하는 경향이 강했다.

　예를 들면, 고대에 등장하는 신들의 모습은 많은 자연현상과 결부되어 있다. 다음 문장은 『고지키古事記』에 등장하는 스사노오ㅈサノオ命와 야마타노오로치八俣大蛇에 관한 묘사이다.

　•『고지키』 상권, 스사노오노미코토에 관한 묘사[13]
　스사노오만은 위임받은 나라를 다스리지 아니하고 수염이 가슴까지 자랄 만큼 오랫동안 소리내어 울고 있었다. 그 우는 모습이 나무가 말라 죽어 푸른 산이 메마른 산이 될 정도로 울었고 강과 바다는 모두 말라버릴 만큼 울었다.[14]

13　武田祐吉譯注, 『新訂古事記』, 角川文庫, 1988.

• 『고지키』 상권, 야마타노오로치에 관한 묘사

그 눈은 빨간 꽈리와 같고, 몸뚱아리 하나에 여덟 개의 머리와 여덟 개의 꼬리가 있습니다. 그리고 그 몸에는 넝쿨나무와 노송나무 및 삼나무가 돋아나 있고, 그 길이는 여덟 계곡과 여덟 개의 산봉우리에 걸칠 만큼 기며, 또 그 배를 보면 그 곳에서는 언제나 피가 뚝뚝 떨어지고 있습니다.[15]

스사노오는 마치 폭풍우 같고, 야마타노오로치는 산사태나 토사가 무너지는 모습을 하고 있다.

또한 일본의 종교·정치·문화에 많은 영향을 준 원령(어령신앙)도, 자연현상의 형태로 재앙을 내리는 것으로 생각되었다. 다음은 일본 원령의 대표격이라고도 할 수 있는 스가와라 미치자네菅原道眞가 내린 재앙과 그 낙뢰를 묘사한 것이다.

• 『니혼키랴쿠日本紀略』 후편 제1권, 다이고醍醐천황, 엔초延長 8(경인)년

6월 26일 무오. 여러 귀족들이 전상에 대기하여, 기우제를 지내는 일에 대하여 논하고 있었다. 오후1시경 아타고산愛宕山 위에 검은 구름이 끼더니 갑자기 도읍을 덮치고 큰 소리를 내며 천둥이 울렸다. 세이료덴淸涼殿 남서쪽 제1기둥 위에 낙뢰가 떨어졌다. 벼락을 맞아 화재가 발생했다. 전상에는 신하들이 모여 있었는데, 대납언 정3위 겸 민부경民部卿 후지와라 기요쓰라藤原淸貫는 의복에 불이 붙어 배가 찢어져 사망했다(64세). 또한 종4위하 우중변右中

---

14 오노 야스마로, 노성환 역, 『고사기』, 민속원, 2009, 48쪽 인용.
15 위의 책, 61쪽을 인용.

弁 겸 내장두內藏頭 다이라노 마레요平希世는 얼굴에 화상을 입고 쓰러졌다. 또한 낙뢰는 시신덴紫宸殿에도 떨어져, 우병위右兵衛 미누노 타다카네美努忠包는 머리에 화상을 입어 사망했다. 기노 가게쓰라紀蔭連는 배에, 아즈미노 무네히토安曇宗仁는 무릎에 화상을 입어 쓰러졌다.[16]

일본에서는 이렇게 난폭한 신, 화내는 신, 재앙을 내리는 신을 진혼하기 위한 '장소', '물건(아이템)'이 발달했다. 예를 들면 그러한 '장소' 중 중요한 것에 진수鎭守의 숲이 있다. 진수의 숲, 다른 말로 '사총社叢'이라고도 하며, 신의 노여움을 달램과 동시에 신을 위로하고 신과 인간의 교류가 행해지는 장소이다. 이 진수의 숲에 관해 우에다 마사아키上田正昭 씨[17]는 다음과 같이 말한다.

자연과 공생이라는 관점에서 내가 늘 주목해 온 것이 일본역사와 문화의 기층에 연결되어 존속해 온 '진수의 숲'의 존재입니다. 일본인에게 아주 친근하고 신성한 장소인 숲은 그것에 대한 경외감, 조심스러운 마음과 함께 역사 속에서 지켜지고 살려져 왔던 것입니다.

성스러운 장소이고, 인간이 모이는 장소인 진수의 숲(=사총)을 제대로 파악해 가는 것이 앞으로의 시대에 상당히 가치를 갖는 일이라고 나는 생각합니다. 진수의 숲은 인간이 살리고, 인간이 참가해서 생겨난 것으로 이른바 자연과 신과 인간의 접점이 되고, 진수의 숲은 인간과 자연의 공생을 상징하는 존재라고도 말할 수 있기 때문입니다.

---

16 『國史大系(第五卷)』, 「日本紀略」, 経濟雜誌社, 1897.
17 上田正昭, 『森と神と日本人』, 第一部, 「森と神と日本人」, 2013.

〈그림 8〉신사와 인간세계를 구분하는 토리이(とりい)

일본신사의 신전(신을 모신 건물)이 불교의 영향을 받아 만들어졌다는 점은 유명한 일로, 본래 신도에서 신으로 숭상되는 대상은 자연 그 자체였다. 따라서 불상 등을 안치하기 위한 건축물 등은 필요 없었다. 미와산三輪山의 신이 좋은 예로, 산(자연) 그 자체가 신이고, 신앙의 대상으로서 모셔진 것이다.

그렇다고는 해도 인간이 사는 장소에서 멀리 떨어진 산이나 숲은 신앙의 대상으로 하기 어려웠기 때문에, 근처의 비교적 작은 산이나 숲이 신앙의 대상이 됨과 동시에 신과 인간의 교류의 장이 되었다. 그것이 바로 진수의 숲이다. 아래 사진은 대표적인 진수의 숲의 풍경으로, 이러한 풍경은 일본 전역의 여러 곳에서 볼 수 있다.

이렇게 신과 인간의 교류의 '장'은 일본문화를 생각하는 데에 있어 상당히 중요하다. 그 영향을 받아 발달했다고 생각되는 것 중에 일본의 정원을 들 수 있다.

4. 일본정원의 종교성

건축학자이자 도시구조론자인 우에다 아쓰시 씨는 일련의 고찰[18]

속에서 일본의 정원에 대해서 다음과 같이 말한다.

- 일본의 정원(니와, 庭)은 '들판(노, 野)'에서 온 말로, '와(は)'는 '사이
(아이, 間)'가 바뀐 말, 즉, 들판 사이라는 의미가 되고, 들판 사이에 둘러싸
인 장소, 신과 함께 여러 활동을 하는 장소이고, '신을 초대하는' 장소이다.
- 일본 가옥의 정식 출입구(밝음의 출입구)는 현관이 아니라 정원에서
초록빛을 지나 객실로 들어가는 길이다. 현관은 약식(음의 출입구) 출입구
였다. 신이나 조령을 비롯하여 손님이나 승려, 결혼이나 출관 때에도 그 길
을 따라 들어가거나 나가거나 했다.
- 일본의 '주거(스마이, すまい)'는 '서로 살다(스미아이, 住み合い)'에서 온
말로 신과 인간이 어우러져 사는 장소이다.
- 이러한 일본 정원의 정신은 불교의 세계관과 결부되어 사원의 정원을
구성하는 데에 이른다.

요컨대 일본의 정원은 신불과 교류하는 장소였다는 것인데, 이것이
앞에서 말한 진수의 숲과 연결되는 것은 당연하다. 우에다 씨는 지적
하고 있지 않지만, 산이나 숲을 향한 자연에의 신앙이 있고, 그것이 진
수의 숲으로 전개된 후에 '신을 초대하는' 장소로서의 정원에 연결되었
다고 보면 좋을 것이다.
이러한 진수의 숲과 정원의 관계를 볼 때, 정원 중에서도 차경정원
이 단연 주목된다.

---

18 上田篤, 『日本人とすまい』, 岩波新書, 1974; 上田篤, 『日本人の心と建築の歴史』, 鹿島出版會,
2006; 上田篤, 『庭と日本人』, 新潮新書, 2008.

〈그림 9〉 슈가쿠인 리큐 정원에서 먼 산을 조망함[20]

다음 문장은 일본의 정원과 문예의 관계에 대해 내가 쓴 글[19]인데, 일부를 인용해보자.

'차경'이라는 말은 본래 조원용어로 중국 명대의 『원야園治』(계성計成, 1634년)에 "차경은 숲과 정원의 가장 중요한 것이다 大借景, 林園之最要物也"라는 것에서부터 중요시되었는데, 주괭준周宏俊에 의하면 중국의 명대 이전에는 타인의 정원을 부감俯瞰해서 보는 이의 쪽으로 가지고 오는 '차경'으로써의 '차경정형借景亭型'과, 방의 창문 등으로부터 외부를 보는 '척폭창형尺幅窓型'의 '차경' 방식이 주류였고, '소중견대小中見大' 즉 '작은 것' 속에서 '큰 것'을 보는 '원망형遠望型'을 의미하는 '차경'이라는 말은 근대에 들어와서 주로 사용된 것 같다. 조원造園 용어로서는 아직 불확정적인 요소가 있었다는 것이기도 하다.

---

19 졸고, 「일본의 정원과 문학」(한국어 단독집필), 『문헌과 해석』 63호, 문헌과해석사, 2013년 여름, 187쪽 또한 졸고는 한국에서 발표했기 때문에 일본어로 되어 있지 않다. 이번에 해당 부분만을 일본어로 고쳤다. 덧붙여 졸고 속에서 언급한 적이 있는데, 중국·조선·일본의 정원은 정원을 구성하는 원리가 근본부터 다르다고 생각한다. 중국의 정원에는 건물이나 돌(예를 들면, 소주蘇州 유원의 오봉선관이나 대호석 등) 등이 중심이 된다. 또한 조선의 정원에서는 정원을 구성하는 것보다도, 자연 그 자체에 융화되려는 의식이 강하고, 그 때문에 조선의 정원에는 사방팔방을 관찰할 수 있는 팔각정(정자) 등이 발달했다(창덕궁의 후원이 대표적으로 '팔각정'에 대해서는 『韓國的思考』, スカイ出版, 2010에 자세한 해설이 있다).

그러나 일본 정원에 이러한 원망형 차경정원이 많이 존재하는 것은 분명하고(앞에서 예를 든 슈가쿠인 리큐修学院離宮나 엔쓰지円通寺), '소중견대' 차경으로 사물을 보는 방식, 파악하는 방식이 일본문화의 기저에 있는 것도 확실할 것이다. 주굉준씨[21]는 일본문학·문화의 차경성에 대한 대표적인 견해로 오와 야스히로大輪靖宏 씨와 가라타니 고진柄谷行人 씨의 이름을 든다.

오와에 의하면, 하이쿠는 독립적인 가치를 지닌 문학형태임과 동시에, 주어진 배경의 차이에 의해 미감이 변하는 것이 문학적인 장점이라고 한다. 즉, 하이쿠는 일본의 차경정원처럼 배경과 서로 민감하게 반응하는 점이 특징이다. (…중략…) 가라타니 고진에 의하면, 정원의 차경은 외재적인 풍경을 정원을 통해 볼 수 있는 것이고, 거대한 자연을 일종의 렌즈를 통해 축소시키는 것에 해당하고, 더욱이 정원이 표상장치라는 점에서 회화나 문학과 공통적이라고 한다.

하이쿠는 세계에서 가장 짧은 시이다. 그 짧음이나 작음이 갖는 한계를 보충하는 것은 하이쿠의 앞뒤에 놓여진 고토바가키詞書き(그 시를 지은 동기, 주제 등을 적은 글), 하이쿠가 만들어진 장소나 배경 등으로, 그 하이쿠와 고토바가키·배경의 울림 속에 바로 하이쿠 문예의 극치가 있다. 그리고 그 하이쿠와 배경의 관계는 바로 정원과 차경의 관계와 다름없다고 오와씨는 말한다. 가라타니씨는 오와 씨와는 반대로, 정원의 작음은 렌즈이고, 그 렌즈를 통해서 외계로서의 차경은 정리·순치

---

20 岡田憲久, 『日本の庭ことはじめ』, TOTO出版, 2008.
21 「借景の展開と構成－日本·中國造園における比較研究」, 東京大 博士論文, 2012.

되어 의미를 얻게 된다고 한다. 오와씨는 정원과 차경의 관계성에 주목하고, 가라타니씨는 정원의 축소성에 주목한 차이는 있지만, 양자는 모두 일본차경정원의 '소중견대'에 주목하고 그것이 일본문학의 기저에 있다고 지적하는 점에서 공통된다.[22]

이번에는 문학과의 관계에 대해서 언급하고 싶은데, 요컨대 차경정원이야말로 일본정원에 있어서 자연과 미의 존재양식의 근간을 이루고 있다는 것이다. 그리고 이 차경정원과 앞에서 언급한 진수의 숲, 그리고 우에다 씨가 지적한 일본 정원이 갖는 신불과의 접점, 이것이 지극히 비슷한 구조를 갖고 있다는 점도 느꼈을 것이다. 그것을 정리하면 다음과 같다.

둘 다 외계(외연)에 대자연(신불의 세계)을 갖고, 그것과 밀접한 관계를 유지하고 있다.

외계의 대자연(신불의 세계)이 난폭하고 무서운 세계라는 것에 비해, 진수의 숲이나 정원은 항상 온화하고 조용하며 차분한 장소이다.

둘 다 신불과 인간이 교류하고 휴식하는 장소이다.

덧붙여 진수의 숲에는 랜드마크와 같은 도리이와 신전이 있듯이, 일본정원에는 반드시라고 해도 좋을 정도로 등롱이 있다. 등롱은 단순히 조명도구가 아니라, 그 근원은 헌등에 있는데, 그것은 신불에게 '헌상'

---

22 大輪靖宏,「俳句の借景性」,『芭蕉俳句の試み』, 南窓社, 1985.
　　柄谷行人,「借景に關する考察」,『批評空間』 II期 17号, 1998.

164 한일 고전 문학 속 비일상 체험과 일상성 회복

하는 '등'이었다. 즉, 등롱은 신불의 내방 来訪을 위한 것으로 신불이 모이는 장소였다(아래 사진은 일본의 대표적 정원 중 하나인 교토 조루리지浄瑠璃寺 정원의 석등롱이다).

이 진수의 숲과 정원(차경정원)의 구조의 유사성을 도식화하면, 다음과 같다.

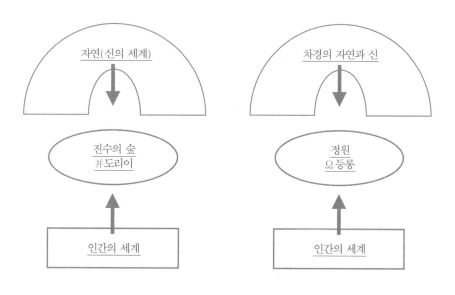

5. 일본의 이계와 자연

　일본인에게 자연이란 아주 엄격한 것이고, 그 엄격함을 신불이 노하거나 재앙이 행하는 업이라고 인식한 것은 앞에서도 말한 대로이다. 그러한 신불의 노함이나 재앙이 내리는 것을 달래기 위한 완충재, 교류의 장소로서 진수의 숲이나 독특한 정원이 발전했다.

　이러한 신불이나 귀신의 성냄이나 노함을 어떻게 맞이하는가, 즉 난폭한 자연을 어떻게 억제시킬지는 일본인에게 가장 중요한 종교적 테마였다고 해도 좋을 것이다.

　일전에 나는 「찢겨진 부적－『전등신화』의 동아시아로의 전파」[23]라는 논문 속에서 한일의 부적 문제를 다루었다. 부적은 중국을 근원으로 한다고 생각되고, 조선에서도 입춘 때, 궁중·고관·사대부로부터 서민에 이르기까지 문 등에 붙이는 입춘첩·춘련이 있고, 재액이나 질병을 막는 데 사용되었는데, 앞에서 언급했듯이 신괴에 대한 경외 의식이 강했던 일본에서는 부적 또한 독특하게 발전했다.

　예를 들어 〈그림 11〉을 보자. 이것은 소위 '센샤후다千社札'라고 불리는 것으로, 신사불각에 참배했을 때 붙이는 것인데, 자신의 이름이나 주소를 적어 넣기도 한다. 이는 단순히 기록 장부를 대신하는 것이 아니라, 그것이 붙어 있는 동안은 참배한 공덕이 계속된다고 생각한 것이다. 즉, 부적이 내 몸을 대신해서 참배하고 있다는 도식이 된다.

---

23 「引き裂かれた護符－『剪灯新話』の東アジアへの伝搬」, 『冒険・淫風・怪異－東アジア古典小説の世界』, 茨城キリスト教大學言語文化研究所叢書 6号, 笠間書院, 2011.

전반적으로 일본은 부적문화가 발달해 있고, 이러한 신사불각뿐만 아니라, 자신의 집에도 여러 장소에 부적을 붙인다. 대표적인 곳은 아라카미荒神(부엌), 쓰노 대사角大師(현관), 오추사마 명왕烏枢沙魔明王(측간)인데, 이것은 현대에도 이어져 오고 있다. 개인적인 이야기이지만 지금도 필자의 어머니는 매년 우리집으로 아라카미 부적을 보내 주신다. 이것은 우리 가족이 특별히 신앙심이 깊기 때문은 아니다.

〈그림 11〉 센샤후다千社札

어쨌든 일본의 부적 문화는 인간세계 외부에서 오는 재난(그것은 아마도 자연재해로 제시되고 있다)을 멈추게 하고 또한 복덕을 기원하며, 평온한 생활을 보내려고 한 심성이 표현된 것이었다.

앞의 졸고에서도 일부를 언급했지만, 이러한 일본인의 심성에서 보면 『모란등롱』(모란등기)이 일본에서 절대적인 인기를 얻고 있는 이유를 잘 알 수 있다. 그것은 요괴가 이계로 데려 간 공포(그것은 항상 자연재해에 의해 목숨을 잃는 운명을 받게 되는 일본인이 갖는 공포이기도 하다), 그것을 막는 부적護符(특히 붉은 부적)이라는 궁극·최고 아이템(도구)의 공격과 방어가 충분하게 그려진 것이기 때문이다. 조선고전소설 『구운몽』의 주인공 양소유는 '사랑의 도리'에 의해 이 부적을 찢어 버리고, 부적을 피하려고 했던 귀녀(사실은 팔선녀인 춘운)에게 유명幽明의 경계를 넘어 피안에 머무를 것을 장황하게 설파했다. 유교적 관점에서 보면 당연한 논리이지만, 일본적 감성에서 보면 너무 직접적인 조치였다.

이렇게 이계로부터 몸을 지키는 부적은, 부적 그 자체에 더해 여러 가지 것이나 장소에 그 성격이 부여되어 있었다. 그것은 앞서 언급한 진수의 숲이나 정원을 보면 자명한데, 최근 컬럼비아 대학교의 하루오 시라네 씨[24]가 일본문화를 상징하는 '신덴즈쿠리寝殿造의 가운데 섬', '봉래산', '사계절 사방의 정원' 등에 부적적인 성격이 보인다고 하며 강조한 '이차적 자연'론 속에 자리매김 되는 것은 꽤 흥미로운 문제이다.

나는 지금 말한 진수의 숲=차경정원의 문제에 관해서도 시라네 씨의 주장에는 대체로 찬성하지만, 다만 '부적적護符的'이라는 말을 정의하기 전에, 우선은 아시아나 동아시아 속에서의 부적(붉은 부적)그 자체에 관한 연구가 필요하다고 생각한다(즉, 현시점에서는 아직 이 방면에 관한 기초연구가 불충분하다고 생각된다).

아마도 이 부적적 성격의 문제를 아시아나 동아시아로 넓혀서 생각해 보면, 일본 특유의 심성이 특징지어질 것이다. 지금 여기에서 어떤 논증도 없이 추측으로 말하는 것은 피해야 하겠으나, 본고 전체의 결론과도 관계되므로, 약간 억측일지 모르지만 말해두고 싶다.

그것은 일본의 부적이나 부적적 성격은 역시 진수의 숲이나 정원이 그러한 것처럼(또는 자신의 이름을 쓴 센샤후다도 그러한데), 첫째로 괴이怪異를 피하려고 하는 목적이 있었다고 해도, 보다 중요한 것은 신괴와의 교류라는 기능이 아니었는가 하는 점이다.

만약 그렇다고 한다면 종래 일본의 『모란등롱』의 계보학에도 다른

---

24 ハルオ・シラネ,「里山・想像された風景」,金澤大學シンポジウム,「里山×里海×文學」, 2013.

견해가 필요해진다. 한우충동汗牛充棟의 연구가 있는『모란등롱』의 계보·계열연구이지만, 산유테엔초三遊亭円朝의『괴담모란등롱』으로 일단 대단원이 지어졌다고 보는 것이 통례이다. 그러나 졸저[25]에서도 지적했듯이, 이 이야기는 또한 메이지·다이쇼기에 계승되어 개작되어 간다. 그 대표적인 것에 이시카와 고사이石川鴻斎의『야창귀담』(1889)이나 나가타 히데오長田秀雄 의『모란등롱』(1917)등이 있다. 나가타가 개작한「모란등롱」의 대단원에서는 부적을 떼어낸 것이 욕심에 눈이 먼 이웃집 사람 반조伴蔵와 오미네お峰가 아니라, 오쓰유お露에 대한 애정을 억제하지 못한 하기와라 신자부로萩原新三郎 자신의 소행이라고 되어 있다. 그리고 엔초의 묘사에서는 괴롭게 번민하면서 죽어가는 신자부로는 나가타에 의해서 "손에 우보다라니雨寶陀羅尼로 보이는 부적을 한 장 쥔 채 죽어간다"고 되어 있다.

앞의 저서에서는 "나가타 히데오는 본 이야기를 어디까지나 두 명의 연애 이야기로서 완결시키기" 위해서였다고 보고, 게다가 "나가타의 개작은 일본에 있어서『전등신화』계열의 작품으로 부적이 중요하게 다루어지는 그 극치에 도달한 것에 다름없다"고 언급했다. 당연히 나가타의 개작은 약간 예정조화적인 느낌도 들지만, 그것도 포함해서 이 나카다의 개작은 신괴와의 교류라는 일본적인 부적의 감성에 보다 가까운 것이었다고 해도 좋다. 그렇게 보면『모란등롱』계열 설화를 다룬 종래의 연구에서 이느 쪽인가 하면 중국·조선적인 부직(붉은 부적)의 존재방식이 강하게 나타난『우게쓰 모노가타리雨月物語』,「기비쓰의

---

25 앞의 각주 20번 참고.

가마솥 점吉備津の釜」이나 엔초의『모란등롱』쪽을 높이 평가해왔던 것에도 문제제기를 할 수 있는 가능성이 생긴다.

어쨌든 이 문제에 대해서는 다시 논할 예정이지만, 부적과『모란등롱』설화의 계보학은 일본뿐만 아니라 동아시아의 부적의 문제, 나아가서는 동아시아의 연애 이야기의 문제까지 확대될지도 모른다.

6. 조선의 이계와 자연 ①

그럼 이번에는 일본에서 조선으로 시선을 돌려보자.

앞에서 언급했듯이 일본은 자연재해가 많은 나라로, 그것이 거기 사는 사람들에게 독특한 공포로서의 이계관을 만들어 내었다고 해도 될 것이다. 그 공포를 완화시키기 위해서 여러 이계와의 완충재(아이템)나 완충지대가 생겨나 왔다고 할 수 있을 정도이다. 그것과는 반대로 조선(조선반도)의 자연환경은 비교적 사람에게 온화한 것이었다고 할 수 있을 것이다.

조선의 자연환경을 생각하기 위한 시점은 여러 가지가 있지만 현재 세계의 여러 곳에서 사용되고 있는 기후학자 블라디미르 쾨펜(1846~1940)의 기후구분에 의하면 동아시아, 동남아시아는

• 열대우림(건기 있음) - 베트남(남부), 캄보디아, 동남아시아 도서부

- 열대우림(건기 없음) - 베트남(북부)
- 온난 동계 소우小雨 기후 - 라오스, 중국 내륙부
- 온난 습윤 기후 - 중국 해안부, 타이완, 일본(중남부), 조선반도(중남부)
- 아한대 온습 기후 - 일본(동북부, 홋카이도), 몽골
- 아한대 소우 기후 - 중국북부, 조선반도 북부, 러시아

로 나누어진다. 조선반도는 중남부가 온난 습윤, 북부가 아한대이지만 인구가 집중해 있는 곳은 중남부이므로 온난 습윤대라고 해도 좋을 것이다. 이 온난 습윤대는 다른 열대나 한대 기후에 비해 생물이 서식하기 좋은 지역이라는 점은 말할 것도 없지만, 똑같은 온난 습윤대라고 해도 처음에 설명했듯이 지진·화산·태풍이 적은 조선반도는 비교적 살기 좋은 지역이라고 할 수 있다. 게다가 상세한 지역의 특색을 보는 경우에 중요한 시점이 되는 것이 일본과 조선의 식생植生 상의 차이이다.

이 문제에 대해서는 일본에서는 나카오 사스케中尾佐助와 사사키 고메이佐々木高明의 『조엽수림문화와 일본』 및 사사키 고메이의 『일본문화의 기층을 찾아서 - 졸참나무숲 문화와 조엽수림문화』[26]가 단서를 여는데 크게 도움이 되는데 그 설명에 따르면 일본의 남쪽 절반이 [27] 조엽수림대에 속하고(〈그림 12〉(2)), 조선반도의 대부분은 광엽수림대에 속한다는 것이다(〈그림 12〉(1)).

---

26 中尾佐助·佐々木高明,『照葉樹林文化と日本』, くもん出版, 1992; 佐々木高明,『日本文化の基層をさぐる - ナラ林文化と照葉樹林文化』, NHKブックス, 1993.
27 남쪽 반이라고는 해도, 이 지역에는 고대부터 에도시대까지의 중심적 역할을 수행한 도시(기타큐슈, 간사이, 에도)나 그 문화권이 모두 포함된다는 점이 중요하다.

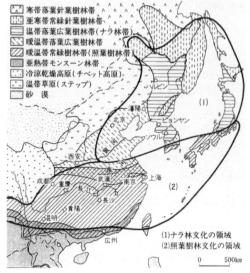

동아시아의 식생과 졸참나무숲
문화・조엽수림문화의 영역

한대 낙엽침엽수림대
아한대 상록침엽수림대
온대 낙엽광엽수림대(졸참나무대)
난온대 낙엽광엽수림대
난온대 상록수림대(조엽수림대)
아열대 몬순림대
냉량 건조 고원(티베트 고원)
온대초원(스텝)

사막
(1) 졸참나무숲 문화의 영역
(2) 조엽수림문화의 영역

〈그림 12〉 사사키 고메이, 『일본문화의 기층을 찾아서—졸참나무숲 문화와 조엽수림문화』(NHK북스, 1993년)

　　위의 저서들에 의하면 광엽수림대도 조엽수림대도 다른 한랭 침엽
수림대나 아열대・몬순 대 등에 비하면 대략 혜택이 많은 자연환경으
로 풍요로운 토지라는 점이다. 특히 광엽수림(낙엽광엽수림)은 나무 높
이가 낮기 때문에 햇볕이 잘 들어 밝고 또한 식용으로 사용할 수 있는
과실 등이 많이 나는 비교적 풍요로운 숲이다. 이에 비해 조엽수림은
굵고 키가 큰 나무가 많기 때문에 숲 속은 어둡고, 또한 식용의 과실 등
은 적다. 실제로 그러한 서일본의 조엽수림(예를 들면 구마노熊野나 야에야
마八重山 등)에 들어가 보면 알 수 있는데, 그곳은 풍부함을 넘어 신비롭
고 두려운 세계이다. 즉, 일본의 중남부는 울창한 숲에 둘러싸여 그러
한 숲에 인간의 지를 넘어선 두려움과 신비성을 항상 느끼며 문화를 키

위 온 것에 비해, 조선의 중남부는 햇볕이 자주 들어오는 밝은 숲으로 거기에서는 인간과 자연에게 풍요로운 관계를 구축하는 것이 가능했다고 생각되는 것이다.

물론 이러한 조엽수림·광엽수림의 연구는 주로 일본에서 행해진 것으로 조선반도 등에서의 검증이 엄밀하게 행해졌다고는 말하기 어렵다. 또한 2000년대에 들어와 비판도 많이 나오고 있다.[28] 게다가 벌채 등에 의한 조엽수림대의 변화라는 역사적인 문제도 있어서 현 단계에서는 이러한 조엽수림대·광엽수림대를 딱 두 개로 나누어 결론짓는 것은 곤란한 상황이라고 해도 좋다.

그러나 크게 한일 혹은 동아시아를 수림대로 나누고 거기에서 문화적 기층의 문제를 고찰해 보는 것은 앞서 고찰했듯이 진수의 숲이나 정원이라는 문화가 식생과 상당히 깊은 관계에 있다는 점 등을 고찰하면 정말로 매력적인 구분이라는 점은 틀림없을 것이다.

또한『모란등롱』의 원작「모란등기」를 수록하고 있는『전등신화』(중국)의 무대의 대부분은 이 조엽수림대 해안의 도시부에 집중되어 있는 것도 주목된다. 이 지역에 괴이담이 많은 것은 잘 알려져 있는데 이 지역과 일본의 괴이담의 관련을 조사해 보면, 동아시아 괴이담과 소설의 역사 및 그 계보는 이 조엽수림대와 깊은 관계가 있을 가능성이 있을지도 모른다.

---

28 池橋宏,『稻作の起源』, 講談社メチエ, 2005 등.

7. 조선의 이계와 자연 ②

그렇다면 조선이 이러한 자연환경에 있다는 점을 이해한 위에서 조선의 이계인식에 대해 생각해보면 어떨까.

앞서 일본에서 이계는 가혹하고 두려운 것으로 그것에 대처하기 위해 특별한 아이템이나 완충지대가 필요했다는 점을 말했다. 그러한 일본에 비해 조선에서는 이계에 관한 공포가 강조되는 일이 상대적으로 적었던 것처럼 보인다.

예를 들면 일전에 노자키 미쓰히코野崎充彦 씨[29]가 "일본에서는 수만 종이라는 요괴도 조선에서는 도깨비 한 종류로 충분한 듯하다"라고 말했듯이 이계의 상징, 혹은 이계와의 접점인 요괴의 수가 한국과 일본에서는 압도적으로 차이가 있다.

물론 그것은 조선에는 이계가 없다거나 적다는 것을 나타내지는 않는다. 이계를 받아들이는 방식, 이계와의 관련방식이 일본과 다른 것이다. 조선에서 이러한 이계와의 교류를 잘 보여주는 것은 무당(무녀)이다. 무당은 '제재초복除災招福'을 행하는 굿을 의례의 중심으로 한다. 무당은 인간의 모든 재액의 원인을 '한恨'을 남긴 채 죽어서 진혼되지 않는 인간의 혼(귀신)의 탓으로 하고 그 귀신들에게 음식을 베푸는 등으로 위무함으로써 병을 낫게 하는 등 살아있는 인간의 바람을 이루어주려고 하는 것이다. 요컨대 아무리 두려운 귀신이라고 해도 무녀를

---

29 野崎充彦, 「朝鮮の鬼神譚」, 『國文學』, 學燈社, 2007.

통해서 그것은 교류 혹은 관리 가능한 것으로 생각되는 것이다.

그러나 일본의 요괴는 다르다. 그것은 인간이 관리 불가능한 것이다. 예를 들어 앞서 예로 든 일본의 『모란등롱』의 원화(『전등신화』, 「모란등기」)에 주인공 교생과 숙향이 사령이 되어 명주성(현재의 절강성) 아랫마을 사람들을 걱정스럽게 하자, 그에 애를 먹은 성 아랫마을 사람들은 철관도인에게 사령퇴치를 부탁하고 도인은 그 두 사람의 음욕스러움을 비난하고 호되게 질책한 후에 지옥으로 보내버린다는 이야기가 나온다. 유교의 '괴력난신을 말하지 않음'을 취지로 하는 중국과 조선에서는 이러한 괴이담을 말하는 것 자체를 터부시했지만, 이야기한다고 해도 이러한 신괴가 인간의 컨트롤 하에 있다는 것을 제시해야만 했던 것이다. 그러나 일본에서는 그렇지 않다. 『모란등롱』(산유테 엔초, 1884년)의 하기와라 신자부로는 스스로 황천국에 데려가려고 하는 오쓰유와 오코메의 원령을 부적을 가지고 다가오지 못하도록 할 뿐으로 그저 신괴를 내버려둘 수밖에 없는 것이다.

이러한 일본에 대해 조선의 이계는 인간에게 가까운 곳에 있고 인간과의 교류가 가능한 세계로서 있었다. 이것은 조선의 고전소설, 그 대표적 작품을 조망할 때에 저절로 알 수 있다.

예를 들면 조선고전소설의 시초라고 일컬어지는 김시습의 『금오신화』와, 마찬가지로 조선고전소설의 대표작이라고 해도 좋은 김만중의 『구운몽』을 들어 그 이계의식에 대해 생각해 보자.

우선 『금오신화』인데, 현존하는 제5화에 등장하는 이계를 보면 거기에는 불교적 유귀幽鬼세계, 선계, 지옥, 용궁세계와 다양한 이계가 등장한다. 제5화의 내용을 간단히 정리해 보자.

「만복사저포기」는 전라도 남원에 사는 젊은 미혼 남자 양생과 왜적에 의해 목숨을 잃은 처녀와의 이야기. 처녀가 남자로 전생하는 것이 상징적인 불교적 유계幽界의 세계가 그려진다.

「이생규장전」은 개성의 낙타교 부근에 사는 이생과 최씨의 딸의 혼인담. 처녀는 홍건적의 난에 의해 죽지만, 망령이 되어 나타나서 수년간 둘은 행복하게 산다. 마찬가지로 불교적 유계의 세계를 그리고 있다.

「취유부벽정기」는 개성 부호의 아들인 홍생이 평양의 부벽정에서 미녀와 만난 이야기. 그 미녀는 기자箕子의 딸로 사후 선녀가 된 존재이다. 홍생은 미녀와 만난 후에 병사하지만, 사람들은 그가 신선이 되었다고 이야기했다.

「남염부주지」는 경주에 사는 박생이 염부주(지옥)에 끌려가, 염라대왕과 토론한 후, 염라대왕의 지위를 물려받는다는 내용이다.

「용궁부연록」은 고려시대의 문인 한생이 용호에 있는 용궁에 끌려가 용궁의 상량문上棟文 작성을 용왕으로부터 부탁받는다는 이야기이다.

이 다섯 이야기뿐만 아니라 여러 가지 이계가 등장한다. 그 점에 먼저 주목해야 하겠지만,[30] 더욱 중요한 것은 등장인물에게 이계는 결코 공포의 대상이 아니라, 오히려 따뜻하고 부드러운 치유의 세계라는 점이다. 그것을 상징하는 것이 「남염부주지」의 박생과 「용궁부연록」의

---

30 다섯 이야기밖에 남아 있지 않는 『금오신화』에 대해서는 그 5화의 마지막에 '갑집'이라고 되어 있는 것으로 보아도, 그 후에 '을집', '병집' 등 많은 작품이 있었을 것을 예상하게 하는데, 현존 5화가 불계 · 선계 · 지옥 · 용궁이라는 식으로 온갖 이계를 갖추고 있는 것은 주목할 만하다. 을집, 병집의 존의는 어쨌든 이 5화로 하나의 세계를 구축하려고 한 의도가 있었던 것을 엿볼 수 있기 때문이다.

한생이다. 자세하게는 별고[31]에서 언급한 것을 참조하기를 바란다. 현실 세계에서 보답 받는 일이 없었던 두 명의 재능은 이계에서 인정받아 개화한다. 불합리한 현실보다도 이치에 맞는 이상적인 이계가 거기에 있는 것이다.

이 다양성을 가진 이계와 현실에 대한 치유로서의 이계, 이 두 가지가 『금오신화』의 특징인데, 이것은 「구운몽」에 있어서도 완전히 똑같다. 「구운몽」의 줄거리는 다음과 같다.

천상계에서 수행했던 성진은 심신이 건장한 젊은 승려였는데, 팔선녀를 만나서 그 아름다움에 의해 인간적인 정욕에 사로잡힌다. 그 때문에 스승인 육관대사에 의해 인간계에 다시 태어나게 된다. 그리고 양소유로 살아가며 여러 고난을 마주하던 중, 마찬가지로 인간계에 다시 태어난 팔선녀들과 만나 맺어진다. 그리고 이 여덟 명의 여성들과 만남에 의해 양소유는 흔들림없는 애정의 세계를 구축하는 것에 성공한다. 그러나 마지막에 인간으로서의 정욕의 한계를 깨닫고, 천상에 돌아가 불도에 정진한다.

이 이야기에도 다양한 이계의 세계가 등장하는데 다음 〈그림 13〉을 살펴보자.

이것을 보고 알 수 있는 것은 이계가 불계·선계·용궁세계와 딱 구분되어 각각의 역할을 수행하고 있다는 점인데, 중요한 점은 이것들이 공

---

31 「天下要衝のユートピアー『金鰲新話』の世界」, 『冒險·淫風·怪異ー東アジア古典小説の世界』(笠間書院, 2011) 수록.

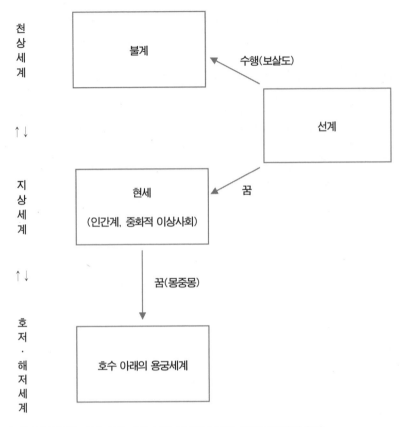

천
상
세
계

불계

수행(보살도)

선계

↑↓

지
상
세
계

현세

(인간계, 중화적 이상사회)

꿈

↑↓

꿈(몽중몽)

호
저
·
해
저
세
계

호수 아래의 용궁세계

〈그림 13〉「구운몽」 현세, 유계, 선계, 불계, 용궁(호수 아래) 세계(동정호수의 용궁)

포나 외포의 대상이 아니라, 양소유나 그를 둘러싼 팔선녀 등 현세의 인간에게 가까운 세계라는 점이다. 그리고 더욱 중요한 것은 현실세계의 현세도 조선이 아니라 중국사회라는 점이다. 일반적으로 조선고전소설의 무대로 중국이 선택되는 경우가 많은데, 그것은 조선시대의 양반들이나 부녀자들에게 중국은 궁극의 이상세계로서 숭앙되는 세계였기 때문이다. 동시에 그 이상은 눈앞의 중국이 청이라는 타민족(오랑캐)의 지배하에 있다는 현실에 대한 강한 반발이기도 했다. 이러한 양반들에게 있어서 당이나 명나라 시대의 중국은 이제는 이계라고 해도 좋은 존재였다.

그렇다면 이 「구운몽」이란 이야기는 조선이라는 입장에서 보면, 무대가 전부 이계이고 더욱이 현세(중국, 유교), 불계(불교), 선계・용궁(도교)이라는 당시의 조선에 있어서의 모든 이상적인 사회가 등장하는 셈이 된다.[32]

이러한 이상사회를 그린다는 것은 근대 이후의 리얼리즘 문학에 익숙한 우리 현대인들에게 별로 흥미롭지 않을지도 모른다.[33] 그러나 조선시대 양반들의 중국에 대한 이상화가 타민족에게 유린된 중국에 대한 현실 뒤집기였다는 점이 상징적이었듯이, 『금오신화』, 「구운몽」의 이상세계도 이 두 작품이 저술된 시대의 어지러운 현실(『금오신화』는 수양대군이 일으킨 구테타 '계유정난', 「구운몽」은 숙종이 취한 환국정치와 장희빈에 의한 왕실 소동)이 있었기 때문에 이상화되었다는 점을 기억해야 한다. 조선시대소설의 높은 이상성(로맨티즘)은 아주 리얼리스틱한 것이기도 했던 것이다.

이러한 조선시대소설의 특징이라고 할 수 있는 인간에게 따뜻한 치유의 세계로서의 이계라는 문제는 또한 이 시대 소설의 현실세계와 이계의 침투성이라는 특징을 낳는 데에 이르고 있다.

조선시대소설에는 이계가 많이 그려지는데, 그 상호침투성이 눈에

---

32 이런 점을 중시하면 조선고전소설이란 이상적인 이계소설이라고 말할 수 있을지도 모른다.

33 이점에 대해서는 졸고 『韓國の古典小說』(ペりかん社, 2008), 『한국의 고전소설』(펠리컨사, 2008년)의 제1부 제3장 「이념은 소설의 중심에 설 수 있는가」에서 논의한 적이 있다.

띄는 작품으로『숙향전』,『심청전』,『운영전』등을 들 수 있고, 여기서는 특히『숙향전』을 예로 들고 싶다.

『숙향전』은 작자미상이지만, 일본의 아메노모리 호슈雨森芳洲(1668~1755)가 본작품을 1703년에 읽었던 것에서 알 수 있듯이, 17세기말에 성립한 것이 분명한 작품이다. 한문체도 있지만 대개는 한글본으로 전해지고 있고, 내용도 사상도 평이하고 일반적이었기 때문에, 많은 사람들에게 애호되었음을 알 수 있다.

『숙향전』의 줄거리는 다음과 같다.

김전의 딸로 태어난 숙향은 전쟁에 휩쓸려서, 갓난아기인 채로 바위 아래 숨겨지지만 적에게 발견된다. 그러나 신기하게도 학과 나비, 파랑새의 도움을 받아 선궁仙宮에 초대받아 사슴을 타고 하계로 내려와 장승상의 양녀가 되는 복을 받는다. 그런데 심술궂은 시녀에 의해서 집에서 쫓겨나게 되지만, 이것도 많은 사람들의 도움으로 해결되고, 마고할머니라는 노선녀의 집에 몸을 의탁하게 된다. 여기서 숙향은 자신이 인간계에 태어나기 전에 신선들의 궁전에서 놀았던 내용의 꿈을 꾼다. 꿈에서 깨어나 그 궁전의 모습을 천에 수를 놓았는데, 그 자수는 비싼 값에 상인에게 팔렸다. 낙양에 사는 이대신의 아들 이선은 그 자수를 보고 놀라, 숙향을 찾게 되고 둘은 맺어졌다. 그런데 이대신이 둘 사이를 갈라놓고, 숙향은 낙양 태수의 명으로 감옥에 갇히게 되었다. 그런데 태수는 바로 숙향의 아버지 김전이었다. 꿈에서 그 사실을 알게 된 태수는 더 이상 이대신의 명령에 따를 수 없었다. 이대신은 수작을 부려 숙향을 죽이려고 하지만, 이선의 숙모에 의해 사정이 전부 밝혀지고 숙향은 사면된다. 이선과 숙향은 다시 맺어져 행복한 일생을 보낸 후, 신선 세계로 돌아갔다.

여러 가지 문제를 포함하는 작품이지만, 등장하는 인물이나 동물들이 신선 세계와 깊은 연관이 있다는 점이 그 특징의 하나이다. 이 점에 대해 정병설씨[34]는 "숙향은 여러 가지 곤란에 처하지만, 여러 가지 신기한 일을 경험할 뿐만 아니라, 마고할머니처럼 세상에 나타난 선녀와 함께 지내기도 한다. 여기서는 이승과 저승을 왕래하는 불가사의한 사람들이 섞여서 살고 있다는 이인관이 제시되고 있다"고 말하는데, 분명히 이 작품에서는 선계와 현실세계의 교차와 왕래가 실로 간단하게 일어나고 있다.

이러한 이계와 현실 사이의 높은 침투성은 앞서 언급한 『금오신화』와 『구운몽』에서도 그러했지만, 여러 조선고전소설에 보이는 특색이라고 해도 좋다.

본래 일본의 모노가타리, 소설에서도 이계와 현실이 서로 침투하는 경우는 종종 있다. 그러나 앞서 언급한 것처럼 이계의 공포가 전면에 나타나는 경우가 많고, 그 교통에는 특별한 완충재(아이템)나 완충지대가 설치되는 경우도 많다. 또한 『숙향전』과 내용이 비슷한 『다케토리 모노가타리竹取物語』에서도 이계와의 관계에는 엄격한 구분이 있다. 이러한 것도 많다. 게다가 『겐지 모노가타리源氏物語』나 이하라 사이카쿠의 우키요조시浮世草子를 비롯해서 일본의 모노가타리, 소설류는 현실묘사를 중심으로 한 것이 많고, 거기에는 이계가 어떠한 절차도 없이 직접적으로 침투해오는 일은 극히 적다. 그러한 일본의 모노가타리,

---

34 각주28의 제3부, 『숙향전』의 작품해설

소설류와 비교하면 조선 고전소설의 이계관은 자유롭고 활달하다고 생각되는 것이다. 이러한 이계와 현실과의 침투성이 높은 것도 조선에 있어서 전란=현실에의 회피, 이계=이상적인 세계로의 동경이라는 점에서 찾아볼 수 있을 것으로 생각된다.

8. 맺음말

이상으로 여러 논점에서 이러한 한국과 일본의 이계의 문제에 대해 접근해보았다. 돌이켜 보면 일본에 대한 고찰이 주로이고 조선쪽을 소홀히 한 것은 부인할 수 없다. 또한 조선의 이야기와 소설이라고 말하면서도 조선시대의 게다가 후기의 작품밖에 다루지 못하여 전체적인 균형이 결여된 부분도 있다. 무엇보다도 조선의 이야기와 소설이라고 해도 조선시대 후기의 작품군이 주된 것으로(본고에서 다룬『금오신화』가 조선고전소설의 효시라고 말해진다), 또한 그것은 한국의 이야기와 소설의 연구사 자체가 그렇게 기술해 온 것이기도 하여, 필자가 다루는 방식이 현저하게 균형을 결여하고 있다고도 말할 수 없지만, 역시『삼국사기』,『삼국유사』 시대의 설화류도 포함해서 정성들여 논할 필요는 있을 것이다.

이번에는 거기까지 넓힐 여유가 없고 한정적인 것이 되어버렸지만, '한일의 이계의식과 자연'이라는 관점에서 내 나름대로 조망해보면 크게는 이번과 같은 정도가 될 것이라고 생각하는 바이다. 앞으로 좀 더 논의의 범위를 넓혀갈 것을 지향하며 일단 결론을 짓는다.

*번역 : 이부용(한국외대)

참고문헌

1.자료

William Chambers, 邱博舜 訳, 『東方造園論』, 原書1773, 2012.

2.논문 및 단행본

上田篤, 『日本人とすまい』, 岩波新書, 1974.

金炳國, 「〈九雲夢〉, その研究史的概観と批判」, 金烈圭他編『金萬重研究』, 새문사, 1983.

中尾佐助・佐々木高明, 『照葉樹林文化と日本』, くもん出版, 1992.

佐々木高明, 『日本文化の基層をさぐる―ナラ林文化と照葉樹林文化』, NHKブックス, 1993.

楊鴻勛, 『江南園林論―中国古典造園芸術研究』, 上海人民出版社, 1994.

林屋辰三郎, 『作庭記』, リキエスタの会, 2001.

趙東一, 『小説の社会史比較論』1～3, 知識産業社, 2001.

鄭炳説, 「十七世紀, 東アジアの小説と愛情」, 鄭炳説・エマニュエル・パストリッチ・染谷
　　　智幸による共同研究「東アジア古典小説比較論―日本の『好色一代男』と韓国の『九
　　　雲夢』を中心に」, 『青丘学術論集』第24集, 韓国文化研究振興財団, 2004.

進士五十八, 『日本の庭園―造園の技術とこころ』, 中公新書, 2005.

西　桂, 『日本の庭園文化』, 学芸出版社, 2005.

上田篤, 『日本人の心と建築の歴史』, 鹿島出版会, 2006.

＿＿＿, 『庭と日本人』, 新潮新書, 2008.

小野健吉, 『日本庭園―空間の美の歴史』, 岩波新書, 2009.

阿部茂, 『日本名園紀行』, 竹林館, 2009.

鄭炳説, 『九雲夢図』, 文学トンネ刊, 2010.

上田正昭, 『森と神と日本人』, 藤原書店, 2013.

제2장

조선 후기 연행록에 나타난
이계異界 풍경과 기괴奇怪 체험

신익철

1. 머리말

연행은 사대부 문인이 조선의 울타리를 벗어나 세계의 변화를 목도하는 장場이었다. 조선시대에 중국을 상대로 한 연행 외에 일본으로 가는 통신사가 있었지만, 그 중요성이나 빈도는 비교가 안 되었다. 임기중의 조사에 따르면 조선의 외교 사절이 중국에 사행한 회수는 총 579회를 상회하고, 이를 기록으로 남긴 연행록은 작자가 확인된 것만도 418종에 이른다.[1] 이에 비해 일본 통신사의 파견은 1428년(세종 10년)을 시작으로 1811

---

[1] 임기중, 『연행록 연구』, 일지사, 2002, 11~12쪽.

년(순조 11년) 마지막 사행에 이르기까지 총 17차에 그치는 것이었다.

연행록은 한양을 떠나 중국 북경에 이르는 육상과 해상의 노정, 사행의 의식과 절차, 외교 사절과 중국 문사와의 학술적·문학적 교류, 중국의 문물·제도에 관한 견문과 체험, 중국에 전래된 서양의 과학 기술과 종교 사상에 관한 접촉 등 다양한 내용을 담고 있다. 현전하는 연행록에는 이러한 여러 내용이 대부분 일자와 장소를 명시한 일기체의 형식에 담겨 전하니, 이는 물론 연행록이 기행문학인 데서 연유한다.

기행문학인 연행록에는 이국에서의 낯선 체험이 주된 내용을 이루기 마련이거니와, 그 중에는 기존의 관습적 사유로는 이해하기 어려운 것 또한 담겨져 있다. 본고에서 다루고자 하는 주제인 이계異界 풍경이 이에 해당될 것이다. 여기에서 '이계異界'란 단지 기존에 경험하지 못한 별다른 세계라는 정도의 의미를 지칭하는 것이 아니다. 중국 땅을 처음 밟는 연행사의 눈에 중국의 풍물이 마냥 새롭게 인식된 것은 아니다. 연행사가 접한 중국의 문물제도나 산천 고적은 기실 기존에 서책을 통해 인지하고 있던 것이 대부분을 차지했다. 연행을 통해 이를 직접 목도하는 현장의 체험성은 느낄 수 있었겠지만, 그것이 이전에 경험하지 못한 전혀 새로운 별세계로 다가오지는 않았을 것이다. 문학작품에서 이계란 '유령이나 귀신들이 거주하는 초현실적 세계'를 의미하기도 하지만, 본고에서 이계란 '기존의 세계관으로는 이해하기 어려운 기이한 세계'를 뜻하는 용어로 사용하기로 한다. 이때 기존의 세계관이란 곧 '중세 동아시아 한자문명권 속에서 형성된 세계 인식' 정도의 의미를 함유한다.

기존의 세계관에서 벗어난 이계의 낯선 풍경을 접한 연행사는 그 문화적 충격을 어떻게 받아들였을까? "달관한 사람에게는 괴이한 것이 없다"[2]고 말한 바 있는 박지원朴趾源이지만, 정작 그 자신 천주당의 벽화를 대면해서는 "별의별 괴상망측하고 기이한 것들이 많아서 도대체 분간이 되질 않는다"[3]고 토로한바 있다. 조선의 일급 문인으로 견문이 모자라다 할 수 없는 연행사였지만 처음 접한 이계의 낯선 풍경은 연행사에게 기괴한 체험을 하도록 만들었다. 기奇와 괴怪가 결합하여 이루어진 '기계奇怪'는 드물게 접하는 특이함이나 일상적으로 접할 수 없는 인물이나 사물 그 자체를 가리키며, 경우에 따라서는 기이하게 인식하는 상태를 뜻하는 말이다.[4] 연행 중에 대면한 이계의 풍경과 이로 인한 기괴 체험은 연행사에게 적잖은 혼란과 충격을 야기하였지만, 다른 한편으로 기존의 협소한 세계관을 반성하면서 새로운 세계 인식을 촉발하는 기제로도 작용하였다. 연행사의 기괴 체험은 곧 중세 동아시아 문명권의 자족적인 세계관에 균열을 일으키면서 세계 인식의 확장을 가능케 한 촉매 구실을 한 점에서 의의를 찾을 수 있을 것이다.

본고에서는 이러한 관점에서 연행록에 보이는 이계 풍경과 기괴 체험의 양상과 의미를 논해 보고자 한다. 연행사는 북경의 천주당을 방문하여 각종 서양 기물과 서양화를 관람하거나 서학서를 얻을 수 있었는데, 이에 대한 체험은 연행록의 이계 풍경 중 주된 내용을 차지한다. 여기에서는 이계 '풍경'을 다룬다는 점에서 서양화를 중심으로 논의를

---

2 「鐘北小選」, 『渶陽詩集序』; 박지원, 신호열·김명호 역, 『국역 연암집』 1, 민족문화추진회, 2004, 154쪽. "달관한 사람에게는 괴이한 것이 없으나, 속인들에게는 의심스러운 것이 많다. 이른바 '본' 것이 적으면 괴이하게 여기는 것이 많다는 것이다."

3 「皇圖紀略」, '西洋畵', 박지원, 김혈조 역, 『열하일기』 3, 돌베개, 2009, 287쪽.

4 漢語大詞典出版社編輯委員會編, 「기괴」 조, 『漢語大詞典』 2권, 한어대사전출판사, 1988, 1523쪽.

진행하기로 한다. 한편 19세기 연행사 중에는 조선인 최초로 사진을 찍는 기이한 체험을 한 경우가 있는데, 이 또한 기괴 체험의 일례로 살펴볼 것이다. 연행사는 조선 땅에서는 접할 수 없었던 이국의 동물 등을 통해서 이계의 모습을 상상하며 세계 인식을 확장하기도 하였는바, 이 또한 함께 다루기로 한다.

2. 북경 천주당 벽화와 서양화의 이계異界 풍경

17세기를 전후해 밀려온 서세동점西勢東漸의 세계사적 조류는 한중일 동아시아 삼국에 커다란 문명 충격을 주었다. 한중일 동양 삼국의 근대화는 이른바 '서학西學'의 수용과 밀접한 연관 속에서 진행되었다. 일반적으로 서학이란 서구의 근대 문명을 수용하고 연구하는 학문적 활동을 통칭하는 말이다. 그 내용은 사상과 종교의 측면인 서교西敎와 과학 기술의 측면인 서기西器를 포괄하는데, 한국과 중국은 서학으로 일본은 난학蘭學5으로 달리 부르고 있다.

조선은 동아시아 문명권에서 가장 뒤늦게 서구와 접촉한 나라였다.

---

5 일본 정부는 종교 갈등으로 인해 포르투칼 인들을 축출한 이후 원칙적으로 외국인의 접촉을 봉쇄하는 쇄국 정책을 폈으나, 다만 중국과 네덜란드 상인은 한정된 장소에서 접촉하는 것을 허용했다. 나가사키 앞의 작은 인공 섬인 데시마出島의 商館은 네덜란드 인들이 들어와서 거래하는 유일한 창구였으며, 여기에서 네덜란드和蘭를 중심으로 서구의 문물을 착실하게 수용하면서 蘭學을 꽃피웠다.

17세기 이래로 중국과 일본이 서구 문명과 직접 접촉하고 있었던 데 비해, 조선은 이들처럼 직접적인 교류의 기회를 갖지 못하였다. 그렇지만 이 시기에 중국와의 교류는 활발하게 이루어졌으며, 이를 통해 서구 문명과 간접적으로 접촉할 수 있었다.

중세 동아시아 한자문명권에 있어서 중국은 곧 '천하'였고, 북경은 서양을 인식하는 통로였다. 청국을 매개로 하여 조선과 서구의 문명이 접촉하는 주된 통로는 북경의 천주당이었다. 북경에는 천주당이 네 곳 있었으며, 이곳은 유럽의 선교사가 상주하면서 서구의 과학 문명 및 종교를 전파하는 진원지였다. 북경 천주당을 중심으로 한 조선과 서구 문명의 만남은 18세기에 가장 활발하고 순수한 형태로 이루어졌다.[6] 현전하는 연행록에서도 이 점은 잘 드러나니, 서구 문명과의 접촉 기록이나 이에 대한 긍정적 인식은 여타시기에 비해 18세기의 연행록에 압도적으로 많이 보인다.

청나라 강희 연간(1662~1722) 이래 북경 천주당은 연행 사가 자주 찾는 명소가 되었으며, 옹정(1723~1735) 건륭(1736~1795) 연간에 이러한

---

[6] 여기에서 '가장 활발하고 순수한 형태로 이루어진 것'이라 함은 17, 19세기와 대비하여 18세기의 서구 문명 접촉의 특성을 지적해서 한 말이다. 17세기에 조선왕조와 청국은 각기 상대국에 대한 침범설이 나도는 적대적인 관계에 있었다. 조선은 병자호란의 치욕을 설욕하기 위해 북벌책을 도모하고 있었으며, 청국은 삼번三藩의 난亂으로 대표되는 각종 반란에 시달리고 있었다. 따라서 양국관의 교류는 제한적으로 이루어지고 있었으며, 서구 문명과의 접촉 역시 드물고 피상적일 수밖에 없었다. 19세기에는 세도정권이 수립되어 신유사옥을 필두로 서학에 대해 적대적인 정책을 취하였으며, 북경 천주당 방문 역시 금지되었던 것으로 보인다. 한편 서구 역시 무력적인 방식으로 개항을 강요하여 19세기 후반 수차례의 양요洋擾가 일어났음은 주지의 사실이다. 따라서 조선과 서구 문명의 만남은 직접적으로 접촉하였음에도 불구하고, 그 성격은 매우 왜곡된 방향에서 이루어졌다 할 것이다. 18세기 연행사와 선교사의 교류 양상에 대해서는 필자가 「18세기 연행사와 서양 선교사의 만남」(『한국한문학연구』 51집, 한국한문학회, 2013)에서 상세하게 고찰한바 있다.

풍조는 절정에 달한 것으로 보인다. 홍대용의 다음과 같은 기록은 이러한 사정을 잘 말해준다.

명나라 만력萬曆 연간에 이마두利瑪竇(Matteo Ricci, 1552~1610)가 중국에 들어오면서부터 서양 사람과의 통교通交가 시작되었다. (…중략…) 성 안에 사당(四堂 : 동당·서당·남당·북당)을 지어 그들을 살게 하고 천상대天象臺라 불렀다. 이 때문에 서양의 학문이 성하기 시작하여 천문天文을 말하는 이는 모두 그들의 기술을 조술하게 되었다. (…중략…) 강희康熙 연간 이후로 우리나라 사신이 연경에 가서 더러 그들이 있는 집에 가서 관람하기를 청하면, 서양 사람들은 매우 기꺼이 맞아들이어 그 집안에 설치된 특이하게 그린 신상神像 및 기이한 기구들을 보여주고, 또 서양에서 생산된 진기한 물품들을 선물로 주었다. 그러므로 사신으로 간 사람들은 선물도 탐낼뿐더러, 그 이상한 구경을 좋아하여 해마다 찾아가는 것을 상례常例로 삼고 있었다. (…중략…) 유송령劉松齡과 포우관鮑友官은 남당에 거처하였는데 산학算學에 더욱 뛰어났다. (남당은) 궁실과 기용器用이 네 당 중에서 으뜸이었는데 우리나라 사람이 항상 내왕하는 곳이었다.[7]

위의 글을 통해 우리는 이 시기 연행사들이 북경 천주당에서 서구 선교사들의 환대를 받으며 서양 그림이나 기물을 자유롭게 접하고 있었으며, 서양의 진귀한 물품들을 선사받기도 했음을 알 수 있다. 이처럼 환대를 받으며 기이한 구경을 할 수 있었기에 사신 일행에게 천주당

---

7 홍대용, 「劉鮑問答」, 『湛軒燕記』. 번역은 『국역 담헌서』 4(『고전국역총서』 76, 민족문화추진회, 1976)의 것을 참조하여 필자가 다듬은 것임.

방문은 하나의 상례가 될 수 있었던 것이다. 홍대용은 북경의 천주당 네 곳 중에서 특히 남당이 가장 뛰어났으며, 우리나라 사람들이 자주 내왕하는 곳이라 했다. 남당은 천주당 네 곳 중에서 연행사들의 숙소가 있었던 옥하관玉河館으로부터 가장 가까운 거리에 위치하고 있었기에 사신들이 드나들기에 편리한 곳이었다. 1760년(영조 36) 자제군관의 신분으로 연행한 이의봉李義鳳은 연행의 가장 큰 구경거리로 서양 풍악·망원경·천주당 그림 및 서양지도 등을 꼽고 있는데,[8] 이는 이 시기 연행사들의 북경 천주당에 대한 관심이 지대했음을 잘 말해준다.

천주당을 방문한 연행사가 처음으로 마주치게 되는 것은 대개 북쪽 벽에 그려진 천주상天主像이었다. 1720년 연행한 이기지李器之는 천주당을 처음 방문하여 벽화를 본 모습을 다음과 같이 기록하고 있다.

북쪽의 정전正殿은 높고 크며 깊숙했다. 당 안의 가장 높은 벽 위에 천주상天主像이 그려져 있었는데, 한 사람이 붉은 옷을 입고 구름 가운데 서 있었다. 그 옆에는 여섯 사람이 구름 기운 속에서 출몰하고 있었는데, 어떤 이는 온몸을 다 드러냈고, 어떤 이는 몸을 반만 드러내었으며, 어떤 이는 구름을 헤치고 얼굴을 드러내고 있기도 하였다. 또한 몸에 두 날개가 돋은 이도 있었는데, 얼굴 모양과 머리터럭이 곧 살아있는 사람 같았다. 코는 높이 솟고 입은 들어갔으며, 손발이 불룩하게 솟아있어 양각陽刻한 것 같았다. 주름 잡힌 옷이 아래로 드리워져있었는데 마치 구름 기운雲氣을 잡아 비틀어 놓은 듯 했고, 머리카락은 솜을 탄 듯 더부룩하게 풀어져 있었다. 가장 이상했던

---

8 「往來總錄」, 『北轅錄』 권4, 1761.1.8 기사. "제일가는 기이한 구경거리는 계문薊門의 안개 낀 숲, 서양의 음악과 망원경·천주당, 원명원圓明園의 궁실이다."

조선 후기 연행록에 나타난 이계(異界) 풍경과 기괴(奇怪) 체험　191

것은 구름을 헤치고 얼굴을 드러낸 자가 두어 장丈 정도 깊은 곳에 있는 듯 보였던 것이다.

처음에 전당 안에 들어서서 고개를 들자 벽 위에 커다란 감실이 있는 것이 보였는데, 감실 안에는 구름 기운이 자욱하였다. 구름 가운데 5~6인이 서 있었는데 아득하고 황홀하여 마치 신선이나 귀신이 변환變幻한 듯했다. 자세히 살펴보니 벽 위에 붙인 그림일 뿐이었으니, 사람의 솜씨가 이러한 경지에 이를 수 있으리라곤 생각도 못했다. (…중략…) 동쪽 벽 위에 한 신장神將이 있었는데, 몸에 두 날개가 있고 발로는 귀조鬼鳥를 밟고 있는 모습이었다. 그 귀조는 박쥐처럼 생겼으며, 수레바퀴만한 날개를 펴고 막 땅으로 내려서고 있는 형상이었다. 천신이 항마저降魔杵9로 그 머리를 찧고 있었는데, 그 눈에서는 광채가 뿜어져 나와 강렬함이 마치 살아있는 듯했다. 세상에 신장神將이 없다면 모를까, 만약 있다면 그 형상이 필시 이와 같을 듯했다.10

인용문은 담묵淡墨의 수법에 여백의 미를 중시하는 동양화만을 보아 왔던 조선의 지식인이 서양화를 처음 접했을 때의 충격과 당혹감을 보여주고 있다. 이기지가 먼저 주목한 것은 살아있는 듯 생동하는 인물 모습과 양각한 듯 입체감이 느껴지는 서양화의 사실성이었다. "구름을 헤치고 얼굴을 드러낸 자가 두어 장 깊은 곳에 있는 듯 보인" 점이 가장 이상하다고 했는데, 아마도 서양화의 원근법에 따른 투시 효과를 지칭

---

9   항마저降魔杵 : 마귀를 굴복시킨다는 방망이로, 금강항마저金剛降魔杵 또는 금강저金剛杵라고도 함. 사찰에서는 대개 금강소상金剛塑像이 손에 쥐고 있는 모습으로 나타난다.
10 신익철 편저, 『연행사와 북경 천주당』, 보고사, 2013, 33~34쪽; 이기지, 『일암연기』, 1720.9.22 기사.

〈그림 1〉 라파엘로 〈성 미카엘 천사〉

한 것으로 여겨진다. 그러면서 구름 가운데 서 있는 사람의 모습은 신선이나 귀신이 변환한 듯 하다고 하면서, 사람의 솜씨가 이러한 경지에 이를 줄은 몰랐다고 극찬하고 있다.

한편 여기에서 날개 달린 신장이 귀조를 밟고 있는 형상이란 성화에 흔히 등장하는 미카엘Michael 천사가 악마를 밟고 있는 그림으로 생각된다. 미카엘은 기독교에서 말하는 대천사장大天使長으로 일곱 수호신 가운데 하나이다. 유대교에서 비롯되어 선민選民의 수호자이자 용의 형상을 한 악마와의 싸움에서 하느님의 세력을 나타내는 천사로 인식되어 왔다〈그림 1〉 참조〉. 이처럼 천주당 벽화에 강렬한 호기심을 느낀 이기지는 선교사로부터 서양 그림책을 빌려보며 여러 서양 동물을 접하기도 하는데, 이에 대해서는 뒤에서 재론하기로 한다.

이기지는 서양화의 사실성과 원근법을 가장 인상적인 것으로 들고 있거니와, 대부분의 연행사는 서양화의 생동하는 듯한 사실성에 특히 감탄하였다. 그러면서 그 이유를 명확히 인식하지 못했던 이들에게 서양화는 요괴를 접하는 듯한 기괴한 체험을 불러일으키기도 했다.

북쪽 벽 가운데 칸에 천주신상天主神像을 그리고 서쪽 벽 한 칸에 한 고운 부녀婦女를 그렸으되, 일어섰고 머리 씌운 것이 내려져 손으로 그 터럭을 쥐었으니 더욱 핍진하여 그림의 사람인 줄 깨닫지 못하리라. (…중략…) 대개 멀리서 바라본 즉 살아 움직이고 변환變幻하여 옮기어 공중空中에 있는 듯하여 집이 칸칸間間이 따로 나 벌려 세운 듯하고 사람이 따로 각각 벌려 앉은 듯하고 초목草木과 금수禽獸 온갖 것이 다 그러하더니, 나아가 살펴본 즉 이에 붙여놓은 그림이었다. 세상이 이르되 서양국 그림이 신기함이 대개 이러함으로 빼어나거니와, 내가 보건대 사람도 요괴妖怪 있고 금수禽獸도 괴이怪異한 것이 있으니 재주도 또한 그러함이 있는지라. 그 그림이 진실로 꿈에 군말하는 것과 귀신의 변환變幻하는 것 같아서 가히 알지 못하니 짐짓 요괴妖怪 옛 재주라 이르리니, 서양인품西洋人品과 천주도술天主道術을 이에 또 한 가히 한 모서리를 뒤집어 알리라.[11]

1727년에 연행한 강호부姜浩溥가 천주당의 벽화를 본 느낌을 기술한 대목의 일부이다. 멀리서 볼 때에 그림인 줄 깨닫지 못하다가 가까이 다가가 보니 그림임을 알고는 그 신기한 솜씨는 요괴妖怪의 재주라 할

11　上揭書, 앞의 책, 128~129쪽.

만하다고 하였다. 그러면서 그림 속의 사람이나 금수가 다 요괴한 기운을 띠고 있는바, 서양 사람이나 그들의 종교인 천주교 또한 그러한 면이 있다고 하였다. 여기에서 '요괴'란 서양화의 살아있는 듯한 사실적 형상을 대면했을 때의 기괴미奇怪美를 지칭한 것으로 여겨진다.

위의 인용문은 강호부가 연행에서 돌아온 지 13년이 지난 1741년에 모친을 위해 한글로 지은 『상봉녹』의 한 대목이다. 강호부의 증손 강재응姜在應은 1839년에 한글본 연행록을 저본으로 하여 한문본 『상봉록』을 저술하는데,[12] 여기에서는 위의 기사 다음에 '안按'이라 하여 서양화에 대한 자신의 의견을 다음과 같이 추기해 놓았다.

대개 들으니 서양인은 화법에 있어 신의 솜씨를 빼앗았기에 서양화를 보는 자는 그것이 살아있는 것으로 의심하게 된다고 한다. 사양재공思養齋公(강호부를 지칭함)의 일기 중에서 천주당에 가서 본 대목을 보아도 증명되는 사실이다. 이는 비단 화법이 교묘하기 때문만이 아니니, 생각건대 그 속에 정상적인 이치로는 헤아릴 수 없는 특별한 요괴가 있는 것이 아닌가 한다. 지금 천주교를 배우게 되면 지혜롭거나 어리석은 이를 막론하고 모두들

---

12 강호부가 1727년 그의 나이 38세에 연행을 떠나면서 홀로 된 어머니의 안위를 걱정하며 하직 인사를 올리자, 어머니는 아들에게 돌아와서 자세히 여행길에 보고 들은 바를 이야기해 달라고 한다. 이에 강호부는 연행 당시에 기록한 한문 연행록을 연행 뒤 13년이 지난 1741년에 어머니를 위해 한글로 번역한다. 현재 『상봉록』이 한문본과 국문본의 두 종류로 전하는 이유이다. 그런데 현전하는 한문본은 강호부가 기록한 초고가 아니다. 서문에 의하면 강호부의 친구인 鄭壽延이 빌려 갔다가 유실하였는데, 다행히 집안에 한글본이 남아 있어 그것을 저본으로 다시 번역한 것이다(『상봉록』 권1, 「編述四養齋桑蓬錄序」, "英廟三年丁未, 我曾王考四養齋先生, 從行人遊燕京, 有記行日錄, 名曰桑蓬錄. (…中略…) 後其書爲公友人西岡處士鄭郡守壽延所借去, 未知何由而蓋逸未返璧. (…中略…) 幸家有諺本一通, 卽公嘗爲奉覽於慈庭, 而手自譯寫者也. (…中略…) 依其諺本翻作文字").

그 마음이 미혹되게 된다. 아마도 그 속에 어떤 요괴가 언어 문자 외에 있어서 정상의 이치로는 헤아릴 수 없는 것이 아닐까? 그 화법이 사람을 현혹시키는 것과 같은 종류가 아닌가 싶으니 참으로 요망하고 괴이한 일이다.[13]

　강재응이 『상봉록』의 번역을 마친 1839년(기해년, 철종 5)은 공교롭게도 1800년의 신유사옥에 이어 대대적인 천주교 박해인 기해사옥己亥邪獄이 일어난 때였다. 강재응은 천주교 신자들이 죽음을 당하면서도 교리를 부정하지 않는 모습을 보고, 그 연유를 도저히 이해할 수가 없었다. 그러다가 결국에는 성경 속에 요사한 마귀가 있어 사람의 정신을 미혹시키는 것이 아닌가 하는 억측을 하게 되는데, 이러한 억측의 근거로 서양화의 화법을 들고 있는 것이 흥미롭다. 살아있는 듯 생동하는 서양화의 인물 형상이 화법의 교묘함이 아니라 그림 속에 요괴가 있어 사람의 넋을 빼놓듯이, 성경 속에도 마귀가 있어 죽음마저 두렵지 않게 홀린다는 것이다. 당시 서양화의 핍진한 인물 형상이 사람들에게 얼마나 기괴한 느낌을 불러 일으켰는지 짐작하게 하는 대목으로 주목된다.

　18세기 연행사는 예수회 선교사가 건립한 북경의 천주당을 방문하여 서학을 접촉할 수 있었던 데 비해, 19세기 연행사절에게 천주당은 금지된 공간이었다.[14] 이에 19세기 연행록에서는 천주당을 방문한 기

---

13 『상봉록』권7, "蓋聞洋人於畵法, 多奪神造, 雖尋常墨畵, 見之者疑其爲活物云. 以思養齋公日記中, 往見天主堂條, 觀之亦可證. 此不但畵法之工, 意者其中必有別般妖幻, 有非常理可測者爾. 今其學之, 能令人無智愚, 皆迷蠱其心者, 無乃箇中有一段妖幻之套, 在乎言語文字之外, 而有非常理所可測與? 其所爲畵法之眩人者, 同其類者歟, 儘妖且怪矣."

14 이는 물론 조선에서 서양 문물에 대해 상대적으로 관대하였던 국왕 정조(재위 1752~1800)가 서거하고, 세도정권이 수립되면서 신유사옥(1801년)을 필두로 서학에 대해 적대적인 정책을 취하면서 천주당 방문을 금지한 데서 연유하는 것이다. 이와 함께 청국 역시

록을 찾아볼 수 없다. 대신 아라사관俄羅斯館(러시아 공관)을 방문하여 서양 문물과 접촉하고 그곳의 천주당을 방문한 사실이 몇몇 기록에서 찾아볼 수 있다.[15] 아라사관의 천주당을 방문한 연행사가 가장 충격적으로 접한 것은 십자가에 매달려 피를 흘리고 있는 예수상이다. 이재흡의 『부연일기』에서는 이를 다음과 같이 묘사하고 있다.

두루 구경하고 한 곳에 이르자, 문이 굳게 잠겼기에 자물쇠를 열게 하여 들어갔다. 외간外間에 가로 막은 칸막이가 있는데 모두 특이한 나무에 조각을 하여 만들었고, 칸막이마다 모두 산발한 사람을 그렸다. 방 안은 우뚝 솟았으며 사방을 벽돌로 높이 쌓았고, 둥근 창문이 서로 비치는데 모두 유리를 사용하였다. 그 칸막이를 열고 안 칸으로 들어가니 주벽主壁에 죽은 사람 하나를 걸어 놓았다. 대개 벽 위에 십十자로 된 나무판자를 붙이고 사람의 머리 위와 사지四肢에 모두 쇠못을 박아 내걸어, 마치 거열車裂하는 형상과 같은데 완연히 고결한 풍채의 사람이었다. 피부와 살, 손톱과 머리카락이

18세기와 달리 19세기 들어서면 예수회 선교사에 대해 적대적인 태도를 취한 것 또한 한 요인이 되었을 것으로 보인다. 청국은 19세기 들어 서양과의 교역에서 막대한 손실을 입고 있었으며, 천주교의 전파도 금지하였는바, 1840년 북경에 사행 갔던 서장관 이정리李正履의 귀국 보고에서 "기이하고 간사하고 공교하고 사치한 물건으로 백성을 현혹하고 재물을 손실하게 하는 것은 다 서양 배에서 오므로, 서양에 흘러 들어가는 은화銀貨가 해마다 1백만 냥에 밑돌지 않는데, 한 번 가면 다시 돌아오지 않는다. (…중략…) 저 나라에서는 사교邪敎가 민간에 물들어 걱정이 점점 커지므로, 근년 이래로 엄중히 금지하여 천주당天主堂을 모두 헐어 없애고 서양 사람도 쫓아 보냈다 하니, 이때부터 사교의 근거를 엄중히 끊는 것을 기필할 수 있을 것입니다"(『조선왕조실록』, 1015.3.25 기사)라고 한데서 이러한 사정을 짐작할 수 있다.

15 김경선金景善의 『燕轅直指』(1822년 연행), 이재흡李在洽의 『赴燕日記』(1828년 연행), 박사호朴思浩의 『心田稿』(1828년 연행), 강시영姜時永의 『輶軒續錄』(1829년 연행), 이항억李恒億의 『燕行日記』(1862년 연행) 등 5종의 연행록에서 아라사관의 천주당 방문 기사가 확인된다. 18세기와 19세기 천주당 방문 양상의 차이에 대해서는 신익철, 「18~19세기 연행사절의 북경 천주당 방문 양상과 의미」(『한국교회사연구』 44집, 한국교회사연구소, 2014) 참조.

꼭 살아있는 사람 같은데 온몸이 나체였으며 진짜인지 가짜인지 분간이 되지 않았다. 머리에서 발끝까지 쇠못 자리에서 붉은 선혈이 쏟아져 뚝뚝 떨어지는데, 그 얼굴을 보니 방금 죽어 식지도 않은 것 같아 현기증이 나도록 참혹하여 똑바로 쳐다보기가 힘들었다.[16]

십자가의 예수상을 상세하게 묘사하고 난 뒤, 난생처음 이를 대하고 놀란 마음에 현기증이 나서 똑바로 쳐다보기가 힘들다고 하였다. 십자가에 못 박힌 채 피 흘리고 있는 기괴한 형상을 보고는, 연행사들은 도대체 이를 신상神像으로 모시고 숭배하는 이유가 무엇인지 알 수 없었다. 이재흡의 마두가 그 연유를 묻자, 안내한 이는 예수가 형벌을 받아 죽은 모습이라고 답한다.[17] 이 말을 듣고 나서 이재흡은 국내에서 천주교를 믿는 자들이 형벌을 두려워하지 않는 이유가 여기에 있음을 알게 되었다고 하였다. 이 당시 조선에서는 천주교를 엄금하여 발각되면 사형에 처하는데도 천주교 신자들이 태연히 죽음을 맞이하는 것인지가 알 수 없는 수수께끼였다. 대부분의 사대부는 그 이유를 분명히 알 수 없었고, 다만 천주교의 교리와 어떤 연관이 있지 않나 추측할 뿐이었다. 그런데 십자가의 형벌에 처해 죽어가는 예수의 상을 보고, 이재흡은 나름대로 그 해답을 얻게 된 것이다. 십자가의 예수상은 19세기 연행사가 접한 기괴 체험의 대표적인 것의 하나이다.

---

16 신익철 편저, 『연행사와 북경 천주당』, 보고사, 2013, 308쪽 이재흡李在洽, 『赴燕日記』, 1828.6.25 기사.
17 한편 이재흡보다 6개월 뒤에 연행한 박사호朴思浩도 십자가의 예수상의 연유에 대해 묻는데, 이에 대한 대답은 전혀 달라 러시아 태자가 중국에서 피살될 때의 모습이거나 이마두가 피살된 모습이라는 것이었다. 박사호는 이러한 설명을 듣고는, 어느 것이 옳은지 모르겠다고 하고 있다(『심전고』, 1829.1.3 기사).

마지막으로 1780년에 연행한 박지원이 천주당 벽화를 본 느낌을 서술한 대목을 들어 본다.

지금 천주당 안의 벽과 천장에 그려 놓은 운무와 인물들은 보통 사람의 지혜와 생각으로는 헤아릴 바가 아니고, 언어와 문자로도 형용할 수 있는 것이 아니다. 내 눈으로 그림 속의 인물을 보려고 하자, 광채가 내 눈을 아득하게 만들었다. 그림 속의 그들이 내 가슴속을 환히 꿰뚫어 보는 것 같아 싫었다. 내가 귀로 들어보려고 하자, 굽어보고 올려보며 돌아보고 흘겨보며 내 귀에 먼저 속삭이는 것 같다. 나는 그들이 내가 숨기고 있는 것을 꿰뚫어 보는 것 같아 부끄러웠다. 내가 입으로 말하려고 하자, 그들이 깊은 침묵을 지키고 있다가 갑자기 뇌성벽력을 지르는 것 같다. (…중략…) 천장을 올려다보면 무수히 많은 어린애가 채색 구름 속에서 뛰노는데, 주렁주렁 공중에 매달려 있는 것 같다. 살결을 만져 보면 따뜻할 것 같고, 손마디와 종아리가 살이 포동포동 살이 쪄서 잘록하다. 갑자기 구경하는 사람들이 놀라서 소리를 지르고 창졸간에 경악을 하면서 떨어지는 어린애를 받을 듯이 머리를 치켜들고 손을 뻗친다.[18]

박지원 특유의 필치로 서양화의 핍진한 인물 형상을 묘사한 대목이다. 보통 사람의 지혜와 생각을 뛰어넘고, 언어와 문자로도 형용할 수 없는 솜씨라는 말에서 천주당 벽화에서 느낀 기괴한 감정을 짐작해 볼 수 있다. 벽화 속의 인물이 내 마음을 꿰뚫어 보고 먼저 말을 걸 듯 하며,

---

18 박지원, 김혈조 역, 「皇圖紀略」 '西洋畵', 『열하일기』 3, 돌베개, 2009, 286~288쪽.

천장에 뛰노는 어린애들이 떨어질까 봐 손을 뻗치게 된다는 말에서 서양화의 생동하는 사실성에 사로잡힌 기괴한 느낌을 독특하게 표현하였다.

이익은 『성호사설』에서 "근세에 연경燕京에 사신 간 자는 대부분 서양화西洋畵를 사다가 마루 위에 걸어 놓고 있다"[19]라고 하여, 당시 서양화가 많은 연행사의 관심을 끌며 이를 애호하는 풍조가 성행하였음을 지적한바 있다. 일부 연행사는 자신의 초상을 서양화로 그려가고자 하기도 하였는데,[20] 이는 기괴하게 느껴질 만큼 핍진한 서양화 인물 형상의 사실성에 매료된 데서 연유한 것이다.

---

19 李瀷, 김동주 외역, 「萬物門」 '畫像拗突', 『星湖僿說』, "近世使燕者, 多市西洋畵, 掛在堂上", 한국고전번역원 DB, 1976~1979.

20 신익철 편저, 『연행사와 북경 천주당』, 보고사, 2013, 135~136쪽; 강호부, 『상봉녹』, 1728.1.11 기사. "부사副使 영공令公, 李世瑾이 무술년戊戌年(1718년)에 사신으로 왔을 때 중국 명화名畵를 구하여 얻어 화상畵像을 그리려 하되 여러 번 이름난 화사畵師를 다 청하여 여러 번 그리되 마침내 방불彷佛하지 아니한 고로 그쳤더니, 이번에 들으니 서양국西洋國 화법畵法이 천하에 독보獨步한다 함에 홍만운洪萬運에게 천주당天主堂에 가 서양인을 보고 영공令公 화상 그리기를 청하니 서양인이 사양하여 왈曰, '내가 바다 밖에 있는 사람으로서 바야흐로 천자가 사랑하는 은혜恩惠를 입어 천자가 바야흐로 천주당天主堂을 너희 사신 들어오는 관館의 오른편에 따로 짓기 때문에 실로 잠간도 틈이 없으니 실로 청하는 뜻을 따를 길이 없으니 연경燕京의 화상을 잘 그리는 자가 있으니 내 마땅히 소개하여 천거하리라'하더니, 금일今日에 마건馬建이란 자가 오니 대개 서양인이 보낸 바더라." 홍만운은 1월 22일에도 서양 선교사로 그림에 뛰어났던 낭세녕(郞世寧, Giuseppe Castiglione)에게 다시 부사의 초상화 그려 줄 것을 요청했으나, 같은 이유로 거절당한다.

3. 사진과의 만남과 기괴奇怪 체험

천주당을 방문한 연행사의 눈길을 사로잡은 것은 서양화 외에 각종 근대 기물器物 또한 있었다. 연행사가 천주당에서 접한 것으로는 혼천의 · 윤도輪道(나침반) · 망원경 · 자명종 · 풍금 · 만년필 · 성냥 · 비연鼻烟 · 여송연呂宋煙 · 흡독석吸毒石 · 고과苦果 · 포도주 · 카스테라洋餅 · 자동인형 기계장치 등 각종의 다양한 서양 근대 기물이 망라되어 있다. 이들 기물은 예수회 선교사가 건립한 북경의 천주당에 비치된 것들로 대부분의 연행사는 이를 처음 접하고 기이하게 여겼다. 18세기 연행사는 천주당을 방문한 자리에서 포도주와 카스테라를 대접받기도 하고, 천문 역법을 관측하는 도구인 혼천의나 망원경, 그리고 콧담배의 일종인 비연이나 고약의 일종으로 생각되는 흡독석 등을 선사받기도 하였다. 천주당에서 접한 이러한 서양 기물은 하나하나가 기이한 물품으로 여겨졌으며, 연행록에는 이에 대해 기술한 대목이 적잖게 보인다.

한편 19세기 연행사 중에는 아라사관을 방문하여 사진을 찍은 이도 있었는데, 이항억李恒億은 『연행일기燕行日記』에서 그 경위를 자세히 기술해 놓았다. 1863년 1월 29일 이항억 · 박명홍朴命鴻 · 오상준吳相準 3인은 아라사관을 방문하여 조선인 최초로 사진을 찍는다. 이는 서구 제국주의의 근대 과학기술을 대표하는 기물이랄 수 있는 사진을 최초로 접한 기록이라는 점에서 각별한 의미를 지닌다. 이 사건이 지니는 의의에 대해서는 최인진이 이미 논한 바 있다.[21] 그런데 이는 이항억의 『연행일기』를 당시 사행의 정사였던 이의익李宜翼의 저술로 잘못 이해한 것

이기에 이 기회를 빌어 그 오류를 정정하고자 한다.[22]

　1862년 10월 21일 이의익李宜翼을 정사로 하는 동지사冬至使가 연경으로 출발했는데, 이항억은 정사의 자제군관子弟軍官 신분으로 참여했던 것으로 여겨진다. 이항억은 서양 문물에 무척 관심이 많았던 인물이다. 이는 그가 북경에 도착한 뒤 선무문宣武門 안의 천주당(남당)을 방문하고자 시도한데서 잘 드러난다. 앞에서 언급한 것처럼 19세기에는 청국과 조선 모두 서교의 전파를 금지하였으며, 당시 북경의 천주당 방문은 금지되어 있었다. 이 때문에 19세기 전반의 여타 연행록에서는 천주당을 방문한 기록이 보이지 않는다. 그런데 이항억은 천주당을 방문하고자 했으며, 비록 들어가 볼 수는 없었지만 이를 기록으로 남기었다. 그는 1863년 1월 5일 천주당을 보고자 했으나, 금령禁令으로 들어갈 수가 없자 밖에서 바라본 천주당의 모습을 기록하였다. 그의 눈에 비친 천주당은 아득히 높이 솟은 누각 위에 십자가가 설치되어 있으며, 황금빛과 붉은 빛으로 빛나며 화려한 그림이 그려진 벽으로 둘러진 장려壯麗한 모습이었다.[23] 이항억은 또 1월 23일에는 서양 물화를 파는 상점에 가서 혼인을 앞둔 딸의 혼수품으로 서양 옷감을 사기도 했다. 이때 그가 산

21　최인진, 『한국사진사』, 눈빛출판사, 2000, 63~68쪽.

22　이항억의 『연행일기』는 국립중앙도서관에 소장된 3책 1권 필사본이다. 표지에는 '연행초록燕行鈔錄'이라 적혀 있으나, 본문 첫머리에 '연행일기燕行日記'라 적고 있으며 하루도 빠짐없이 매일의 여정을 기록하고 있다. 이러한 특성 상 '연행일기'를 제목으로 보는 것이 옳다고 여겨진다. 사행의 첫날인 임술壬戌 10월 21일의 기사에서 "上使(사행의 정사인 이의익을 말함)宿于百中軒, 余(저자인 이항억을 말함)之一行, 宿于三門外"라고 하였으며, 12월 30일의 기사에는 "夜往上使坑, 終宵話懷, 不無思鄕之感."이라 하여, 제야除夜를 맞아 상사와 더불어 밤새 이야기를 나누었다는 기록이 보인다. 이러한 기록으로 볼 때 『연행일기』는 이항억의 저술로 보는 것이 마땅할 것이며, 최강현 또한 해제에서 이항억을 저자로 파악하였다.

23　"往觀天主堂. 堂在宣武門之內, 縹緲一樓, 出于半空, 上設橫木十字形, 塗金流丹, 畵墻紋壁, 悅愡壯麗. 禁不得入, 在外眺望而已."

옷감은 가계주可桂紬 32척, 홍주추紅紬傷 16척, 월백갑사月白甲紗 1척 5촌으로 기록되어 있다.[24]

이처럼 서양 문물에 관심이 많고 개방적이었던 이항억은 1월 28일 박명홍朴命鴻 오상준吳相準 등과 함께 아라사관을 방문한다. 동행한 박명홍은 건량관乾糧官의 직책으로 연행했던 인물이며, 오상준은 이항억과 마찬가지인 수행隨行의 신분이었다.[25] 아라사관에서 이들은 인물의 초상을 잘 모사模寫하는 이가 있다는 말을 듣고, 벽 위에 걸린 화상畵像을 구경하였다. 화상은 의관을 깨끗이 차려입은 단정한 모습이었는데, 여기서 말한 화상이란 곧 사진을 말하는 것이다. 이를 보고 이항억은 살아있는 사람이라 여길 것이지, 어떻게 그림 속의 인물이라 여기겠는가라고 하며 감탄하였다.[26] 이항억은 사진을 모사模寫·모진模眞 등의 용어로 표현하고 있는데, 이는 초상화의 개념으로 사진을 이해했음을 말해주는 것이다.[27] 사진에 매료된 이들 일행은 곧바로 사진을 찍고자 했으나, 사진사로부터 화창한 날 오전 8시 반에서 11시 사이에 찍을 수 있으니 내일 다시 오라는 답을 듣는다.

이튿날 이항억 일행은 다시 아라사관을 방문하여 나이가 제일 많은 이항억부터 차례대로 사진을 찍는다. 이항억은 스탠드 카메라를 '말안

---

24 이항억은 옷감 별로 가격까지 상세히 기록하였다. "往正陽門外洋貨肆, 買各色可桂紬三十二尺十寸, 銀六兩九戔六分, 紅紬傷十六尺, 銀五兩五戔, 月白紗十一尺五寸, 銀三兩五戔, 都合銀爲十五兩九戔六分, 有女當婚, 故買此也."

25 이항억은 『연행일기』의 맨 마지막 면에 연행에 참가한 삼사三使를 비롯하여 자신과 친분이 있던 주요 역원役員 15인의 성명과 직책을 기재하였는데, 이를 참조한 것이다.

26 "館中有一人, 善摹人像, 毫髮不差. 館中炕壁上, 有人列坐, 衣冠鮮明, 氣像端儼, 就而視之, 卽畵像掛壁者也. 的知生人, 豈意畵人?"

27 최인진, 앞의 책, 68쪽 참조.

장馬鞍巨里'에 비유하고 카메라의 렌즈를 '파리波瓈'란 용어로 표현하면서, 뛰어난 관찰력으로 사진을 찍고 인화하는 과정까지 상세히 묘사하였다. 자신의 차례가 끝난 뒤 다른 사람의 사진을 찍고 있을 때에 이항억은 사진기의 원리를 알고자 하여 스탠드 카메라에 덮인 보자기를 걷고 그 안을 들여다본다. 양반의 체면 따위를 무시한 이러한 행동에서 이항복이 얼마나 호기심이 많고, 서구 문물에 적극적인 관심을 지녔는가를 짐작해 볼 수 있다.

바야흐로 나의 사진을 찍을 때에는 가만히 앉아서 움직일 수가 없었기에 살펴볼 수가 없었다. 박명홍과 오명준을 찍을 때에 그 사람(사진사를 말함 –인용자)이 방 안으로 들어갔을 때를 틈타 탁자(스탠드 카메라를 말함–인용자) 앞에 덮은 보자기를 걷어내고 머리를 숙이고 보았다. 저편에 앉아있는 박명홍이 탁자 앞 렌즈의 표면에 거꾸로 서있었는데, 전체의 모습이 모두 서로 반대로 되어있었다. 기이하구나! 이 어떤 술법이란 말인가. 입으로 주문을 외우는 말이 곧 환신幻身하는 술법이었던가?[28]

윗글에는 사진기에 대한 지식이 전혀 없는 상태에서 렌즈에 비친 대상을 보고 놀란 이항억의 모습이 생생하게 드러나 있다. 카메라 렌즈에 거꾸로 비쳐진 박명홍의 모습을 보고는 이항복은 자신이 환술에 빠진 듯하다고 하였는바, 기괴함에 사로잡힌 작자의 심리가 여실하다.

---

28 "方其寫吾之眞, 坐而不動, 故不得描觀, 及其朴‧吳之寫, 乘其人還入炕中之時, 擧卓子前頭之覆褓, 俯首視之, 則坐彼之朴, 倒立于卓頭波瓈之面, 全體貌樣, 酷相背矣. 異哉! 此何術法, 口呪之說, 似是幻身之法歟?"

<그림 2> 이항억 일행이 아라사관에서 찍은 사진(SOAS대학 소장).

그리고는 사진사가 사진을 찍으면서 뭐라고 중얼거리는 말이 곧 환신하는 술법이 아니었는가 하는 엉뚱한 생각마저 하고 있다. 이는 노출시간을 정확하게 계산하려고 러시아 사진사가 입으로 내뱉은 말이었는데, 그 목소리가 난생 처음 대한 사진기 앞에 선 조선의 선비에게는 마치 주문을 외우는 듯한 음성으로 들렸던 것이다.

사진을 찍고 난지 사흘 뒤인 2월 3일 박명원이 아라사관에 가서 찾아온 사진을 보고 이항억은 다소 실망한다. 조그마한 라사지羅斯紙에 육색肉色(얼굴색)이 나오지 않은 한 조각 흑백 사진이었던 것이다. 그렇지만 얼굴 모습은 완연히 그대로였는바, 이를 상자 속에 넣어 보관하였다.[29] 그러면서 이항억은 "이는 이국異國의 기술로 배워서 얻을 수는 없

---

[29] 지금까지 한국인이 찍은 최초의 사진으로 알려진 이 사진은 영국인 의사 윌리암 로크하르트가 북경에 머무는 동안 입수해 가지고 있었다. 그의 후손들이 이를 런던의 SOAS대

다"는 말로 사진에 대한 관심을 마무리하고 있다. 사진에 대해 깊은 관심을 표명하면서도, 쇄국주의로 일관한 당시 정치 상황에서 이국의 기술, 즉 사진술을 곧바로 수용하기는 불가능함을 토로한 것이다.

사진은 근대 과학기술의 산물로 서구 제국주의의 우월함을 보여주는 대표적 매체이자 상품이다. 이미 1840년대에 중국과 일본에 사진이 도입된 데 비해, 우리나라는 개항 이후에 사진을 본격적으로 접하게 된 것으로 알려져 있다.[30] 이항억의 기록은 이러한 근대의 대표적인 대중 상품이라 할 사진을 최초로 접하면서 느낀 조선 선비의 기괴 체험을 잘 보여주고 있다.

4. 이계異界의 동물 형상과 세계 인식의 확장

곽희郭熙와 곽사郭思 부자에 의해 편찬된 북송北宋의 대표적인 화론서 『임천고치林泉高致』에는 전설적 동물인 용을 그리는 법을 부록으로 싣고 있다. 오대五代 시대 남당南唐의 화가인 동우董羽의 작으로 알려진 이 글에서는 이른바 삼정구사三停九似의 법식으로 용의 모습을 설명하고 있다.

학에 기증했는데, 최근에 SOAS대학이 이를 공개한 것으로 알려져 있다.

30 주형일, 「사진매체의 수용을 통해 본 19세기 말 한국사회의 시각문화에 대한 연구」, 『한국언론학보』 47권 6호, 한국언론학회, 2003, 362쪽.

예나 지금이나 그림을 그리는 사람은 용의 형체와 모습을 미루어 알기가 어려우므로, 용의 형상이 삼정三停과 구사九似로 나누어진다고 말할 뿐이다. 머리에서 목까지, 목에서 배까지, 배에서 꼬리까지 그리는 것이 삼정이다. 구사는 머리는 소와 같고, 부리는 나귀와 같고, 눈은 새우와 같고, 뿔은 사슴과 같고, 귀는 코끼리와 같고, 비늘은 물고기와 같고, 털은 사람과 같고, 배는 뱀과 같고, 다리는 봉황과 같음을 이르니, 이를 구사라고 한다.[31]

용의 형상을 우리가 알고 있는 동물 9종에 빗대어 제시해 놓았다. 즉 소 머리, 나귀 부리, 새우 눈, 사슴 뿔, 코끼리 귀, 물고기 비늘, 사람 터럭, 뱀 배, 봉황 다리를 혼합한 것으로 상상 속의 동물인 용의 모습을 설명하고 있는 것이다.[32] 용을 9종의 동물 형상이 혼성混成된 것으로 인식하고 있는데, 그 근저에는 용은 특정한 하나의 실체가 아니라 변화무쌍한 존재라는 관념이 개재되어 있지 않나 생각된다. 용은 호풍환우呼風喚雨하는 존재이자 만물을 대리하는 천자를 상징하는 동물로 여겨졌기 때문이다.

1780년에 연행한 박지원은 "괴상스럽고 특별하며 우스꽝스럽고 기이하며 거창하고 뛰어난 구경거리를 보려거든 먼저 북경 선무문宣武門 안에 가

---

31 「畵龍輯義」, 郭思 編, 『林泉高致』 附錄, "古今圖畵者, 固難推其形體貌, 說其狀, 乃分三停九似而已. 自首至項, 自項至腹, 自腹至尾, 三停也. 九似者, 頭似牛, 嘴似驢, 眼似蝦, 角似鹿, 耳似象, 鱗似魚, 髮似人, 腹似蛇, 足似鳳, 是名九似也."(濟南開發區彙文科技開發中心, 『CD-ROM 四庫全書』, 武漢大學出版社, 2004)

32 九似의 내용은 출처에 따라 조금씩 차이를 보인다. 예컨대 張英 外編, 『淵鑑類函』에서는 『圖畵見聞志』의 기록을 인용해 "角似鹿 頭似駝 眼似鬼 項似蛇 腹似蜃 鱗似魚 爪似鷹 掌似虎 耳似牛"이라 하여, 사슴 뿔, 낙타 머리, 도깨비 눈, 뱀 목, 이무기 배, 물고기 비늘, 매 발톱, 호랑이 발바닥, 소 귀로 구사를 설명하고 있다(濟南開發區彙文科技開發中心, 『CD-ROM 四庫全書』, 武漢大學出版社, 2004).

서 코끼리 우리인 상방象房을 보는 것이 옳으리라"(『열하일기』「山莊雜記」 '象記')라고 하여 연행의 기관奇觀으로 코끼리를 내세웠다. 코끼리는 실제로 연행에서 목도하는 대표적인 기이한 동물로 명대부터 북경 자금성의 정문인 오문午門을 지키고 서있었으며, 이는 청대에도 이어져 많은 연행록에 이에 관한 기사가 보인다.[33] 박지원은 코끼리를 사육하는 상방을 방문하여 코끼리를 부리는 상노象奴에게 부채와 환약 등을 주고는 코끼리 재주를 구경하였다. '상기'는 이러한 체험을 통해 코끼리를 자세히 관찰하고 지은 작품인데, 대부분의 연행록에서 코끼리를 이런저런 모습의 영이靈異한 동물로 그리고 있음에 그치고 있는 데 비해, 매우 중요한 철학적 의미를 내포한 글이다. '상기'에서 코끼리의 형상을 묘사한 대목은 다음과 같다.

코끼리의 모습은 몸뚱이는 소 같고, 꼬리는 나귀 같으며, 낙타의 무릎, 범의 발굽을 하였으며, 짧은 털은 회색이었다. 어질어 보이는 모습에 슬픈 울음소리를 내며, 귀는 구름장같이 드리웠고 눈은 초승달 같았다. 두 어금니는 굵기가 두 줌쯤 되고, 길이는 한 발 남짓 된다. 코는 어금니보다 길고, 굽혔다 펴는 모습이 자벌레와 같으며, 도르르 마는 모습은 굼뱅이 같고, 코의 끝은 누에 꽁무늬 같은데, 물건을 족집게처럼 집어서 돌돌 말아서는 입에 집어넣는다.[34]

---

33 이에 대해서는 필자가 「연행록에 보이는 동물 기사의 유형과 특징」(『동방한문학』62집, 동방한문학회, 2015, 93~121쪽)에서 자세히 논하였다.
34 박지원, 김혈조 역, 『열하일기』2, 돌베개, 2009, 510쪽.

코끼리의 모습을 소의 몸뚱이에 나귀 꼬리와 낙타 무릎, 범의 발굽을 하였다는 대목은 앞의 용을 묘사한 방식과 동일하다. 용이 구사九似를 지녔다면, 코끼리는 사사四似, 혹은 칠사七似 — 코끼리의 코를 묘사한 대목에서 자벌레, 굼벵이, 누에가 동원되었다 — 라고 할 수 있겠다. 코끼리를 용처럼 여러 동물의 모습을 혼성한 신이한 동물로 인식하고 있는 점인데, 그 중의 압권은 자유자재로 움직이는 코끼리의 코다. 이어지는 대목에서 박지원은 코끼리의 코는 우리가 알고 있는 코의 기능과 전혀 다른 용도로 쓰이는 기괴한 형상이라 하면서, 만물을 천天의 이치의 소산을 보는 성리학적 세계관에 이의를 제기한다. 그러면서 말하길,

이는(만물을 천의 이치로 보는 것 — 인용자) 생각과 상상이 미치는 범위가 기껏해야 소, 말, 닭, 개와 같은 일상적인 것에 머물 뿐이요, 용, 봉황, 기린 같은 짐승에게는 미치지 못한 까닭이다. 코끼리가 범을 맞닥뜨리면 코로 때려눕혀 즉사시키니, 그 코로 말하면 천하무적이라고 할 것이다. 그러나 코끼리가 쥐를 만나면 코를 둘 자리가 없어서 멍하니 하늘을 쳐다보고 섰을 뿐이다. 그렇다고 쥐가 범보다 무섭다고 말한다면 앞에서 말한 하늘이 낸 이치는 아닐 것이다. 무릇 코끼리란 우리의 육안으로 볼 수 있는 동물인데도 그 이치를 모르는 것이 이와 같은 터에 하물며 천하의 사물이란 코끼리보다 만 배나 복잡함에랴.[35]

라고 하였다. 코끼리의 코가 지닌 이치도 알지 못하면서 어찌 천하 사

---

35 위의 책, 513쪽.

물의 이치를 안다고 할 수 있으랴는 말은 한정된 경험 속에서 일상적으로 접하는 사물을 두고 쉽사리 천天의 이치에 따른 것이라고 단정하는 속인의 안목에 대한 풍자이다. 코끼리의 기이한 형상을 매개로 박지원은 성리학적 세계관을 부정하며 기존의 세계관을 비판적으로 바라보고 있는 것이다. 박지원의 '상기'는 이계의 풍경에서 연유한 기괴 체험이 새로운 세계 인식을 가능케 하는 인식론적 전환의 의미를 지니고 있음을 잘 보여주는 작품이라 하겠다.

박지원이 실재하는 코끼리를 직접 목도한 체험을 통해 인식론적 전환을 이루었다면, 이기지와 이의봉은 천주당에서 접한 서양화첩이나 서학서를 통해 이계의 동물과 만나며 세계 인식의 확장을 꾀했다. 이기지는 천주당에서 서양의 동식물도감을 접하고, 이를 빌려와 부친 이이명과 함께 본 사실을 다음과 같이 기록하였다.

> 내가 대인을 모시고 그 그림을 자세히 완상해보았는데, 필법이 심히 정묘精妙하고 신기新奇해서 묘사한 물물마다 살아있는 것과 매우 비슷했다. 또한 예컨대 나비와 벌 따위의 아주 작은 곤충일지라도 반드시 수십 종種을 그렸으니, 흰나비粉蝶・무늬 나비繡蝶・꿀벌・낭봉囊蜂과 같은 것도 갖가지 모습과 색깔을 털끝만한 차이를 다투어 그렸으며 반드시 같은 종류에 속하는 것들을 다 그렸다. 부리, 눈, 수염, 눈썹까지도 각기 그 모양을 지극히 묘사했기에 채색하지 않고 이름을 적지 않았더라도 한번 보면 그것이 어떤 벌레이고 어떤 짐승인지를 분명히 알 수 있었다. 책을 펼치면 갑자기 벌레와 물고기가 꿈틀거리며 움직이거나 날아올라 마치 손에 잡힐 듯했다. 그림 아래마다 서양 글자로 그것의 이름과 성질을 써두었는데 알아볼 수는 없었다.[36]

작은 곤충이라도 수십 종을 그렸으며, 종 사이의 털끝만한 차이를 세밀하게 묘사했다는 점과 그림 아래 그 이름과 성질을 기록했다는 말을 통해 이 화첩이 동식물도감임을 알 수 있다. 이기지는 "책을 펼치면 갑자기 벌레와 물고기가 꿈틀거리며 움직이거나 날아올라 마치 손에 잡힐 듯했다"라고 하여, 살아있는 듯 생동하는 묘사의 사실성에 감탄하고 있다. 1720년 10월 28일 천주당 동당을 방문한 자리에서도 이기지는 동판화로 찍은 동식물도감을 보았는데, "그림들은 터럭처럼 가늘었으나 보면 볼수록 더욱 또렷해 보였다"라고 한 말에서 세밀화로 그려진 것임을 알 수 있다. 그리고 짐승마다 정면과 측면의 상 및 걷는 모습, 장기와 골절까지 그려 놓았다는 말에서 이때 접한 화첩은 해부학적 지식이 반영된 과학적 동물도감이었음을 알 수 있다. 이기지는 이를 보고 나서 "사물의 이치를 끝가지 탐구하여 모든 것을 정확하게 함이 이와 같았다"고 하여, 서양의 과학 지식을 높이 평가하고 있다. 이기지는 당시 북경의 중국인 화가를 통해 『본초강목本草綱目』의 물상物象들을 세밀화로 그려가고자 하였는데,[37] 이는 그의 실증적 학문 성향의 발로이면서 천주당에서 접한 동식물도감의 사실성에서 받은 충격이 중

---

36 신익철 편저, 『연행사와 북경 천주당』, 보고사, 2013, 68쪽; 이기지, 『일암연기』 1720, 10.21 기사.

37 이기지는 1720년 10월 30일 중국 문사 趙華의 집에서 만난 화가 王瑾에게, "『本草綱目』에 실린 그림은 윤곽만 흐릿하게 그려 놓은 것이라서 본래 볼 만한 게 없습니다. 반드시 풀과 나무, 새와 짐승의 모습을 직접 눈으로 보고 그 후에 색깔에 따라 채색을 해야만 무슨 풀이며 무슨 나무인지 알 수 있을 것입니다. 다만 내가 떠날 날짜가 임박한데, 이 일은 급히 할 수가 없을 것입니다. 돌아간 뒤에 畫本紙를 보내드릴 터이니, 조수와 초목 몇 장을 임의대로 그려 주시면 감사하겠습니다(本草之畫, 但抹摋, 元無足觀, 必須目見草木鳥獸形狀, 而後依色設彩, 方可知某草某木. 但俺行期已迫, 此事不可猝猝. 故去當送畫本紙, 但隨意畫數張禽鳥草木以惠也)"라고 하여, 『본초강목』에 수록된 물상을 세밀화로 그려가고자 하였다.

요한 계기가 되었던 것으로 짐작된다.

이기지에 이어 천주당의 동물에 주목한 인물은 1760년에 연행한 이의봉李義鳳이다. 그가 연행의 체험을 기술한 『북원록北轅錄』에는 예수회 선교사 할레르슈타인A. Von Hallerstein, 劉松齡과 필담을 나누면서 습득한 서양에 관한 관심사가 자세히 기록되어 있다.[38] 이의봉은 이 때 〈곤여전도坤輿全圖〉와 『곤여도설坤輿圖說』을 보고, 세계지리에 관한 정보를 50여 면에 걸쳐 상세하게 기록하기도 하였다. 그 중에서 인도 지방의 독각수獨角獸와 비각鼻角이란 기이한 동물을 소개한 기사는 다음과 같다(〈그림 3〉). 참조.

인도에는 독각수獨角獸가 있는데, 그 모습은 말처럼 크며, 매우 빨리 달린다. 털은 황색이고, 머리에 뿔이 있는데, 길이는 4~5척이고, 밝은 빛을 띤다. (그 뿔로) 물 마시는 그릇을 만들면 능히 해독할 수 있다. 뿔이 날카로워서 사자도 떠받을 수 있다. 사자가 독각수와 싸울 때면 나무 뒤에 몸을 숨기는데, 독각수가 잘못하여 나무를 받으면, 사자가 도리어 물어뜯는다. 또 이나라의 강패아剛覇亞지역에 사는 짐승으로 비각鼻角이란 이름을 가진 것이 있다. 몸집이 코끼리처럼 거대한데 발은 조금 짧으며, 온 몸에 붉고 노란 반점이 있다. 또 비늘처럼 단단한 껍질이 있어서, 화살로도 뚫을 수 없다. 코 위에 한 개의 뿔이 있는데, 강철처럼 단단하여 코끼리와 싸울 때면 산에 가서 그 뿔을 갈아 코끼리의 배를 떠받아서 넘어뜨려 죽인다.[39]

---

38 『북원록』의 특징에 대해서는 감준희, 「이의봉의 『북원록』 연구」(한국학중앙연구원 석사논문, 2014, 36~53쪽) 참조
39 신익철 편저, 『연행사와 북경 천주당』, 보고사, 2013, 194~195쪽; 이의봉, 『북원록』, 1761.2.6

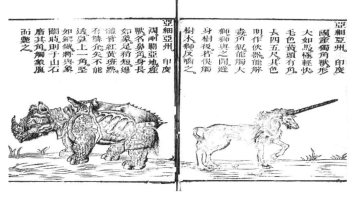

〈그림 3〉『곤여도설(坤輿圖說)』에 삽입된 獨角獸와 鼻角

이의봉이 서술한 위의 기사는 예수회 선교사 알레니 줄리오Aleni Julio, 艾儒略가 저술한 세계지리서『직방외기職方外記』중 인도를 기술한 대목 가운데 일부를 초록한 것이다.『직방외기』는 알레니가 1623년에 저술한 책으로「오대주총도계도해五大州總圖界度解」, 각 대륙별 총설과 국가별 문화사,「사해총설四海總說」등으로 이루어진 세계 인문지리서이다. 조선에는 일찍이 1630년에 진주사陳奏使로 명나라에 사행하였던 정두원鄭斗源이 로드리게스Tçuzzu João Rodrí′gues, 陸若漢로부터 얻어 이듬해에 귀국하면서 바친 서책 중에 들어 있어 일찍부터 알려진 서학서다.『직방외기』의 주된 저술 의도는 천주의 뜻에 따라 만들어진 우주에 대한 증명에 있으며, 이러한 의도에 따라 천주의 뜻에 가깝게 다스려지는 유럽을 이상적으로 서술하고 이는 결국 이상화된 중국 중심 세계관의 해체를 동반한 것으로 평가받는 저술이다.[40]

기사.

[40] 이는 천기철이『직방외기』를 번역하고 이 책의 성격과 조선 지식인에게 미친 영향을 고

이기지와 이의봉의 경우를 통해 우리는 조선 후기 연행사가 서학서西學書를 통해 중국 중심의 중세적 지리관에서 벗어나 근대적 지리관을 접하는 사례를 확인할 수 있다. 연행사는 서학서에 수록된 이계의 기이한 동물을 대하는 것을 계기로 중국 중심의 지리관에서 벗어나 세계 인식을 새롭게 할 수 있었다.

이의봉은 1761년 1월 27일 천주당을 방문한 자리에서는 서양 닭과 서양 개를 실제로 목도하기도 하였는데, 이 중 서양 닭의 모습을 다음과 같이 기술하였다.

중당에서 흠약루欽若樓에 이르는 중간에 작은 문이 있는데 새 한 마리가 있었다. 크기는 물오리 같은데 머리가 몸에 비해 작았다. 머리와 꼬리가 짧았고 정수리는 길었으며, 굽은 부리에 벼슬肉鼻 두 개가 달려 있었다. 하나는 목에 달려 늘어져 있었고 하나는 턱에 달려 있는데, 늘어나거나 줄어들기도 하였다. 깃털은 흑백이 섞여 있어서 우리나라의 매鷹鷄와 비슷했다. 사람을 보면 화를 내며 깃털과 꼬리를 활짝 폈는데, 그 크기가 작은 솔개만 했다. 피가 벼슬에 모여 있어 붉은색이 더욱 선명해 보였는데 이것이 서양 닭의 수컷이었다. 또 다른 새가 있었는데 크기는 오리만 했고 머리와 꼬리가 길며 깃털은 짧았다. 아주 작은 붉은 벼슬이 부리 끝에 달려

찰한 논문 「『직방외기』의 저술 의도와 조선 지식인들의 반응」(줄리오 알레니 지음, 천기철 역, 『직방외기』, 일조각, 2005, 1~384쪽)의 내용을 참조한 것이다. 『직방외기』는 수많은 국명과 인명, 물명이 등장하여 번역하기가 매우 어려운 책인데, 천기철의 번역서가 있어 내용을 이해하는데 많은 도움을 받았다. 그런데 위의 글에서『직방외기』에 대해 언급한 조선 학자와 문헌을 살피면서 鄭斗源, 李瀷, 愼後聃, 安鼎福, 魏伯珪, 黃胤錫, 洪有漢, 李家煥, 李圭景, 權日身, 崔漢綺를 제시하고 있는데(350~351쪽), 이의봉의 『북원록』이 누락되어 있다. 『직방외기』의 서문과 관련 내용을 상세히 소개하고 있는 점에서 이의봉은 『직방외기』의 수용과 관련해 비중 있게 다루어져야 할 인물이다.

있었고 쪼는 소리가 들오리 같았는데, 이것은 서양 닭의 암컷이었다. 이들은 모두 서양 아묵리가주亞墨利加州(아메리카) 백로국白露國(페루)에서 나는 동물이다. 색깔이 조금 흰 놈, 회색인 놈, 푸른색인 놈도 있으며, 태어날 때부터 벼슬이 있고 공작처럼 그 깃털을 폈다가 오므릴 수도 있었다. 새끼를 낳고나서 아끼며 기르지 않기 때문에 사람이 보살펴주어야 살 수 있다고 한다."[41]

기사의 내용 중 밑줄 친 부분으로 미루어 보면 이의봉이 말한 서양 닭이란 곧 칠면조를 말한 것이 아닌가 생각된다. "머리에서 목에 걸쳐 피부가 드러나 있고 센털이 나 있는데, 이 부분이 붉은색이나 파란색으로 변하기 때문에 칠면조라는 이름이 붙었다. 수컷의 앞이마에는 신축성 있는 육질肉質의 돌기가 달려 있다. (…중략…) 칠면조는 오래 전부터 북아메리카의 원주민들에 의해 사육되어 왔는데 콜럼버스가 북아메리카대륙을 발견한 1492년 이후 전 세계에 보급되었다. 사육품종은 원종과 같은 청동색 품종 이외에 흰색·검정색·노란색 등 다양하다"[42]는 백과사전의 설명과 상당히 유사하기 때문이다. 위에서 이의봉은 천주당에서 우연히 목격한 칠면조의 모습을 자세히 묘사하고 그것의 원산지가 아메리카라는 설명과 함께 여러 습성을 자세히 서술하고 있다. 칠면조의 원산지와 습성에 대한 기술은 아마도 『직방외기』와 같은 서학서를 통해 얻은 지식에 바탕한 것이 아닌가 여겨진다.

---

41 신익철 편저, 『연행사와 북경 천주당』, 보고사, 2013, 182쪽; 이의봉, 『북원록』1761.1. 27 기사
42 네이버 『두산백과』 참조.
　　http://terms.naver.com/entry.nhn?docId=1148273&cid=40942&categoryId=32595

5. 맺음말

연행은 조선의 지식인이 중국을 통해 세계 문명을 호흡하는 현장이었으며, 북경의 천주당은 서학과 직접 접촉할 수 있는 유일한 창구였다. 연행사는 천주당 방문을 통해 동아시아 한자 문명권과는 전혀 다른 서양이라는 이계異界를 만날 수 있었고, 연행록의 이계 풍경에는 천주당에서 목도한 서양화, 천주상, 이계의 동물 등이 주된 내용을 차지하고 있다. 연행사는 동양화와는 전혀 다른 서양화의 사실적인 화풍에서 요괴미妖怪美를 느끼기도 했으며, 아라사관에서는 사진을 처음 찍는 기괴奇怪 체험을 하기도 했다. 조선 땅에서 볼 수 없었던 코끼리, 서양 화첩과 서학서西學書에 소개된 이계의 동물을 통해서는 세계 인식을 새롭게 하기도 했다. 이들 이계의 풍경은 조선의 지식인이 만물이 천天의 소산이라는 성리학적 자연관을 넘어서 세계 인식을 확장하고 사물을 새롭게 이해하는 계기로 작용하였다. 이계 풍경을 대하여 느끼는 기괴한 체험은 기존의 협소한 세계관에서 벗어나 세계를 새로운 관점에서 파악하는 계기가 된 것이다.

연행록에는 서양 — 실상은 예수회 선교사의 본국인 구라파 일대를 지칭함 — 외에 다양한 이계 풍경 또한 기록되어 있다. 일례로 이기지의 『일암연기』에는 흑진국黑眞國에 대한 기사가 기술되어 있는데, 이는 시베리아 동북부 베링해 연안의 에스키모족(혹은 축치족이나 유카키르족)에 대한 이야기이다. 이 기사는 박지원의 『열하일기』(1780), 이해응李海應의 『계산기정薊山紀程』(1803), 박사호朴思浩의 『심전고心田稿』(1828) 등에도 소개되어 있는바, 연행사가 지속적으로 관심을 가진 이계 풍경의 하나임을 알 수 있다. 또 1822년 동지사冬至使로 연행한 서유소徐有素의『연행록燕行錄』권14「연행외편燕行外篇」,『외국조外國條』에는 무려 168개의 나라에 대해 소개하고 있는 것이 보인다. 연행록에 담긴 이계 풍경과 기괴 체험을 본격적으로 고찰하기 위해서는 향후 이들 자료를 추가해 보다 정밀한 연구가 이루어질 필요가 있다.

참고문헌

1. 자료

李瀷, 김동주 외역, 『星湖僿說』, 한국고전번역원 한국고전종합DB.

박지원, 김혈조 역, 『열하일기』 2, 돌베개, 2009.

_____, 『열하일기』 3, 돌베개, 2009.

박지원, 신호열·김명호 역, 『국역 연암집』, 민족문화추진회, 2004.

홍대용, 이상은 외역, 『국역 담헌서』 4, 민족문화추진회, 1976.

줄리오 알레니, 천기철 역『직방외기』, 일조각, 2005.

郭思 編, 『林泉高致』附錄, 「畵龍輯義」(済南開発区彙文科技開発中心, 『CD-ROM 四庫全
    書』, 武漢大学出版社, 2004).

張英 外編, 『淵鑑類函』(済南開発区彙文科技開発中心『CD-ROM四庫全書』, 武漢大学出版社, 2004).

實錄廳 編, 『朝鮮王朝實錄』, 한국고전번역원 한국고전종합DB.

漢語大詞典出版社編輯委員會 編, 『漢語大詞典』 2권, 한어대사전출판사, 1988.

2. 논문 및 단행본

감준희, 「이의봉의 『북원록』 연구」, 한국학중앙연구원 석사논문, 2014.

신익철 편저, 『연행사와 북경 천주당』, 보고사, 2013.

_____, 「18세기 연행사와 서양 선교사의 만남」, 『한국한문학연구』 51집, 한국
    한문학회, 2013.

_____, 「18~19세기 연행사절의 북경 천주당 방문 양상과 의미」, 『한국교회사
    연구』 44집, 한국교회사연구소, 2014.

_____, 「연행록에 보이는 동물 기사의 유형과 특징」, 『동방한문학』 62집, 동방
    한문학회, 2015.

임기중, 『연행록 연구』, 일지사, 2002.

주형일, 「사진매체의 수용을 통해 본 19세기 말 한국사회의 시각문화에 대한 연구」,
    『한국언론학보』 47-6, 한국언론학회, 2003.

천기철, 「『직방외기』의 저술 의도와 조선 지식인들의 반응」, 『직방외기』, 일조각, 2005.

최인진, 『한국사진사』, 눈빛출판사, 2000.

3. DB

네이버 『두산백과』,
http://terms.naver.com/entry.nhn?docId=1148273&cid=40942&categoryId
=32595

제3장

이계異界와의 교신과 종교 텍스트

중세 일본 정신사의 한 단면

아베 야스로

1. 머리말

일본에 국한된 이야기가 아니다. 전근대, 특히 중세 사람들에게 꿈과 탁선은 현실세계의 밖으로부터 도래하는 뭔가를 전달해 주는 중요한 매체였다. 그 뭔가는 초월적인 '성聖스러운 것'을 지닌 타자로, 그것과 마주치는 비일상적 체험으로서의 꿈과 탁선은 지극히 커다란 의미를 지니고 있을 뿐만 아니라, 중세인의 시각에서는 사회적으로 공유되어 마땅한 경험이었다. 그것은 "외부"로부터 찾아오는 것이었다. 여기서 말하는 "외부"란 명冥의 세계로 명명될 만한 영역으로, 신・부처와 같은 절대적 존재로부터 사자나 모노노케에 이르기까지 모든 영적 존재가 임하는 영역이다. 이 영역의 영향 하에 있는 꿈과 탁선은 이계로 이어지는 최대의 회로이다. 꿈과 탁선은 새로운 표현 창조의 촉매가 되기도 하고, 우리들이 살아가는 세계를 전혀 다른 모습으로 인식하게 만들기도 한다. 또 그것은 질서를 위협하는 파괴적인 임팩트를 품고 있기도 하다.

현대의 상식으로 보자면, 꿈은 인간 심리의 내부에서 발생하여 자연스럽게 감득되는 것, 탁선은 외부로부터 뭔가가 불현듯 인간에게 빙의하는 것으로 구분될 것이다. 그러나 중세사회에서 꿈이란 꿈을 통한 계시夢告라는 말에서 짐작할 수 있듯이, 명계로부터의 중요한 메시지로 인지되었다. 그것은 습속적 의례 혹은 종교상의 수행을 통해 의식적으로 얻고자 원하고 추구하는 대상이었다. 중세사회에서 꿈과 탁선은 별개의 것으로 구분되기 어려운 중첩되는 영위였다. 중세인에게 자아와 타자를 나누고 또 명현의 세계를 나누는 문턱은 현대에 비해 지극히 낮았다. 명현의 경계를 넘어 초래되는 뭔가의 실로 다양한 메시지에 대해 중세의 지(에피스테메)는 매우 큰 의의를 부여하고 있었던 것이다. 나아가 그에 대한 해석, 즉 텍스트화의 영위야말로 그들의 입장에서는 결정적인 의미를 지니고 있었다. 그것은 이 세계를 인식하고 분절하는 행위에 다름 아니었다.

꿈에서 본 이미지나 신체감각을 인간은 어떻게 언어화하는가 혹은 그것을 어떻게 이야기하고 기록하는가. 그 작업에 대해 중세에는 어느 정도의 정신이 경주되었는가. 달리 말하자면, 그 작업은 중세에 얼마나 중시되고 있었는가. 당시의 일기나 성교聖教 등의 종교 텍스트에 그

무게감은 반영되어 있다. 이들 꿈의 담론화를 통해 중세인의 정신운동은 지극히 자각적인 형태로 모습을 드러내기도 하고 속살을 감추기도 했으며, 공공의 것으로서 공개되고 공유되기도 했다. 그 기록을 둘러싼 사유도 또한 자문자답의 형태로 쌓여갔다. 어떤 꿈은 절대자가 내리는 운명의 계시로서 받아들일 수밖에 없는 것이기도 했다. 탁선의 텍스트화도 꿈의 담론화와 중첩되는 영위일 것이다. 그것을 모종의 메시지로 간취하고 해석하여 일정한 문맥을 부여하는 것이 불가결한 절차였다. 거기에서는 빙의된 자에게 묻는 것이 아니라 그 사람에게 빙의한 것에게 정체를 묻고, 탁선을 전달받을 상대로 하여금 그 말에 동조케 하는 기술과 지식이 절대적으로 필요했다.

이와 같은 영위의 방대한 퇴적의 역사가 중세의 종교 텍스트 속에 숨어 있다. 그 일단을 국경을 넘어 보편적인 인문학을 탐구하는 본 프로젝트의 도전적 명제인 "기적과 신이를 경험한 인간정신의 창조력의 축제"의 일환으로 다시금 살펴보고자 한다.

2. 겐닌建仁 3년의 꿈과 탁선

—세 명의 승려가 받은 명계로부터의 메시지

1) 왕권에 관한 꿈 —지엔(慈円)의 몽상기(夢想記)

실로 우연찮게도 중세 초기인 겐닌 3년(1203), 일본불교, 나아가 문학에서 큰 역할을 하고 깊은 영향을 미친 세 명의 승려가 그들의 삶에서 중요한 전기가 되는 메시지를 받았다. 그런 의미에서 이해는 중세 종교사, 사상사, 나아가 문학사에서 결코 잊을 수 없는, 기억되어야 할 해가 되었다.

위에서 이야기한 세 명의 승려 가운데 하나가 천태좌주天台座主 지엔 (1155~1225)이다. 그는 후지와라藤原 섭관가摂関家 다다미치忠通의 아들이자 전 관백関白 구조 가네자네九条兼実의 동생이었다. 섭관가의 일족으로서, 또 천태종의 통솔자로서 국가를 지지하고 천황을 위해 기도수법祈祷修法을 담당하는 국가(현밀顕密)불교의 중심에 위치한 고승이었다. 동시에 가인으로서도 활약하여 방대한 분량의 노래(훗날『拾玉集』로 정리되었다)를 남겼다. 젊은 날에는 은둔을 바라는 노래를 읊었으며, 천태삼매류의 학장으로서 스스로 성교를 저술하였다. 뿐만 아니라 역사서를 집필하는 일류 지식인이자 사상가였으며, 꿈을 통해 명계의 메시지를 간취하는 인물이기도 했다.[1]

---

1   多賀宗隼,『慈円』, 人物叢書, 吉川弘文館, 1959, 1~231쪽; 同,『慈円の研究』, 吉川弘文館, 1980, 1~506쪽.

겐닌 3년 6월 22일 새벽에 꾼 꿈에 대해, 지엔은 곧바로 손수 몽상기의 형태로 기록하고 이를 고토바 상황後鳥羽上皇에게 상주하였다. 훗날의 추가기록을 포함하는 이 몽상기의 자필 사본이 쇼렌원靑蓮院 요시미즈吉水의 성교군 속에 남겨져 있다.[2] 또 몽상기의 전체가 지엔의 저작인 『毘逝』別上의 말미에 게재되어 있다.[3] 꿈의 내용 자체는 지극히 단순한 것이었다. 지엔이 기록한 바는 다음과 같았다.

국왕의 보물인 '신새보검神璽宝劍'의 신새는 '옥녀玉女'이자 황후의 몸이다. 왕(천황)이 이 '자성청정自性淸淨'한 옥녀의 몸속으로 들어가 교회交會할 경우, 능(能＝파고들어가는 왕)도 소(所＝받아들이는 후)도 모두 음욕・파계의 죄에는 해당하지 않는다. 그런 까닭에 신새란 청정한 구슬이다.

라고 꿈속에서 깨달았다고 한다. 그는 꿈에서 깨어나기 전에 궁리하여 (옥녀와 왕의 섞임을) 부동도초인不動刀鞘印 성취의 상이라고 이해했다. 또 신새는 불안불모佛眼仏母인 옥녀로, 결국 옥녀와 왕의 섞임은 금륜성왕金輪聖王인 일자금륜불정존一字金輪仏頂尊이 불안과 교회하는 뜻임을 깨달았다. 보검은 부동, 왕의 본존으로, 검과 새는 천하합일, 불법왕법을 성취하고 나라를 다스리고 민을 이롭게 하는 왕의 보물이며, 양자의 교합(합일)을 통해 태어나는 천자는 신경神鏡, 아마테라스 오미카미天照大神의 신체이

---

2   이 자필본은 한쪽이 누락되어 있으며, 현재는 도쿄대학 사료편찬소에 소장되어 있다. 전문의 소개는 赤松俊秀, 「『慈鎭和尙夢想記』について」, 『鎌倉仏敎の硏究』, 平樂寺書店, 1957, 318～322쪽.
3   天台宗典編纂所編, 『續天台宗全書 密敎3 経典注釋書類』 II, 春秋社, 1990, 231～235쪽.

자 대일여래大日如來임을 깨달았다. 이에 더하여 즉위의식에서 천황이 대극전大極殿의 다카미쿠라高御座에서 펼치는 행위(대일의 인을 취하는 것)를 상기하고, 그 의미를 진언밀교의 심오한 교리에 준거하여 이해해야 한다고 진술한다. 즉, 이 검새의 의의란 왕위와 국토를 성취하는 불안, 금륜, 부동의 삼존이라는 점이 꿈에서 깨어나면서 연이어 떠올랐던 것이다.

이처럼 생각지도 않았던 불가사의한 꿈을 꾼 지엔은 우선 그 내용을 기록하고, 이후 생각을 거듭하여 이것들이 양부兩部의 대일大日과도 같은 인이라는 점에서 중첩된다는 사실을 깨달았다. 이에 더하여 '안'(불법仏法)과 '밖'(세법)은 모두 밖으로 드러난 후 안으로 통하는 '秘教之宗義'(밀교의 비의)라 주장하고, 그러한 사실들은 이 몽상을 통해 깨달을 수 있을 것이라고 상황에게 상주했던 것이다.

이 꿈은 일본의 왕권신화에서 유래하는 심볼인 삼종의 보물(신기神器)이라는 상징물을 둘러싼 것으로, 그 가운데 신새(구슬)가 후, 보검(칼)이 왕으로 화하여 교합한다는 성적 이미지로 구성되어 있다. 지엔은 꿈속에서 이 점을 곧바로 인지하고, 밀교의 비의적인 해석을 통해 몇 번이고 반복해서 그 의미를 추적했던 것이다. 지엔은 불법과 왕법, 즉 성속이 한 몸이라는 인식을 바탕으로 자신의 꿈에 의미를 부여했던 것이다. 즉, 양자의 교회・합체에 의해 머지않아 황조신인 아마테라스 오미카미의 신체(신경)에 다름 아닌 황자가 탄생할 것이라고 예언하는(그것은 동시에 국왕인 고토바 상황의 치세를 축복하는 것이기도 하다) 경사스러운 꿈으로서 자신의 꿈을 해석하고, 본인의 전문분야인 밀교의 상징주의를 통해 이를 이론화했던 것이다.[4]

지엔의 꿈은 당시의 정치상황(1196년의 정변으로 인해 구조 가문은 쇠락하고 지엔도 좌주에서 물러나지만, 얼마 지나지 않아 조카 요시쓰네良経가 상황의 섭정이 되어 와카和歌를 매개로 신임을 얻는다)에 연루되어, 고토바 상황 하의 왕권을 불법이 축복하는 메시지로 재해석되고 요시쓰네를 통해 지체 없이 상황에게 보고되었던 것이다. 그것은 헤이케平家의 멸망과정에서 분실된 보검을 되찾지 못한 채 즉위했던 고토바 상황의 입장에서 보자면, 왕으로서의 자신의 결함을 충분히 보전해 주는 상서로운 꿈이었을 것이다. 상황은 곧바로 그러한 꿈 해석에 필요한(신기에 대한 근거가 되는) 감문(勘文=보고서)과 역사서(『日本書紀』神代卷)를 그에게 보냈다. 이상의 경위에 대해 지엔은 겐닌 4년(1204) 1월 1일에 우지宇治 오가와방小川房에서 추가로 기록을 남겼다. 또 주에이壽永 3년(1184) 단노우라에서 헤이케가 멸망했을 때 보검이 바다에 빠지고 신새를 담은 상자 속을 누군가 엿보았다는 것은 자신의 꿈과 부합한다는 점도 기록하고 있다.

나아가 조겐承元 3년(1209) 6월에는 니시야마西山의 초암(오조원往生院)에서 거듭되는 꿈의 의미를 문답체로 추가로 기록했다. 여기서 지엔은 '3개 보물'의 의의를 재해석했다. 즉, 제왕의 즉위법에 관한 전고와 이세대신궁의 성별에 관한 신도 측의 해석을 밀교의 교상敎相에 비춰 깨달았다는 점을 서술하는 한편, 그 보물이 상실된 말대라는 현실을 슬퍼하면서 사라진 보검에 대신하여 무사가 대장군으로서 일본국을 지휘하는 것은 그 덕을 대신하는 것인가라는 역사인식을 피력한다.[5]

---

4 三崎良周, 『台密の研究』, 創文社, 1987, 545∼561쪽; 同, 「慈鎭和尙慈円の仏願信仰」, 『台密の理論と實踐』, 創文社, 1994, 232쪽; 水上文義, 「慈円の密敎と神祇思想」, 『台密思想形成の研究』, 春秋社, 2008, 452∼585쪽.

이밖에도 지엔에게는 꿈에 관한 기록(예컨대 그는 그것을 '靈告'라고 부른다)이 많이 있었던 것 같은데, 대부분 남아 있지 않다. 예외적으로 남아 있는 기록 가운데에는 지엔이 손수 작성한 성교의 한쪽 구석에 메모된 것도 있는데, 그것은 자신이 황후의 몸이 되어 주상(고토바 상황)의 총애를 받았다는 놀라우리만치 성적인 내용이다.[6] 이 역시 왕권의 보호를 기원하는 승려가 불교적 수법을 통해 이를 성취한다는 것에 대한 상서로운 징조로 해석할 수 있다. 요컨대, 이 꿈의 기록은 왕권을 지키는 불법의 담당자인 지엔의 역할에서 초래된 것이었다고 할 수 있을 것이다.[7]

한편 지엔이 자신의 꿈에 대해 언급한, 보기 드문 자필 편지 1통이 다카다高田 센슈사(專修寺＝미에현三重県)에 소장되어 있다.[8] 편지의 첫머리에서 지엔은 자신이 꾼 "이루 형언할 수 없는 꿈"에 대해 이야기하겠다고 적고 있다. 이어서 지엔은 이 꿈이 이세신궁伊勢神宮 아마테라스오미카미의 본지本地가 도다이사東大寺 대불大仏이라는 사실을 궁정 관계자(아마도 요시쓰네)에게 알리기 위한 것이라고 진술하는 한편, 신궁의 별궁인 농원궁瀧原宮의 본지가 부동不動이라는 점, 끝으로 자신도 언젠가 신궁에 참배할 생각이라는 점을 전하고 있다. 그 가운데 "도다이사에 있는 문서에는, 대신궁大神宮은 옥녀로 모습을 드러내어 도다이사를

---

5 阿部泰郎,「中世王權と中世日本紀―即位法と三種神器說をめぐりて」,『日本文學』34, 日本文學協會, 1985, 31～48쪽; 同,「宝珠と王權―中世王權と密敎儀礼」,『日木思想』2, 岩波講座・東洋思想 16, 岩波書店, 1999, 116～169쪽; 尾崎勇,「慈鎭和尚夢想記の方法」,『熊本學園大學文學・言語學論集』제19권 제2호, 熊本學園大學, 2006, 207～248쪽.

6 靑蓮院吉水藏,『秘経鈔(毘盧遮那仏別行経私記)』의 뒷면에 기록된 조겐 4년(1210) 지엔의 지어誌語, 天台宗典編纂所編, 앞의 책,『續天台宗全書 密敎3』수록, 24쪽.

7 阿部泰郎,「慈円と王權」,『天皇制―歷史・王權・大嘗祭』, 河出書房新社, 1990, 111～119쪽.

8 岡崎市美術博物館編,『三河念仏の源流―高田專修寺と初期眞宗』, 朝日新聞社, 2008, 39쪽.

만드실 것이라고 쇼무 천황聖武天皇에게 말씀드렸다고 보입니다"라는 문장이 적혀 있다. 지엔은 이 꿈에서 도다이사의 대불(노차나대불盧遮那大仏)과 이세신궁의 아마테라스 오미카미가 본지本地와 수적垂迹의 일체적인 관계에 있음을 도출하고, 그 배경이 되는 대불 건립의 연기緣起를 떠올리고 있는 것이다. 즉, 쇼무 천황의 꿈에 옥녀(아마테라스 오미카미)가 나타나 대불을 만들도록 고했다는 연기를 제시하고 있는 것인데, 이를 통해 지엔은 당시 널리 퍼져 있었던, 도다이사와 이세신궁을 둘러싼 본지수적설 및 신불일체의 관계, 그리고 그 위에 군림하는 천황의 존재를 상기하고 있는 것이다. 여기서도 '옥녀'가 등장한다. 그것은 쇼무 천황의 꿈에 나타난 신불일체의 존재인데, 지엔이 자신의 꿈에서 감득했던 '옥녀'와 중첩되는 것이었을 것이다.

2) 세속에 몸담은 성인의 꿈 — 신란에 대한 명계의 메시지

지엔이 왕권에 관한 꿈을 꾸었던 겐닌 3년, 지엔의 문하에서 출가하여 아직 샤쿠쿠綽空라 불리던 신란(1173~1262)은 100일간 헤이안의 롯카쿠당(六角堂=조호사頂法寺)에 다니며 치성을 드리겠다는 뜻을 일으키고, 거주지인 히에이산比叡山으로부터 매일 밤 하산하여 성덕태자聖德太子의 본존이었던 여의륜관음如意輪觀音 앞에서 밤샘 기원을 하고 있었다. 95일째 되던 4월 5일 새벽, 성덕태자(구세대보살救世大菩薩)는 단정한 용모에 백색 가사를 입은 승려의 모습으로 나타났다. 성덕태자는 넓은 백련 꽃 위에 앉아 신란에게 분부를 내렸다. 그것은 칠언사구의 형태로 제시되었다.

(원문)

行者宿報設女犯

我成玉女身被犯

一生之間能莊嚴

臨終引導生極楽

(현대어역) 행자여, 그대가 전생으로부터의 오랜 인연으로 인해 설령 여범의 죄를 짓는다 하더라도, 내가 옥녀의 몸이 되어 그대에게 더럽혀지리라. 일생동안 그대를 소중히 여겨 잘 보살필 것이며, 임종 때에는 명도를 인도하여 극락왕생토록 하리라.

구세보살은 이 문장을 읊조리고 또 신란에게 말했다. "이 글귀는 나의 서원誓願이다. 일체 군생에게 들려주도록 하라"고 고했다. 이 분부에 따라 수천만의 중생들에게 이를 듣게 하리라 결심하며 신란은 꿈에서 깨어났다고 한다.

다카다 센슈사에 전하는 이 기록은 '親鸞夢記'라고 제목이 붙어 있는데, 본래는 신란의 저술을 모은 성교의 하나인 『経釈文聞書』의 일부였다.[9] 간도에 거주하던 신란의 뛰어난 제사 신부쓰眞仏, ?~1258가 스승의

---

[9] 眞宗高田派敎學院編, 『眞實仏上人集』, 高田古典 第1卷, 眞宗高田派宗務院, 1980, 1~606쪽. 교호(享保) 14년(1729)에 본문에서 분리되어 별개의 장으로 만들어졌다.

자필본을 충실하게 모사하여 옮긴 것으로, 신란의 필체를 방불케 한다. 따라서 그 내용도 신란 본인이 기록한 것으로 인정해도 좋을 것이다. 단, 이 기록에는 꿈이 언제 감득되었는지, 그 연대가 쓰여 있지 않다.

신란이 롯카쿠당에서 얻은 메시지는 이윽고 증손이자 신란의 묘소인 혼간사本願寺를 계승한 가쿠뇨覚如, 1270~1351가 제작한 전기 에마키繪卷『善信聖人親鸞伝繪』의 상권 제3단, 즉 '六角夢想' 단에 수록되었다. 진종의 신앙 상 가장 중요한 종조의 회심回心이 일본불교의 시조인 성덕태자(그 본지인 구세관음)로부터 직접 명받은 것이라는 주장으로, 시공을 초월하여 소명을 받는 순간이 그 분부의 말씀(게偈)과 함께 그림 전기 속에 구현되었다.

『親鸞伝繪』의 가장 오래된 사본은 가쿠뇨의 초고본을 그대로 전하는 에이닌永仁 3년(1295) 성립의 가쿠뇨 자필본인데, 이 역시 다카다 센슈사에 소장되어 있다.[10] 여기서 계시의 연대는 겐닌 3년으로 되어 있다.[11] 이 '六角夢想' 단에서는 롯카쿠당의 예당에 머물며 치성을 드리는 신란 성인 앞에 백련 꽃에 올라탄 백의의 승려가 나타나 분부를 내리는 모습이 보는 이의 눈길을 끈다. 또한 이 단에는 신란 성인이 예당의 오른쪽 마루 끝에 서서 히가시야마東山를 향하고, 히가시야마로부터는

---

10 眞宗史料刊行會編, 『繪卷と繪詞』, 大系眞宗史料 特別卷, 法藏館, 2006, 1~247쪽.

11 『伝繪(御伝鈔)』의 경우, 꿈을 통한 계시의 연대는 전본에 따라 상이하다. 초고본이라 할 수 있는 센슈사본은 호넨法然에게 입문한 것을 겐닌 3년, 성인聖人 29세, 롯카쿠당의 계시를 같은 해 신유 4월 5일의 일로 기술하고 있지만, 그 해와 간지는 실은 합치하지 않는다. 손질된 전본인 니시혼간사본西本願寺本은 이를 정정하여 입문을 겐닌 1년, 상인上人 29세로 하고, 계시를 겐닌 3년 계해라 하고 있다. 하지만 최종적으로 완성된 고에이본康永本=히가시혼간사본東本願寺本에서는 입문을 겐닌 3년, 계시를 같은 해 '신유'로 되돌리고 있다. 이러한 불일치를 포함하여 『伝繪』에서 롯카쿠당 계시의 위상은 지극히 부자연스럽고 작위적이다.

수많은 귀천남녀가 나타나 신란 쪽을 향해 산을 내려오는 모습이 묘사되어 있다. 이는 게를 내린 후의 장면으로, 구세보살의 "일체 군생에게 들려주도록 하라"는 메시지에 호응하여 '수천만의 중생'을 구체화한 형상이라고 보아도 좋을 것이다.[12] 다카다본 외에도 가쿠뇨는 평생 동안 『親鸞伝絵』를 개정·증보하였다.[13] 그림 역시 변주를 반복하지만, 이 '六角夢想' 단의 기본 구도, 즉 관음의 영험소를 무대로 치성을 드리는 과정에서 중대한 메시지에 접한다는 구도만큼은 변함없이 유지된다. 이 메시지가 신란 전기의 핵심으로 인식되었다는 것, 즉 이 메시지가 신란이 한 종파의 종조가 되는 결정적인 계기로 인식되었다는 점을 알 수 있다.

롯카쿠당에서 접한 성덕태자의 메시지야말로 전수염불專修念仏의 행자인 신란이 세속에 몸담은 성인으로서의 삶, 즉 대처·육식 등 계율을 깸으로써 '악행'을 일삼는 '악인'으로 살아갈 수밖에 없는 모든 사람들과 같은 입장을 스스로 취하고, 그 지평으로부터 아미타불의 서원에 의지하고 염불함으로써 미리 약속된 왕생에 감사하는 정토진종의 교

---

12 『伝繪』는 이 부분을 '親鸞夢記'에 의거하면서 성인이 얻은 몽상의 연장으로 윤색·전개시키고 있다. 또 이어서 이 몽상에 대한 신란의 말(창도적 법어)을 싣고 그 의의를 해설하고 있다. 즉, 몇 겹의 틀을 설정하여 몽기 및 계시받은 게를 신성화하고 있는 것이다. 다만, 게에 보이는 '옥녀' 여범의 의의에 대해서는 전혀 언급하고 있지 않다.

13 훗날 증보된 2단 역시 몽상설화로, 롯카쿠당 계시의 뒤에 덧붙여진 '蓮位夢想' 단에는 겐초建長 8년(1256) 제자 렌이蓮位의 꿈에 성덕태자가 나타나 신란을 경배하고 "敬禮大慈阿彌陀佛" 운운의 게를 읊조렸다고 보인다. 신란과 미타의 일체화를 설파하고 있는 것이다. 뒤이은 '入西觀察' 단에도 다음과 같은 서술이 보인다. 닌지仁治 3년(1242) 제자 뉴사이入西가 조젠定禪에게 신란의 영정을 그리게 했다. 조젠의 꿈에 젠코사善光寺의 본존이라고 스스로를 칭하는 성스러운 승려가 나타나서는 생신의 아미타라며 어떤 형상을 예배하는 것을 목격하는데, 그것은 신란의 존안과 같았다고 한다. 이 역시 몽상을 매개로 신란을 아미타불의 화신이라고 주장하는 것이다.

의를 만들어가는 출발점이었다. 여기서 결정적인 역할을 하는 것은, 구세보살이 임시로 모습을 드러내어 너에게 더럽혀지겠다고 말한 '옥녀'이다. 가쿠뇨의 『伝絵(御伝鈔)』에서는 겐닌 3년의 계시에 앞서 겐닌 1년, 29세의 성인聖人은 이미 요시미즈의 호넨法然 상인上人에게 입문한 것으로 되어 있다. 나아가 호넨에 대한 귀의와 염불에 대한 신심을 한층 굳힌 것이 바로 이 계시였다는 문맥이 만들어지고 있다. 신란은 이윽고 조정, 고토바 상황의 박해를 받아, 스승의 사누키讃岐 유배에 연동하여 에치고越後로 유배를 떠나게 된다. 겐닌 3년에 신란이 꾼 꿈은, 염불에 입각한 그의 가르침이 동국으로 전개되고 이윽고 전국으로 퍼져, 중세후기에는 렌뇨蓮如가 이끄는 혼간사本願寺 교단에 의해 '잇키一揆'라는 사회적 형태로도 전개되는 일본종교상의 거대한 변혁운동의 발단을 상징하는 꿈이었던 것이다.

이처럼 큰 의의를 부여받은 신란의 롯카쿠당 계시를 방증하는 중요한 기록이 그의 처인 에신니惠信尼가 남긴 일련의 편지(이른바 에신니소식惠信尼消息) 속에 포함되어 있다.[14] 그 가운데 세 번째 편지는 명백히 '親鸞夢記'에 덧붙여져 있어서 그 성립을 증언하는 것이었다. 맺음말에는 "이 글은 도노(殿=신란)께서 히에이산의 당승으로 계실 때, 산을 나서서 롯카쿠당에 100일간 머물며 치성을 드리고 내세에 대해 기원하신지 95일째 되던 날 새벽에 감득하신 어시현御示現에 관한 글이다. '보시라'며 써 보내셨다"라고 서술되어 있으며, 아래의 인용문에 보이듯 '御示現'의 경위를 설명한다. 다만, 그것이 언제인지, 연대는 기록되어 있지 않다.

---

14 鷲尾教尊, 『惠信尼文書の研究』, 中外出版, 1923, 1~173쪽.

산을 나서서 롯카쿠당에 100일간 머물며 치성을 드리고 내세에 대해 기원하신지 95일째 되던 날 새벽, 성덕태자에 관한 글을 마무리짓고 계시를 받으셨다. 그 새벽에 곧바로 길을 나서서 내세에 도움이 될 인연을 만나고자 이를 구하신 바, 호넨 상인을 만나신 후 또 롯카쿠당에 100일간 치성을 드리고 또한 100일간 날씨 여하에 상관없이 어떤 일이 있어도 방문하셨다. 내세와 관련하여 선인에게도 악인에게도 오로지 똑같이 생사의 굴레에서 벗어날 길에 대해 말씀하시는 것을 듣고

역사상 실제로 존재한 신란의 아내가 전하는 롯카쿠당에서의 계시, 성덕태자의 '御示現의 글'은 필시 앞서 이야기한 '親鸞夢記'에 다름 아닐 것이다. 다만, 그것은 가쿠뇨의 『伝絵』가 전하는 겐닌 1년 호넨 상인에게 입문한 후가 아니라, 이 '御示現'를 계기로 "호넨 상인을 만나신" 것으로 되어 있고, 다시금 롯카쿠당에서 100일간 치성을 드렸다고 전하고 있다. 에신니소식은 '御示現의 글'의 내용을 전하는 것보다, 오히려 신란이 이 계시를 매개로 스승 호넨의 가르침에 절대적인 신뢰감을 가지고 따랐다는 점을 전하는 데 주안점을 두고 있다.

에신니소식이 발견되어 알려짐으로써, 그때까지 진종에서 종조 신란의 아내로 널리 전승되고 있던 '다마히히메玉日姬'는 그 존립근거를 잃고 점차 잊혀져갔다.[15] 호넨에게 귀의한 '月輪関白' 구조 가네자네(1149~

---

15 니시혼간사, 히가시혼간사(오타니파) 모두 공식적으로는 다마히를 신란 성인의 아내로 인지하고 있지 않다. 그러나 현재도 일부 진종 사원에서는 사찰 보물의 일반공개 법회 등에서 다마히에 관한 전승을 이야기하는 곳이 있다. 阿部泰郎監修・蔡佩青編, 『城端別院善德寺の虫干法會』, 名古屋大學文學研究科比較人文學研究室, 2014, 1~141쪽.

1207)의 딸로 일컬어지는 다마히와 신란의 결혼은 롯카쿠당에서의 계시에 등장하는 게를 환기한다. 즉, 양자의 결혼은 '行者宿願偈'가 이야기하는 '옥녀'가 되어 행자에게 더럽혀질 뿐더러 행자를 일생동안 보호하고 극락으로 이끌 것이라는 계시문의 구상화에 다름 아니다. 신란과 다마히의 혼인을 둘러싼 인연담은 법좌에서 교화의 일환으로도 설파되었다. 예컨대, 가쿠뇨의 『伝絵』에 앞서 성립되어 문도들 사이에서 전승되고 있던 『親鸞聖人御因縁』이라는 담의본談義本 텍스트가 있다.[16] 신란의 롯카쿠당 계시를 둘러싼 다마히의 인연에서 시작하여 고제高弟인 신부쓰真仏의 인연, 겐카이源海의 인연의 3부로 구성되어 있다. 아마도 겐카이를 시조로 하는 아라키荒木 문도 사이에서 형성된 창도 교화용 텍스트로 판단된다. 간토에서 각지로 전개된 초기 진종의 창도는 '夢記', 그 중에서도 '行者宿願偈'를 중핵으로 하는 신란전을 매개로 이루어졌던 것인데, 그것은 가쿠뇨가 정리한 전기와는 전혀 성격이 다른 전승문예적인 종교 텍스트였던 것이다.

『親鸞聖人御因縁』은 겐닌 1년(1201) 10월, 구로타니黒谷의 호넨 상인의 암자에 '月輪法皇'[17]이 찾아와 이야기를 나누는 장면에서 시작된다. 법황은 자신만이 재속 염불자인 것의 차별 유무를 물었으며, 호넨은 일체의 차별이 없다고 답한다. 그래서 법황은 상인의 제자 가운데 '일생동안 여성을 가까이 하지 않은 승려' 한 사람을 받아 '재가' 즉 자신의 사위로

---

16 宮崎圓遵,「『親鸞聖人御因縁』ならびに『秘伝抄』について」, 『仏教文化史の研究』, 宮崎圓遵著作集 第7巻, 永田文昌堂, 1989(초출 1963), 183~208쪽; 眞宗史料刊行會編, 『親鸞伝』大系眞宗史料 伝記編Ⅰ, 法藏館, 1~531쪽.

17 '月輪殿'라 불린 구조 가네자네를 가리키지만, '法皇'이라는 표현에서 알 수 있듯이, 이야기상으로는 고시라카와와 같은 출가한 상황, 왕의 이미지로 묘사된다.

삼고 싶다고 바라자, 호넨은 젠신(善信=신란)을 지명한다. 뜻밖의 명령에 대해 신란은 저항하지만, 상인은 우리 법문에 들어온 것은 '롯카쿠당관음의 계시'(신란은 이를 숨기고 있었음)에서 비롯된 것이라며 그 계시대로 타락하라고 명한다. 호넨은 계시의 글을 알고 있었던 바, 그 경위를 신란에게 말하게 한다. 신란은 다음과 같이 이야기한다. 즉, 그가 지친 화상(慈鎮和尚=지엔)에게 몸담고 있던 시절, 사랑노래를 너무나 잘 읊는 것에 대해 천황의 지탄을 받은 화상은 또다시 천황이 낸 난제에 답하는 영가詠歌를 신란 편에 보냈다. 이에 천황의 의심은 풀렸지만, 천황은 신란에게도 노래와 관련된 난제를 부과한다. 그는 그 자리에서 보기 좋게 빼어난 노래를 읊어 상을 받았지만, 돌아오는 길에 세상의 무상함을 깨닫고 산으로 돌아가지 않은 채 롯카쿠당에 들어가 치성을 드렸다. 계시에 이끌려 상인에게 입문했지만, 계시에 관한 글은 아직 발설하지 않았다고 이야기했다. 그러자 상인은 그 계시문을 미리 준비해 두고, 그 문구를 신란에게 대답하도록 했다. 그것이야말로 '行者宿願説女犯'의 게였다.

신란은 할 수 없이 '禅定法皇'과 함께 저택으로 향하여, 법황의 일곱 번째 공주인 '다마히노미야'와 결혼했다. 3일이 지난 후 부부동반으로 호넨을 찾아가자, 상인은 그녀를 "두말할 나위 없는 훌륭한 방수坊守이다"라고 말씀하셨다. 이에 지금도 일향전수 염불도량의 주인을 방수라고 부르는 습관이 있다며 이야기는 마무리된다. 즉, 이 인연담은 진종에서 방주坊主의 반려인 방수에 관한 기원설화로서 전개되고 있다. 염불도량을 운영하는, 속세에 몸담은 성인으로서의 진종 문도의 처대妻帯는 종조 신란의 처대에서 유래하는 것으로, 그것은 스승 상인의 명령에 의한 것이지만, 한편으로 그 운명을 결정지은 것은 롯카쿠당 구세관음의 계시이며, 그 계시문으로서의 '行者宿願偈'였던 것이다. 달리 말하자면, 『親鸞聖人御因緣』에서 신란과 다마히의 결혼은 운명적인 '피할수 없는 인연'이며, 꿈을 통해 얻은 계시문은 그것을 재촉하고 상징하는 신불로부터의 탁선에 진배없는 것이었다.[18]

행자를 범부로 만들 요량으로 인연을 맺는 고귀한 집안의 딸을 '다마히'라고 칭하는 것은 두말할 나위 없이 게의 '옥녀'에서 비롯하지만, 그것은 한층 더 깊이를 지닌 이름이기도 하다. 그녀에게 붙여진 '옥'은 고대의 왕권신화에 등장하여 황조의 자식과 혼인하는 해신의 딸 '豊玉姬', '玉依姬' 등, 이계에서 군림하는 자들의 딸들과 공유되고 있다. 그녀들은 이류로서의 본질을 몸속에 숨기고 있다. 신의 빙의라는 맥락에서 무녀의 이름이 되기도 하며, 이야기 전승 상으로는 '玉手御前' 등 자신의 몸을 희생하는 역할을 담당하기도 한다. 예컨대, 중세의 성덕태자전[19] 가운데는 갓 태어난 태자를 양육하는 유모로서 '玉照姬'가 등장하는데, 이처럼 이름에 '옥'이 들어가는 여인들은 모두 '성스러운 것'을 인간계에 초래하고, 모성을 여러 가지 방식으로 체현하는 존재이다.[20] 전절에서 살펴본 지엔의 꿈에 등장하는 '옥녀'가 밀교와 신기 사이를 연결시키고 매개하는 상징이라고 한다면, 신란의 꿈에 등장하는

---

18 불범(佛凡)의 행자가 신불의 계시로 인해 인연을 맺도록 정해진 여인(딸)을 몰래 살해하고자 하나 실패하고, 결국은 상봉하여 타락에 이른다는 이야기는 중세를 관통하여 전승되고 있었다. 『今昔物語集』의 단케이 아자리(湛慶阿闍梨=高太夫) 이야기, 『三國伝記』의 조조淨藏이야기, 그리고 도조사道成寺 전승의 변주인 『賢學草子』(日高川草子) 에마키(네즈根津미술관, 교토국립박물관 소장)가 알려져 있다.

19 植木行信他編, 『田樂 · 猿樂』, 日本庶民文化史料集成 第2卷, 三一書房, 1970, 448쪽.

20 민속세계와 신화전승에서 '구슬 여인'과 같은 존재에 일찍이 주목한 연구로는 柳田國男, 『妹の力』, 創元社, 1940, 1~404쪽; 宮田登, 『ヒメの民俗學』, 靑土社, 1987, 1~280쪽이 있다.

'옥녀'는 신화와 민속전승세계 사이에서 살아 숨 쉬며 작용하는 강력한 능동적 형상인 것이다.[21]

3) 신의 탁선 - 묘에明惠의 몽기夢記와 신과의 교신

고잔사高山寺에 기거한 묘에 상인 고벤明惠上人高弁, 1173~1232은 신란과 같은 해에 태어난 이른바 동시대인이다. 그러나 불교인로서의 입장은 사뭇 달랐다. 묘에는 다카오高雄 진고사神護寺를 다시 일으킨 몬가쿠文覚 상인의 뛰어난 제자 조카쿠上覚를 스승으로 삼았다. 도다이사에서 화엄교학을 배우고 밀교를 수행했으며, 계율을 지키는 전형적인 현밀불교의 학승이었다. 고토바 상황과 날카롭게 대립한 몬가쿠의 몰락·유

---

[21] 지엔의 몽상기와 신란의 롯카쿠당 계시에 모두 등장하고 각각 중요한 의의를 지니는 '옥녀'를 젠더론적 시각에서 비판적으로 고찰한 것으로는 다음 논고가 있다. 田中貴子, 「〈玉女〉の成立と限界－『慈鎮和尚夢想記』から『親鸞夢記』まで」, 『外法と愛法の中世』, 砂子屋書房, 1993, 75~112쪽(후에 平凡社ライブラリー증보판, 2006). 또 최근에 스에키 후미히코末木文美士는 『親鸞聖人御因縁』에 대한 독해로부터 이 전승의 의미를 다음과 같이 날카롭게 분석했다. '다마히' 및 '女犯偈'에 대한 스에키의 이해는 시사하는 바가 크다. "여기서는 왕권의 강압에서 벗어나기 위해 속세를 떠나 롯카쿠당으로부터 호넨에게 입문하는 것으로 서술되어 있는데, 그것으로 사태가 마무리되는 것은 아니다. 신란은 호넨으로부터 법황의 딸과의 결혼을 강요받고, 다시금 세속으로 돌아가게 된다. 그것도 실로 왕권 그 자체와 결합하는 방식으로 말이다. 이는 신란이 왕권의 문제로부터 벗어나기 어렵다는 점을 보여준다. 이리하여 신란은 불법과 왕법의 양측과 긴밀히 연계된다. 그것도 양측에 존재하는 최고의 힘과 결합하는 것이다. 이를 통해 신란은 양측의 힘을 겸비한 초인성을 획득하게 된다. 그 결합을 가능하게 한 것이 다름 아닌 다마히이며, 계시 속의 '옥녀'이다. 꿈을 통한 계시는 단순히 여범의 허가를 의미하는 것이 아니라, 신란이 다마히=옥녀의 파워를 얻음으로써 그 거대한 힘을 획득하는 것을 예언하는 것이었다(末木文美士, 『親鸞』, ミネルヴァ日本評伝選, ミネルバ書房, 2016, 81쪽)." 필자는 이에 덧붙여, 옥녀의 '그 거대한 힘'의 배후에 앞서 서술한 바와 같은 신화적 전승의 문맥이 존재함을 지적하고자 한다.

배를 전후하여 다카오를 떠나 출신지인 유아사湯浅의 유아사 일족의
비호 아래, 고향인 기슈紀州 아리타有田에서 수학을 계속했다. 이윽고
고토바 상황의 귀의를 얻어, 도다이사 손쇼원尊勝院의 학두学頭를 거친
후 다카오 소재의 별원인 도가노오栂尾 고잔사를 하사받았다. 묘에는
이곳에 화엄과 밀교를 융합시킨 일종의 종합불교학의 거점을 만들었
다.[22] 학문과 강설에 힘을 기울였을 뿐만 아니라, 당시 전수염불을 주
장하여 큰 영향을 주고 있던 호넨의 교의를 비판하는 『摧邪輪』을 집필
하는 등, 사회적 발언도 서슴지 않았다. 사상적, 정치적 입장에서도 스
승 호넨을 따라(아니, 오히려 스승 이상으로 과격했던 까닭에) 유배되었던 신
란과는 대조적이라고 할 수 있다.

이상화된 청렴한 학승, 한길에 매진하는 구도자 묘에의 또 다른 측
면을 보여주는 것이 바로 그가 남긴 방대한 꿈의 기록이다. 묘에는 죽
음에 즈음하여 꿈에 대한 기록 등 일기를 모두 불태우도록 했지만,[23]
그 가운데 절반가량이 제자 조신定真에게 남겨졌다. 목록에 따르면, 묘
에가 20대를 보낸 겐큐建久 연간부터 만년에 해당하는 간키寬喜 연간에
이르기까지, 약 40년간에 걸쳐 수십 권에 달하는 '몽기'가 저술되었음
을 알 수 있다.[24] 이 '몽기'는 중세 최고의 지성과 신앙을 겸비한 종교자
의 정신세계의 심층을 그 자신의 해석을 포함하여 남김없이 기록한 자
료로, 매우 희귀한 종교 텍스트이다.

---

22 田中久夫, 『明惠』, 人物叢書, 吉川弘文館, 1961, 1~262쪽; 奥田勲, 『明惠 遍歷と夢』, 東京大
    學出版會, 1978, 1~315쪽.

23 高山寺典籍文書綜合調査団編, 「最終臨終行儀事」, 『明惠上人資料』 一, 高山寺資料叢書第一卷,
    東京大學出版會, 1970, 568쪽.

24 高山寺藏, 「僧高弁所持聖教等目錄」, 『高山寺古文書』 第一部, 東京大學出版會, 44쪽.

꿈을 기록했다는 것과 더불어 묘에의 종교자로서의 또 다른 큰 특질은 석존을 마치 눈앞에 존재하듯 추모하는 것과 중첩되는 독실한 신기神祇 신앙이다. 그에게 있어서 신이란, 후지와라씨(藤原氏＝자신의 출신인 유아사 가문의 족성)의 씨신인 가스가春日였다. 이 두 가지 신앙이 중첩된 지점에서, 그에게 한 여성을 통한 가스가묘진春日明神의 탁선이 이루어졌다. 탁선이란, 신이 사람에게 의탁하여 그 입을 통해 고하는 메시지이다. 그것은 대개 빙의라는 샤머니즘적인 회로를 통해 이루어지는 경우가 많다. 중세사회에서는 사람에게 빙의한 것이 사자의 혼령, 악령 내지 모노노케物気·物怪 혹은 동물령(기쓰네쓰키狐憑·덴구天狗)인지, 아니면 신 내지 신의 사자나 권속인지, 그 정체를 밝히기 위해 가지기도加持祈祷를 하는 승려(험자驗者)가 질문을 던지곤 했다. 전자라면 빙의 떨구기憑依落し나 조복調伏을 하고, 후자인 경우에는 그 말을 받아 축원하고 기도하는 방도를 구하지 않으면 안 되었다. 묘에의 경우에도 기본적인 패턴은 같았지만, 그의 앞에 가스가묘진이 여인의 입을 빌려 자신의 이름을 밝혔을 때, 그를 둘러싼 상황은 지극히 특이한 것이었다.

겐큐 9년(1198)부터 쇼지正治 1년(1199)에 걸쳐 몬가쿠에 의해 부흥된 진고사는 큰 위기에 직면해 있었다. 묘에는 이것을 '다카오 소동'이라고 부르고 있다. 고토바 상황의 근신세력은 몬가쿠가 가마쿠라의 쇼군과 결탁하여 획득한 진고사, 그리고 도사東寺 재흥을 둘러싼 거대한 권익을 빼앗고자 획책했다. 결국 그들은 쇼지 1년 요리토모賴朝의 급사로 인해 후견인을 잃은 몬가쿠를 포박하여 사도佐渡로 유배 보내고 만다. 묘에는 이 혼란을 피해 유아사 일족의 비호 하에서 학문에 전념할 요량으로 기슈로 이주했다. 그러나 그곳 역시 안주의 땅은 되지 못했다. 그는 겐닌 2년(1202) 연말에 석가유적의 땅인 천축(인도)으로의 순례를 도모한다. 그것은 일종의 자발적인 망명이라고 해도 좋을 것이다. 탁선이 내려진 것은 겐닌 2년 말에 몬가쿠가 사면되어 진고사로 돌아온 직후이다. 몬가쿠가 심복인 조카쿠(묘에의 백부이자 스승)를 통해 미래의 승단 지도자로서 촉망받던 묘에를 다카오로 불러들이고자 하던 찰나였다.

가스가묘진 탁선의 경위는 묘에의 전기 가운데 이른 시기에 성립한 『栂尾明惠上人行状』[25](제자 기카이喜海가 찬술한 가나행장을 바탕으로 류초隆澄가 작성한 '漢文行状') 중권에 그 개략이 기록되어 있다. 묘에 자신도 탁선이 있었던 이듬해(1204)에『十無尽院舍利講式』[26]을 저술했으며, 그 이듬해에는 탁선에서 제시된 의궤에 따라 만들어진 가스가・스미요시다이묘진住吉大明神의 영상靈像을 모시는 보전宝殿의 건립을 위해『秘密勧進帳』(1205)[27]을 저술했다. 단, 생략이 많고 수사 속에 탁선의 내용이 묻혀 있다는 단점이 눈에 띈다. 탁선의 내용을 가장 상세하게 전하는 것은 제자 기카이가 조에이貞永 연간(1232~33)에 편찬한『明惠上人現神伝記』[28]이다.

『現神伝記』의 첫머리에는 묘에가 천축에 건너갈 뜻을 일동에게 고하고 그 준비를 하던 차에 가스가묘진의 탁선이 있었다고 적혀 있다. 즉,

---

25 최근의 획기적이고 종합적인 성과로는 고잔사에서 소장처를 옮긴 '山外本' 몽기를 집성하고 여기에 역주를 덧붙인 다음 자료를 들 수 있다. 奧田勲・前川健一・平野多惠編,『明惠上人夢記譯注』, 法藏館, 2015, 1~562쪽.

26 新井弘順,「明惠上人の『十無盡院舍利講式』」,『豊山敎學大會紀要』第5号, 豊山敎學振興會, 1977, 76~97쪽.

27 高山寺典籍文書綜合調査団編, 앞의 책 참고;「漢文行状別記(新恩院本)」,『眼用上人資料』第一收録, 21쪽.

28 高山寺典籍文書綜合調査団編, 앞의 책 참고;『明惠上人資料』第一 收録, 235~252쪽; 奧田勲,「明惠上人神現伝記〈春日明神托宣記〉注釋余滴」,『明惠讚仰』12, 明惠上人讚仰會, 1981, 4~7쪽.

겐닌 3년 1월 26일, 한 여성이 새로 짠 거적을 가모이鴨居 위에 걸치고는 그 위로 올라가 "나는 가스가묘진이다"라고 정체를 밝히고, 묘에를 향해 "스님은 서쪽으로 천축에 가서 수행하고자 결심하셨습니다. 이 일을 멈추게 하고자 강림하였습니다"라고 고했다고 한다. 그녀는 다치바나 가문의 여성, 이토노고젠糸野御前이었다. 『夢記』 속에 종종 등장하는 유아사 일족의 동량인 후지와라노 무네미쓰(藤原宗光＝묘에의 외삼촌)의 처로, 당시(묘에보다 2살 젊음) 29살로 임신 중이었다. 7일 전부터 곡기를 끊고 정진하며 근행을 이어가고 있었다고 한다. 상인은 탁선의 진위를 가늠하기 위해(그녀는 앞서 임신했을 때 악귀에 빙의되었던 적이 있다. 모자 모두 위험했지만 묘에의 기도로 악귀를 물리치고 순산한 바 있다)[29] 화엄오십오소선지식도華厳五十五所善智識図 앞에서 기도하고 '영고靈告'를 구했는데, 이때 다시금 탁선이 있었다(『現神伝記』는 29일의 일로 적고 있지만, 『行状』에 따르면 같은 날의 일이다). 그때 이 여성의 평소와 사뭇 다른 모습, 면모, 몸가짐, 동작, 음성, 신체, 입에서 풍긴 이채로운 향기 등이 자세히 기록되어 있다(특히 탁선의 말을 내뱉었을 때 풍긴 숨결의 향기는 매우 진하여 모종의 물질이 하늘에서 쏟아져 내리는 듯했으며 널리 밖에까지 풍겨 오래도록 가시지 않았다, 라고 하여 그 물질성까지 느끼게 하는 생생한 기술도 보인다). 묘에에게 그 '위의단정'한 모습은 '선신강림의 상' 그 자체였다. 앞서 언급한 바와 같이, 신의 '말씀'을 전달하는 이토노고젠의 신체성이 자세히 기록되어 있는데, 이는 빙의, 강신 등 무속과의 깊은 연계, 연속성을 보여준다.

---

29 高山寺典籍文書綜合調査団編, 앞의 책, 190쪽.

이때 내려진 탁선에서는 시종일관 묘에를 '스님御房'이라고 부르고, 스스로를 '슌산春山'에 사는 '이 노인'이라고 칭한다. 참고로 한 가지 흥미로운 문장을 지적하자면, "나는 특히 스님을 태내에서부터 지켜왔으니, 이 노인은 스님에게는 길러준 아비입니다"라는 문장을 들 수 있다. 어머니의 태내에 있던 시절부터 지켜봤다는 모성적 유대를 강조하고 있음에도 불구하고, 젠더를 아버지로 바꾸는 점은 흥미롭다.

묘진은, 스님은 누구보다 지혜를 갖추고 있으므로, 라며 시종일관 학문을 권하는 한편 단명할 상임을 탄식한다. 또 불도에 인연이 있는 중생을 위해 왕성(도읍)의 근처에 기거하라 말하고, 혐자 등으로 활동하여 학업을 소홀히 하는 일이 없도록 하라고 훈계한다. 그리고 이와 같은 강림과 은근한 훈계는 스님이 "입성득과人聖得果하는 길이 가깝다는 상서로운 징조이다"라며 축원하고, "천축에서의 수행은 내가 지극히 탄식하는 바이다"라며 이를 멈추고 어디까지나 일본국의 도사로서 불도에 인연이 있는 중생을 기다리라, 즉 이생利生을 위해 이 땅에 머물라고 요구한다. 그 사이에 반복해서 "가긍히 여기는 바, 절실하도다", "결코 나의 말에 어긋나시는 일이 없도록 하라"라며 묘에에게 부단히 호소하고 간절히 설득한다.

묘에는 이에 호응하여 묘진의 '御形像'을 그려 징표로 삼아 강연의 본존으로 삼고, 나아가 보전을 지어 거기에 분신 모시기를 바랐다. 그에 대한 승낙을 얻은 후 법락法樂에는 무엇을 바라는가를 묻고는 매해 신이 강림한 날에 맞춰 강연을 하고 법락을 하겠다고 약속한다. 이에 묘진은 "스님이 석가여래를 흠모하시는 것은 실로 가긍하고 귀한 일이라고 여겨집니다. 스님도 나를 석존의 징표로 생각하세요"라고 답했다.

묘진은 사라지기에 앞서 상인의 손을 잡아 옆에서 껴안고 얼굴을 마주보고는 또 앞서와 마찬가지로 "가긍히 여기는 바, 절실하도다"라고 말하며 핑핑 눈물을 흘렸다. 그것은 흡사 연인에 대한 몸짓에 신배없었다. 묘에 역시 소리 내어 슬피 울었으며, 지켜보던 주위 사람들도 슬픔에 못 이겨 절규하였다. 신이 떠난 뒤, 묘에는 실신한 듯 허탈해 했지만, 묘진은 울음소리에 이끌려 되돌아온다.

> 반드시 슌산의 신전에 오시라, 때를 기다려 만나 뵐 것이라고 마음먹고
> 계시라.

라고 하여 가스가사 참배를 명한다. 묘진의 재림을 기다리고 있던 묘에는 침을 튀겨가며 술회한다. 즉, 자신은 어려서부터 자애로운 아버지인 석존에게 버려졌으며(그는 8살에 부모를 여의었다), 석존 사후의 변토에 태어나 석존 살아생전의 설법을 듣지 못했다, 서쪽 천축의 유적에 참배하지 못함을 슬퍼하고 어느 경전의 서문에서도 자신의 이름을 보지 못하는 일(부처가 설법하는 자리에 대고중対告衆으로서 자리한 바 없는 것을 가리킴)을 한으로 여겨 천축에서의 수행을 바랐지만, 이제 다이묘진의 강림과 교훈을 얻은 바, 이를 석가의 징표로 삼고 예전의 원통함을 그치고자 한다, 라고 술회했다. 더불어 어려서부터 '여래멸후유법如来滅後遺法의 어애자御愛子'라고 자칭했는데, 『宝積経』에서 그 본문을 발견하고 크게 기뻐했던 일을 고한다. 그러자 묘진의 표정은 돌연 슬픔으로 가득하였다. 상인의 손을 잡으며 한손으로 머리를 쓰다듬으며 묘에의 인식에 고개를 끄덕이고는 반드시 슌산에 오라는 말을 다시금 남기고 사라졌다. 이 부분

에 기카이의 발문이 있어서 일단 탁선기가 완결되었음을 시사한다.

　후반부는 일기와 같은 체제를 띠고 있는데, 탁선에 의해 이루어진 묘에의 가스가사 참배와 그로 인한 또 다른 탁선, 조케이貞慶로부터 사리를 받은 일 등이 기록되어 있다. 묘에는 2월 5일에 기슈를 떠나 '슌산', 즉 가스가사로 향하는데, 그 사이에도 몽상이나 상서로운 일이 거듭된다. 9일부터 신사에 참배하고, 본전에서 "영취산에 참배하여 석가대사에게 봉사하는" 꿈을 꾸었다. 이윽고 교토로 들어가 가쿠곤覚巌의 중개로 열반회 불사를 주재하였다(그 직전에 진고사의 몬가쿠는 고토바 상황에 의해 다시금 진제이鎮西로 유배당하지만, 여기에는 일체 그에 대한 언급이 없다). 이후 묘에는 다시금 기슈로 내려갔다가 앞서 약조했던 '御形像'을 얻기 위해 재차 가스가사 참배를 하고자 하였다. 가스가사로 출발하기 직전인 21일, 다시 한 번 이토노고젠을 통해 '御形像'에 대한 탁선이 내려졌다. 그와 함께 가스가사를 참배하는 사이의 상서로운 징조는 모두 내가 행하는 징표라는 메시지가 전달된다. 문답 끝에 상인은 '御形見'에 적을 와카를 청한다. 거기서 읊어지는 것은 이윽고 『玉葉和歌集』에 가스가묘진의 노래로 수록되는 한 수이다.

　　신인 나도 그대가 계신 곳으로 향해 자리를 함께 하겠습니다. 그리고 불
　　법의 공덕과 신덕이 서로 은혜를 내려 화합, 성취하는 본지수적의 진리를
　　알게 되겠죠.

　그 후 묘에는 남도로 향하여 25일에 가스가사에 참배하고, 다시금 영취산에서 석가에게 봉사하는 꿈과 함께 하얗게 닦인 철퇴 두 개를 지니

는 꿈을 꾼다. 27일에 가사기사笠置寺로 해탈상인解脫上人 조케이(1155~1213)를 방문하여 불사리를 받는다. 조케이는 묘에의 방문과 동시에 다이묘진의 강림을 감득하고, 우선 법시法施를 바친 후 대면했다고 한다. 사리는 꾸러미에 싸여 있었다. 묘에는 가스가사로 돌아가 참배했는데, 신전에 이르러 두 개의 철퇴는 두 개의 사리라는 점을 깨닫고 놀란다. 꾸러미를 펼쳐보자, 과연 사리 두 알이었다. 묘에는 이 사리야말로 묘진으로부터 하사받은 석가의 징표이며, 석가의 신체 그 자체라고 신앙한다(조케이도 역시 깊이 석가를 신앙하고, 또 가스가묘진의 탁선을 받은 성자였다). 이런 와중에도 여러 가지 상서로운 징조와 꿈이 있었다(이 사이에 3월 11일의 『夢記』에는 묘에가 '尺王禪師御房'이라 부르는 동자승과 더불어 와카를 주거니 받거니 하고 해변에서 놀며 법계法界를 내보인다는 흥미로운 전망이 그림 형식으로 기술되어 있다. 달리 말하자면, 가스가신과 석가, 그리고 탁선하는 여성이 뒤섞인 동자승이라는 유니섹슈얼한 존재와 '釈迦如来滅後遺法御愛子紀州海辺乞者日本国第一乞食毀形之比丘成弁'의 친밀한 교류와 깨달음이 묘사되고 있는 것이다).[30]

4월에는 불사仏師를 동반하여 기슈로 향하였다. 앞서 있었던 탁선의 '의궤'(도상 지시)에 따라 다이묘진의 형상을 그리고, 19일에 묘에가 도사가 되어 개안공양이 펼쳐졌다. 마지막에 전체를 매듭짓는 기카이의 발문에 따르면, 이 탁선의 정본(지어識語에는 '上人御自筆之記'라고 보인다)은 묘에의 살아생전에 스스로 파기해버렸다고 한다. 이를 안타까워하는 마음을 집필편찬의 동기로 삼아 불도에 인연이 있는 사람들에게 믿음

30　山田昭全, 「建仁三年三月十一日の『夢ノ記斷簡』を讀む」, 『山田昭全著作集』 第5卷, 文覺・上覺・明惠, おうふう, 2014, 224~236쪽.

을 권하기 위해 저술한 것이라고 밝히고 있다. 보다 구체적으로는 선사 묘에의 석존 흠모의 마음에 부응하고, (묘진이 이토노고젠에게) 의탁하여 다이묘진이 강림한 사실을 상인의 위업으로서 찬앙하기 위해 기록했다는 취지가 서술되면서 끝을 맺는다.

이상과 같은 묘에에 대한 가스가묘진의 탁선 사건은 가마쿠라시대의 대표적인 사사寺社 연기 설화와 성자전을 수록한 『古今著聞集』의 묘에 설화에도 보이고,[31] 무주無住의 『沙石集』에도 실려 있다.[32] 불법과 긴밀히 연계된 신기神祇의 영험담인 이 이야기가 널리 유통되고 있었음을 알 수 있다. 또 14세기 초인 엔교延慶 2년(1309)에 사이온지 긴히라西園寺公衡가 제작·봉납한 중세 가스가신앙의 기념비라 할 수 있는 대작 『春日権現験記』의 권 17·18 두 권에 걸쳐 에마키화하였다.[33] 그것은 가스가 뿐만 아니라, 갖가지 탁선의 양태를 가시화하고 설화화한 중세의 작품 가운데 가장 뛰어난 것이다. 그 주요 전거는 『現神伝記』이며, 거의 그 기술에 따라 에마키의 설명문도 제작되었다. 게다가 여성을 통해 탁선하는 모습이 (가스가묘진의 강림에 어울리게) 미화됨과 동시에 신에게 빙의된 증표로서 그녀의 몸에서 이채로운 향기가 풍겨났다는 점이 기술되어 있다. 『行状』에서는 그 손과 발을 (사람들이) 핥았더니 입안에 '滋淳之甘味'가 맴돌았다고 덧붙이지만, 『験記』에서는 그 광경에 대해 여성의 발톱

31　野村卓美, 「明惠說話の変容─『古今著聞集』の明惠說話を中心に」, 『國語國文』第61卷 第11号, 京都大學文學部國語學國文學研究室, 1992, 39~55쪽.

32　平野多惠, 「『沙石集』の明惠說話─春日大明神の託宣をめぐって」, 『明惠 和歌と仏教の相克』, 笠間書院, 2011, 340~354쪽.

33　神戸說話研究會編, 『春日権現験記繪注解』, 和泉書院, 2005, 196~211쪽; 같은 책, 山崎淳, 「『春日権現験記』と明惠─卷十七・十八論」, 140~157쪽.

끝을 여러 사람이 핥는 광경으로 묘사하는 점이 이채롭다. 이와 같은 『驗記』를 통해, 묘에 대한 탁선은 중세의 가스가신앙사에서 기념해야 할 최대의 영험으로 자리매김되었다.

한편 이 탁선을 전거로 삼아 노能『春日龍人』이 만들어졌다.[34] 무대 위에 천축으로 건너가려는 묘에가 와키 역의 승려로 등장하여 작별인 사를 고하고자 가스가사에 참배한다. 이를 맞이하는 신사 측 사람이 가스가사가 진좌하게 된 경위 등을 진술한다. 즉, 묘진의 본지는 석가 이고, 사두社頭는 영원불멸의 영취산에 다름 아니다, 가스가산이야말 로 진정한 영산이다, 라며 묘진의 정체를 밝힌다. 이윽고 상인의 눈앞 에 가스가 신이 팔대용왕八大龍王의 모습으로 나타나 영산의 상을 보이 며 춤추며 논다. 여성의 탁선은 완전히 배제되고 영험담에 대한 노로 각색되었지만, 예능의 세계에도 이 탁선은 큰 충격을 주었던 것이다.

4) 기적에 대한 전망—『華嚴緣起』 에마키

묘에가 받은 신의 메시지는 묘에 자신의 격렬한 구법 의지가 불러일 으킨 것이었다. 그가 희구한 불법은 화엄종의 학장으로서 이 세계의 모든 것을 법계로 바라보는 사상에 근거한 것이었다. 묘에의 구도자로 서의 자화상이라 할 만한 초상이 고잔사에 전하는 '樹上坐禪図'이다. 그 와 더불어 그 가르침의 전래와 시작을 연기의 형태로 구상화하고자 하

---

[34] 伊藤正義校注, 『謠曲集』上, 新潮日本古典集成, 新潮社, 1984, 295～306쪽, 427～428쪽.

는 시도도 있었다. 그것은 에마키라는 일본에서 독자적으로 전개된 이 야기그림의 형식과 문법에 의해 창조되었다.

만년의 묘에가 주도하여 제작한 『華嚴緣起』는 『宋高僧伝』 가운데 신 라의 화엄종 승려 두 사람, 즉 조선불교의 2대 종조인 원효와 의상의 전 기를 전거로 삼아[35] 만들어진 종교 텍스트이다. 게다가 그것은 단순히 고승전을 에마키화한 것에 그치지 않았다. 또한 그것은 종조의 생애를 탄생에서 죽음에 이르기까지 표현하고 그 유덕을 찬양하는 방식의 그 림전기도 아니었다. 『華嚴緣起』는 『宋高僧伝』에 수록된 두 사람의 전기 를 바탕으로 묘에의 구법과 그 성취의 전망을 구상화한, 달리 말하자면 신화적 모티브를 통해 묘에가 경험한 영험과 기적을 설화화한 이야기 그림이었다.[36](그 증거로, 이 에마키에는 그림 속에 설명문이 덧붙여져 있다) 원 효를 다룬 그림은 본래 용왕의 딸이었던 신라왕후가 병치레를 하는 데 에서 본격적으로 전개된다. 이어서 신라 관리에 의한 『龍宮取経』의 이 계 반환, 저잣거리 성자(대안성자大安聖者)의 사리분별, 그리고 원효의 주 소注疏 제작과 경전 강의가 묘사된다. 원효의 전기라는 틀을 기본으로 하되, 『金剛般若経』에 등장하는 불법전래의 연기 전승이 큰 비중을 차지 하고 있다. 의상을 다룬 그림에서는 의상을 연모하는 여인 선묘善妙가 용으로 변신하여 불법수호의 신으로 전환되는 과정, 그리고 이때 드러 난 영이霊異가 드라마틱하고 장대하게 묘사되어 있다.

---

35 八百谷孝保, 「華嚴緣起繪詞とその錯簡について」, 『畫說』 第16号, 東京美術研究所, 1938, 140～ 157쪽.

36 梅津次郎, 「義湘・元曉繪の成立」, 『繪卷物叢考』, 中央公論美術出版, 1968, 초출 1948, 141～ 157쪽.

두 그림 모두 원효와 의상이 구법을 위해 함께 당으로 떠나는 장면에서 시작된다. 두 사람은 도중에 무덤가 동굴에서 하룻밤을 보내는데, 꿈속에서 악귀의 습격을 받는다. 두 그림이 모두 꿈을 중요한 구법의 계기로 삼고 있는 점이 주목된다. 거기서 원효는 모든 것이 마음에서 비롯됨을 깨닫고 타국에서 구할 것은 없다며 귀국한다. 이에 반해 의상은 여전히 법을 구하리라 마음먹고 길을 나서, 두 사람의 발길이 갈린다. 이 역시 묘에가 품었던 천축으로의 구법여행의 의지와 그것을 멈춘 경위에 비춰보면 흥미롭다. 달을 바라보며 산과 들판에서 짐승들과 더불어 선정禪定의 경지에서 뛰놀고, 혹은 저잣거리의 먼지 속을 떠돌아다니며 포교하는 원효의 모습은 틀림없이 묘에의(樹上坐禪図에도 통한다) 자화상이라고 할 수 있을 것이다. 그러나 무엇보다도 의상을 연모한 선묘의 변전이 눈길을 끈다. 선묘는 구법수학을 마치고 귀국을 위해 뱃길에 오른 의상에게 자신의 간절한 뜻을 전하기 위해 바다에 몸을 던진다. 선묘는 돌연 큰 용으로 변하여 배를 등에 태우고 대해를 건넌다. 장대하고 다이내믹한 박력 넘치는 선묘의 변신장면은 일본의 종교 에마키 가운데 최고이자 최대의 걸작이라 해도 과언이 아니다.

의상을 다룬 그림의 설명문 뒤에는 묘에의 긴 해설이 덧붙여져 있다. 묘에는 선묘의 용으로의 변신이 단지 남녀의 애집에 의한 것(예컨대 저명한 도조사道成寺 설화와 같이, 수행승을 연모하여 큰 뱀으로 변해 뒤를 쫓은 예)이 아니라, 불법을 사랑하고 흠모하여(선묘가) 일으킨 서원, 즉 신앙의 힘에 의한 기적임을 강조한다. 이러한 해설은, 묘에가 선묘의 기적을 자신의 신앙상의 전망으로서 강하게 의식하고 있었음을 보여준다. 이 점은 묘에가 고잔사의 호법신으로 선묘신을 받들어 제사지낸 일, 그리고 그를 따르는 비구니들이 거주하는 절을 선묘사라고 이름붙인 데에서도 단적으로 드러난다.

『宋高僧伝』의 텍스트로부터 묘에는 영육의 초월이라고 할 만한 기적의 전망을 구상하고 창출했다. 그 놀랄 만한 도약의 배경에는 일생에 걸친 그의 구법, 즉 '성스러운 것'에 대한 희구와 그 과정(단계)에서 영위된 영혼과 육체의 갈등의 초극(지양)이 숨겨져 있었다. 그것을 선명하게 보여주는 것이 그의 몽기인 것이다.

몽기에는 선명하고 생생한 이미지 속에서 선묘와 같은 존재가 등장하는데, 그것이 묘에에게 특별한 의미를 지니는 존재임을 시사하는 꿈이 있다. 예컨대, 조큐承久 2년(1220) 5월 21일의 몽기[37]가 그것이다. 제자 주조보十蔵房가 사키야마 사부로(崎山三郎＝유아사 일족의 유력자)의 향로를 가져온다. 이 향로는 당에서 건너온(바다를 건너온) 것이었다. 그 가운데에는 거북이가 교합하는 형태의 것도 있었으며, 또 5촌 정도의 찻그릇(자기제) 모양의 여자 인형도 있었다. 이 여자 인형은 일본에 건너온 것을 슬퍼하고 탄식하였다. 묘에는 이를 애처롭게 여겨 탄식해서는 안 된다고 고했는데, 인형은 그런 말은 믿을 수 없다며 울었다. 그래서 자신은 여러 사람에게 존경받는 승려이며, 그런 내가 애처롭게 여긴다고 말하고 있는 것이다, 라고 하자, 인형은 기뻐하며 그렇다면 사랑해 주세요, 라며 돌연 살아있는 여인으로 변한다. 이에 묘에는 내일 있을 불교행사에 같이 갈까 생각했는데, 여인은 기뻐하며 꼭 같이 가

---

37 高山寺典籍文書綜合調査団 編, 『明惠上人資料』二; 『高山寺資料叢書』第7卷, 東京大學出版會, 1978, 1～790쪽 수록; 久保田淳・山口明惠編, 「明惠夢記」, 『明惠上人集』, 岩波文庫, 岩波書店, 1986에도 수록.

고 싶다고 말한다. 여기서 주조보가 등장하여, 이 여인은 뱀과 교합한 자라고 경고한다. 묘에는 이 여인은 뱀과 교합한 것이 아니라 뱀의 몸을 아울러 지니고 있는 자라고 생각하지만, 주조보는 여전히 같은 주장을 강하게 되풀이한다. 여기서 묘에는 꿈에서 깨어났다.

이 꿈에서 살아있는 여인으로 변모한 인형은 분명 용으로 변신한 선묘에 대한 잠재의식의 발현일 것이다. 동시에 말하는 인형과 묘에의 친밀한 교정은 일종의 피그말리온적 바람으로, 자신의 감춰진 세속적인 사랑을 성스러운 사랑으로 전환시키고자 하지만 그것이 꼭 뜻대로는 되지 않는 갈등을 형상화하고 있다고 여겨진다.[38] 거기에는 또한 교합과 교접이라는 적나라한 성과 에로틱한 이미지가 겹쳐져 있고, 이는 용의 변화신인 거북이나 뱀 등 이류와의 교섭과 연결되어 있다. 전체적으로 보아, 이 꿈은『華嚴緣起』가 묘사한 의상과 선묘의 관계를 묘에의 마음 깊은 곳에서 생생하게 표상한 것이라고 할 수 있을 것이다. 그것은 예전에 다른 세계로 떠가고자 했던 묘에를 신의 말씀을 통해 이 땅에 머물게 했던 여인과 묘에의 관계와도 아득히 공명하는 것이었다. 그녀들도 또한 제각각 한 사람의 '옥녀'였던 것이다.

---

38 河合隼雄,『明惠 夢を生きる』, 京都松柏社, 1987, 1~311쪽.

3. 맺음말

중세 초기인 겐닌 3년, 세 명의 승려가 꿈을 통해 얻은 계시와 신으로부터 통달 받은 명계의 메시지는 상호 연관된 것이 아니었다. 적어도 사료 상으로는 삼자의 직접적인 연계를 증명할 수 없다. 예컨대, 가쿠뇨는 신란이 지엔의 문하에서 입실·출가했다고 주장했지만, 그것을 입증하는 사료는 쇼렌원에서 발견할 수 없다. 설령 그 주장을 받아들인다 하더라도, 지엔의 정신 가장 깊은 곳에서 일어나 극비리에 글로 남겨진 사유를 문하의 제자가 공유했을 리 만무하다.

당시의 불교계뿐만 아니라 조정 귀족사회에서도, 최상층의 지위에 있었던 귀한 집안 출신의 지엔과 하급귀족 혹은 무사계급 출신이었던 신란, 묘에는 완전히 동떨어진 입장에 있었다. 또한 똑같이 속세를 버린 상인의 입장이었지만, 신란과 묘에 역시 그 위치는 전혀 달랐다. 전자는 고토바 상황에 의해 스승 호넨과 함께 유배당했으며, 이후 '非僧非俗'의 떠돌이 승려로서 간토지역 염불자 집단의 지도자가 되었다. 후자는 학승으로서 장래를 촉망받으면서도 구법의 의지로 인해 절을 벗어나 산림에서 수학했다. 그러나 고잔사를 기진한 고토바 상황의 외호 아래서 단출한 승가를 창시하기도 했다. 이처럼 삼자의 승려로서의 경력과 역할은 전혀 다른 궤적을 보였으며, 그 입장도 선명한 대조를 이룬다. 특히 왕권(왕법)과의 관계에서는(이윽고 도래하는 조큐의 난을 거쳐 몰락해가는 고토바 상황의 운명도 포함하여) 날카로운 대치의 자세를 드러내는 것이다.

그들이 이계와 교신하고 '성스러운 것'과 조우하는 겐닌 3년(1203)이라는 역사적 시점은 중세라는 시대 전체가 전환기를 맞이하고, 또 각각의 생애에도 변화가 들이닥친 시기였다. 겐큐 9년(1198)에 양위하고 치천治天의 군주가 된 고토바 상황 밑에서 절정의 권세를 누리던 미나모토노 미치치카(源通親＝겐큐 7년에 지엔의 형인 구조 가네자네를 묘당에서 축출하고 실각으로 내몬 원수이다)가 겐닌 2년 가을에 급사했으며, 이에 상황은 마침내 자립하여 스스로 정치를 행하게 되었다. 쇼지 1년(1199) 쇼군 요리토모의 죽음에 따른 혼란 역시 계속되고 있던 불온한 시세였다. 묘에로 시선을 돌려보면, 의지가 되었던 진고사의 몬가쿠가 체포되어 유배되었고, 유랑의 시간이 이어지면서 천축으로 망명할 수밖에 없다는 생각에 내몰린 시기였다. 정변에 연좌되어 좌주를 그만둔 지엔은 아직 은거 중이었지만, 조카 구조 요시쓰네가 대신에 임명되는 등, 얼마간의 희망을 발견한 즈음이었다. 신란은 히에이산을 내려와 평생의 스승으로 받들게 되는 호넨의 문하로 향하기 직전이었다.

그들이 얻은 꿈과 탁선의 메시지에는 그것을 간취한 인간의 심신 양면에 깊이 각인되는 일종의 관념적 오브제처럼 공유되는 이미지가 인정된다. 그것이 지엔과 신란의 꿈에 공통적으로 등장하는 '옥녀'라는 존재이다. 그것은 밀교나 음양도의 종교체계 속에 전거를 지니는 어휘이지만, 지엔의 편지에서 '구슬 여인'이라고 완곡하게 표현되듯이, 보다 원시적이고 신화성을 띤 것이었다. 살아있는 여인이 아닌 "성性"적 존재(그것은 꼭 모성이나 생산하는 성으로 환원되지 않는다) 그 자체이다. 혹은 그것은 묘에 몽기의 '尺王禪師御房'처럼 남녀의 성조차 초월한 아이와 같은 '성聖스러운 성性'의 오브제일지도 모른다. 그것은 또 도다이사 대불과 이세대신궁(아마테라스 오미카미)처럼 부처와 신이 융합하는 불이不二의 초월자일지도 모른다.

지엔은 이 '옥녀'를 왕의 신체와 교합하여 왕권을 낳는 '성聖스러운 것'의 작용의 화신으로 관념하고, 꿈꾸는 자신의 심신에 그것을 중첩시킴으로써 몸소 감득했다. 신란은 구세관음이라는 '성聖스러운 것'이 그 몸을 나누어 화한 '옥녀'를 '범'하여 스스로 성혼聖婚이라 할 만한 합체를 이루었다. 또 묘에는 그의 앞에 서 있는 현실 속의 여인에게 빙의한 가스가 신의 탁선을 온몸으로 끌어안듯 하며 그 존재를 받아들였다. 이윽고 그것은 묘에 자신이 희구하는 성취에 불가결한 존재, 즉 "어머니로서의 부처"로 승화한다.

『華嚴緣起』 에마키에서 그것은 여인의 몸을 버리고 불법을 수호하며 승려를 비호하는, 위신력威神力을 드러내는 '성聖스러운 것'의 화신으로 변신한다. 지엔과 신란이 각각 대극적인 입장에서 감득하고 맞이했던 '옥녀'가 묘에의 정신편력과정에서 변용되면서 '성聖스러운 성性'이라 할 만한 본질을 획득해가는 궤적을 보이고 있는 것이었다.

*번역 : 이세연(한양대 비교역사문화연구소)

참고문헌

1. 논문 및 단행본

赤松俊秀, 「『慈鎮和尚夢想記』について」, 『鎌倉佛教の研究』平楽寺書店, 1957.

阿部泰郎, 「中世王権と中世日本紀－即位法と三種神器説をめぐりて」, 『日本文学』34, 日本文学協会, 1985.

_____, 「慈円と王権」, 『天皇制－歴史・王権・大嘗祭』, 河出書房新社, 1990.

_____, 「宝珠と王権－中世王権と密教儀礼」, 『日本思想』2, 岩波講座・東洋思想16, 岩波書店, 1999.

阿部泰郎 監修, 蔡佩青 編, 『城端別院善徳寺の虫干法会』, 名古屋大文学研究科比較人文学研究室, 2014.

新井弘順, 「明恵上人の『十無尽院舎利講式』」, 『豊山教学大会紀要』第5号, 豊山教学振興会, 1977.

伊藤正義校注, 『謡曲集』上, 新潮日本古典集成, 新潮社, 1984.

植木行宣 他編, 『田楽・猿楽』, 日本庶民文化史料集成第二巻, 三一書房, 1970.

梅津次郎, 「義湘・元暁絵の成立」, 『絵巻物叢考』, 中央公論美術出版, 1968.

岡崎市美術博物館 編, 『三河念仏の源流－高田専修寺と初期真宗』, 朝日新聞社, 2008.

奥田勲・前川健一・平野多恵 編, 『明恵上人夢記訳注』, 法蔵館, 2015.

奥田勲, 『明恵 遍歴と夢』, 東京大学出版会, 1978.

_____, 「明恵上人神現伝記〈春日明神託宣記〉注釈余滴」, 『明恵讃仰』12号, 明恵上人讃仰会, 1981.

尾崎勇, 「慈鎮和尚夢想記の方法」, 『熊本学園大学文学・言語学論集』第19巻第2号, 熊本学園大学, 2006.

河合隼雄, 『明恵 夢を生きる』, 京都松柏社, 1987.

久保田淳・山口明穂 編, 「明恵夢記」, 『明恵上人集』岩波文庫, 岩波書店, 1986.

高山寺蔵, 「僧高弁所持聖教等目録」, 『高山寺古文書』第一部, 東京大学出版会, 1975.

高山寺典籍文書綜合調査團 編, 『明恵上人資料』一, 高山寺資料叢書第一巻, 東京大学出版会, 1970.

_____, 『明恵上人資料』二, 高山寺資料叢書第七巻, 東京大学出版

会, 1978.

真宗史料刊行会 編,『絵巻と絵詞』, 大系真宗史料 特別巻, 法蔵館, 2006.

真宗史料刊行会,『親鸞伝』, 大系真宗史料 伝記編Ⅰ, 法蔵館, 2011.

真宗高田派教学院編,『真佛上人集』高田古典 第一巻, 真宗高田派宗務院, 1980.

末木文美士,『親鸞』ミネルヴァ日本評伝選, ミネルヴァ書房, 2016.

多賀宗隼,『慈円』人物叢書, 吉川弘文館, 1959.

_____,『慈円の研究』, 吉川弘文館, 1980.

田中貴子,「〈玉女〉の成立と限界―『慈鎮和尚夢想記』から『親鸞夢記』まで」,『外法と愛法
　　　の中世』, 砂子屋書房, 1993.

田中久夫,『明恵』人物叢書, 吉川弘文館, 1961.

天台宗典編纂所編,『續天台宗全書 密教3 経典注釈書類』Ⅱ, 春秋社, 1990.

野村卓美,「明恵説話の変容―『古今著聞集』の明恵説話を中心に」,『国語国文』京都大学文
　　　学部国語学国文学研究室, 第61巻第11号, 1992.

平野多恵,「『沙石集』の明恵説話―春日大明神の託宣をめぐって」,『明恵　和歌と仏教の相
　　　克』, 笠間書院, 2011.

三崎良周,『台密の研究』, 創文社, 1987.

_____,「慈鎮和尚慈円の仏眼信仰」,『台密の理論と実践』, 創文社, 1994.

水上文義,「慈円の密教と神祇思想」,『台密思想形成の研究』, 春秋社, 2008.

宮崎圓遵,「『親鸞聖人御因縁』ならびに『秘伝抄』について」,『仏教文化史の研究』宮崎圓遵
　　　著作集第七巻, 永田文昌堂, 1989.

宮田登,『ヒメの民俗学』, 青土社, 1987.

八百谷孝保,「華厳縁起絵詞とその錯簡について」,『畫説』第16号, 東京美術研究所, 1938.

山崎淳,「『春日権現験記』と明恵―巻十七・十八論」, 神戸説話研究会編,『春日権現験記絵
　　　注解』, 和泉書院, 2005.

柳田国男,『妹の力』, 創元社, 1940.

山田昭全,「建仁三年三月十一日の『夢ノ記断簡』を読む」,『山田昭全著作集』第五巻 文覚・
　　　上覚・明恵』おうふう, 2014.

鷲尾教導,『恵信尼文書の研究』, 中外出版, 1923.

제4장

『일본영이기日本靈異記』에 나타나 있는 이계異界*

사자 소생담死者蘇生譚의 명계冥界 표상을 중심으로

한정미

1. 머리말

교카이景戒에 의하여 집필된 『일본국현보선악영이기日本国現報善悪霊異記』, 이하 '일본영이기'는 불교 사상에 의거한 지옥 설화 등을 포함하는 일본 최초의 설화집이다. 그 상권 서문에 '인과가 보응함을 나타내지 않으면 무엇으로써 악심을 고쳐 선도善道를 닦도록 하겠는가'(25쪽)[1] 라고 서술

---

* 이 글은 「『日本靈異記』に現れている異界－死者蘇生譚における冥界の表象を中心に」(『日本學研究』第48輯, 檀國大學校日本研究所, 2016.5)를 부분 수정 보완하여 작성한 것이다.

되어 있듯이 이 책은 선악의 인과나 죄복罪福을 나타내어 사람들을 선도로 이끌고자 했던 교카이의 편찬 목적이 나타나 있다. 그러한 의도 하에 『일본영이기』에 수록된 설화에는 악인惡因의 과果로서 뜨거운 동銅 기둥이나 쇠기둥을 안은 채 쇠못이 몸에 관통되어 철망으로 묶여 철 지팡이로 두들겨 맞고 뜨거운 가마에 익혀진다고 하는 처참한 이계, 즉 지옥의 고통이 그려져 있다.[2]

이계異界란 『일본국어대사전日本国語大辞典』에 의하면 '일상생활의 장소와 시간의 바깥쪽에 있는 세계, 또는 어떤 사회의 밖에 있는 세계'[3]이며 명계冥界란 '사후死後의 세계, 저 세상, 명토冥土'[4]로 나와 있다.

『일본영이기』의 명계 설화에 대한 선행연구는 너무 많아서 일일이 셀 수가 없으나,[5] 이계로서의 지옥의 양상에 주목한 연구는 야스다 유키코安田夕希子 「고대 일본문학에 나타난 타계관」,[6] 다이토 슌이치大東俊一

---

1 교카이景戒, 문명재 외역, 『일본국현보선악영이기日本國現報善悪靈記』 한국연구재단 학술명저번역총서 동양편 529, 세창출판사, 2013. 이하 원문 인용은 이에 의함.

2 河野貴美子, 「閻羅王闕と地獄-『日本靈異記』及び中国説話から」, 『国文学 解釈と鑑賞』第71巻5号, 至文堂, 2006, 38쪽.

3 小学館国語辞典編集部 編, 「異界」, 『日本国語大辞典』第1巻, 小学館第二版, 2000, 823쪽. 『일본민속대사전日本民俗大辞典』에는 "인간이 주위의 세계를 분류할 때에 자신(들)이 속하는(속한다고 인식하는) 세계의 바깥쪽 세계 (…중략…) 타계他界가 시·공간 양쪽의 인식임에 비하여 이계는 보다 공간적인 이미지로 파악된다"로 되어 있어서(內田忠賢, 「異界」, 福田アジオ他 編, 『日本民俗大辞典』上巻, 吉川弘文館, 1999, 68쪽) 시간을 둔 세계를 포함하는지 아닌지로 견해가 나뉘어져 있는 것을 알 수 있는데 그럼에도 불구하고 "바깥쪽에 있는 세계"라고 하는 이해와 인식에는 공통되어 있다고 할 수 있겠다. 또한 신익철은, 이계를 "기존의 세계관으로는 이해하기 어려운 기이한 세계"로 파악하고 있다 (신익철, 「조선 후기 연행록에 나타난 이계異界 풍경과 기괴奇怪 체험」, 『日本学研究』제47집, 단국대 일본연구소, 2016, 99쪽).

4 小学館国語辞典編集部 編, 「冥界」, (前揭注3) 第12巻, 小学館第二版, 2001, 1074쪽.

5 선구적인 논고로 入部正純 「『日本靈異記』の冥界説話-中国先行書との比較から」, 『大谷学報』56巻3号, 大谷学会, 1976, 33~45쪽이 있다.

6 安田夕希子, 「古代日本文学にあらわれた他界観-日本靈異記における「地獄」を中心に」, 『ア

「『일본영이기』에 있어서 타계관」[7]이 있는 정도로 지금까지 그다지 연구되지 않았다. 이 야스다・다이토의 논문도 『일본영이기』 이전과 『일본영이기』에 나타난 지옥관(타계관)의 수용과 양상에 초점이 맞춰진 것으로 『일본영이기』 안에서 명계가 어떻게 묘사되어 있는가, 또한 『일본영이기』에 있어서 명계의 표상이란 어떠한 것인가 하는 문제까지 들어간 것은 아니다. 그래서 본고에서는 『일본영이기』에 나타나 있는 이계를 사자 소생담[8]에 있어서 명계 표상을 중심으로 고찰해보고자 한다.

2. 「도남국度南の国」

『일본영이기』 상권 제30화 「도리에 어긋나게 다른 사람의 물건을 빼앗고 악행을 저질러 그 업보를 받아서 기이한 일이 일어난 이야기非理に他の物を奪ひ、悪行を為し、報を受けて奇しき事を示しし縁」에는 히로쿠니広国라는 남자가, 집에서 쫓겨난 부인의 원망이 원인이 되어 두 사람의 사자使者에게 이끌려 저승으로 불려가는 장면이 다음과 같이 이야기되고 있다.

ジア文化研究』 28(国際基督教大学学報Ⅲ-Ａ, 国際基督教大学), 2002, 21~36쪽.

7　大東俊一, 「『日本霊異記』における他界観」, 『日本人の他界観の構造』, 彩流社, 2009, 73~93쪽

8　『일본영이기』에서 사자소생담은 상권 제30화, 중권 제5화・제7화・제16화・제19화・제24화・제25화, 하권 제9화・제22화・제23화・제26화・제35화・제36화・제37화(전14화) 안에 묘사되어 있는데, 지면상의 제약도 있어서 본고에서는 상권 제30화, 중권 제7화, 하권 제22화・제23화・제35화・제37화의 명계방문담冥界訪問譚을 중심으로 고찰해보고자 한다.

가시와데노오미히로쿠니膳臣広国는 부젠 지방豊前国 미야코 군宮子郡의 쇼로少領였다. 후지와라 궁藤原宮에서 천하를 다스렸던 몬무文武 천황 시대, 게이운慶雲 2년(705) 가을 9월 15일에 히로쿠니가 갑자기 죽었다. 그 후 사흘이 지난 18일 신시申時에 다시 살아나서 다음과 같이 말하였다.

"두 사람의 사자가 찾아왔는데, 한 사람은 정수리의 머리를 들어 올리고 왔고, 또 한 사람은 어린애였다. 그들을 따라 함께 가면서 마구간 두 곳 정도를 지나니 길 중간에 커다란 강이 나왔다. 강에는 다리가 놓여 있었는데 황금으로 칠을 하여 꾸며져 있었고, 그 다리를 건너가 저편에 이르니 매우 신기한 나라가 있었다. '여기가 어느 나라인가?'하고 사자에게 물었더니 도남국度南國이라고 했다. 그 나라의 도읍에 도착하니 여덟 명의 관리가 와서 무기를 들고 나를 몰아세웠다. 앞에 황금 궁전이 있었고 궁전 문으로 들어가 보니 황금 의자에 왕이 앉아 있었다"

—134~135쪽

히로쿠니 등은 "마구간 두 곳 정도"를 걸어 황금 다리를 건너 "도남국"에 들어가자 금으로 된 궁전의 문에 이르는데, 그러자 "궁전 문으로 들어가 보니 황금 의자에 왕이 앉아 있었다"고 한다. 당시에 우마 마구간·목장의 관리 운영, 역장의 설치·운영 등을 정한 「구목령厩牧令」에 의하면, '역駅'이 30리마다(약 16~20km)에 설치되었다는 점[9]에서 명계까지의 거리가 30km가 됨을 알 수 있다. 불교 본래의 타계인 지옥이나

---

9 『영의해令義解』 권8 「구목령」에 "무릇 모든 길에 역을 설치한다. 모름지기 30리마다 1역을 설치해라(凡諸道須置駅者. 每卅里置一駅)"고 되어 있다(黒板勝美 編, 『令義解』, 新訂増補国史大系第22巻, 吉川弘文館, 2004, 274쪽).

극락이 이 세상에서 끝없이 먼 곳에 위치하고 있는 것[10]을 생각하면 히로쿠니가 향한 명계는 그것과는 비교가 되지 않을 정도 가까운 곳에 있음을 엿볼 수 있다.

또한 '길 중간에 커다란 강이 나왔다'라고 되어 있는 것에서 명계로 향하는 도중에 큰 강이 있고, 거기에 걸쳐져 있는 다리를 건너자 명계가 있는 것에서 이 세상과 명계와의 경계를 큰 강으로 여기고 있음을 알수 있다. 이는 차안(현세)과 피안(저 세상)을 나누는 경계에 강이 있다고하는 '삼도천三途川'과 중첩되는데 중국의 『명상기冥詳記』(479~501)에는,

진안거陳安居가 죽어서 저 세상에 갔는데 죽은 사람을 심판하는 부군府君이 진을 살려 돌려보내기로 했다. 그 때에 패가 건네어지고 돌아가는 길을 물이 막고 있어서 그 패를 물속에 넣자 바로 건널 수 있었다. 돌아가는 길에 커다란 강이 가로 막았기 때문에 패를 던지니 자택 앞 바로 근처에 돌아왔다.[11]

라고 되어 있어서 저 세상과 이 세상에 커다란 강이 경계를 이루고 있음을 엿볼 수 있다. 이 이외에도 왕범지王梵志(7세기 후반)의 시에는 '침륜삼악도沈淪三惡道 (…중략…) 선도내하수先渡奈河水'[12]라고 하는 구절이 있

---

10 불교에서 지옥의 장소는 지중地中 깊은 곳, 또한 극락은 사방십만억四方十万億의 불토仏土 끝이라고 하는 아득히 먼 저쪽에 존재하고 있다고 본다(大東俊一, 「『日本霊異記』における他界観」(大東俊一, 앞의 책, 77쪽).

11 『冥詳記』, 陳安居(安藤智信 訳・入矢義高 編, 『仏教文学集』, 中国古典文学大系 60卷), 平凡社, 1983, 343쪽.

12 項楚, 『王梵志詩校注』(北京大学中国中古史研究中心 編, 『敦煌吐蕃番文獻研究綸集』 第四錨, 北京大学出版社), 1987, 160쪽.

고 한산寒山의 시(8세기 후반)에는 '임사도내하臨死渡奈河'[13]라고 되어 있으
며, 『변문태자성도경変文太子成道経』에는 '지흔리환교도내하地锹裏還交渡
奈河'[14]라고 되어 있는 등, 『일본영이기』보다 오래된 중국 문헌에 저 세
상과 이 세상의 경계를 이루고 있는 내하奈河를 발견할 수 있다. 원래
『일본영이기』는 『명보기冥報記』나 『금강반야집험기金剛般若集験記』 등의
중국 문헌의 직접적 내지 간접적 영향이 지적된 바 있기 때문에[15] 이 세
상과 저 세상과의 경계인 대하大河도 이와 같은 중국의 관념에 기인하는
것이라고 봐도 좋을 것이다.

히로쿠니가 강을 건넌 곳에 있는 명계는 '신기한 나라言慈キ国'라고
되어 있는데, 이 '諐'란 『신찬자경新撰字鏡』에 '心楽也'라고 되어 있고 'オモ
シロシ'라는 주가 달려 있다.[16] 이 자의字義에 관해서 다다 가즈오미多田一
臣가 '원래 마쓰리의 장 등의 비일상적인 시공에서 상쾌한 기분을 나타내
는 말인 듯하다'[17]라는 견해를 밝히고 있다. 더욱이 '도남국'이란 각주에
"도度는 중생을 고해에서 건져 극락으로 인도한다는 불교 용어인 '제도済度'
에서 온 말로 '건네다'라는 뜻. 따라서 남쪽 나라로 구제하여 건넨다는 뜻
을 지닌 가공의 나라 이름인 듯함'(135쪽)이라고 되어 있어서 '남궁南宮을

---

13 項楚, 위의 책, 161쪽; 項楚, 『寒山詩集』 上海古籍出版社, 1992, 23쪽.

14 위의 책, 161쪽.

15 중국 문헌의 영향에 관해서는 小泉弘, 「日本霊異記と冥報記」, 『学芸』 1-1, 北海道大学, 1949,
82~87쪽; 後藤良雄, 「冥報記の唱導性と重異記」, 『国文学研究』 25, 早稲田大学国文学会,
1962, 84~90쪽; 露木悟箱, 「霊異記と其報記の蘇生説話」, 『文学綸藻』 31, 東洋大学国緬田国文
学会, 1965, 20~29쪽; 原田行造, 「霊異記説話の成立をめぐる諸問題」, 『教育学部紀要社会科
学教育科学人文科学編』 18, 金沢大学, 1969, 165~178쪽; 藤森賢一, 「重異記と冥報記」, 『高野
山大学論叢』 6, 高野山大学, 1971, 79~107쪽 등의 글을 들 수 있다.

16 京都大学文学部国語学国文学研究室 編, 『天治本新撰字鏡 増訂版』, 臨川書店, 1967, 163쪽.

17 多田一臣 校注, 『日本霊異記』 上, ちくま学芸文庫, 1997, 213쪽.

건너'는 뜻으로 해석되고 있으나, 도교에서는 사자死者의 혼이 불에 의해 단련되어 선仙이 되는 곳, 영원한 생명을 얻는다라고 하여 '남궁'이 설명되고 있어서[18] 그 정체에 대해서는 제설諸説이 분분하다. 그러나 '신기한 나라'로서의 '남도국'은 외견상 강에 걸쳐 있는 다리가 황금으로 포장되어 있거나 성읍에 도착하자 황금 궁전이 있거나 왕좌가 황금이거나 하여 이 세상과 다른 별세계인 것만은 분명하다.

3. 황금 궁전(누각)

또 다른 명계 방문담인 중권 제7화 「지혜 있는 자가 사람으로 변신하여 나타난 성인을 욕하고 시기하여 현세에 염라왕궁에 가서 지옥의 고통을 받은 이야기智者の変化の聖人を誹り妬みて、現に閻羅の闕に至り、地獄の苦を受けし縁」에는 본문 중에 '황금 누각金の楼閣'이라는 말이 사용되고 있어서 주의를 끈다.

그때 염라왕궁으로부터 두 명의 사자가 와서 지코 스님을 불렀다. 지코는 그들과 함께 서쪽을 향해 갔다. 가다 보니 길 앞에 황금 누각이 있었다. 지코가 물었다. "이것은 무슨 궁전인가?" "아시하라노쿠니葦原國에서 명성이

---

18 出雲路修 校注,『日本霊異記』新日本古典文学大系30, 1996, 岩波書店, 44쪽.

자자하신 지자智者께서 어찌 모르는가? 잘 알아 두게. 교기行基 보살이 다시
태어나 살게 될 궁전일세."라고 사자가 답하였다. 그 문의 좌우 양쪽에 두
명의 신인神人이 서 있었다. 몸에는 갑옷을 걸쳤고 머리에는 붉은 쓰개를 쓰
고 있었다. 사자가 그 앞에 무릎을 꿇고 아뢰었다. "데려왔습니다." 그러자
신인이 물었다. "이 자가 도요아시하라豊葦原의 미즈호노쿠니水穗國에서 살
던 이른바 지코 스님인가?" 지코가 대답하였다. "예, 그렇습니다." 그러자
바로 북쪽을 가리키며 말하였다. "이 길을 따라서 가라." 사자를 따라서 앞
으로 걸어가는데 불은 보이지 않고 햇빛도 아닌 것 같은데 아주 뜨거운 열
기가 몸에 닿더니 얼굴을 달구었다. 너무 뜨거워서 괴로운데도 악한 것에
홀렸는지 마음으로는 다가가고 싶어졌다. 그래서 물었다. "이건 무슨 열기
입니까?" "너를 태우기 위한 지옥의 열기다."

— 197~199쪽

위는 교기를 비방하여 지옥의 고통을 받는 지코 법사의 이야기이다.
지코는 쇼무聖武 천황이 교기를 대승정大僧正으로 임명한 것을 질투하
여 교기를 비방하고 스스로 은처隱棲해 버리는데 죽음에 이르러 제자
에게 사후 9일간은 시체를 태우지 않도록 유언한다. 그리고 지코는 염
라대왕의 사자에게 끌려 '서쪽을 향해 가'는데 거기에는 '황금 누각'이
있었다고 한다. 여기에서도 '황금 누각'이 있는 이계로서의 지옥의 모
습을 엿볼 수 있는데 명계에 이르는 거리까지는 기술되어 있지 않고 다
만 방위가 서쪽에 있다는 것을 알 수 있다.

'황금 누각'에 대해서는 사자가 '교기 보살이 다시 태어나 살게 될 궁
전일세'라고 말하는 것에서 교기 보살이 전생하는 장소임을 알 수 있으

나 그 문의 좌우에 신인神人 두 사람이 서서 북쪽을 가리켜 지코를 데려가도록 명령하고 있다. 그리고 사자를 따라 걸어가자 매우 뜨거운 열기가 몸에 닿더니 얼굴을 달구어 지코는 너무 뜨거워 괴로웠다. 그런데 악한 것에 홀렸는지 다가가자 사자에게 '너를 태우기 위한 지옥의 열기다'라는 말을 듣게 된다. 그 후에 지코는 현세에서의 죄를 보상했다고 하여 소생하게 되는데, 그렇다면 사후 9일간 시체를 태우지 않도록 유언하고 지옥에 떨어진다고 하는 것은, 현세에 육체가 남아 있다면 소생할 수 있다고 생각해서가 아닐까? 왜냐하면 중권 제5화·제16화에도 죽기 직전에 일정 기간 육체를 태우지 않을 것을 주변 사람과 약속하고 지옥에 떨어지는 패턴을 이루고 있어서 육체가 있으면 소생할 수 있다고 하는 사상[19]이 정착되어 있었음을 알 수 있는 까닭이다.

중권 제7화에는 계속해서 지옥에서의 고통의 양상이 다음과 같이 이야기되고 있다.

앞으로 나아갔더니 엄청나게 뜨거운 쇠기둥이 서 있었다. 그때 사자가 말하였다. "기둥을 껴안아라." 지코가 다가가서 기둥을 껴안았는데 몸뚱이는 모두 녹아 문드러지고 뼈만 남게 되었다. 사흘이 지난 뒤 사자가 낡은 빗자루를 가져와서는 그 기둥을 문지르며 말하였다. "살아나라, 살아나라." 그러자 이전처럼 몸이 살아났다. 그리고는 다시 북쪽을 가리키며 가라고 하였다. 이번에는 아까보다 배나 더 뜨거운 쇠기둥이 서 있었다. 대단히 뜨거

---

19 久村希望,「『日本霊異記』に於ける地獄観」,『広島大学大学院言語文化論叢』17, 広島大学大学院言語文化研究科, 2014, 98쪽.

운 기둥인데 악한 것이 끌어당기는지 더욱더 다가가서 껴안고 싶어졌다. "껴안아라." 이 말에 곧 다가가서 껴안자 온 몸이 문드러지며 녹아버렸다. 그렇게 사흘이 지나자 이전처럼 기둥을 어루만지며 "살아나라, 살아나라" 고 말하니 원래대로 몸이 살아났다. 그리고는 또다시 북쪽을 향해갔다. 대단히 뜨거운 불의 기운이 구름과 안개처럼 가득하고 허공을 날던 새들은 그 열기에 타서 떨어졌다. 법사가 물었다. "여기는 어딥니까?" "법사를 태우려는 아비지옥阿鼻地獄이니라."

아비지옥에 이르자 사자는 법사를 붙잡아서 태우기도 하고 끓이기도 하였다. 오로지 공양의 종소리가 전해올 때만 열기가 식어져서 쉴 수 있었다. 그렇게 사흘이 지나자 사자는 지옥 근처를 두드리며 "살아나라, 살아나라." 라 말하니 또 본래대로 다시 살아났다. 이윽고 돌아오게 되어 황금 궁궐 문에 이르자 사자는 아까처럼 말하였다. "데리고 돌아왔습니다." 궁궐 문에 있던 두 사람이 말하였다. "스님을 지옥으로 불러온 까닭은 아시하라노쿠니에서 교기 보살을 비방하였기 때문이다. 그 죄를 없애기 위해서 불러온 것일 뿐이다. 교기 보살은 아시하라노쿠니를 다 교화하고 이 궁궐에 다시 태어날 것이다. 이제 그때가 되었기 때문에 기다리고 있는 것이다. 황천의 불로 만든 것은 절대 먹어서는 안 된다. 자 어서 돌아가거라." 그리고는 사자와 함께 동쪽을 향하여 돌아왔다. 정신이 들고 보니 그동안 아흐레가 지났다. 스님은 되살아나서 제자들을 불렀다.

— 199~200쪽

지코는 황금 궁전에서 북쪽으로 향해 가게 되는데 거기에는 지옥에서의 고통의 모습이 자세히 묘사되어 있다. 타는 것과 같이 뜨거운 철이나 동기둥을 안아야 하거나 여러 지옥 중에서 가장 괴롭다고 하는 '아비지옥'에 끌려가거나 했지만 다시 남하하여 '황금 궁전' 문이 있는 곳까지 돌아왔다고 한다. 여기에서 보이는 '황금 궁전'을 『일본영이기』에 있어서 명계로 넓게 파악하여 지옥과 극락을 겸한 장소라고 하는 견해도 있으나,[20] 무량수정토無量寿浄土 즉 극락과 황금 궁전을 구별한 용례가 있다는 점에서 여기는 텍스트대로 '교기 보살이 다시 태어나 살게 될 궁전', 즉 교기 보살이 전생하는 장소로 봐야 할 것이다. 그렇게 되면 여기에서의 '지옥'이란, '황금 궁전'과 수평적으로 동등한 세계로 '황천의 불로 만든 것은 절대 먹어서는 안 된다. 자 어서 돌아가거라'에서 알 수 있듯이 황천과 중첩되는 세계이다. 또한 '황천의 불로 만든 것'이란, 황천국의 불로 조리된 음식이라는 뜻으로 황천국은 부정한 나라이기 때문에 그곳의 불로 조리된 음식을 먹으면 황천국의 사람이 되어 버려 이승에 살아 돌아올 수 없다는 것이다.[21] 즉 중권 제7화에 있어서 지옥이란, '아비지옥'과 같은 고통을 받아야만 하는 세계이면서 교기 보살이 전생하는 장소인 '황금 궁궐'과 수평적으로 동등한 세계, 황천과 중첩되는 세계인 것이다.

하권 제22화 「무거운 저울을 이용하여 다른 이에게 빌려 준 물건을 부당하게 빼앗았으나 법화경을 서사하였기 때문에 현세에서 좋고 나쁜 두 가지 응보를 얻은 이야기重き斤もて人の物を取り、又法花經を写して、以て現

---

20 丸山顕徳, 「日本霊異記における冥界説話」, 日本霊異記研究会 編, 『日本霊異記の世界』, 三弥井書店, 1982, 108～110쪽.

21 이 내용은 『고지키古事記』, 『니혼쇼키日本書紀』에 묘사된 황천국과 매우 비슷한데, 이와 같은 유사성에서 『일본영이기』의 지옥을 『고지키』, 『니혼쇼키』의 황천국과 관련시켜서 논한 것으로 守屋俊彦, 「金の宮－霊異記における他界」(『甲南国文』19, 甲南女子短期大学国語国文学会, 1972, 1～11쪽)가 있다.

に善悪の報を得し縁」에도 '황금 궁궐'이 있는 세계로서의 지옥의 모습이 다음과 같이 묘사되어 있다.

오사다노토네리 에비스他田舍人蝦夷는 시나노 지방信濃國 지사가타노 군小縣郡 아토메 마을跡目里 사람이다. 재산이 풍부하여 사람들에게 돈과 벼를 빌려주고 이자를 받았다. 한편 에비스는 『법화경法華經』을 두 번 서사하여 바치고 그때마다 법회를 열어 강독講讀을 마쳤다. 나중에 다시 생각하여 보니 아무래도 만족스런 생각이 들지 않아 다시 한 번 정중하게 『법화경』을 서사하였으나 아직 공양을 하지는 않았다.

호키寶龜 4년(773) 여름 4월 하순에 에비스가 갑자기 죽자 아내와 자식은 의논하며 말하였다. "병년丙年에 태어난 사람이니 화장을 하지 맙시다." 그리고는 묻을 장소를 택하여 무덤을 만들고 일단 가매장해 두었는데 죽은 지 칠 일이 지나 다시 살아나더니 저승에서 있었던 일을 들려주었다.

"저승사자 네 명이 나를 데리고 가겠다고 말하였다네. 처음에는 넓은 들판이 나왔고 다음에는 급한 비탈길이 나왔다네. 언덕 위에 올라 보니 커다란 건물이 있었다네. 그곳에 서서 저 멀리 앞쪽 길을 보자 많은 사람들이 있었는데 저마다 빗자루를 들고 길을 쓸면서 말하였다네. '『법화경』을 옮겨 쓰고 바치신 분이 이 길로 지나가시기 때문에 우리들이 쓸어 깨끗하게 하는 것입니다.' 곧이어 그곳으로 가자 사람들이 기다리고 있다가 절을 하였다네. 앞에는 깊은 강이 있었는데 폭은 1정町 정도 되었고 그 강 위에 다리가 놓여 있었다네. 그곳에도 많은 사람들이 있었는데 그 다리를 수리하면서 말하였다네. '『법화경』을 옮겨 쓰고 바치신 분이 이 다리를 건너시기 때문에 우리들이 수리하는 것입니다.' 그곳에 도착하니 사람들이 저마다 기다

리고 있다가 절하였다네. 다리를 건너 건너편에 도착하자 황금의 궁전이

있었고 그 궁전 안에 염라대왕님께서 계셨다네."

―446~447쪽

위는 시나노 지방 지사가타노 군에 사는 오사다노토네리 에비스가 재산이 풍부하여 돈이나 벼를 빌려주어 많은 이익을 취하였으나 호키 4년(773) 여름 4월 하순에 급사하여 7일이 지나 살아났다고 하는 내용이다. 에비스는 4명의 사자에게 끌려 명계를 향하게 되는데 도중에 넓은 들판과 급한 비탈길이 있었다고 한다. 언덕 위에서 바라보니 커다란 누각이 보이거나 전방前方의 길에서는 많은 사람들이 길을 쓸거나 하는 모습이 보였다고 되어 있는데, 명계와의 경계에 급한 비탈길이 있고 더욱이 폭이 1정町 정도 깊은 강에 걸친 다리를 건너자 '황금 궁궐'이 있었다고 되어 있어서 여기에서는 강도 명계와의 경계인 것을 알 수 있다. 전술한 상권 제30화 안에도 강이 명계와의 경계를 이루고 있었으나, 여기에서는 비탈길과 강이 명계와의 경계가 되고 있다. 또한 다리를 건너 언덕에 도착하자 '황금 궁전'이 있고 그 궁전 안에는 '염라대왕'이 있었다고 되어 있다. 중권 제7화에서 '황금 궁전'은 교기 보살이 전생하는 장소였으나 여기에서는 '염라대왕'의 거처가 되고 있어서 사자의 세계, 즉 지옥과 수평적으로 동등한 위치에 있음을 엿볼 수 있다.

하권 제23화 「절의 물건을 마음대로 사용하였으나 내반야경을 서사하려 서원을 세웠기 때문에 현세에서 좋고 나쁜 두 가지 응보를 함께 받은 이야기寺の物を用ゐ、復大般若を寫さむとして、願を建て、以て現に善悪の報を得し緣」에도 비탈길이 명계와의 경계가 되고 있다.

오토모노무라지 오시카쓰大伴連忍勝는 시나노 지방信濃國 지이사가타 군小縣郡 온나마을孃里 사람이다. 오토모노무라지 씨족들은 합심하여 그 마을 안에 당을 만들고 이것을 일족이 기도를 올리는 씨사氏寺로 삼았다. 이때 오시카쓰는 『대반야경大般若經』을 서사하려 서원誓願을 세워 물건들을 모았다. 그리고는 머리를 깎고 가사를 입었으며 계율을 받고 불도를 수행하며 그 당에 항상 살았다.

호키寶龜 5년(774) 봄 3월에 오시카쓰는 갑자기 다른 사람에게 모함을 당하여 당의 시주施主들에게 맞아 상처를 입고 죽었다. 시주들은 오시카쓰와 같은 씨족이다. 일가 사람들은 회의하며 이야기하였다. "오시카쓰를 죽인 자를 살인죄로 하여 재판하자. 그렇기 때문에 곧바로 화장을 해서는 안 된다." 그리고는 매장할 장소를 정하여 무덤을 만들고 일단 가매장해두었다. 그런데 오시카쓰가 죽은 지 닷새가 지나자 다시 되살아나 친족들에게 이야기하였다. "저승사자가 다섯 명이 있었는데 나를 데리고 서둘러 갔다네. 가는 길 옆에 매우 험한 비탈길이 있었다네. 언덕 위에 올라가서 어찌할지 주저하면서 둘러보고 있자니 세 개의 커다란 길이 있었다네. 한 길은 평탄하고 넓었으며 다른 한 길은 풀이 거칠게 자라 있었고 한 길은 덤불이 자라 있어 막고 있었다네. 이 갈림길의 한가운데에 대왕님께서 계셨다네. 저승사자들이 '데리고 왔습니다'라며 아뢰자 대왕님은 평평한 길을 가리키시며 말씀하셨다네. '이쪽 길로 데리고 가거라.' 대왕님의 사자들은 나를 감시하면서 갔는데 길이 끝난 곳에 다다르자 커다란 솥이 있었다네. 가마에서는 김이 불꽃처럼 피어올랐고 물이 끓는 모습을 보니 파도와도 같았으며 물이 끓는 소리는 천둥소리와도 같았다네."

— 452~453쪽

위는 시나노 지방 지이사가타 군의 오토모노무라지 오시카쓰가 씨사에 대반야경을 서사하려는 뜻을 두고 불도수행에 힘쓰고 있었는데 어느 날 생각지도 않은 사람들에게 중상中傷을 당해 당堂 신도에게 맞아 죽은 이야기이다. 오시카쓰의 시체는 화장을 하지 않고 매장 장소를 정하여 무덤을 만들어 시체를 모셔두었는데 5일이 지나 다시 살아났다고 한다. 그리고 일가 사람들에게 말하기를 자신은 5명의 사자에게 끌려갔는데, 가는 길 주변에 매우 험한 비탈길이 있었고 언덕 위에 올라가 멈춰 서서 둘러보니, 3개의 커다란 길이 있었다고 한다. 여기에서도 명계까지의 거리나 방위에 대해서는 자세히 기술되어 있지 않으나, '나를 데리고 서둘러 갔다네'라는 묘사에서 걸을 거리에 있는 것을 알 수 있어서 명계가 일상세계에서 비교적 가까운 곳에 있음을 살펴볼 수 있다. 주의할 것은 '매우 험한 비탈길이 있었다네'라고 되어 있어서 지상과 명계와의 경계에 굉장히 험한 비탈길이 경계를 이루고 있다는 점에서 하권 제22화와 같은 구조라고 하는 것이다. 더욱이 그 언덕 위에 올라가 멈춰 서서 둘러보니 3개의 커다란 길이 있고 갈림길 중앙에 명계의 왕이 있었다고 한다. 즉 여기에서 명계는 언덕을 넘어 건너편에 위치하고 있고 또한 염라대왕이 지배하는 세계임을 알 수 있다. 또한 왕의 사자는 오시카쓰의 주변을 감시하면서 데리고 갔는데, 길이 끝난 곳에 다다르자 커다란 가마가 있어서 김이 불꽃처럼 피어올랐고 물이 끓는 모습을 보니 파도와도 같았으며 물이 끓는 소리는 천둥소리와도 같았다고 한다.

그 후 오시카쓰는 왕의 명령에 의해 연행되어 김이 펄펄 끓어오르는 커다란 가마솥에 던져지는데 생전의 선행이 인정되어 귀환이 허가된다. 하권 22화는 대반야경을 서사하였기 때문에 염라왕궁으로부터 소생되는 이야기였는데, 하권 23화는 대반야경을 서사하려고 발원했기 때문에 가마가 깨져 구원을 받아 살아 돌아가는 내용임을 알 수 있다. 특히 두 이야기 모두 "자네는 어떤 선한 일을 하였는가?"(448쪽)라고 물어 법화경과 대반야경을 서사하려고 한 것을 대답하고 있어서 결국 경전 서사를 선행으로 간주하고 있음을 엿볼 수 있으며 명계에 가서도 생전의 선행에 의해 되살아나는 구조를 이루고 있음을 말할 수 있겠다.

4. 황천黃泉

『일본영이기』에서 '황천'이라는 표현을 볼 수 있는 것은 상권 제30화, 하권 제35화, 하권 제37화이다.

우선 상권 제30화는 명부冥府의 왕 앞에 끌려간 히로쿠니가 이미 죽었던 아내의 호소를 바탕으로 과거의 죄상이 조사되어지는 장면에서 '황천'이 등장한다.

왕이 나에게 말씀하시기를, '지금 너를 데려온 것은 너의 아내가 호소했기 때문이다.'라고 하면서 즉시 한 여자를 불러왔다. 보니 예전에 죽은 아내였다. 쇠못을 머리 꼭대기부터 때려 박아서 엉덩이까지 관통하였고 이마로부터 때려 박은 것은 뒤통수까지 관통하였으며, 쇠로 된 밧줄로 사지가 묶여 있는 것을 여덟 명이 짊어지고 데려왔다. 왕이 '너는 이 여자를 아는가?' 하고 물으셔서 나는 '분명히 제 아내입니다.'라고 대답했다. 왕이 또 '네가 지은 죄를 아느냐?'라고 물으셔서 '모릅니다.'라고 대답했다. 그러자 왕이 아내를 향해 물으시니, 아내가 답하여 말하기를 '저는 분명히 알고 있습니다. 저 사람은 나를 구박하여 집에서 내쫓았기 때문에 나는 원망스럽고 분하고 밉고 화가 난 것입니다.'라고 했다. 그러자 왕은 나에게, '너는 죄가 없으니 집에 돌아가도 좋다. 그렇지만 결코 저승의 일을 함부로 말해서는 안 된다.'

— 135쪽

히로쿠니는 죽은 아내가 고통스러워 하고 있는 것을 보게 되는데, 머리에 쇠못이 박혀져 있거나 쇠로 된 밧줄로 사지가 묶여 있거나 하는 아내의 모습에서 생전의 악행에 대한 왕에 의한 심판이 행해지고 있음을 알 수 있다. 왕은 주지하는 바와 같이 명계의 왕인 염라대왕이며 그 염라대왕으로부터 '너는 죄가 없으니 집에 돌아가도 좋다'라는 말을 듣고 귀환을 허락받게 되는데, '그렇지만 결코 저승의 일을 함부로 말해서는 안 된다'라며 황천의 일을 함부로 말하지 말 것을 명령 받는다. 여기에서 '황천'은 사자가 향하는 명계로 염라대왕이 지배하는 나라를 말한다. '황천'이란『고지키古事記』,『니혼쇼키日本書紀』에 등장하는 명계의 이름이기는 하나,『일본영이기』에 있어서 '황천'이『고지키』,『니혼쇼키』 신화에서 볼 수 있는 '황천'과 직접적으로, 문헌학적으로 관련되어 있는 것은 아니다. 왜냐하면,『고지키』,『니혼쇼키』 신화에 등장하는 명계 '황천'은『일본영이기』와 같이 사자의 세계에 왕이 있어서 심판이 내려

져 사자가 고통을 받는 것과 같은 사후심판과는 무관한 세계이기 때문
이다. 즉, 『일본영이기』 상권 30화에 있어서 '황천'은 전생의 죄로부터 고
통을 받는 장소로서 그려져 있다는 점에서 단순한 사자가 향하는 장소로
서 그려져 있는 『고지키』, 『니혼쇼키』 신화의 '황천'과는 다른 것이다.

귀환을 허락받은 히로쿠니는 왕에게 아버지를 만나고 싶으면 남쪽
으로 가라는 말을 듣고 왕의 말대로 따라 가보게 된다.

> '만일 아버지를 만나고 싶다면 남쪽으로 가거라.'라고 말했다. 가서 보니
> 정말로 아버지가 계셨는데, 매우 뜨겁게 달구어진 동銅으로 된 기둥을 끌어
> 안고 서 있었다. 그 몸에는 서른 일곱 개의 쇠못이 박혀 있었고 쇠붙이로 맞고
> 있었다. 아침에 삼백 번 낮에 삼백 번 저녁에 삼백 번 합해서 구백 번을 날마
> 다 맞고 있었다. (…중략…) 그 밖에 선행과 악행을 하고 받는 업보 등을 보고
> 무서워하며 돌아오는데, 이전의 큰 다리에 이르자 문을 지키는 자가 있어 앞
> 을 가로막고 말하기를 '이 안으로 들어온 자는 두 번 다시 나갈 수 없다.'고 하
> 였다. 한참 동안 내가 근처를 배회하자 어린 아이가 나왔는데 문지기가 그 아
> 이를 보더니 무릎을 꿇고 인사를 하였다. 어린 아이는 나를 불러 한쪽 문으로
> 데려가더니 그 문을 밀어서 열어주었다. 나가려고 할 때 그 아이가 어서 가라
> 고 했다. 내가 그 아이에게 '당신은 누구냐?'고 물었더니, '내가 누군지 알고
> 싶은가? 당신이 어렸을 때 서사하여 바친 『관세음경觀世音經』이 바로 나다.'
> 라고 대답하고 돌아갔다. 그리고 정신을 차려보니 되살아난 것이다.
>
> ― 135~138쪽

그러자 뜨거운 동 기둥을 끌어안고 쇠못이 37개나 박힌 몸을 쇠 채

찍으로 매일 900번 맞고 있는 아버지를 만난다. 아버지는 생전의 악행을 히로쿠니에게 고백하고 자신의 죄고罪苦를 속죄해달라고 말한다. 인용문에는 '지옥'이라는 말은 사용되고 있지 않지만 사자가 받는 쇠못이나 쇠 채찍에 의한 고통을 생각하면 지옥으로 해석될 수 있으며 만일 이것을 지옥으로 해석한다면 지옥은 황천과 중첩되어 파악되고 있다고 할 수 있겠다.

하권 제35화 「벼슬을 이용해서 도리에 맞지 않는 정치를 하여 비참한 응보를 받은 이야기官の勢を假りて、非理に政を為し、惡報を得し緣」에도 '황천'이 등장하는데 여기에는 '가마'가 있는 지옥의 모습으로 그려져 있다.

고닌光仁 천황 시대의 일이다. 쓰쿠시筑紫의 히젠 지방肥前國 마쓰라 군松浦郡에 히노키미火君 씨가 살고 있었다. 그가 어느날 갑자기 죽어 염마국琰魔國으로 갔다. 그때 대왕이 조사해 보니 히노키미는 죽어야 할 날짜가 맞지 않았기 때문에 다시 이승으로 돌려보냈다. 히노키미가 돌아오는 길에 보자 큰 바다 속에 가마와 같은 지옥이 있었고 그 안을 보니 검은 나무말뚝 같은 것이 있었는데 그것이 뜨거운 물속에서 가라앉았다 떠올랐다 하였다. 그때 그것이 히노키미에게 말하였다. "기다리시오. 하고 싶은 말이 있소." 그리고는 다시 끓는 물속으로 가라앉았다가 떠오르며 말하였다. "기다리시오. 하고 싶은 말이 있소." 이러기를 세 번, 네 번 계속하면서 하소연하였다. "저는 도토미 지방遠江國 하이바라 군榛原郡에 사는 모노노베노 후루마로物部古丸라는 사람입니다. 저는 생전에 조세로 거두어들인 쌀을 운송하는 일을 하던 사람이었습니다. 오랫동안 일을 하면서 백성들의 것을 도리에 어긋나게 강제로 거두어들였지요. 그 죄에 대한 업보 때문에 지금 이와 같은 고통을 받고 있습니다. 바라옵기는 저를 위하여 『법화경法華経』을 서사해 주신다면, 저의 죄를 용서받을 수 있을 것입니다." 히노키미는 저승에서 살아 돌아와 자신이 보고 들은 일을 자세하게 적어 다자이후大宰府의 관청으로 보내자 다자이후에서는 이 일을 조정에 보고하였다.

—512~513쪽

위는 히젠 지방 마쓰라 군의 히노키미 씨가 갑자기 죽어 염라대왕의 나라에 간 이야기로, 염라대왕이 조사해보니 히노키미는 죽을 시기가 맞지 않아서 한 번 죽었지만 무리하게 이승으로 돌려보내어진다. 그런데 히노키미가 돌아오는 길에 보자, 큰 바다 안에 가마와 같은 지옥이 있었다고 되어 있고 가마 안에는 검은 나무말뚝 같은 것이 뜨거운 물속에서 가라앉았다 떠올랐다 하였다고 한다. 여기에서 '황천'은 '염마국', '가마와 같은 지옥'이 있는 장소로 묘사되어 있음을 알 수 있는데, 히노키미는 '기다리시오. 하고 싶은 말이 있소'라고 4번이나 같은 말을 들으며 네 번째는 '자신은 도토미 지방 하이바라 군에 사는 모노노베노 후루마로라고 하는데 생전에 조세인 쌀을 도성으로 운반하는 책임자로 있었으나 사람들의 재물을 도리에 어긋난 방법으로 징수하여 그 죄에 대한 업보로 지금 이 고통을 받고 있다'라는 말을 듣는다. 그리고 '바라옵기는 저를 위하여 『법화경』을 서사해 주신다면 저의 죄를 용서받을 수 있을 것입니다'라는 말을 듣게 되는데, 여기에서 '황천'은 영원히 나갈 수 없는 장소가 아니라 속죄의 장소로, 법화경을 서사함으로써 죄를 면제받을 수 있는 장소로 묘사되고 있음을 엿볼 수 있다. 히노키미는 이것을 듣고 명토에서 돌아와 이를 신고서에 써서 다자이후로 보냈는데, '인간 세상의 백 년을 지옥에서는 하루 밤낮으로 하고 있기 때문입니다. 따라서 아직 용서를 받을 수 없습니다'(514쪽)라며 인간 세상에서와 지옥 세계의 시간의 차이를 말하고 있어서 '염마국', '지옥', '황천'이 동일한 장소로 파악되고 있음을 알 수 있다.

하권 제37화 「인과의 도리를 깨닫지 못하고 악한 일을 하여 죄의 응보를 받은 이야기因果を顧みずして惡を作し、罪報を受けし緣」에도 '황천'이 다음과 같이 묘사되어 있다.

종4품 사에키노스쿠네 이타치佐伯宿禰伊太知는 천황이 나라奈良의 궁궐에서 천하를 통치하시던 나라 시대의 인물이다. 어느 날 나라의 어떤 사람이 지쿠젠筑前 지방으로 내려왔다가 병에 걸려 갑자기 죽었다. 염라대왕이 살고 계신 궁궐에 도착하자 눈에는 보이지 않지만 귀 기울여 들어보니 대지에 울려 퍼질 정도로 매를 맞고 있는 사람의 소리가 들려왔다. "아프다! 아프다!"라며 매를 맞을 때마다 외치고 있었다. 그때 염라대왕이 서기관들에게 물어보았다. "도대체 이 사람은 살아생전에 어떠한 좋은 공덕을 베풀었는가?" 그러자 서기관들이 대답하였다. "『법화경法華経』을 한 부 서사하여 바친 것뿐입니다." "그렇다면 이 사람의 죄의 수와 서사한 『법화경法華経』의 권수를 비교해 보거라." 그러나 『법화경法華経』의 권수와 죄를 비교해 보아도 죄의 수가 몇 배가 아니라 헤아릴 수 없을 정도로 많았다. 또 『법화경法華経』의 글자수 총 69,384자와 비교해 보아도 여전히 죄의 수가 몇 배나 많아 이 사람을 구할 수 있는 방법이 없었다. 이 이야기를 듣고 염라대왕은 놀란 나머지 손뼉을 치며 말하였다. "세상의 많은 중생들이 죄를 지어 고통을 받는 것을 보았으나 아직까지 이 사람만큼 많은 죄를 지은 이를 본 적이 없도다." 그때 지옥에 도착한 나라 지방의 사람이 옆에 있던 사람에게 살짝 물어보았다. "이렇게 매를 맞고 있는 사람은 누구입니까?" 옆에 있던 이가 대답하였다. "사에키노스쿠네 이타치라네." 나라 지방의 사람은 이 말을 잘 새겨들었다. 그런데 문득 저승에서 돌아왔는가 하고 보니 다시 살아나 있었다. 그후 저승에서 있었던 일을 적어 다자이후太宰府에 제출하였으나 다자이후에서는 그 이야기를 믿지 않았다.

— 523~524쪽

위는 종4품 사이에키노스쿠네 이타치가 나라의 궁궐에서 천하를 통치하던 천황의 시대의 사람이었는데, 어느 날 도성의 사람이 지쿠젠 지방에 내려와 거기에서 병에 걸려 급사하여 염라대왕의 궁전에 간 이야기이다. 여기에서도 '황천'은 '염라대왕이 살고 계신 궁궐'이 있는 장소로 '대지에 울려 퍼질 정도로 매를 맞고 있는 사람의 소리가 들려왔다', "'아프다! 아프다!'라며 매를 맞을 때마다 외치고 있었다'에서 알 수 있듯이 대지에 울려 퍼질 정도로 매를 맞고 있는 사람의 절규 소리가 들리는, 전생으로부터 죄의 고통을 받는 장소로 묘사되고 있음을 알 수 있다. 특히 염라대왕이 서기관에게 이타치의 죄의 수와 그가 서사한 법화경 수를 비교하도록 명하는데 그에 대하여 '『법화경』의 글자수 총 69, 384자와 비교해 보아도 여전히 죄의 수가 몇 배나 많아'라고 되어 있어서 이타치가 상당히 많이 나쁜 일을 저질렀음을 알 수 있다.

지금까지 살펴본 바와 같이 상권 30화, 하권 35화, 하권 36화에서 '황천'의 모습은 '염마', '염라대왕'과 같은 왕이 있으며 전생의 죄의 고통을 받는 장소로 묘사되고 있다고 할 수 있겠다.

5. 맺음말

이상으로 『일본영이기』에 나타나 있는 이계를 사자 소생담의 명계 표상을 중심으로 살펴보았다.

『일본영이기』상권 제30화에는 명계가 '신기한 나라'로서 '도남국'으로 표상되어 있으며 거기까지는 '마구간 두 곳 정도'를 지나 황금 다리를 건너는 곳이었다. '마구간 두 곳 정도'라고 되어 있는 것에서 명계는 지상에서 비교적 가까운 곳에 있고, 또한 '길 중간에 커다란 강이 나왔다'라고 되어 있는 것에서 명계로 향하는 도중에 커다란 강이 있고 거기에 걸친 다리를 건넌 곳에 명계가 있는 것을 엿볼 수 있어서 이승과 명계와의 경계를 커다란 강으로 간주하고 있음을 알 수 있었다.

중권 제7화에는 본문 중에 '황금 누각'이라는 말이 사용되고 있는데 '황금 누각'에 대해서는 사자使者가 '교기 보살이 다시 태어나 살게 될 궁전일세'라고 말하는 것에서 교기 보살이 전생轉生하는 장소이며 전생의 죄로부터 고통을 받는 장소로 묘사되어 있었다. 특히 지코가 사후 9일 간은 시체를 태우지 않도록 유언하고 지옥에 떨어진다고 되어 있어서 육체가 있으면 소생할 수 있다고 하는 사상이 정착되어 있음을 알 수 있다. 그리고 거기는 '아비지옥'과 같은 고통을 받아야만 하는 세계이면서도 교기 보살이 전생하는 장소인 '황금 궁전'과 수평적으로 동등한 세계, 황천과 중첩되는 세계로 그려져 있었다.

하권 제22화에도 '황금 궁전'이 있는 이계로서의 지옥의 모습이 묘사되어 있는데, 명계와의 경계에 험한 비탈길이 있고 더욱이 폭 1정 정도 깊은 강에 걸친 다리를 건넌 곳에 '황금 궁전'이 있었다고 되어 있어서 비탈길과 더불어 강도 명계와의 경계가 되고 있었다. 또한 다리를 건너 건너편 강기슭에 도착하자 '황금 궁전'이 있고 그 궁전 안에는 '염라대왕'이 있어서 여기에서는 '염라대왕'의 거처로서 사자의 세계, 즉 지옥과 수평적으로 동등하게 그려져 있는 것을 알 수 있었다.

하권 제23화에도 명계와의 경계가 비탈길이 되어 있으나 그 언덕 위에 올라 멈춰 서서 둘러보니, 3개의 커다란 길이 있었고 갈림 길의 중앙에 명계의 왕이 있는 곳이었다. 즉 여기에서 명계는 언덕을 넘어 건너편에 위치하고 있으며 염라대왕이 지배하고 있는 세계임을 알 수 있다. 그리고 그 세계란 법화경이나 대반야경 서사와 같은 생전의 선행에 의해 되살아나는 곳이기도 했다.

마지막으로 상권 제30화, 하권 제35화, 하권 제37화에는 '황천'으로서의 명계가 묘사되어 있는데, 상권 제30화에서 이야기되고 있는 '황천'은 『고지키』, 『니혼쇼키』 신화에 등장하는 명계 '황천'과는 달리 사자의 세계에 왕이 있고 심판이 내려져 사자가 고통을 받는 것과 같은 사후 심판이 행해지는 세계였다. 전생의 죄에서 고통을 받는 장소로 그려져 있다는 점에서 단순한 사자가 향하는 장소로 묘사되고 있는 『고지키』, 『니혼쇼키』 신화의 '황천'과는 다름을 알 수 있었다.

하권 제35화에도 '황천'이 등장하는데 거기에는 '가마'가 있는 지옥의 모습으로 그려져 있으며 '황천'은 영원히 나갈 수 없는 장소가 아니라 속죄의 장소로, 법화경을 서사함으로써 죄를 면제받을 수 있는 장소로, '염마국', '지옥', '황천'이 동일한 장소로 파악되고 있음을 알 수 있었다.

하권 제37화에도 명계로서 '황천'이 묘사되어 있으나 여기에서도 '황천'은 '염라대왕이 살고 계신 궁궐'이 있는 장소로 대지에 울려 퍼질 정도 매를 맞고 있는 사람의 절규 소리가 들리는, 전생으로부터 죄의 고통을 받는 장소로 묘사되고 있음을 알 수 있었다.

참고문헌

1. 자료

교카이(景戒), 문명재 외역,『일본국현보선악영이기(日本国現報善悪霊異記)』한국연구재단 학술명저 번역총서 동양편 529, 세창출판사, 2013.

出雲路修 校注,『日本霊異記』, 新日本古典文学大系30, 岩波書店, 1996.

黒板勝美 編,『令義解』新訂増補国史大系第22巻, 吉川弘文館, 2004.

多田一臣 校注,『日本霊異記』上、ちくま学芸文庫, 1997.

中田祝夫校注・訳,『日本霊異記』新編日本古典文学全集10, 小学館, 1995.

2. 논문 및 단행본

内田忠賢,「異界」, 福田アジオ他 編,『日本民俗大辞典』上巻, 吉川弘文館, 1999.

項楚,『王梵志詩校注』, 北京大学中国中古史研究中心 編,『敦煌吐魯番文献研究論集』第四輯, 北京大学出版社, 1987.

安藤智信訳・入矢義高 編,『仏教文学集』中国古典文学大系60巻, 平凡社, 1983.

京都大学文学部国語学国文学研究室 編,『天治本新撰字鏡 増訂版』, 臨川書店, 1967.

小学館国語辞典編集部 編,「異界」・「冥界」,『日本国語大辞典』第1巻・第12巻, 小学館第二版, 2000.

李市埈,「『日本霊異記』の冥界観―先代中国説話集の影響を中心に」,『日語日文学研究』第47巻2号, 韓国日語日文学会, 2003.

大東俊一,「『日本霊異記』における他界観」,『日本人の他界観の構造』, 彩流社, 2009.

小泉弘,「日本霊異記と冥報記」,『学芸』1-1, 北海道大学, 1949.

河野貴美子,「閻羅王闕と地獄―『日本霊異記』及び中国説話から」,『国文学 解釈と鑑賞』第71巻5号, 至文堂, 2006.

後藤良雄,「冥報記の唱導性と霊異記」,『国文学研究』25, 早稲田大学国文学会, 1962.

신익철,「조선 후기 연행록에 나타난 이계(異界) 풍경과 기괴(奇怪) 체험」,『日本学研究』제47집, 단국대 일본연구소, 2016.

露木悟義, 「霊異記と冥報記の蘇生説話」, 『文学論藻』 31, 東洋大学国語国文学会, 1965.

入部正純, 「『日本霊異記』の冥界説話ー中国先行書との比較から」, 『大谷学報』 56巻3号, 大谷学会, 1976.

原田行造, 「霊異記説話の成立をめぐる諸問題」, 『教育学部紀要社会科学教育科学人文科学編』 18, 金沢大学, 1969.

久村希望, 「『日本霊異記』に於ける地獄観」, 『広島大学大学院言語文化論叢』 17, 広島大学大学院言語文化研究科, 2014.

藤森賢一, 「霊異記と冥報記」, 『高野山大学論叢』 6, 高野山大学, 1971.

丸山顕徳, 「日本霊異記における冥界説話」, 日本霊異記研究 編, 『日本霊異記の世界』, 三弥井書店, 1982.

守屋俊彦, 「金の宮ー霊異記における他界」, 『甲南国文』 19, 甲南女子短期大学国語国文学会, 1972.

安田夕希子, 「古代日本文学にあらわれた他界観ー日本霊異記における「地獄」を中心に」, 『アジア文化研究』 28(国際基督教大学学報Ⅲ－A, 国際基督教大学), 2002.

3부

제1장

조선시대의 역병 인식과 신이적 상상세계

강상순

1. 머리말

　전통사회를 살아갔던 사람들에게 가장 두렵고 회피하고 싶은 경험
은 무엇이었을까? 가뭄이나 홍수 등으로 인해 주기적으로 찾아오는 기
근, 가끔 발생할 때마다 대규모의 무차별적 인명피해를 동반하는 전쟁
이나 전염병, 상시적으로 민중의 삶을 따라다니는 수탈과 가난, 누구
도 피해갈 수 없는 질병과 죽음. 아마도 동서양을 막론하고 전통사회
를 살아갔던 대부분의 사람들의 삶은 이러한 위험들에 노출되어 있었
을 것이다. 기술의 발전에 따른 생산력의 증대나 국내외 정치적 안정
등이 이루어졌을 때에는 인구의 증가나 문화적 여가의 확대 등이 나타
났지만, 그럼에도 전통사회에서 대다수 민중의 삶이란 여전히 맬더스

의 법칙 아래 강고히 속박되어 있었고 생존의 문턱을 오락가락하는 가혹한 것이었으리라 여겨진다.

　개인의 생존을 위협하고 나아가 한 사회의 해체나 재구성을 촉발하는 이러한 여러 위험 요소들 가운데서도 특히 옛사람들이 두려워했던 것은 역병, 즉 전염병이 아니었을까 싶다. 역병epidemic disease이란 어떤 인구집단에서 예견되는 빈도 이상으로 일어나는 질병[1]을 말하는 것으로, 전염을 통해 집단적으로 발병하기에 '돌림병'이라고도 불렸고 환자를 모질게도 고통스럽게 하기에 '모진 병'이라고도 불렸다.[2] 근대에도 스페인독감, 싸스, 신종플루, 에볼라 출혈열, 메르스 등 치명적인 역병이 세계적으로 유행하여 많은 사람들에게 불안과 공포를 유발한 적이 있지만, 그것은 근대 이전 전통사회에서 역병의 발생과 창궐이 불러일으킨 공포에 비하면 약과에 불과했을 것이다. 근대를 살아가는 우리는 역병의 발생원인과 감염경로, 대응방식 등에 대해 어느 정도 지식을 갖고 있지만, ― 물론 그럼에도 바이러스의 비가시성은 우리에게 실제 이상의 상상적 불안과 공포를 불러일으킨다. ― 전통사회를 살아갔던 사람들은 역병의 정체나 원인 등에 대해 막연히 추정할 뿐 정확한 지식을 가지고 있지 않았기 때문이다.

　전통사회에서 역병은 어느 날 갑자기 침입하여 많은 사람들을 모진 고통 속으로 몰아넣고 사회에 극심한 혼란과 분열을 초래했다가 일정 정도 시기가 지나면 진정되거나 소리 없이 사라졌다. 또한 역병의 종

1　권복규, 「조선전기의 역병 유행에 관하여」, 『한국사론』 43, 서울대 국사학과, 2000.
2　1524년(중종 19년) 간행된 『간이벽온방(簡易辟瘟方)』이라는 의서에는 역려병(疫癘病)을 '모딘병'으로 풀이하고 있다(이현숙, 「전염병, 치료, 권력」, 『전염병의 문화사』, 혜안, 2010, 22쪽, 각주 5 참조).

류에 따라서는 시차를 두고 변종을 거듭하며 극성기와 소강기를 반복하기도 했고,[3] 풍토에 정착하여 일정 정도의 사람들에게서만 때때로 발병하기도 했다.[4] 일반 백성들의 경우 이러한 역병의 위험 앞에 적나라하게 노출되어 있었던 것은 물론이지만, 지배층이라고 해서 그것을 완전히 피해갈 수 있는 것은 아니었다. 고려의 경종이나 예종, 인종 같은 군주도 두창이나 홍역 같은 역병에 걸려 사망한 것으로 보이며,[5] 조선시대 사대부들이 남긴 일기를 보아도 사대부가에서도 역병에 대한 불안과 공포가 매우 컸고 일상적이었음을 확인할 수 있다.[6]

물론 전통사회를 살아갔던 사람들도 역병이 환자를 매개로 그와 인접한 사람들에게 전파된다는 것쯤은 경험적으로 알고 있었다. 그래서 조선시대에는 역병이 돌면 환자를 격리하거나 혹은 발병지역을 피해 피접하는 것이 일반적이었다.[7] 하지만 이 때문에 역병이 창궐하면 유랑민이 급증하거나 감염을 두려워해 시체를 집단적으로 방치하는 비

---

3 예컨대 마진痲疹이라고도 불렸던 홍역은 17세기 중반에 대략 12년을 주기로 반복해서 유행했다. 무신년戊申年, 경신년庚申年, 임신년壬申年처럼 '신申'해에 주로 발생했기 때문에 당대인들은 이를 신해에만 있는 병이라 여겼다고 한다(이익, 『성호사설』제10권, 人事門 痲疹).

4 전 인구를 대상으로 치명적인 위력을 발휘했던 역병 가운데 일부는 시간이 지나면 미시기생적 균형을 이루어 면역력을 갖추지 못한 세대의 사람들에게 주로 감염되는 소아병으로 정착한다. 예컨대 유럽에서 천연두와 홍역은 16세기 이후 소아병으로 뿌리를 내린다(윌리엄 맥닐, 김우영 옮김, 『전염병의 세계사』, 이산, 2005, 139쪽). 조선의 경우에도 『천예록』을 보면 18세기 전반에는 천연두와 홍역이 주로 소아들에게 감염되는 역병으로 정착되었던 듯하다.

5 이현숙, 앞의 글, 39쪽.

6 예컨대 18세기 전반 향촌 시족 이준이 남긴 『도재일기』를 보면 사족 가문의 일상에서도 천연두, 홍역, 학질 같은 역병들에 대한 불안과 공포가 떠나가질 않았음을 알 수 있다(김영미, 「18세기 전반 향촌 양반의 삶과 신앙」, 『사학연구』82, 한국사학회, 2006).

7 사대부들은 역병이 돌면 다른 지역으로 일시적으로 거처를 옮기는 '피접避接'을 많이 행했다. 일반 백성들이나 노비들은 피접하기 어려웠다. 대신 그들은 역병을 피해 객지를 떠도는 유이민이 되거나 혹은 역병에 걸리면 초막이나 피병소, 질병가, 혹은 주인가에서 떨어져 있는 농장 등으로 '격리'되었다.

극적 상황이 연출되기도 했다. 이처럼 역병은 광범위한 사회적 불안과 공포를 야기하고 인간관계를 단절시키는 파괴적인 질병이었다. 하지만 동시에 그것은, 유럽에서 페스트가 그러했듯이, 기존의 사회적 관계와 이를 뒷받침하는 세계관을 새롭게 재구성하게 하는 촉매로도 작용했다. 역병을 통해 인간 사회는 해체와 재구성을 거듭하며 세균과 함께 공진화共進化하고 있었던 셈이다.

근래에 새롭게 부상하고 있는 역사서술은 인류의 역사란 생산기술의 발전이나 합리적 사유의 확산을 토대로 직선적으로 전진하는 것이 아니라, 역병과 같은 우발적인 요소들에 크게 영향을 받으며 횡류横流하기도 하고 단속斷續하기도 하면서 전진한다는 인식을 그 바탕에 깔고 있다. 즉 자민족중심적인 일국사나 유럽중심적인 세계사, 인간의 활동만을 주목하는 휴머니즘적 인간사를 넘어서 역병이나 전쟁, 동식물의 교환, 기후의 변동 등을 역사 발전의 주요한 변수로 고려하는 지구사·생태사적인 관점이 크게 대두하고 있는 것이다. 그런 점에서 보면 역병의 역사야말로 인간과 환경이 상호작용하며 써가는 생태학적 역사의 대표적인 사례라고 할 수 있을 것이다. 그리고 역병의 전파는 전쟁이나 교역, 문화교류 등을 계기로 한 '질병권'이 다른 '질병권'과 접촉할 때 발생한다는 점에서 비가시적인 차원에서 벌어지는 문명충돌의 한 극단적인 형태라고도 말할 수 있겠다.

필자 또한 이러한 최근의 역사서술에서 큰 영감을 받았다. 하지만 본고에서 필자가 관심을 두고 있는 것은 역병 그 자체보다 그것을 감내하며 살 수밖에 없었던 조선시대 사람들의 역병에 대한 인식, 특히 신이담神異談 속에 드러나는 역병 인식에 대해서이다. 조선시대 역병의 유행

양상, 역병의 병인론이나 대응책 등에 대해서는 기존 연구에서도 어느 정도 밝혀진 바 있다.[8] 그런데 역병에 대한 당대인들의 인식에는 임상 경험에 기반한 합리적인 지식도 포함되어 있지만, 주술적 신앙에 기반한 상상적인 지식도 많이 포함되어 있다. 의학사적 관심에 이끌려온 기존의 연구는 주로 전자의 측면에 초점을 맞추었다. 이에 비해 본고는 후자의 측면, 즉 역병에 대한 조선시대 사람들의 신이적 상상세계를 살펴보는 데 그 목적을 두고 있다. 조선시대 사람들의 역병 인식을 총체적으로 이해하기 위해서는 경험적·합리적 측면뿐만 아니라 상상적·신비적 측면을 통합적으로 파악할 필요가 있는데, 본고는 지금까지의 연구에서 상대적으로 소홀히 다뤄져왔다고 여겨지는 후자의 측면에 초점을 맞춰 보고자 하는 것이다.

이를 위해 필자가 주로 참조한 텍스트는 조선시대의 필기·야담이다. 필기·야담의 저자는 사대부들이었고 그 내용도 사대부가에서 회자되던 이야기들이 많다. 그러므로 당대 지배층의 이념인 유교이념에 의한 간섭과 굴절이 많을 것임을 감안하고 텍스트를 해석해야 한다. 하지만 그러한 이야기의 근원을 따라가다 보면 우리는 그 속에서 당대

---

8 다음과 같은 연구들을 그 대표적인 성과로 꼽을 수 있다. 변정환, 『조선시대의 역병에 관련된 역병관과 구료시책에 관한 연구』, 서울대 박사논문, 1984; 김호, 「16세기말 17세기 초 '역병' 발생의 추이와 대책」, 『한국학보』 71, 일지사, 1993; 김옥주, 「조선 말기 두창의 유행과 민간의 대응」, 『의사학』 2, 대한의사학회, 1993; 권복규, 「조선전기 역병에 대한 민간의 대응」, 『의사학』 8, 대한의사학회, 1999; 권복규, 「조선전기의 역병 유행에 관하여」, 『한국사론』 43, 서울대 국사학과, 2000; 김성수, 「16세기 중반 지방 사족의 향촌의료 실태와 사족의 대응」, 『한국사연구』 113, 한국사연구회, 2001; 정다함, 「조선전기의 정치적·종교적 질병관, 의·약의 개념·범주, 그리고 치유방식」, 『한국사연구』 146, 한국사연구회, 2009; 김성수, 「『묵재일기』가 말하는 조선인의 질병과 치료」, 『역사연구』 24, 역사학연구소, 2013.

민중들의 상상세계를 만날 수 있다. 신변견문을 사실적으로 기록하겠다는 장르적 지향 때문에 필기·야담은 상하층을 포함한 조선시대 사람들의 일반적인 인식을 폭넓게 담아내고 있기 때문이다. 이와 함께 본고에서는 『조선왕조실록』이나 일기 등을 당대인들의 일반적인 역병 체험과 그에 대한 인식을 보여주는 보조적인 텍스트로 참조할 것이다. 다음 절에서는 이러한 텍스트들 속에 역병 체험이 어떻게 신이담의 형태로 수록되어 있는지 몇 편을 예로 들어 살펴보기로 하자.

2. 조선시대 필기·야담 속의 역병 체험

조선시대에도 고려시대와 마찬가지로 역병이 여러 차례 유행했다. 특히 17세기와 19세기는 '전염병의 시대'라고 불릴 만큼 역병의 피해가 혹심했던 시기로 꼽히지만,[9] 다른 시기라고 해서 역병의 유행이 없었던 것은 아니다. 예컨대 조선 전기만 하여도 15세기에는 황해도 지역에 창궐했던 역병이 국정의 주요 현안으로 자주 논의된바 있으며, 16세기 초 중종대에는 평안도와 함경도 지역에서 역병이 크게 유행했고 16세기 중반 명종대와 16세기 후반 선조대에는 전국적으로 역병이 대

---

9 이 두 시기는 동아시아국가들 간에 대규모 국제전쟁이 벌어졌거나 서세동점의 형세로 세계사적 교류가 활발하게 전개되던 때였다. 17세기에는 천연두나 홍역 등이, 19세기에는 콜레라가 세계적으로 전파되었으며 이로 인해 대규모의 인명피해가 나타났고 사회적 공포가 확산되었다.

유행했다.[10] 그래서 16세기 후반 저술된『미암일기』나『송간일기』등에는 역병이 돌아 주인들이 피접했다는 기록이 여러 차례 실려 있다.

그런데 조선시대 필기·야담에 역병에 관한 신이담이 수록되기 시작한 것은 유몽인(1559~1623)의『어우야담』에서부터인 것 같다. 앞서 말했듯이 15~6세기에도 역병이 유행했지만, 그것이 필기·야담 속에 기록된 것은 17세기 전반(1622)『어우야담』에 이르러서였다는 것이다. 이는 임란이라는 대규모의 국제전쟁을 겪으며 전쟁과 기근, 역병이 서로 얽혀 막심한 인명피해를 초래했던 것과 밀접한 관련이 있다.[11] 이 때문에 이것들을 소재로 한 신이한 이야기들이 민간에서 활발하게 생성生成·유전流轉되었을 터인데, 17세기 초반에 저술된『어우야담』에는 전쟁이나 역병을 소재로 한 이야기들이 여러 편 수록되어 있다. 역병 체험과 관련해서는『어우야담』에 실려 있는「종랑終娘의 시신을 묻어준 무사武士」라는 이야기가 흥미로운데, 이 이야기는 역병이 휩쓸고 가서 공동체가 붕괴된 처참한 상황을 배경으로 삼고 있다.

---

10 권복규의 조사에 따르면『조선왕조실록』에 실린 역병 기록의 경우 15세기에 총 34회 기록되어 있는 반면 16세기에는 총 90회 기록되어 있다.(권복규, 앞의 글, 2000, 75쪽)

11 『선조실록』에는 임진전쟁 중에 역병이 유행했음을 알려주는 기사들이 산재해있다. 예컨대 선조 27년(1594) 6월 18일 기사에는 선조가 "금년에는 대·소인을 막론하고 모두가 역질疫疾에 걸려 자리에 누워 신음하고 있고 내 눈 앞에 있는 사람까지도 계속하여 아프니 어찌하여 이런가?"라고 묻자 도승지 장운익이 "2년에 걸쳐 전쟁을 치른 뒤라서 살기殺氣가 이변을 일으켜 성안 사람이 이와 같이 죽는가 봅니다"라고 답한다. 뒤이어 선조와 유성룡이 염초로 염병을 구제할 것을 논의했는데, 이에 대해 사관은 "전쟁을 치른 뒤에 기근과 역질이 계속 발생하여 경외京外 인민이 씨가 마를 정도인데 조정에서는 지모를 짜내어 구제할 것은 생각하지 않고 약물 한 가지에만 구차하게 매달리니, 신은 상의 애달파하는 하교가 참으로 굶어 죽은 시체에는 아무런 도움도 되지 않을까 염려스럽다"고 비판적으로 논평하고 있다. 즉 약초로 역병을 구제하는 것보다 기근으로 굶어죽는 백성을 구제하는 것이 더 긴급하다는 것이다. 아무튼 전쟁과 기근, 역병의 창궐 사이에는 뚜렷한 상관관계가 있다.

한 무사가 훈련원에서 활쏘기 연습을 하고 날이 저물어 돌아오는 길에 한 예쁜 여자를 만났다. 여자의 얼굴에 수심이 가득한 것을 보고 무사가 마음이 홀려 '왜 홀로 서 있느냐'고 물었다. 여자가 '집으로 돌아가는데 날이 저물고 길은 멀어 근심하고 있다'고 하자, 무사는 자신이 데려다 주겠다고 했다. 무사는 자신의 이름을 종랑終娘이라고 밝힌 여자를 따라 남산 아래 궁벽한 마을까지 갔다. 여자가 내어온 술과 안주를 먹고 서로 정을 나누었는데, 여자의 몸이 차가웠다. 아침에 일어나 목이 말라 이웃집 아낙네에게 물을 청하자, 그 아낙네가 놀라며 그 집은 역병에 돌아 온 집안이 몰살당한 집이라고 했다. 무사가 놀라 다시 들어가 살펴보니, 집안에 시체가 종횡으로 널려 있는데 그 중 한 시체가 바로 종랑이었다. 무사가 관과 상여를 마련하고 염을 해서 교외에 묻어주고 제를 지냈다. 꿈에 종랑이 나타나 감사하다고 말했는데, 이후 무사는 과거에 급제해 높은 관직에 올랐다.[12]

온 집안이 역병에 걸려 몰살당해 시신조차 수습할 사람이 없었는데, 여귀女鬼가 무사를 홀려 그 시신들을 수습하도록 했다는 내용이다.[13] 그런데 이 이야기의 배경이 되는 상황은 역병이 창궐했던 지역에서는 충분히 벌어질 수 있었던 것이었다. 역병은 병증 자체도 무섭지만, 내

---

12 유몽인, 신익철 외역, 『어우야담』, 돌베개, 2006, 255~6쪽. 위 인용문은 이 이야기의 줄거리를 요약 정리한 것이다.

13 15~6세기의 전기소설 가운데는 이와 유사하게 갑자기 죽음을 당해 제대로 매장되지 못한 여자가 귀신으로 나타나 남성을 유혹하여 시신을 수습토록 하는 줄거리를 지닌 작품이 있으니, 『금오신화』의 「만복사저포기」나 『기재기이』의 「하생기우록」이 그렇다. 이에 반해 죽은 여자의 원귀가 남성을 유혹하여 죽음으로 이끄는 이야기도 있는데, 『전등신화』의 「모란등기牡丹燈記」나 『용천담적기』의 「채생」 등이 그 예이다. 전자에서는 죽은자와의 교감이 사회의 결함을 고발하고 치유하는 신의信義 있는 행위로 묘사되지만, 후자에서는 유혹에 빠져 치명적인 위험을 깨닫지 못하는 부주의한 행위로 묘사된다.

부로 침투하여 지배층이 구축하고자 했던 유교적 인륜질서를 그 근간에서부터 무너뜨린다는 점에서 더욱 무서웠다. 역병이 돌면 감염을 두려워해 시신을 멀리하다보니 사대부가에서조차 상례喪禮를 제대로 시행하지 못하는 일이 발생했다. 예컨대 이정회가 쓴『송간일기』를 보면 선조 11년(1578) 창궐한 역병 때문에 모친을 잃은 이정회의 일가는 상중에도 모두 피접을 가야 했고 이정회 혼자만 남아 빈소를 지켰다.[14] 심지어 연산군대에는 역병으로 죽은 부모와 누이의 시신을 3달 동안 방치하고 형제들이 모두 피접을 가서 문제가 되었는데, 조정에서 이것을 특별히 문제 삼은 것은 그들이 일반 백성이 아니라 사족 신분이었기 때문이었다.[15]

유몽인이 전하는 이 이야기에서도 역병은 일가족을 몰살시키고 이웃조차 전염의 두려움 때문에 그 시신을 처리할 엄두를 내지 못하게 만들었다. 물론 이 이야기에는 한 용기 있는 무사가 의리義理를 실천하여 시신들을 매장해줌으로써 복을 받았다는 후일담이 덧붙어 있다. 그런 점에서 이 이야기는 인륜질서를 파괴하는 역병의 참혹한 양상을 묘사하면서도, 시신을 정당하게 매장해주어야 인륜질서가 회복될 수 있다는 인식을 은연중 드러내고 있다 하겠다.

『어우야담』에서 역병 체험이 처음 묘사된 이후 조선 후기에 저술된 필기·야담집은 역병에 관한 이야기들을 적건 많건 거의 빠지지 않고 수록하고 있다. 그런데 그 가운데서도 역병에 관한 이야기들을 가장

---

14 『송간일기』, 1578년 5월 9일, 12일(권복규, 앞의 글, 25쪽 재인용).
15 『연산군일기』, 연산군 2년(1496) 1월 8일조.

많이 수록하고 있는 것은 18세기 초반에 저술된 임방의 『천예록』이다. 총 62편의 이야기 중 10편 내외가 역병과 관련이 있는 신이담이라고 할 수 있으니, 당대 민간에서 떠돌던 역병에 관한 신이한 이야기들을 꽤 많이 거두고 있다고 할 수 있다. 이 책에서 임방은 역병의 유행이 귀신 탓이라는, 당대 민간에 널리 퍼져 있던 속설을 상당부분 긍정하고 있는데, 「제문을 지어 하늘에 고하여 마을을 구하다」 같은 이야기를 대표적인 예로 삼아 이를 살펴보자.

서울 선비 김생에게 절친한 벗이 있었는데 여러 해 전에 죽었다. 김생이 영남으로 가는 길에 죽은 친구를 만났다. 김생이 '자네는 이미 죽지 않았나? 어떻게 인간 세상에 다닌단 말인가?'라고 묻자, 그 친구는 자신이 마마 귀신痘神이 되었으며 지금 경기지역을 돌고 영남으로 가는 길이라고 답하는데, 벌써 수백 명의 어린아이를 데리고 가고 있었다. 김생은 '자네는 어질고 바른 사람이었는데, 어찌 이들을 구제하지 않는가?'라고 호소하자, 그 친구는 '시운에 달린 것으로 운명을 마음대로 조정할 수는 없네'라고 했다. 김생이 '그래도 신령을 발휘해 사람들을 구제해 은혜를 베풀라'고 하자 그 친구는 명심하겠다며 사라진다. 김생이 안동의 촌가에 투숙하니 마을 아이가 반 넘게 죽었고 주인 아이도 위독했다. 김생이 제문을 지어 약속을 지키라고 하자 아이가 살아났다. 그날 밤 친구가 김생의 꿈에 나타나 '이 마을 사람들이 지은 죄가 많아 용서할 수 없었다네. 그러나 내 이미 자네와 약조를 했던 터라 저버릴 수 없어 억지로 따르네'라고 하였다. 이후 마을 아이들도 살아났다.[16]

두창(천연두)은 동서양을 막론하고 전근대 시기 널리 창궐했던 역병으로, 유럽과 신대륙에서도 창궐한 바 있으며 특히 어린이가 많이 걸리고 치사율도 높았다. 조선시대에도 두창이 여러 차례 유행했는데, 17세기 후반 현종대에는 기근과 두창 같은 역병이 유행해서 "팔도에 기아와 여역과 마마로 죽은 백성을 이루 다 기록할 수 없을 정도"이며 "참혹한 죽음이 임진년의 병화보다도 더하다"는 말이 나올 정도였다.[17] 그리고 18세기 초반 숙종대에는 구중궁궐 속 왕자들과 왕후까지 걸릴 만큼 두창은 피해가기 어려운 역병이었다.

임방이 기록한 이 이야기도 그러한 시대적 배경 속에서 생성되어 회자되던 신이담이라고 할 수 있을 것이다. 이 이야기에 따르면 두창이 창궐하자 시골마을의 어린아이들이 대거 사망했는데, 그것은 모두 하늘의 뜻을 집행하는 마마귀신의 소행이었다. 그런데 그 마마귀신은 선비 김생의 죽은 옛 친구로, 김생이 극진히 호소하고 제문을 지어 바치자 저승으로 데려갈 아이들의 생명을 살려주었다는 것이다. 이 이야기는 일단 두창이 주로 어린아이들에게 집중적으로 발병했으며 치사율도 높았던 경험적 사실들을 기반으로 하고 있다. 그리고 두창이 마마귀신이라는 초자연적 존재에 의해 초래한다는 민간의 속설을 인정하면서도, 마마귀신이란 예측불가능하고 냉혹한 존재가 아니라 도덕주의적이고 온정적인 존재라는 것을 강조함으로써 그것에 대한 공포를 완화하고 있다는 특징이 있다.

---

16 임방, 정환국 역, 『천예록』, 성균관대 출판부, 2005, 226~228쪽. 본문은 이 이야기의 줄거리를 요약 정리한 것이다.

17 『현종개수실록』 23권, 1671년 2월 29일.

그런데 『천예록』의 저자 임방은 송시열의 제자로 높은 관직을 지냈던 성리학적 지식인이었다. 그러므로 그는 자신이 소개하는 이러한 신이담이 성리학이 지향하는 음양이기론과 그것에 입각한 역학적易學的 우주론에 그리 잘 부합되지 않다는 것을 인식했다. 하지만 그럼에도 그는 역병에 대한 이와 같은 신이적 설명을 전면 부정하기보다는 오히려 그것을 조심스럽게 수용하는 태도를 취했다. 이런 그의 태도는 이 이야기 끝에 붙어 있는 저자의 논평에서 잘 드러난다.

> 마마는 그리 오래된 것이 아니다. 주나라 말기 진나라 초기에 발생했는데, 살벌한 전쟁터의 사나운 기운이 하늘을 뒤덮어 발생했다. 귀신이 퍼뜨렸다는 말은 여항의 무속巫俗에서 나온 이야기로, 마마에 걸린 집에서는 신위를 마련하여 기도하기도 한다. 정말 있는지 없는지 판단하지는 못하겠지만, 지금 두 선비가 맞닥뜨린 사건을 보면 마마를 퍼뜨리는 귀신이 있음을 확인할 수 있다. 이 두 가지 이야기는 모두 거짓이 아니고 믿을 만하기에 기록해둔다.[18]

전쟁터에 쌓인 사나운 기운戾氣이 역병을 일으킨다는 것은 인간의 잘못된 행위 때문에 자연의 음양 조화가 어그러져서 사나운 기운이 쌓여서 역병이 발생한다는, 유자들이 널리 받아들였던 역학적 병인론易學的病因論에 기초한 설명이라고 할 수 있다. 이에 비해 마마귀신이 두창을 일으킨다는 설명은 임방의 말대로 "여항의 무속에서 나온" 주술적·신

---

18 임방, 앞의 책, 228쪽.

이적 병인론이라고 할 수 있다. 이 글에서 임방은 유자로서 역학적 병인론을 먼저 언급하고 있지만, 신이적 병인론 또한 부정하지 않고 있다. 사실 역병 발생의 풍토성이나 전염성 등을 고려하면 역학적 병인론이 신이적 병인론에 비해 좀 더 합리적인 설명이라고 볼 수도 있다. 하지만 역병을 초자연적인 존재 ─ 예컨대 귀신 ─ 의 소행이라고 믿고 그 존재에게 인정人情과 자비를 빌 수 있는 신이적 병인론에 비하면 그것은 지나치게 고원高遠하거나 초탈한 설명처럼 여겨질 수도 있다.[19]

---

19 역병이 유행하면 특정한 지역의 사람들에게 무차별적으로 전파된다. 그러므로 재이災異와 인사人事가 상관되어 있다고 믿었던 유가적 지식인들도 역병을 환자 개인의 도덕적 책임 탓으로 설명하기는 어려웠다. 역병이나 전쟁처럼 무차별적으로 다수의 인명을 살상하는 재난은 개인 차원을 넘어 집단적 혹은 초개인적 차원에서 그 원인을 찾을 수밖에 없었다. 그래서 백성들을 대표하는 국왕의 과오나 사회적으로 축적된 원한 같은 것이 원인이 되어 자연의 조화가 어그러질 때 발생하는 것이 역병이나 전쟁 같은 재이災異라고 유자들은 일반적으로 설명했다. 이러한 역학적 병인론은 재이의 불가항력적인 측면과 인사의 도덕적 측면을 결합시킨, 근대 과학이 도래하기 이전의 사유 가운데서는 상당히 합리적인 것이라고 여겨진다. 하지만 그럼에도 그러한 설명은 다음과 같은 두 가지 국면에 대해서 만족스런 답을 제시하기 어려웠다. 우선 역병의 무차별적인 감염 양상은 천리天理에 대한 도덕적 믿음을 뒤흔들 수 있었다. 예컨대『송와잡설』에서 이기는 임진왜란 와중에 역병까지 창궐하여 무수한 사망자가 발생하자 하늘의 뜻이 어디 있는지 묻는다. "아! 인간을 사랑하여 살리고자 하는 것은 하늘이 본심인데, 어찌하여 진노하기를 그만두지 않는가? 왜노를 불러들여 폭행을 하게하고 악귀가 흉한 짓을 하도록 맡겨두어 죽이고 또 죽여서, 지금 와서는 더욱 심하게 하니, 인仁으로 덮어주고 하민下民을 불쌍하게 여기는 지극한 덕이 과연 이와 같은가? 옛 사람이 말하는 죽을 운수가 끝나지 않아서 그런 것인가? 온 세상 사람을 다 죽여 버리고 별도로 마땅한 사람 하나를 낳게 하려고 그러는 것인가? 청구靑丘 수천 리 지역에 다시는 인간이 없고 원귀의 터로 변하게 하려고 그러는 것인가? 아니면 어지러움이 심하고 부운否運이 극도에 이르게 하여 인심이 허물을 후회하고 다스림을 생각하도록 한 다음에 다시 태평한 운수를 열어주려고 그러는 것인가? 하늘의 뜻을 진실로 알 수 없다."(이기, 이익성 역『송와잡설』,『대동야승』, 민족문화추진회, 1971, 144~5쪽) 재이를 사회공동체가 스스로를 성찰하는 계기로 받아들였던 유자마저도 전쟁과 역병의 참상 앞에서는 하늘의 뜻이 과연 존재하는지 의혹을 품지 않을 수 없었던 것이다. 다음으로 역학적 병인론은 병에 걸린 환자나 그 가족에게 실질적인 처방과 심리적 위안을 제공하기 어려웠다. 일반적으로 역병에 걸린 환자나 그 가족에게 필요한 것은 고원하고 초탈한 설명보다, 비합리적일지라도 즉각적이고 실질적인 설명과 대응방법이었을 것이다. 그래서 조선시대 사대부들은 역학적 병인론을 이론적으로 긍정하면서도, 실생활에서 가족이 병이 들면 무당을 불러 굿을 시행하거나 승려를 불러 재를 올리는 일을 마

아마도 이런 점 때문에 두창 같은 역병이 크게 유행한 시대를 살았던 임방은 이념적으로 역학적 병인론을 지지하면서도 심정적으로는 신이적 병인론에 더 끌렸을 것이다. 아무튼 우리는 임방이 기록한 역병에 관한 이러한 신이담을 통해 17세기 후반에서 18세기 전반까지 창궐했던 역병의 실제 양상과, 그것을 특정한 귀신의 소행이라고 여겼던 당대인들의 주술적인 역병 인식과, 그러한 신이적 병인론에 의혹을 품으면서도 심정적으로 이끌렸던 성리학적 지식인의 내면심리를 엿볼 수 있다.

그런데 이처럼 예전에 죽은 선비가 두창을 관장하는 마마귀신이 되었다는 이야기는『천예록』뿐 아니라 조선 후기 필기·야담집에 두루 수록되어 있다.[20] 이 이야기는 현세에서 정직하고 곧은 선비가 죽어서 염라대왕이 되었다는 류의 이야기와 비슷한 구조를 지니고 있는데 —『금오신화』의「남염부주지」에서부터『기문총화』의「죽어서 염라대왕이 된 김치」까지 이러한 이야기는 조선시대 내내 회자되었던 신이담의 한 유형이었던 듯하다 — 그렇다면 이처럼 역병을 일으키는 귀신을 실체화하고 그것을 생전에 강직했던 선비가 죽어서 맡은 저승의 직책처럼 묘사하는 이야기들이 널리 회자되었던 이유는 무엇일까? 필자는 이와 같은 신이담이 노리는 진정한 효과란 다름 아닌 역병의 가시화可視化와 인간화人間化라고 생각한다. 역병은 눈에 보이지 않을 뿐더러 대상을 가리지도 않는다는 점에서 실제보다 더 큰 공포와 불안을 불러일으킨다. 그런데 역병에 대한 이러한 신이담은 미지의 영역이자 불가해한

다하지 않았다.

20 예컨대 18세기 후반에 저술된『학산한언』이나 19세기 전·중반에 저술된『청구야담』등에도 이와 거의 같은 이야기들이 실려 있다.

영역이었던 역병을 가시화하고 인간화하는데, 이렇게 역병의 원인과 목적이 가시화되고 인간화되면 그것이 불러일으켰던 막연한 불안과 공포는 많이 진정될 것이다. 뒤에서 다시 살펴보겠지만 신이적 병인론이 조선시대 내내 강력하게 호소력을 발휘할 수 있었던 것은, 물론 마땅한 다른 실질적 대안이 없었기 때문이기도 하겠지만, 이러한 심리적 효과 때문이었다고 할 수 있을 것이다.

그런데 조선 후기 필기·야담집에 등장하는 역병에 관한 신이담이 모두 이와 같은 유형인 것은 아니다. 역병을 일으키는 귀신이 무섭고 기괴한 형상을 한 귀물처럼 묘사되는 경우가 있는가 하면, 가난한 노파나 고아처럼 소외된 주변인으로 묘사되는 경우도 있다. 그리고 역귀疫鬼에 들려 죽는 사람도 있지만, 이런 귀신들을 조종하거나 쫓아내는 능력을 지닌 이인異人들도 있다. 아마도 역병에 대한 이러한 신이담의 차이는 조선 후기 사람들의 역병에 대한 인식과 그에 따른 대응 방식의 차이를 보여주는 것일 터인데, 이를 분석하기에 앞서 우선 다음 절에서는 조선시대 사람들에게 널리 받아들여졌던 역병에 대한 병인론을 간략히 살펴보기로 하겠다.

3. 역병에 대한 세 가지 병인론
―역학적·경험적·신이적 병인론

오늘날 우리는 역병의 발생 매커니즘을 어느 정도 과학적으로 파악할 수 있는 시대에 살고 있다. 물론 끊임없이 변형을 거듭하는 병원균을 완전히 제어하는 것은 아직 기약하기 어렵지만, 역병을 일으키는 병원균의 실체를 현미경으로 관찰할 수 있고 그 발생과 전파의 경로를 역추적할 수 있으며 그에 따라 방역체계를 작동시킬 수 있는 시대에 살고 있는 것이다. 그렇다면 조선시대 사람들은 역병의 발생 원인을 어떻게 파악했을까? 역병의 발생 원인을 어떻게 인식하느냐에 따라 그것에 대응하는 방식 또한 달라질 것이다. 이 절에서 논의해보고자 하는 것은 바로 조선시대 사람들이 지니고 있었던 역병 발생의 원인론, 즉 역병의 병인론病因論과 그에 따른 대응방식이다.

그런데 역병의 발생 원인에 대해서는 조선시대 전 시기를 통하여 다양한 견해들이 제출되었다. 이에 대해 변정환은 조선시대의 각종 문헌들에 등장하는 역병의 병인론을 다음과 같은 여섯 가지로 정리한 바 있다. ① 기상이변氣候失節說, ② 음양의 부조화五運六氣說, ③ 하천이나 하수도가 막혀 썩어 냄새가 나는 것環境不潔說, ④ 억울하게 죽은 사람의 원기怨氣鬱勃說, ⑤ 잡귀의 소행雜鬼所行說, ⑥ 사람이 많이 모이는 것群集原因說.[21] 이는 역병의 발생 원인에 대해 조선시대 사람들이 거론했던 견해들을 거

---

21 변정환, 앞의 글.

의 망라한 것이라고 할 수 있는데, 필자는 본고에서 이를 다시 다음과 같은 세 가지 병인론으로 재분류해보고자 한다. ㉠ 역학적 병인론易學的 病因論, ㉡ 경험적 병인론經驗的 病因論, ㉢ 신이적 병인론神異的 病因論. 물론 일반적으로는 이러한 병인론들이 서로 융합되거나 뒤섞여 있는 경우가 흔하지만, 그럼에도 큰 틀에서는 이와 같은 구분이 가능하고 또 유효하다는 생각이 든다.

우선 앞서 변정환이 분류한 병인론 가운데 ①과 ②를 묶어 '역학적易學的 병인론'이라고 부를 수 있을 것 같다. 역학적 병인론이란 한대漢代 유교의 재이론災異論이나 천인감응론天人感應論, 성리학의 음양이기론陰陽理氣論 등에 그 논리적 기초를 두고 있는 것으로, 음양오행 간의 상극相剋이나 인간 사회의 도덕적 결함 때문에 자연의 조화로운 질서가 교란되는 것에서 역병의 원인을 찾는 관점을 말한다. 이러한 관점은 역병의 발생을 자연론적이거나 초개인적인 요인으로 설명하기 때문에 일 개인의 도덕성이나 특정한 귀신의 작위성이 거기에 개입할 여지가 적다.[22] 조선의 지배층인 사대부들은 건국 초기부터 이러한 병인론을 공인하였으며, 조선왕조 내내 이념적으로 이를 지지하였다.

지금 경기 일대의 민간의 질병이 어떤 간사한 귀신이 준 빌미란 말씀입니까? 지난번에 황해도 백성들이 역질로 죽은 자가 많았습니다. 이는 수한水旱

---

22 최종성은 전통사회에서 질병을 담당하던 의료행위의 주체를 무의巫醫와 유의儒醫로 나누고, 무의는 인격적(종교적) 병인론 및 그에 따른 치유체계를, 유의는 자연적 병인론 및 그에 따른 치유체계를 지니고 있었다고 보았다(최종성, 「유의와 무의」, 『종교연구』 26, 한국종교학회, 2002). 필자의 구분에 따르자면 무의는 신이적 병인론을, 유의는 역학적 병인론을 지지했다고 말할 수 있겠다.

의 이변異變으로 음양이 조화를 이루지 못하여 어그러진 기운이 바야흐로 성한 탓인데, 다시 무슨 神이 있어 기도로써 이를 능히 모면하겠습니까? 만약 제사 없는 귀신이 과연 있다면 봄·가을로 매양 여제를 설행하는데, 하필 수륙재를 설행하여야 하겠습니까?[23]

황해도 지역에 역병이 돌자 문종은 유교식의 여제뿐 아니라(일반 백성들에게 더 친숙한) 불교식의 수륙재도 함께 지내자고 주장하였다. 이에 대해 사헌부의 관료들은 역병이란 음양의 부조화로 어그러진 기운 탓에 발생하는 것이지 귀신 탓에 발생하는 것이 아니라면서, 미신이라 여겼던 불교적 수륙재를 지내지 말 것을 강력하게 주청하였다. 문종은 수륙재가 비록 음사淫祀이긴 하지만 민심의 안정에는 도움이 된다는 방어적인 논리로 이의 설행을 관철하지만, 이러한 방어적 자세는 달리 보면 사대부 관료들이 내세운 역학적 병인론이 이념적으로는 정당하다는 것을 인정하는 태도라고도 볼 수 있다.

물론 역학적 병인론이 역병 발생의 원인을 자연론적이고 초개인적인 요인에서 찾는다고 해서 도덕적이고 인격적인 요인을 전적으로 배제했다는 뜻은 아니다. 유자들이 널리 받아들였던 재이론에 따르면 천지자연의 운행과 인간사회의 일은 밀접히 상관되어 있는 것이므로, 어떤 면에서 이에 기초한 역학적 병인론은 그 어떠한 관점보다 더 철저한 도덕적 병인론이라고 말할 수도 있다. 1524년(중종 19년) 평안도 지역에 역병이 돌자 중종은 응교應敎 황효헌에게 「평안도여역제문平安道癘疫祭文」을

---

23 『문종실록』, 1451년 9월 19일.

대신 짓게 하는데, 이 글에서 우리는 역학적 병인론 저변에 깔려 있는 도덕적 우주론의 논리구조를 엿볼 수 있다.

> 천지는 생생生生을 덕으로 삼고 반드시 임금을 명하여 대리하여 돕게 하는데, 그 화복禍福이 증감增減하는 기틀은 사람에 달려 있고 천지에 달려 있지 않다. 귀신은 이기二氣에 근본하되 횡요橫夭하여 어그러지고 답답한 기가 혹 그 사이에 생겨서 원한이 되면 괴물怪物이 되고 이물異物이 되고 질려疾癘가 되어 사람에게 환난을 내리는데, 그 길흉이 나고 없어지는 근원도 사람으로 말미암고 귀신으로 말미암지 않는다. 그렇다면 귀신은 참으로 이기二氣이고 이기는 곧 천지이니, 생생하는 것이 귀신의 본덕本德이고 질려疾癘로 사람에게 환난을 주는 것은 귀신이 마지못하여 하는 것이다.[24]

여기서 화자(중종 혹은 황효헌)은 역병疾癘이 귀신의 소행임을 인정한다. 하지만 귀신이란 변덕스런 개별적 의지를 지닌 초자연적 존재가 아니라 천지자연 그 자체 혹은 그 덕을 실현하는 도구일 뿐이라고 말한다. 그리고 천지자연의 근본적 속성은 만물을 낳고 기르는 데 있지 역병으로 사람에게 환란을 주는 데 있지 않다고 천명하면서, 천지자연에 변괴를 만들고 인간사회에 역병을 초래하는 것은 바로 인간임을 역설한다. 즉 역병과 같은 재이가 발생한다면 인간사회는 이를 전적으로 자신의 책임으로 떠안아야 한다는 것이 이 글의 저자가 강조하는 바라고 할 수 있다. 물론 여기서 인간이란 개체로서의 인간이라기보다 공

---

24 『중종실록』, 1524년 12월 11일.

동체로서의 인간사회라고 보는 편이 더 합당할 것이다.

위의 두 인용문이 보여주듯 유자들이 받아들였던 역학적 병인론은 자연론적이면서도 유귀론적有鬼論的인 방식으로, 혹은 초개인적이면서도 도덕주의적인 방식으로 역병의 발생 원인을 설명하는 관점이라고 할 수 있다. 물론 양자 ─ 자연론적 설명과 유귀론적 설명, 초개인적 설명과 도덕주의적 설명 ─ 사이에 긴장이 없었던 것은 아니다. 역학적 병인론은 그것이 자연론적이고 초개인적인 설명에 치우치면 경험적 병인론에 가깝게 되고, 유귀론적이고 도덕주의적인 설명에 치우치면 신이적 병인론에 가깝게 된다.[25] 그래서 역학적 병인론은 자연론적 설명과

---

25 전자의 예로 허준의 『언해두창집요諺解痘瘡輯要』 서문을 들 수 있겠다. 여기서 허준은 두창의 발병 원인을 다음과 같이 설명한다. "태중胎中에 있을 때 생긴 악독한 기氣가 명문命門에 누적되어 있다가 화운火運이 사천司天한, 즉 무戊·계癸의 해를 만나서 안팎으로 감촉되면 포창疱瘡이 발생하는데, 모든 기혈이 있는 동물은 모두 다 감염된다"(허준 『언해두창집요』, 이규경 『오주연문장전산고』 인사편 「두역유신변증설痘疫有神辨證說」 재인용). 허준은 포창(두창)이 신체에 쌓인 나쁜 기와 천지운행의 기가 만나서 감촉할 때 발생한다고 진단하는데, 이는 경험적 관찰에다 음양오행설을 결합시킨, 조선시대 의학서에 흔히 등장하는 역병에 대한 설명방식이라고 할 수 있다. 여기서 역학적 병인론은 도덕주의적 설명을 배제하고 있으며, 경험적 병인론과 결합하여 역병에 대한 자연론적인 설명을 제시하고 있다. 다음으로 후자의 예로는 위백규가 쓴 「격물설」을 들어보겠다. "천지 사이에 귀신이 없는 사물은 없다. 귀신이란 형색이나 영상이 있어서 저것이 귀신이라고 가리켜 알 수 있는 존재가 아니다. 천지 사이에 기가 없는 사물은 없다. 기가 바로 신神이다. 신이 되는 근거가 바로 리理이다. 전에 '귀신이 굶는다鬼餒'라는 말이 있고, 불교의 서적에도 아귀餓鬼라는 말이 있다. 허공을 가득 채우고 떠도는 귀신으로, 불러서 제사의 주인이 된 적이 없는 것이 모두 아귀이다. 불가에서는 이에 대해 본 것이 있었고, 허공에 가득 찬 것이 아귀라는 것을 분명히 알았다. 그러므로 재식齋食을 베풀고 아귀를 꾸짖어 막는 법이 가장 엄밀했다. 상도常道는 아닌 듯하지만 그 이치는 옳다……세상 사람들이 "두진痘疹이나 온역瘟疫에도 모두 신神이 있다"라고 하는데도, 융통성 없는 선비는 그것이 망령되다고 꾸짖으며, 유행하는 기운이 바로 신이라는 것을 전혀 모른다. 만일 상스럽고 속된 사람들이 푸닥거리를 받들면서 메아리처럼 곧장 감응이 있을 것이라고 한다면 잘못이지만 거기에 신이 있다는 것은 당연한 실제 이치이다"(위백규, 『존재집』 12권, 잡저 「격물설」). 여기서 위백규는 기氣의 굴신屈伸·왕복往復·취산聚散 운동을 귀신이라고 불렀던 주희의 성리학적 귀신론을 따르는 듯하면서도 이를 독특하게 비틀고 있다. 즉 주희-정도전-이황-이이로 이어지는 성리학적 귀신론의 주류적 해석이 반실체론적·자연론적 범신론에 가까운 것이었다면,

도덕주의적인 설명 사이의 긴장을 유지하면서 양면을 포괄할 수밖에 없는데, 이는 역병이 지니는 불가항력적이고 초개인적인 측면을 인식하면서도 모든 재이災異 속에서 인간사회에 대한 도덕적 의미를 읽어내려 했던 유교적 지식인들의 독특한 사유방식 때문이라고 말할 수 있다.

다음으로 ③과 ⑥은 역병 발생에 환경적 요인이 크게 작용한다는 것을 지적하는 것으로, 본고에서는 이를 '경험적 병인론'이라고 부르기로 하겠다. 사실 조선시대 사람들이 역병이 돌 때 피접을 가거나 환자를 격리를 했던 것은 역병이 사람들이 군집할 때 전염되기 쉽다는 것을 경험적으로 알았기에 가능한 것이었다. 그리고 불결한 환경이나 오염된 물, 기근이나 전쟁 등이 역병의 온상이 된다는 것도 조선시대 사람들은 경험적으로 알고 있었다. 더 나아가 호흡을 통한 전염[26]이나 인두접종법 같은 초보적인 면역요법도 어느 정도는 알고 있었다. 이러한 경험적 지식은 교류를 통해 동서양을 넘나들었으며, 각 시대에 편찬된 의서 속에 집약·정리되었다.

그런데 역병에 대한 경험적 지식은 대체로 시대가 지날수록 축적되지만, 반드시 축적된 경험적 지식이 합리적인 것이라고 단정할 수는 없

위백규의 입장은 실체론적 범신론에 가까운 것이다. 마찬가지로 역병에는 모두 신이 있다는 그의 견해는 역학적 병인론보다 신이적 병인론에 가까운 것이라고 할 수 있다.

26 『목민심서』 애민愛民 6조 「관질寬疾」에서 정약용은 호흡을 통한 온역瘟疫의 전염 가능성과 그에 따른 예방법을 다음과 같이 소개하고 있다. "무릇 온역瘟疫이 전염하는 것은 모두 콧구멍으로 그 병기운을 들이마셨기 때문이다. 온역을 피하는 방법은 마땅히 그 병기운을 들이마시지 않도록 환자와 일정한 거리를 지켜야 할 것이다. 무릇 환자를 문병할 때는 마땅히 바람을 등지고 서야 한다"(정약용, 이정섭 역『목민심서』애민「관질」, 민족문화추진회, 1986. 역자는 온역瘟疫을 염병染病이라고 번역하고 있으나, 온역이라 불리는 급성열병이 모두 염병인 것은 아니어서 이를 원전대로 온역으로 표기하였다). 정약용은 병원균의 실체에 대해서는 아직 인식하지는 못했지만, 호흡을 통한 전염 가능성에 대해서는 인식하고 있었던 것이다.

다. 만약 어떤 처방이 역병의 예방과 치료에 효과가 있다고 간주되면, 비록 그것이 우연히 나타난 효과에 불과할지라도 유용한 지식으로 여겨져 기록되고 경험적으로 반복될 것이기 때문이다. 물론 임상실험이 반복되어 효험이 없다고 밝혀지면 유용한 지식에서 탈락하겠지만, 전근대의 의료지식체계에는 이러한 반복을 통한 검증 절차가 아무래도 부족했다고 말할 수밖에 없다. 그래서 『간이벽온방』 같은, 왕명에 의해 편찬된 의서에조차 다양한 경험적 처방 이외에도 새벽닭이 울 때 사해신의 이름을 21번 부른다거나 붉은 색으로 쓴 글자를 부적처럼 차고 다니거나 태워 마시는 주술적 요법이 포함되어 있었던 것이다.[27]

마지막으로 앞서 변정환이 분류한 병인론 중 ④와 ⑤를 묶어서 본고에서는 역병에 대한 '신이적 병인론'이라고 부르고자 한다. 사실 역병이 어떤 초자연적인 힘이나 존재에 의해 발생한다는 관념은 '모든 현상에는 그만한 힘을 지닌 신비한 원인이 있다'는 원시적인 사유에 그 뿌리를 두고 있는 아주 오래되고 뿌리 깊은 관념이라고 할 수 있다.[28] 주로 무속을 통해 면면히 이어져온 신이적 병인론은 워낙 그 뿌리가 깊어 과학이 발달한 현대에서조차 여전히 위력을 발휘하곤 한다. 그러므로 역병에 거의 무방비로 노출되어 있었던 조선시대 사람들 — 일반 백성들

---

27 권복규, 앞의 글, 1999.
28 특히 동아시아의 고대문화에서 역병을 일으키는 힘을 지닌 존재로 여겨졌던 것은 용이나 뱀이었던 것 같다. 이경화에 따르면 일본에서 가장 먼저 역신疫神으로 등장하는 것은 『고지키』와 『니혼쇼키』에 등장하는 오모노누시노카미人物主神라는 뱀이라고 한다(이경화, 「일본 역신疫神설화의 일고찰」, 『일본학연구』 44, 단국대 일본연구소, 2015). 그리고 보면 『삼국유사』에 등장하는, 역병을 제어하는 신적 존재 처용도 동해용왕의 아들이다. 아마도 이경화의 해석처럼 용과 뱀은 물을 관장하는 신격인데, 역병 발생의 주요한 계기가 가뭄이나 홍수이고 이것은 모두 물과 관련되기 때문에 역신을 그와 같은 형상으로 상상했을 수 있겠다.

은 말할 나위 없고 사대부들조차 ― 이 역병의 공포 앞에서 쉽게 신이적 병인론에 빠져들었으리라는 것은 충분히 짐작이 되고도 남는 것이다.

그런데 역병을 일으키는 귀신이 존재한다는 관념은 앞서도 언급했 듯이 역병을 가시화하고 인간화하는 효과가 있다. 역병은 무엇보다 비 가시적이고 비인격적인 성격 때문에 사람들에게 공포감과 무력감을 주는데, 신이적 병인론은 역병의 원인을 실체화함으로써 그것에게 빌 거나 혹은 위력으로 축출하는 등의 주술적 대응을 가능하게 한다. 물 론 이러한 신이적 병인론과 주술적 요법은 심리적 치유효과만을 줄 뿐 어떤 실질적 치료효과를 줄 수는 없었을 것이라고 볼 수도 있다. 하지 만 분명한 것은 아무것도 하지 않는 것 혹은 아무것도 할 수 없는 것보 다는 그래도 무언가를 하는 것이 낫다는 것이다! 그래서 역병에 대한 신이적 병인론과 그에 기반한 주술적 요법은, 비록 실제로 그 효과를 검증할 수 없고 심지어는 유교적 이념에 반하는 것이라 할지라도, 역 병을 치료하는 데 도움이 된다는 작은 믿음만 있으면 왕가나 사대부 에서조차 암묵적으로 믿어지고 실행되었던 것이다.

이상으로 조선시대 사람들이 일반적으로 받아들였던 역병에 대한 병인론을 세 가지로 분류해 검토해 보았다. 그런데 생각해보면 역병 발생의 과학적 메커니즘을 정확히 알지 못했던 전통사회에서는 역병 에 대해 이러한 여러 병인론들이 상호 충돌하면서도 공존할 수밖에 없 었을 것이다. 역병의 원인이 되는 미생물은 17세기 후반 현미경의 발 달과 함께 가시화되었지만, 역병의 과학적 병인론은 19세기 후반 파스 퇴르에 이르러서야 비로소 발견되었다. 그 전까지는 역병의 원인이나 감염경로, 치료방식 등에 대해서 역학적·경험적·신이적 견해들이 공존했었다. 역병을 겪으면서 인간사회는 점점 그것에 효과적으로 대응하는 기술들을 발전시키고 축적해갔지만, 그럼에도 귀납적이고 경험적이며 누적적인 기술과 연역적이고 이론적이며 단절적인 과학 사이에는 근본적인 간극이 존재한다는 것을 기억할 필요가 있다.

이러한 여러 병인론과 치료법의 공존에 대해서는 두창(천연두)의 경우를 예로 들어 간략히 살펴볼 수 있다. 16세기에 저술된 어숙권의 『패관잡기』에는 두창이 돌 때 피해야 할 금기로 제사, 초상집 출입, 잔치, 성교, 외인출입, 누린내 나는 고기, 기름과 꿀, 더러운 것 등이 제시되어 있다. 이 목록만 보면 역병의 확산을 막기 위해 사람들 간의 접촉을 최소화하려는 나름의 경험적 지혜가 담겨 있는 것 같다. 하지만 바로 이러한 금기를 열거한 뒤 어숙권은 "만약 목욕하고 빌면 거의 죽어가다가도 다시 살아난다. 그러므로 사람들을 더욱 그것痘神을 믿고 지성으로 높이고 받든다"라고 하면서 두창을 일으키는 마마귀신痘神에 대한 주술적 신앙이 당대인들에게 그와 같은 금기를 더욱 맹렬히 준수하게 만들고 나아가 금기의 목록을 계속 늘리게 했음을 비판적으로 지적하고 있다. 여기서 우리는 전근대사회에서 경험적 기술과 주술적 신앙은 거의 분리 불가능할 정도로 섞여 있었으며, 양자는 상호 배척하는 것이 아니라 오히려 상호 강화하는 관계에 있었음을 알 수 있다.[29]

---

29 천연두에 대한 근대의학적 예방법인 종두법은 18세기 말 영국의 의사 제너에 의해 개발되었다. 하지만 예방접종을 통한 면역요법은 일찍이 인도에서 시행되었던 인두법에 그 뿌리를 두고 있다. 제너의 종두법의 가치는 사람대신 소의 천연두 바이러스를 활용함으로써 부작용을 최소화했다는 데 있다. 제너의 종두법과 인도의 전통적인 인두법 사이에는 효과의 차이가 있긴 하지만 근본적인 단절은 없다. 반면 파스퇴르 이후의 과학적 병인론과 그 이전의 경험적 병인론 사이에는 근본적인 단절이 있다.

4. 역병에 관한 신이담의 세 가지 유형

이제 본고가 애초 제기했던 주제, 즉 조선시대 사람들이 역병에 대해 지니고 있었던 신이적 상상세계를 분석하는 것으로 되돌아가 보기로 하자. 우선 기억해야 할 것은 조선시대 필기·야담집 속에 수록된 역병 체험은 거의 신이담의 형태이며, 그러한 신이담은 기본적으로 신이적 병인론을 기반으로 하고 있다는 점이다. 즉 역병을 일으키는 초자연적인 원인이 있으며 그것의 성격에 따라 역병에 대한 대처도 달라진다는 관념이 그러한 신이담 속에 내장되어 있는 것이다. 물론 어쩌면 이는 일상적이지 않는 특별한 경험을 소재로 삼기 좋아하는 이야기 문학의 본질적 특성 때문일 수 있다 ― 아마도 역병에 대한 철학적 저술에서라면 역학적 병인론이, 의학적 저술에서라면 경험적 병인론이 우세하게 나타날 수도 있었을 것이다.― 하지만 『조선왕조실록』이나 사대부의 일기, 『성호사설』이나 『오주연문장전산고』 같은 백과사전적 저술 등을 보면 신이적 병인론은 조선사회에 널리 퍼져 있었던, 역병에 관한 가장 일반화된 관념이었던 것 같다. 아무튼 이러한 측면을 염두에 두면서 조선시대의 필기·야담 속에 역병 체험이 어떻게 인식되고 묘사되었는지 살펴보기로 하자.

그런데 조선시대 필기·야담 속의 역병에 관한 신이담을 분석해보면 그것은 대체로 다음과 같은 세 가지 성격의 이야기로 다시 분류될 수 있다. 이 세 가지 유형의 이야기는 크게 보면 역병에 관한 신이담으로 함께 묶일 수 있는 것이지만, 미세하게 보면 역병의 원인이나 성격에 대한 인식이 다르고 그에 따라 역병의 대처방식도 다르다.

우선 그 가운데 첫 번째 유형은 역병을 하늘의 뜻에 따라 주어지는 운수運數로, 하늘의 뜻을 대리하는 저승사자 같은 존재에 의해 수행되는 불가항력적인 것으로 받아들이는 이야기들이다. 앞서 소개한『천예록』의「제문을 지어 하늘에 고하여 마을을 구하다」같은 작품이 그러하거니와, 이와 함께 실려 있는「찬을 내오게 하여 먹고 어린아이를 살리다」같은 작품이나『청구야담』에 실려 있는「무변武弁인 이씨가 만난 서신차사西神差使」같은 작품 등도 이와 유사한 관념을 바탕에 깔고 있다. 이러한 이야기들에서 역병을 퍼뜨리는 존재는 하늘의 명에 따라서 직무를 묵묵히 수행하는 저승의 관리처럼 묘사되며, 어떤 원한이나 분노 혹은 악의惡意 때문에 역병을 옮기는 괴물 같은 존재로 묘사되지는 않는다. 아마도 이러한 유형의 신이담이 제시하듯이 역병을 하늘의 뜻에 따라 주어지는 가혹하지만 불가피한 운명으로 받아들인다면, 물론 보기에 따라서는 무기력해보이는 대응방식일 수는 있어도, 역병이 불러일으키는 죽음의 공포는 많이 완화될 것이다. 그것은 역병이란 하늘이 정해놓은 어찌할 수 없는 운명이라는 점에서도 그렇고, 죽음 이후에 삶이 소멸되는 것이 아니라 사후세계에서 계속 지속된다는 점에서도 그러하다.

그런데 이와 같은 방식으로 역병을 인식하는 신이적 병인론은 유자들이 공식적으로 받아들였던 역학적 병인론과 유사한 면이 있다. 사후세계의 유무나 역병을 일으키는 귀신의 실체 여부에 대해서는 관점의 차이가 있긴 하지만, 역병을 하늘이 정해준 불가피한 운명으로 받아들이는 내향적內向的인 태도는 양자가 유사하기 때문이다. 사실 진정한 유교적 지식인이라면 어떤 주술적 신앙에도 의지하지 않고 담담하게 죽음의 공포에 맞설 수 있어야 할 것이다. 유교적 지식인은 무엇보다 스스로를 천명에 순응하는 도덕적 주체로 정립해온 사람들이기 때문이다. 이 점에서는 이와 같은 신이적 역병 인식이나 역학적 병인론이 제시하는 역병 인식이 그리 다르지 않다.

다음으로 두 번째 유형의 신이담은 역병을 원한을 지닌 여귀厲鬼의 소행으로 보고, 이를 잘 대접하여야 역병을 물리칠 수 있다는 교훈을 담고 있는 이야기들이다. 그런데 사실 역병을 여귀의 소행으로 보는 관점은 그 유래가 깊고 오래되었다. 아마도 그 근원을 따져간다면 죽은 자의 원한에 찬 혼령이 질병이나 죽음을 가져올 수 있다고 믿었던 원시 주술적 관념에까지 가닿을 수 있을 것이다. 『삼국사기』「고구려본기」 유리명왕조에는 자신의 착오로 잘못 책임을 물어 죽인 탁리와 사비의 원혼 때문에 유리왕이 병들었다가 원혼에게 잘못을 빌고 나았다는 기사가 있고,『고려사절요』에는 인종이 자신의 병을 죽은 이자겸의 귀신 때문에 걸렸다고 믿고 그 처자를 귀양지에서 풀어주었다는 기록이 있다. 이처럼 질병을 원귀의 소행으로 보는 관념은 오래되고 일반적인 것이었다.

역병을 여귀의 소행이라고 보는 관념은 이와 같이 원귀가 질병을 일으킨다는 관념에서부터 파생된 것일 터이다. 하지만 여귀와 원귀는 정의상 서로 겹치는 부분도 있지만 차이 나는 부분도 있다. 세 명대로 살지 못해 원한을 품고 죽은 무서운 귀신이라는 점에서는 서로 같지만, 일반적으로 원귀가 특정한 분노의 대상을 지니고 있는 데 비해 여귀는 그 분노의 대상이 무차별적이라는 점에서 차이가 있다. 역병 또한 특정한 사람에게만 전염되는 것이 아니라 집단적이고 무차별적으로 전염된다는 특징이 있다. 그래서 특히 역병은 주로 여귀의 소행으로 간주되어왔던 것이다. 조선시대 사람들은 전쟁이나 재난, 정변이나 사고 등으로 인해 죽어 제대로 제사를 받지 못한 사람들의 억울한 원한이 쌓여 여귀厲鬼가 되고 이것이 역병이나 재해의 원인이 된다고 생각했다. 그래서 조선왕 조는 건국 초부터 여귀들을 위무하기 위해 명明나라의 예제禮制를 본받 아 여제厲祭를 지냈고 19세기 말까지도 그것을 계속 시행하였다.[30]

이렇게 여귀가 역병을 일으킨다는 관념을 바탕으로 한 신이담은 필 기・야담 속에 많이 등장한다. 그러한 신이담 속에 묘사된 여귀의 형 상은 다양하다. 저승의 관리나 나졸의 형상으로 등장하기도 하고, 가 난한 노파나 고아의 형상으로 등장하기도 하며, 심지어는 괴물과 같은 형상으로 등장하기도 한다. 이 가운데 필자가 두 번째 유형이라고 묶 은 이야기들 속에 등장하는 여귀는, 잘 대접하면 피해를 끼치지 않지 만 잘못 대접하면 분노하여 심술을 부리는 변덕스런 존재로 묘사된다. 이와 같은 여귀가 등장하는 신이담으로『천예록』의 「선비의 집에서 늙 은 할미가 요괴로 변하다」와 「집안 잔치에서 못된 아이가 염병의 퍼뜨 리다」 두 작품을 예로 들어보자.

죽전방에 한 선비가 살았는데, 그의 아내만 집에 있었다. 늙은 할미가 구 걸하러 왔는데, 길쌈을 하면 아침저녁 먹을 것 주겠다 하자 그러겠다 했다.

---

30 여제의 시행 목적과 기능에 대해서는 왈라번, 「조선시대 여제의 기능과 의의」, 『동양학』 21, 단국대 동양학연구소, 2001; 이욱, 「조선시대 국가 사전과 여제」, 『종교연구』 19, 한 국종교학회, 2000 참조.

민첩하게 일을 잘했으나, 점점 대접이 소홀해졌다. 할미가 화를 내며 "나 혼자만 여기에 묵어서는 안되겠으니, 아무래도 남편을 불러와야겠어" 하고는 늙은이를 데려왔는데, 거사 행색을 하고 있었다. 감실(신주 모시는 방)에 들어가더니 모습을 감추고는 욕을 해대며 상다리가 부러지도록 음식 준비하지 않으면 아이들을 병으로 죽이겠다고 윽박지르는 소리가 들렸다. 방안에 들어와 이를 살핀 친척들은 모두 병이 들어 죽었다. 불과 열흘도 지나지 않아 하인들도 모두 죽고 선비의 아내만 홀로 남았으나, 며칠 뒤 그녀도 죽었다. 하지만 이웃 누구도 두려워 들어가 보지 못했다.

한 벼슬아치 집에 경사가 있어 잔치를 벌이는데, 머리를 흐트러뜨린 험상궂은 아이가 우두커니 서 있었다. 이를 내쫓으려 하였으나 꿈쩍도 않고 묵묵부답이었다. 밧줄로도 몽둥이로도 내쫓지 못하자 두려워하며 그제서야 기도하기 시작했다. 아이가 빙그레 웃으며 문을 나갔는데, 다음날부터 염병이 돌기 시작해 잔치에 참석한 사람들 모두가 염병에 걸려 죽었다. 세상 사람들이 이 아이를 '두억신'이라 하는데, 그 근거는 모르겠다.

이 이야기에서 역병을 일으키는 여귀의 형상은 각기 다르게 묘사되지만, 처음에 가난하고 유리걸식하는 초라한 행색으로 나타나 사람들에게 업신여김을 당하다가 나중에는 자신을 박대한 사람들에게 재앙을 주는 존재로 설정된다는 점에서는 공통된다. 아마도 이와 같은 이야기들이 제시하는 일차적인 교훈은 비천하고 소외된 주변인들일지라도 함부로 대하면 안 된다는 것일 터이다. 비천하고 궁핍한 이들을 박대하면 그들은 언제 적대적인 존재로 돌변할 줄 모른다. 또한 이 이야기들에 등장하는 여귀는 따뜻한 인정과 정당한 대가를 바라는 비천한 이웃의 형상과, 질병을 퍼뜨려 인접한 사람들을 몰살시키는 고집불통의 괴물의 속성을 함께 지니고 있다는 특징이 있다. 이 가운데 어떤 측면을 발현케 하는가는 인간의 대응방식에 달려 있다는 것이 이 이야기들이 함축하고 있는 또 다른 메시지라고 할 수 있다.

마지막으로 세 번째 유형의 이야기는 역병을 일으키는 존재를 기괴하고 비인간적인 속성을 지닌 괴물로 형상화하고 그것을 맞서기 위해서는 굳센 기운과 위력이 필요하다고 주장하는 경우이다. 예컨대 『학산한언』과 『청구야담』에 거의 동일한 형태로 실려 있는, 역병을 일으키는 괴물에 관한 다음 이야기가 이에 해당하는데, 여기에 등장하는 외다리 귀신은 기괴한 형상과 비인간적인 속성을 지니고 있다는 특징이 있다.

재상을 지낸 이유가 옥당에 있을 때, 이슬비가 내리는데 밀짚모자를 쓰고 도롱이를 걸친 사람을 만났다. 그 사람은 두 눈을 횃불처럼 번득이며 외다리로 펄떡펄떡 뛰어올랐다. 그 사람이 "오는 길에 가마 한 채를 만났소?"라고 묻고는 바람처럼 달려갔다. 이유가 그 사람의 뒤를 밟아 제생동의 한 집에 이르렀는데, 그 집은 이유의 집안 8촌 며느리가 피접하던 곳이었다. 이유가 들어가보니 괴물이 부인의 베갯머리에 주저앉아 있었다. 이유가 말없이 괴물을 노려보자 괴물이 뜰 앞으로 가 섰다. 이유가 따라가 노려보자 용마루로 올라갔다. 이유가 계속 노려보자 그것은 하늘로 사라졌다. 그러자 부인의 정신이 되돌아왔다.

이 이야기 속의 괴물은 외다리로 뛰고 횃불 같은 눈을 번뜩이며 피해자로 지목한 사람의 머리맡에 앉아 그가 죽기를 기다리는 기괴한 존재이다. 하지만 강직한 사대부 관료였던 이유가 그 괴물을 뚫어져라 쳐다보자 그것이 사라졌고 친척의 병도 나았다는 것이 이 이야기의 줄거리이다. 이 이야기 속에서 질병을 가져오는 괴물은 하늘의 뜻을 대리하는 존재도 아니고, 원한에 사무쳐 인접한 사람에게 그 분노를 쏟아 붇는 원귀도 아니다. 괴물이 지닌 기괴하고 비인간적인 형상과 속성은 그것이 인간이 죽어서 된 귀신이라고 보기 어렵게 만든다. 어떤 의미에서 그것은 인간이 통제할 수 없는, 인간화되지 않은 자연의 불가해한 피조물일 뿐이다.

그런데 생각해보면 괴물이 지니고 있는 이러한 기괴하고 비인간적인 속성은 역병이 지니고 있는 괴물적 속성과 흡사한 면이 있다. 역병의 무차별적이고 저돌적인 성격은 전근대인들에게 인간성과 다른 차원의 기괴한 사물성, 즉 괴물성을 느끼게 했을 것이다. 이 괴물성에 맞서기 위해서는 어떤 인간적인 호소나 도덕적인 내성內省만으로는 부족하다. 역병을 일으키는 괴물보다 더 강한 주술적 위력과 기운으로만 그것을 제압할 수 있다. 그런 점에서 그것은 의미와 도덕의 인륜세계보다 더 원초적인 층위에 자리잡고 있는, 힘과 힘이 맞부딪히는 사물성의 세계를 체현하고 있는 존재라고 할 수 있다.

그런데 이와 같은 병인론과 대응방식을 따라가다 보면 우리는 질병을 자연의 사악한 힘들이 인간을 침범하는 것으로 인식하고 이를 주술적 위력으로 퇴치하고자 했던 원초적인 무속적 관념에까지 이르게 될 것이다. 물론 오늘날 전승되는 무속의 치병굿을 보면 무속 또한 질병의 원인에 대해 복합적으로 인식하고 그에 따라 다양한 대응방식을 마런하고 있었음을 알 수 있다. 무속에서 역병을 일으킨다고 가정되는 존재로는 자연신도 있고 인신人神도 있으며 귀물鬼物도 있다. 그래서 병을 일으키는 귀신의 위상이나 성격에 따라 제물을 바쳐 기원하기도 하고 인간적으로 호소하기도 하며 위력으로 제압하기도 한다.

하지만 아무래도 유교적 질병관과는 구별되는, 무속의 근저에서 자리 잡고 있는 고유한 질병관을 찾는다면 '힘과 사물성의 사유'에서 찾아야 하지 않을까 생각된다. 무속에서 신격으로 모시는 존재는 어떤 인격적 자질 때문에 모셔지는 것이 아니라 그 위력의 크기 때문에 모셔지는 것이다. — 무속에서 신격의 위력은 종종 그 원한과 분노의 크기와 같은 것으로 상상된다. 즉 억울하게 죽어 원한과 분노가 클수록 신격의 위력 또한 커진다. — 그래서 무속에서 신격으로 모셔 위로한다는 것은 유교에서 사당을 세워 그 덕을 기리고 추모하는 것과 그 성격이 다르다. 또한 무속에서 천지자연은 초자연적인 존재들로 둘러싸인 역동적 세계이며, 그러한 초자연적 존재들은 때로 변덕스럽고 인간에게 위협적이다. 그것은 마치 인간을 둘러싼 자연이 복을 내리다가도 때로는 갑자기 돌변하여 재난이나 역병을 내리는 것과도 같다. 이에 비해 유교의 역학적 우주론에서는 자연이 지극히 선하고 도덕적이며 천리에 순응하는 것으로 상정된다. 이처럼 조화로운 자연의 질서를 어그러뜨려서 재난이나 역병을 초래하는 것은 인간일 뿐이다. 이 점에서 우리는 유교와 무속에서 자연을 바라보는 관점 또한 각기 다르다고 말할 수 있다.

아무튼 이 세 번째 유형의 이야기에서 역병은 하늘의 뜻이나 인간사회의 결함 때문에 발생하는 것이 아니라, 자연의 맹목적 폭력성 혹은(그것을 구현하고 있는 사물인) 괴물의 장난 때문에 발생하는 것으로 인식된다. 그러므로 그것은 천리에 순응하거나 인정을 베푸는 것으로 극복될 수 없고, 괴물보다 더 강한 기운과 위력으로서만 제압될 수 있는 것이다.

그런데 조선시대 필기·야담집에는 이처럼 강한 기운과 주술적 능력으로 각종 귀물들을 제압하는, 일종의 퇴마사 역할을 사람들이 자주 등장한다. 『용재총화』에서 뭇 귀신들을 내쫓았던 안공, 악기惡氣를 잘 판별하고 내쫓았던 『어우야담』의 술사 황철, 그리고 『감이록感異錄』에서 귀신들도 굴복했던 한준겸, 그리고 『천예록』에서 뭇 귀신들을 거느리고 단속했던 한준겸의 먼 친척 등은 무당 못지않은 신안神眼을 지니고 귀신을 잘 판별하여 내쫓을 수 있었던 특별한 사람들이었다. 그리고 귀신이 그 이름만 듣고도 피했던 『어우야담』 속의 권람이나 『학산한언』의 속의 신돈복 같은 사람도 귀신이 경외하는 인물로 묘사된다. 이런 이야기들은 한결같이 귀신이 출몰하는 괴력난신의 세계가 실재한다는 것을 인정하면서도, 강직한 유자들이 이를 제압할 수 있는 것처럼 묘사한다. 이를 통해 무속보다 유교가 이념뿐만 아니라 위력 면에서도 우위에 있다는 것을 은연중 드러낸다.

하지만 현세가 귀물들로 가득 찬 신이의 세계이고 역병이란 귀물들의 장난으로 발생하며 강한 기운과 위력을 지닌 자만이 이를 제압할 수 있다는 관념은, 현실을 도덕과 인륜의 세계보다 먼저 원초적인 힘과 사물성의 세계로 상상했던, 원시주술적 사유와(그것을 이어받은) 무속적 사유에서 유래하는 관념이라고 할 수 있다. 아마도 역병을 이와 같은 괴물적인 힘의 발현이라고 상상했다면 그것에 대한 대응방식 또한 보다 신이하고 주술적인 힘에 의지하는 방식일 수밖에 없었을 것이다.

5. 맺음말

이상으로 거칠게 조선시대 필기·야담집 속에 등장하는 역병에 관한 신이담들을 살펴보면서, 조선시대 사람들이 역병의 원인을 어떻게 인식하고 그것에 대해 어떻게 대응했는지 검토해 보았다. 아마도 전근대인들에게 역병은 근본적으로 회피하기도 부정하기도 어려운, 숙명처럼 삶에 동반하는 질곡이었을 것이다. 따지고 보면 오늘날에도 이 점은 마찬가지이다. 2015년 6월 전국을 강타했던 메르스(중동호흡기증후군) 공포는 역병의 비가시적이고 비인간적인 속성이 얼마나 인간사회에 괴멸적인 효과를 끼치는지 잘 보여준다. 역병은 더 도덕적이고 더 인간적이라고 해서 피해가는 것이 아니다. 오히려 가까운 가족일수록 더 직접적인 역병의 전파자가 되기 쉽다. 그래서 역병의 유행은 사회의 기본적인 관계와 질서를 뒤흔들고, 언제 재앙이 나에게 미칠지 모른다는 불안감을 널리 유포한다.

그런 점에서 역병의 발생 메커니즘을 거의 이해할 수 없었던 전근대인들에게는 역병이 불러일으키는 불안과 공포가 훨씬 컸을 것이다. 이러한 불안과 공포에 맞서기 위해서는 역병의 발병 원인과 의미를 파악하고 그에 맞는 대응방식을 찾아야 했다. 즉 경험과 상상을 동원하여 역병의 원인을 파악하고 그것이 개인이나 사회에 지니는 의미를 해석하여 그들의 인식체계 속에 포섭하는 것이 필요했다. 사실 이러한 해석이야말로 사회를 괴멸시키는 역병에서 사회를 보호하는 필수적인 대응조치라고 할 수 있다. 역병과 그로 인한 참혹한 죽음을 어떻게 의

미화하여 받아들이는가 하는 것은 의약을 통해 역병을 치료하는 것 못지않게 중요하다. 역병을 치료하여 죽음을 막는 것 못지않게, 어쩌면 그것보다 더 중요한 것은 역병으로 인한 죽음을 이해하고 받아들이도록 하는 것이라고 할 수 있다.

이 글에서는 조선시대 사람들이 생각했던 역병의 병인론을 세 가지로 정리해 보았다. 우선 조선시대의 유교적 지식인들이 널리 받아들였던 역병에 대한 역학적 병인론은 전근대적 사유 중에서 대단히 합리적인 것이었다고 할 수 있다. 역병 앞에서 두려워하기보다 자신과 사회를 먼저 성찰하는 태도는 조선의 지배층이 스스로를 규율하며 500년간이나 지배체제를 장기지속할 수 있게 했던 중요한 요인이었을 것이다. 하지만 역병을 지나치게 도덕적인 관점에서 해석하고 내성적인 방식으로 대응했던 것은 그것의 근본적 한계라고 할 수 있다.

이에 비해 경험적 병인론은 역병의 예방과 치료에 실제로 도움이 되는 유용한 지식을 축적했다는 점에 그 의의가 있다. 하지만 그것은 전근대적인 지식 일반의 한계 때문에 역병을 체계적으로 설명하는 데까지 나아가지는 못했다. 즉 역병에 관한 경험적 지식은 체계적이지 못하고 산발적이었으며, 우연적 효과와 실질적 효과를 분별하는 검증체계가 부족했다.

신이적 병인론은 조선시대 사람들이 비가시적이고 비인간적인 역병을 어떻게 가시화·인간화시켰는지를 보여준다. 본고는 신이적 병인론에 기반한, 역병에 관한 조선시대 필기·야담집 속의 신이담을 세 유형으로 나누어 살펴보았다. 이 신이담들은 역병에 대한 조선시대 사람들의 신이한 상상세계를 다층적으로 반영하고 있다. 아마도 이러한 신이담은, 역병 자체를 극복하는 데는 실질적으로 도움을 줄 수 없었겠지만, 그것을 감당할 수 있도록 의미화하는 데는 도움을 주었을 것이다.

참고문헌

1. 자료

신돈복, 김동욱 역, 『학산한언』 1-2, 보고사, 2006.

유몽인, 신익철 외역, 『어우야담』, 돌베개, 2006.

이기, 이익성 역, 『송와잡설』, 『대동야승』, 민족문화추진회, 1971.

임방, 정환국 역, 『천예록』, 성균관대출판부, 2005.

정약용, 이정섭 역, 『목민심서』, 민족문화추진회, 1986.

작자 미상, 허웅 주해, 『청구야담』, 국학자료원, 1996.

2. 논저 및 단행본

권복규, 「조선전기 역병에 대한 민간의 대응」, 『의사학』 8, 대한의사학회, 1999.

_____, 「조선전기의 역병 유행에 관하여」, 『한국사론』 43, 서울대 국사학과, 2000.

김성수, 「16세기 중반 지방 사족의 향촌의료실태와 사족의 대응」, 『한국사연구』 113, 한국사연구회, 2001.

_____, 「『묵재일기』가 말하는 조선인의 질병과 치료」, 『역사연구』 24, 역사학연구소, 2013.

김영미, 「18세기 전반 향촌 양반의 삶과 신앙」, 『사학연구』 82, 한국사학회, 2006.

김옥주, 「조선 말기 두창의 유행과 민간의 대응」, 『의사학』 2, 대한의사학회, 1993.

김　호, 「16세기말 17세기초 '역병' 발생의 추이와 대책」, 『한국학보』 71, 일지사, 1993.

변정환, 『조선시대의 역병에 관련된 역병관과 구료시책에 관한 연구』, 서울대 박사논문, 1984.

이경화, 「일본 역신(疫神) 설화의 일고찰」, 『일본학연구』 44, 단국대 일본연구소, 2015.

이　욱, 「조선시대 국가 사전과 여제」, 『종교연구』 19, 한국종교학회, 2000.

이현숙, 「전염병, 치료, 권력」, 『전염병의 문화사』, 혜안, 2010.

정다함, 「조선전기의 정치적·종교적 질병관, 의·약의 개념·범주, 그리고 치유방식」, 『한국사연구』 146, 한국사연구회, 2009.

최종성, 「유의와 무의」, 『종교연구』 26, 한국종교학회, 2002.

왈라번, 「조선시대 여제의 기능과 의의」, 『동양학』 31, 단국대 동양학연구소, 2001.
윌리엄 맥닐, 김우영 역 『전염병의 세계사』, 이산, 2005.

3. DB자료

위백규, 『존재집』 12권, 잡저 「격물설」, 한국고전번역원 http://www.itkc.or.kr
이익, 『성호사설』 제10권, 人事門 「痲疹」, 한국고전번역원 http://www.itkc.or.kr
이규경, 『오주연문장전산고』, 인사편 「痘疫有神辨證說」,
한국고전번역원 http://www.itkc.or.kr
『조선왕조실록』 http://sillok.history.go.kr

제2장

히라가 겐나이平賀源內가 상상한 외국체험

후쿠다 야스노리

1. 머리말

히라가 겐나이平賀源內, 1728~1780는 일본 근세문학 내에서 라기 보다 일본문화 전체 속에서 이채로운 인물이다. 에레키테루ェレキテル라는 마찰발전기계의 발명자로도 유명하지만, 그의 전문분야는 본초학本草学이고, 특히 조선 인삼 등의 외래계 약품이 중시된 시대에 일본 국산제품에 집착하고, 전국적 프로젝트인 물산회物産会나 약품회薬品会를 에도江戸(현재의 도쿄)에서 성공시킨 인물이다. 그리고 그 풍부한 재능을 발휘해서 소설류나 게사쿠戯作류, 닌교조루리人形浄瑠璃 등을 계속하여 발표하는 한편, 온도계나 화완포火浣布를 발명하고, 일본인 최초로 서양화 등에도

손을 대었다. 만년에는 광산 개발에도 손을 뻗었다. 그 때문에 일본인의 스케일에 맞지 않는 천재 · 기인이라고 평가되고 있다. 반면에 그 파격적인 캐릭터는 당시의 일본인들에게 이해받지 못하여 '사기꾼山師'이라고 불리기도 한 인물이었다.

그의 업적을 자타 공히 평가할 때에는 '일본 최초의~'라든지 '에도 최초의~'라든지 하는 찬사가 붙는 경우가 많다. 예를 들어 에레키테루는 일본최초의 전기 기계, 소설이나 게사쿠류는 '처음으로 에도(도쿄)어로 쓰여 진, 에도를 무대로 한 이야기' 회화는 '일본 최초의 서양화'라는 식이다. 이것들은 어떤 의미에서는 맞지만 또 한편으로는 과도한 평가이다. 에레키테루는 나가사키長崎에서 발견한 것을 복원했을 뿐이고, 에도어로 쓰인 소설도 겐나이 이전부터 있었다. 그래도 그가 이렇게 높은 평가를 받는 것은 겐나이를 향한 일본인의 기대에 의한 부분이 많다. 그

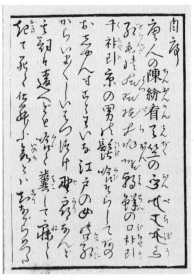

〈그림 1〉 『근남지구사根南志具佐』 서문

기대가 큰 이유는 섬나라에서 지내온 일본인이 해외의 문명과 조우遭遇하게 되어, 일본인의 껍질을 깨부수었다는 점이다. 즉 겐나이에게는 이 콜로키엄의 테마와 같은 '문명충돌-균열과 틈입'의 선구 역할이 맡겨진 것이다.

예를 들면, 겐나의 최초의 소설인 『근남지구사根南志具佐』(1763)의 서문에는 한글('무차리 구차리'라는 발음이 적혀 있음)이나 네덜란드어가 적혀져 있다. 〈그림 1〉 참조. 당시의 대중소설에 한글이 적혀있는

것은 드문 일이다. 이러한 겐나이라는 문화인은 폐쇄적인 성향이 강하고, 해외의 지식이 불충분했던 당시의 일본에서 서양과 아시아 여러 나라들에 대한 지식을 동시에 갖고 있었던 스케일이 대단히 큰 인물로 여겨졌다.

그 때문에 현대사회에서도 인기가 있으며, 고전을 싫어하는 젊은이들 사이에서도 이름이 알려진 존재다.

이하, 먼저 이 미증유未曾有의 인물인 겐나이가 어떠한 환경에서 자랐는지를 검토하고, 그 다음에 그와 서양문명과의 충돌에 대해서 고찰하겠다.

2. 히라가 겐나이의 원풍경原風景

히라가 겐나이는 어떠한 성장환경을 거쳐서 등장했는지 살펴보겠다.

화려하게 보이는 히라가 겐나이의 원풍경에는 의외로 외로운 면이 있다. 그는 사누키 시도讃岐志度(현재의 시코쿠 가가와현 사누키시四国香川県さぬき市)라는 일본의 지방 도시의 유명하지 않은 작은 마을의 하급 무사武士의 아들로 태어났다. 당시의 습속習俗으로는 겐나이는 가문을 잇고 가족을 꾸려 장남을 낳아 대를 잇게 한다는 소박하지만 안정된 인생이 보장되었을 것이다. 그것은 그 나름대로 에도시대의 문인이 살아가는 하나의 방식이었다.

그런데 그는 일단 가문을 이었지만, 후에 그 안정된 자리를 박차고 나온다. 가독家督을 포기하고 혼자 무직자로 고향을 나온 것이다. 게다가 그 당시 겐나이는 29살로 결코 젊다고 할 수 없는 나이였다. 그는 에도(도쿄)라는 대도시에 진출한 것이다. 그 당시 그의 마음속의 야심이 어떠한 것이었는지를 우리는 그가 남긴 문학 작품이나 저술로 엿볼 수밖에 없다. 단 한 가지 이야기할 수 있는 것은 그가 일생을 걸고 전념하고 싶었던 것은 '본초학'이라는 것이다.

에도에서 그는 우선 물산회(약품회)라는 것을 성공시켰다. 그의 본업은 '본초학', 오늘날의 약학이나 의학에 해당하는 학문이다. 게다가 그 중에서도 '물산학'이라는 실제성實際性이 높은 학문이었다. 즉 약품의 원재료原材料에 대한 연구와 재배를 중심으로 하고 있는 것이다.

그리고 이 '물산회'는 약품의 원료가 되는 것을 전국에서 한 번에 모아, 함께 논의해서 최상품을 고르는 학술교류회였다. 이 모임의 목적은 분명했다. 조선인삼으로 대표되듯이, 당시 일본은 좋은 약재를 해외에서 고가로 수입하고 있었는데 그것은 나라의 피폐함과도 연결되었다. 겐나이는 이 물산회의 기록인 호레키宝暦 13년(1763) 『물류품척物類品隲』에 '함부로 일본의 재화를 외국에 낭비하고 빼앗기는 데 일조할 뿐이다. 그렇다면 힘써서 이것을 세상에 널리 알리려고 노력하는 사람은 정말로 영원히 우리나라의 부富를 가져오는 사람일 것이다'라고 적고 있다. 여기에서 알 수 있는 이하의 겐나이의 원풍경의 두 요소를 주목하겠다.

① 우선 그가 일본에서 지방출신이었다는 점.
② 그가 말하는 '외국'에는 항상 '일본'이 대치되고 있다는 점.

첫 번째 요소인 그가 지방출신이었다는 점은 이후의 겐나이의 궤적軌跡을 쫓는다는 의미에서 중요하다. 겐나이가 에도에서 유명해졌다는 것을 알고 가장 기뻐한 사람은 다카마쓰번高松藩의 번주藩主인 마쓰다이라 요리타카松平寄恭였다. 번주는 겐나이가 자신의 번사藩士 중 한 명이라는 점을 꿈에도 몰랐을 것이다. 그리고 그가 다카마쓰번에서 사직한 것 등도 금시초문이었을 것이다. 그런데 겐나이는 유명해 졌고 마쓰다이라는 당시 에도에서 유명한 겐나이가 원래 자신의 가신家臣이었다는 것을 겐나이가 번을 그만 둔 다음에 안 것이다. 마쓰다이라는 그것을 매우 기뻐했고, 겐나이를 파격적인 대우로 등용했다. 그리고 이것은 두 사람의 불행한 의견차의 시작이기도 했다. 번주는 겐나이를 가신으로 중용重用하려고 했고, 겐나이는 좋은 경제적 후원자가 생겼다고 인식했던 것이다. 초기의 번주와 겐나이의 관계는 양호했지만, 둘 사이에라기보다 겐나이 쪽에 점점 변화가 생기게 되었다. 요컨대 다카마쓰번이라는 지방 번에서 일하고 싶지 않게 된 것이다. 그의 꿈은 '일본'을 풍요롭게 하는 것이었기 때문에 지방을 위해서 일하는 것은 그가 지향하는 것에 반하는 것이었다.

그래서 겐나이는 다카마쓰번에 다시 사표를 제출했다. 번주는 이것에 상당히 상처를 입었을 것이다. 그리고 고민 끝에 그 사표를 수리했다. 단 조건이 붙어 있었다. 그것은 다른 번에서는 일하지 않겠다는 것이었다. 이로 인해 그는 생애에 걸쳐 '낭인浪人'이라는 운명을 떠안게 된다.

두 번째 요소는 겐나이가 '외국'을 말할 때에 항상 '일본'이 대지된다는 점에 관해 그는 자신의 발명에 대해 말할 때에는 다음과 같이 '국익国益'이라는 말을 사용하는 경우가 많았다는 점이다(이하, 강조는 인용자).

• 인삼 · 사탕수수는 '국익'을 위함이 적지 않다. 그러니 따로 그 배양 제조법을 적어 따로 한 권의 부록으로 만들어둔다.

—『물류품척(物類品隲)』, 호레키(宝暦) 13년(1763)

•항상 국익을 생각하는 것으로 세간을 위한 것은 아니다.

—『위음은일전(痿陰隠逸伝)』, 메이와(明和) 5년(1768)

• 그 틈새를 잘 이용하여 여러 노력을 통해 어쨌든 **일본의 금은을 당나라, 네덜란드에 빼앗겨서는 안 된다**. 전혀 도움이 안 될 것이다

—『방비론후편(放屁論後偏)』

• 나는 **일본**, 진무천황神武帝 때부터 지금까지, 2439년간에 죽고 태어나며 교체된 사람 수를 다 셀 수가 없다. 그 많은 사람들이 알지 못하는 일을 파악하려고 재산을 버리고, 녹봉을 버리고, 노력하여 금은을 낭비하여, 만들어낸 것은 이 에레키테루 뿐만이 아니다. 지금까지 **일본산이 아닌 것**을 만들어낸 일 또한 적지 않다.

—『방비론후편(放屁論後偏)』

• 섬유를 짜서 **국가의 이익**이 되는 물건을

—『방비론후편(放屁論後偏)』

• 화완포 · 에레키테루라는 특이한 물건을 만들면 다케다 오우미竹田近江나 니시노 도스케西野藤助와 똑같이 취급하려고만 생각하며 변화하는 용龍

과 같은 것을 모른다. 나는 다만 그런 것들을 취급하지 않으며 오로지 **일본의 국익**이 되는 것을 생각할 뿐이다. 혹은 때로 여러 제후諸侯들을 위해 도모한 일들도 **국가의 큰 이익**이 되지 않는 것도 아니지만

—『방비론후편(放屁論後偏)』

즉, 메이드 인 재팬made in Japan을 고집하고, 외제에 대한 대항의식이 강했던 것이다. 그에게 외국이나 이문명異文明이라는 것이 국익이라는 애국심에 의한 것이라는 점을 우선 확인해두고 싶다. 당시 가장 서양문화를 동경하고, 그 지식을 통해 서양문명 기술에 적극적이었던 히라가 겐나이의 내면이 상당히 국내 주의적domestic이었음은 이 시기 일본인의 내면을 탐구하는 데 있어 상당히 재미있는 요소가 될 것 같다. 어디까지가 본심이었는지는 알 수 없지만, 적어도 그가 고향을 떠난 것은 지방을 위해서가 아닌, '일본' 전체를 위해서 일하고 싶다는 애국심에서 출발한 것이다. 그리고 이 내셔널리즘nationalism은 메이드 인 재팬의 기술혁신에 의해 여러 외국, 특히 기술 선진국과 어깨를 나란히 하고 수출로 일본을 풍요롭게 만들었다. 당연히 겐나이의 관심은 기술 선진국, 서양으로 향하게 되었다.

겐나이의 모습은 당시 일본에 있었던 네덜란드인 저택에서 목격되었는데, 그에게 있어 외국이란 어떤 것이었을까? 겐나이를 잘 이해하고 당대 최고의 네덜란드통通, 또 『해체신서解体新書』의 역자 중 한 명이기도 한 스기타 겐파쿠杉田玄白는 네덜란드인과 마주한 겐나이의 모습을 다음과 같이 적고 있다(『난동사시蘭東事始』).

그 즈음 히라가 겐나이라는 낭인이 있었다. 이 남자는 본래 본초가本草家에 태어나서 이치에 밝고 똑똑하여 그 시대의 인기에 걸맞게 태어났다. 어느 해인지 앞에서 언급한 크랜스라는 네덜란드인 선장이 왔던 때인데, 어느 날, 그의 응접실에 사람들이 모여 연회를 즐기고 있을 때 겐나이도 그 자리에 참석하였는데, 크랜스가 장난으로 쇠붙이 주머니 하나를 꺼내더니,

"이것을 시험 삼아 열어 보시오. 풀 수 있는 사람은 없을 것이오"

라고 했다. 그것은 얽힌 쇠고리로 '지혜의 고리'같은 것이었다. 손님들은 차례로 전달받아 이리저리 궁리해보았지만, 아무도 얽힌 고리를 풀 수 없었다. 마침내 말석末席에 앉아있던 겐나이 차례가 되었다. 겐나이는 이것을 손에 쥐고 잠시 생각하더니 바로 고리들을 분리해냈다. 손님들은 깜짝 놀라고, 크랜스도 그의 민첩한 재주에 탄복하여 바로 그 꾸러미를 겐나이에게 주었다. 이로써 점점 친분이 두터워지고 이후 겐나이는 가끔 그의 응접실에 방문하여 물산物産의 일에 대해 물었다.

이것은 겐나이의 과학적 재능과 서양과의 만남을 언급한 유명한 에피소드이다. 겐나이의 서양 문명에 대한 훌륭한 감각과 정열에 크랜스라는 서양인도 감동하여 이후 전문적인 이야기도 종종 나누었다고 한다. 겐파쿠는 이 일화에 이어 또 하나의 겐나이와 크랜스의 대화를 기록해 두었다. 이 일화는 겐나이에게 있어 이국異国이 무엇인가를 더 잘 보여준다.

또 어느 날, 크랜스가 바둑돌 같은 형상을 한 '슬랭거스텐Slangensteen'이라는 것을 꺼내서 보여주었다. 겐나이는 이것을 보고 그 효용을 묻고 돌아가

더니, 다음날 따로 새로운 것 한 개를 만들어 갖고 와서는 크랜스에게 보여주었다. 크랜스가 이것을 보고는,

(크랜스) "이것은 어제 내가 보여준 것과 같은 물건이다."

(겐나이) "당신이 보여준 물건은 당신 나라의 산물인가? 또는 다른 나라에서 구해온 것인가?"

(크랜스) "이것은 인도의 실론 지방이라는 곳에서 구해온 것이다."

(겐나이) "그 나라의 어떠한 곳에서 생산되는 것인가?"

(크랜스) "그 나라 말에 의하면 이것은 큰 뱀의 머리에서 나오는 돌이라고 한다"

(겐나이) "그것은 그럴 리가 없다. 그것은 용골龍骨로 만들었을 것이다"

(크랜스) "천지天地에 용이란 것은 존재하지 않는다. 어찌하여 그 뼈로 만들 수가 있겠는가."

이에 겐나이는 자신의 고향인 사누키讚州의 쇼도섬小豆島에서 나온 큰 용의 이빨과 이어진 용골을 꺼내어 보여주며,

(겐나이) "이것이 바로 용골이다. 『본초강목本草綱目』이라는 중국사람 책에 뱀은 껍질을 벗어 탈피하고, 용은 뼈를 바꾼다고 설명되어 있다. 내가 지금 보여주고 있는 슬랭거스텐은 용골로 만든 것이다."

크랜스는 이 말을 듣고 깜짝 놀라 더욱 더 겐나이의 기발함과 재주를 느끼게 되었다.

어느 날, 크랜스는 '슬랭거스텐Slangensteen'이라는 실론(스리랑카)에서 발굴된 큰 뱀의 머리를 겐나이에게 보여줬다. 마치 서양의학과 박물학의 최첨단의 지식을 극동極東의 섬에 사는 일본인에게 보여주어 놀래려고 했던 것일 것이다. 그런데 겐나이는 그것에 놀라지 않고 같은 물건을 지참했다. 그것은 일본의 겐나이의 고향에서 발굴된 메이드

인 재팬인 '용골Dragon Bone'이었다. 이번에는 크랜스가 놀랐다. 그리고 겐나이는 그 '용골'에 대해 중국의 이시진李時珍의 『본초강목』을 인용해 서양인에게 해설했다고 한다. 『본초강목』은 명나라 시대의 대표적인 본초서本草書로 일본에도 빠른 시기에 전래되어 본초학의 기본서가 되었다. 겐나이가 종종 작가 이시진에 대해 언급하며 아시아 본초학의 라이벌이라고 여겼던 대목도 있다. 그래도 『본초강목』을 한손에 들고 서양인에게 다가가는 겐나이의 모습을 지금의 눈으로 보면 역시 위화감을 떨쳐버릴 수 없다. 그러나 이 위화감 있는 모습이야말로 겐나이가 말하는 '국익을 위해 여러모로 애쓴 일본인'의 발버둥질이며 이에 대해 생각해 봐야 할 것이다.

이 일화가 말해주는 것은 겐나이에게 서양문명이란 그저 단순한 동경의 세계만은 아니었다는 점이다. 서양과 서로 어깨를 나란히 하려고 한 그의 온 힘을 다한 강인함을 인정해야 할 것이다.

종래에는 겐나이가 선진적이라는 근거로 서양문화와 조우했기 때문이라는 단순한 이유를 대는 경우가 많았다. 겐나이야키源内焼き라고 불리는 도자기 접시에조차, 세계지도 디자인이 들어 있다. 게다가 일본은 극동의 '소국小国'으로 정확하게 그려져 있다. 겐나이는 세계에 있어서의 일본의 '작음'을 충분히 인식하면서, 그래도 메이드 인 재팬의 우수함을 고집하고 있었던 것이다. 그 때문에 겐나이는 가장 '세계'를 의식한 선구적인 문화인이라고 여겨진 것이다.

또한, '장미이슬 『본초강목』이슬이 줄기를 통과하여 생긴다. 고유어로 바라노슈. 네덜란드어로 로즈와툴. 네덜란드인은 가시 있는 식물은 모두 로즈라고 부른다. 와툴이란 물을 뜻한다'라는 화한양和漢洋의 지식을 구사했다(『물류품척』). 네덜란드인이 가시가 있는 것을 모두 '로즈'라고 불렀는지 어떤지의 타당성을 불문하고 장미Rose의 이슬Water이니 '로즈와툴'이라고 당당히 쓴 부분은 당시의 일반 일본인보다 뛰어난 서양 지식을 갖고 있었다고 인정하지 않을 수 없다.

게다가, '비누 일본어로 샤본렌이라고 함. 일본산은 없음. 야만국에서 산출됨. 네덜란드어로 셋브, 라틴어로 사보우네라고 함. 샤본이란 라틴어로부터 변해 온 말임' 이라는 **라틴어** 지식까지 포함시킨 내용의 저서를 겐나이가 봉건시대에 쓴 것을 통해, 일본인은 어떻게든 겐나이에게 서양과 랑데부했던 선구자의 모습을 기대하는 것이다.

그러나 표면적으로 서양의 문명을 맹종盲從하고, 신봉信奉했던 것처럼 보이는 모습과는 다른 정신세계가 겐나이에게는 있었다. 그것을 한마디로 말하면, 서양문명(이문명)에 대한 저항과 위화감이다. 이문명에 대한 맹목적인 신봉과 거절, 이 양면을 겐나이는 동시에 갖고 있었던 것이다.

본 논문에서는 이상의 기본적인 내용을 정리한 후에, 히라가 겐나이의 일본·외국의식을 살펴보고, 그의 머릿속에 있었던 외국, 그리고 상상 속의 외국 주재駐在 체험을 재현해 보는 것으로 겐나이에게 있어서의 이문명에 대한 신봉과 거절拒絶에 대해서 생각해 보겠다.

3. 겐나이의 상상 외국체험 — 『풍류지도헌전風流志道軒伝』

히라가 겐나이가 쓴 『풍류지도헌전』(1763)이란 소설이 있다. 히라가 겐나이 또는 시도켄志道軒을 모델로 했다고 생각되는 아사노신浅之進은 후라이센진風来仙人에게 자유자재의 깃털부채를 받아 장각국長脚国, 장비국長臂国, 천흥국穿胸国, 대인국大人国, 소인국小人国 등 '세계' 각국을 둘러보는 것이다. 곳곳에 현실에 대한 풍자를 담고 있으며, 이와 유사한 내용이 그려져 있는 조나단 스위프트의 『걸리버 여행기』와의 관계가 이야기됐지만 우연의 일치이다. 『풍류지도헌전』는 쇄국鎖国시대에 외국에 대해 큰 관심을 갖은 일본인인 겐나이가 상상의 날개를 펼치고 외국의 의사疑似 체험을 엮은 것이라고 보는 게 좋을 것이다. 우리는 거기에서 겐나이의 의식을 통해 일본인의 이문명과의 만남과 거절을 볼 수 있다.

우선 대인국에서는,

　사람들이 많이 서있는 곳에, 갈대발로 사방을 가린 임시 천막 안에 데리고 가서, 아사노신을 테이블 위에 올려놓고는, 이상한 모습을 하게하고, 피리나 북 같은 것으로 박자를 맞추며,

　"살아있는 일본인 구경, 손에 넣으면 기어가는 듯한 작은 미남자, 제조품, 장식품과는 달리, 살아있는 것을 생생하게 보여드립니다. 평판이 좋습니다, 좋아요"라고 큰소리로 외치니, 남녀노소가 서로 밀치며 더 이상 빠져나갈 수도 없이 사람들이 모여들어 저마다 손가락으로 가리키며 웃는 모습이

라는 식으로 '구경거리' 취급을 받고, 반대로 소인국에서는,

아주 고귀한 공주를 가마에 태우듯이, 아사노신은 그녀를 손가락으로 살짝 집에서 인롱印籠 속에 넣으니, 점점 공주는 갑자기 울며불며 하더니 이리저리 달리고 있다

는 식으로 절대적인 강자로 군림한다. 이 '대인국'과 '소인국'은 겐나이나 당시의 일본인에게 있어 '외국'의 상징이었던 것이다. 왜냐하면 히라가 겐나이는 당시의 대중소설의 기수旗手였고, 그가 그린 세계는 그대로 당시의 독자가 바라는 것이었기 때문이다. 그리고 '대인국'에서는 '구경거리'로 업신여겨진 '작은 일본인'이 '소인국'에서는 절대적인 강자로 횡포를 부리는 '대일본인'으로 그려져 있다. 그 가치관의 상대화相對化야말로 이 소설의 테마이고, 거기에 겐나이가 상상하는 외국이 있었던 것이다. 즉 겐나이 안에는 '사람은 사람, 밖은 밖'식의 '일본은 일본, 외국은 외국. 두려워 할 것도 업신여길 필요도 없다'라는 의식이 있었던 것이다. 그 의식을 코즈머폴리턴(세계주의)로 볼지 말지로 그에 대한 평가는 크게 나눠지지만, 그러한 의식이 겐나이라는 인간에게 있었던 것은 확실한 사실이다.

이 '대인국'과 '소인국'은 캐리컬처화 된 가공의 외국체험으로, 말하자면 별 볼일 없는 '동화おとぎ話'이다. 겐나이는 일본인 또는 자신의 외국의식을 잘 표현하기 위해 이 두개의 나라를 등장시킨 것이다. 거기에 다음 한 부분을 겹쳐 생각해 보자.

에조蝦夷·류큐琉球는 당연하고, 무굴제국莫臥尔, 자바占城, 수마트라麻門塔剌, 보루네오浡泥, 페르시아百兒齊亞, 모스크바莫斯哥米亜, 페구琶牛 '미얀마 남부', 아라칸亜剌敢, 아르메니아亜尔黙尼亜, 천축天竺 '인도', 네덜란드阿蘭陀를 비롯하여 (⋯중략⋯) 야로국夜国에 반년 간 체재하고 피곤함도 풀리니, 다시 깃털부채를 타고 중국으로 향하여 청나라清朝의 군주 건륭제乾隆帝가 사시는 북경北京에 도착하니

『풍류지도헌전』 집필당시 바로 청나라 건륭제 시대였는데, 그 당시의 동시대성을 포함한 이국 정보가 풍부하게 들어있는 점에 주목할 만하다. 앞의 '대인국', '소인국'등의 가공架空의 나라명과 함께 '에조', '류큐', '무굴', '자바', '수마트라', '보루네오', '페르시아', '모스크바', '페구', '아라칸', '아르메니아', '천축', '네덜란드', '야로국', '청나라', '북경'의 이름이 적혀있다. 이것은 해외에 갈 수 없었던 히라가 겐나이, 그리고 일본인의 상상의 해외체험을 작품화한 것이다. 그런 의미에서는 이 작품이 겐나이가 상상한 해외체험을 작품화한 것이다.

그럼 여기에 소개된 나라명과 그 순서는 어떠한 것일까? 과연 타당성이 있는 것일까?

당시 일본에서 가장 일반적인 백과사전은『화한삼재도회和漢三才図会』(데라지마 묘안寺島良安 1055권, 쇼토쿠正徳 2년(1712) 성립)이다. 이 백과사전은 근대에도 읽혔으며, 이와 같은 외국 및 외국인에 대한 기술은 일본인의 기초지식이 되었다.

『풍류지도헌전』에 적혀있는 이와 같은 나라명은『화한삼재도회』의 기재와 겹치는 것이 많다. 때문에 겐나이는 이 백과사전을 보고 이러

한 나라명을 적당히 쓰는데 지나지 않았다는 견해도 가질 수 있다. 당시의 어느 정도의 지식을 가지고 있는 사람이라면 누구라도 가능한 간단한 집필인 것이다.

그런데 이 『풍류지도헌전』은 그렇게 간단한 구조를 갖고 있지 않다.

우선 그는 조루리 작품이라는 연극 대본에도 '중국, 타타르韃靼, 네덜란드, 자카르타' 등이라고 외국의 나라명을 기록하고 그 외의 소설에도 '삼천 개의 세계 중에는 일본이라든가 중국이라든가 천축·네덜란드를 비롯해서 수만 개의 나라' 또는 '일본뿐만 아니라 중국·조선을 비롯해서 인도·네덜란드 등 여러 나라에도 없을 것이다'라고 썼다. 백과사전을 옆에 두고 간단히 해외의 나라명을 쓴 게 아니라, 항상 외국의 나라명이 뇌리에 떠올랐던 것이다. 게다가 그 지식은 『화한삼재도회』와 같은 백과사전에서만 얻은 게 아니고, 또 어설프게 들은 지식을 적은 게 아닌, 그의 뇌리에 그 나름의 세계지도가 있었던 것 같다.

이 점에 대해 조금 깊게 분석해보겠다.

『풍류지도헌전』의 세계편력은 '에조'와 '류큐' 다음에 '무굴'이라는 나라로부터 시작해서 '청나라'로 끝난다. 이 둘러보는 나라의 순서에 대해서는 기이한 느낌이 든다. 첫 방문지인 '무굴'은 물론, 『화한삼재도회』에도 게재되어 있지만 너무 간단한 설명밖에 없다. 보통의 일본인은 떠올리지 않을 것이고, 여러 나라를 둘러볼 때 기점起点으로 삼지는 않을 것이다. 겐나이가 '무굴'을 첫 방문지로 선택한 것은 단순한 우연이라고는 볼 수 없다. 왜냐하면 일본에 있어서 이 '무굴'이라는 나라는 당시의 세계에 있어서 격동을 겪은 나라라고 인식되어 있었기 때문이다.

근세시대의 일본은 '쇄국'이었다고 이야기 되는 경우가 많다. 일반적으로는 그렇게 설명하는 것이 보통일 것이다. 그러나 실상은 당시의 일본특히 막부나 지방행정인 번의 오랜 번주는 필사적으로 해외의 최첨단 정보를 모았다. 각 번에서는 몰래 세계지도를 소유하고 있었다는 것은 학계의 상식이기도 하다. 그리고 그 정보나 지식은 당시의 최고 행정부가 아무리 규제를 하더라도 그 틈새를 통해 은밀히 알려지게 되었다.

그래도 근세 후기에는 해외에 대한 지식을 갖고 있는 인물이 많았지만, 겐나이가 살았던 중기에는 아직 그 수가 많지 않았다. 이 시기를 대표하는 외국통은 니시카와 조켄西川如見, 1648~1724이나 아라이 하쿠세키新井白石, 1657~1725이다. 한쪽은 나가사키의 통역사, 한쪽은 '쇼토쿠의 치正徳の治'라고 하는 정치의 중심인물이었다. 그들은 '쇄국'이라는 단어를 떠올릴 수 없을 정도로 해외 사정을 높은 수준으로 파악하고 있었다.

그럼 '무굴'에 대한 두 사람의 생각을 살펴본 후에 다시 겐나이의 의식과 그리고 그것을 입 모아 칭찬한 일본인(혹은 에도인)의 의식에 대해서 생각해 보겠다.

니시카와 조켄은 『증보화이통상고增補華夷通商考』(호에이宝永 5년(1708))에 무굴을 '천민은 피부색이 검지만 귀족은 검지 않다. 언어는 시암어(시암은 태국의 옛 이름)와 대부분 통하고 조금 다르다. 인품은 보통 조용하게 보이며 떠드는 일이 없고, 어리석은 것 같으면서도 지혜가 있다'라고 적고 있다. 대략의 지형이나 언어는 파악하고 있었던 것을 알 수 있다. 그리고 『사십이국인물도四十二国人物図』(교호享保 5년(1720))에는 '무굴 이슬람回々을 갖고 무굴이라고 부르는 것은 잘못이다. 이 나라는 남인도南天竺

내에서 첫째가는 대국이다. 열네 개의 도가 있고 보화宝貨가 풍요로운 나라라고 할 수 있다' 라며 대국이고 세력과 지성이 있는 나라라고 하고 있다. 니시카와가 '무굴'을 '풍요로운 나라'라고 하고 있는 것에 주목할 필요가 있을 것이다.

한편, 아라이 하쿠세키의 『서양기문西洋紀聞』(쇼토쿠正德 연간(1711경))에는 '무굴 한자로 莫臥尓 또는 莫臥兒이라고 번역된다. 일본에서는 흔히 모울モウル이라고 부르는 나라가 바로 이곳이다. 옛 인도 지역으로 넓은 땅에 사람들이 모여, 재물이 풍요롭고, 그 쪽에서는 대국이다. 하지만 외국과 경계를 접하고 있어 전쟁이 끊이지 않는다'라고 니시카와와 동일하게 대국이며 풍요로운 나라라고 적고 있다. 그리고 내란이 계속되고 있는 사정을 쓰고 있다. 아라이 하쿠세키는 동시기에 성립한 『채람이언采覧異言』(쇼토쿠正德－교호享保 연간(1711~1735))에도, '모굴 모울이라고 부른다. 莫臥兒 아兒자 대신 이尓자를 쓰기도 한다. 옛 인도印度지역. 타타르韃靼, 러시아都兒 등 여러 나라에 접한다. 동남쪽은 바다가 드물다. 방글라데시榜葛剌와 인도応帝亜 전부를 포함하는 이 지역의 대국이다. 그렇지만 각각의 지역과 경계가 접하고 있기 때문에 서로 침하고 전쟁이 그치지 않는다. 그 곳 사람들은 털이 붉고 눈동자는 감색이다. 남녀 모두 흰 두건을 썼다. 의복에는 깃을 달지 않는다'라고 적고 있다. 일반적으로 일본의 에도시대는 쇄국이라고 알려져 있지만, 니시카와 조켄이나 아라이 하쿠세키와 같은 해외통이 존재했고, 어느 정도의 해외정보는 파악하고 있었다.

니시카와 조켄는 통역, 아라이 하쿠세키는 정치의 중핵中核이라는 입장이었는데, 이것(해외통：역자 주)은 그들만이 아니었다. 당시의 일본에는 예를 들면 후쿠치야마福知山 번주나 우와지마宇和島 번주, 규슈의 여러 번과 같은 '난벽다이묘蘭癖大名'이라고 불린 서양에 능통한 번주가 있고, 예를 들면 후쿠치야마 번주나 우와지마 번주와 같은 서양 지식의 수집에 힘을 쏟아 부은 번주가 있었다. 그 당시 가장 정확한 세계지도가 일본에 있었으며, 겐나이는 그 세계지도를 도안으로 한 도자기(겐나이야키)를 만들어 배부할 정도였다.

그 배경은 에도 막부幕府의 8대 쇼군將軍인 도쿠가와 요시무네德川吉宗가 양서洋書수입 금지를 부분적으로 해지한 것으로 시작한다. 그리고 난학자蘭学者인 오쓰키 겐타쿠大槻玄沢가 시작한 '네덜란드 정월'이라고 불리는 독특한 연중행사도 있었다. 그리고 거기에는 재력 있는 상인들이나 문화인도 참가하게 된다. 우에다 아키나리上田秋成와 교류가 있었던 기무라 겐카도木村蒹葭堂는 오사카의 상인이지만, 수집가로도 유명하며 당시의 그의 주변에는 해외의 정보가 몰려들었다. 겐나이는 이런 시대에 태어났던 것이다. 여러 가지 루트를 통해 의욕만 있으면 해외의 정보를 접할 수 있었던 것이다. 니시카와 조켄이나 아라이 하쿠세키 정도로 성격이 좋지는 않았지만, 겐나이는 '무굴'에 대한 정보를 알고 있었던 것이다.

그러면 '무굴'의 역사와 청나라의 역사, 『풍류지도헌전』을 나란히 제시해보면 다음과 같다.

① 무굴제국 1526년 델리テリー에 제국창립. 1600년까지 세력을 늘리고, 제6대 아우랑제브アウランクセーフ 시대가 최전성기, 그 후에 쇠퇴, 1757년에 플래시フラッシー전투가 끝났다.

② 청나라 1616년 탄생했지만, 이반성李反成의 난에 의해 명나라가 멸망한
　　것은 1644년이다.
③ 건륭제의 재위는 1711년부터 1769년까지이다.
④『풍류지도헌전』이 간행된 호레키宝暦 13년은 1763년이다.

　『풍류지도헌전』는 플래시전투의 직후에 집필되어 청나라의 건륭제
의 재위기간에 성립된다. 그 당대성当代性에 놀란다. 겐나이가『풍류지
도헌전』을 '무굴'에서 시작해서 청나라로 끝낸 것은, 바로 세계의 동향
을 가장 빨리 파악하고 있었기 때문이라고도 할 수 있을 것이다. 이것
은 겐나이의 머리에 있던 세계지도가 당시의 정치의 중핵을 이뤘던 아
라이 하쿠세키와 동등했다는 것을 이야기 하고 있다고 할 수 있다.

　일반인이면서도 이만큼의 지식을 가졌던 것은, 그 동기動機에 당연
하지만 해외문명을 향한 지식의 갈망이 있었기 때문이라고 보인다. 일
본인들이 겐나이의 '틀型을 부수는'듯 한 진취성에 대해 갖는 기대는 어
느 정도 타당하다고 하겠다. 겐나이가 상상한 외국체험은 장미 빛 풍
경이었을지도 모른다. 그 장미 빛 풍경이야말로 일본인이 이문명과 만
나는 것에서 생긴 풍경의 하나의 유형일 지도 모르겠다.

　그런데 이렇게 단정 짓기 전에, 그가 외국에 대해 말할 때 항상 세트
로 말했던 '국익国益' 즉 내셔널리즘의 이야기를 해보겠다.

4. 화완포火浣布가 알려주는 것

겐나이가 자신의 발명품에 대해 말할 때 '세계' 혹은 '외국'을 의식한 것은 이미 언급한 대로이다. 그리고 동시에 '국익'도 그의 뇌리에서 떨어지는 일은 없었다고 생각된다. 그리고 겐나이 스스로 자랑스럽게 생각한 화완포(석면石綿)의 발명에 대한 그의 말을 『화완포약설火浣布略説』(메이와明和 2년(1765))에서 살펴보겠다. 화완포란 불에 타지 않는 헝겊으로 『죽취물어竹取物語』에 「화서의 가죽 옷日鼠の皮衣」이라는 말도 안 되는 물건으로서 등장하듯이, 오래 전부터 일본에서는 이 세상에 존재하지 않는 물건으로 인식되어 왔다. 히라가 겐나이는 그 화완포를 제작하는데 성공한 것이다. 이 화완포는 오늘날 말하는 석면이다. 오늘날의 기술로 보면 특별한 발명이라고 하기는 어렵다. 그렇지만 당시 일본으로서는 경이롭게 받아 들여졌고, 겐나이도 기세등등하게 화완포에 대해 말하고 있다. 그 대략적인 요소를 겐나이 스스로 정리한 것이 『화완포약설』이다. 그는 이 책을 간행하고 널리 세상에 자신의 공적을 고무鼓舞시킨 것이다.

겐나이는 '이것은(화완포 : 역자 주) 중국에서도 직조하는 법을 모른다. 다만 서역에서 가끔 전해지기 때문에 중국 사람도 모르고'라고 하는데, 이는 즉, 겐나이에게 외국이란 일본 대對 외국이 아니라, 아시아 대 서양(서역)이라는 것이었다. 아시아에서 기술적으로 우위에 있었던 당나라에서도 이 화완포를 직조하지 못했다고 단언한다. 중국이나 중국인도 몰랐던 일, 이루지 못한 일, 그 두 가지가 그의 자존심을 만족시킨 것이다. 무엇보다도 일본의 상대는 '중국'이어야 했고, 그 '중국'보다 뛰어나다는 점이 가장 중요한 점이었다. 그리고 아시아 넘버원은 '세계 넘버원'이어야만 했다.

겐나이는 '나는 이것을 직조하는 방법을 생각해내고, 지난 음력 2월 창작해서 만들어 냈다'라고 자신이 발명했음을 자랑스럽게 말하는데, 그런 그의 '자랑스러워하는' 이유나 태도에 주목하고자 한다. '중국'의 기술보다 뛰어나다는 점은 그의 자존심을 고취시켜 주었을 것이다. 그러나 아무래도 그의 자존심이 바라보는 곳은 그 점이 아니었던 것 같다. 앞의 '슬랭거스텐(용골)'의 예를 상기해보겠다.

'슬랭거스텐(용골)'의 경우, 서양인은 매우 놀랐다. 그렇다고 해도 상대는 상인이고, 겐나이는 학자이다. 서양인이 아무리 선진적인 지식을 가지고 있더라도 보통 상인인보다 모르는 것이 있는 것은 당연하다. 그러나 겐나이에게는 그와 같은 냉정한 판단력이 없었다. 어떻게든 서양인에게 자신의 지식이나 재능을 보이고 싶었던 것이다. 그 어리석은 '자기 확인', 또는 '타인에 의한 평가' 방법은 겐나이 뿐만 아니라 아시아에서 전반적으로 통하는 의식일 지도 모른다. 아무튼 겐나이는 서양인으로부터 칭찬을 듣고 싶었던 것이다.

이 화완포 역시, 겐나이가 자신이 자랑스러워하는 발명품을 서양인에게 보여준 것이다. 그는 서양인을 놀라게 하고 그들에게 '이런 것은 본 적이 없다'는 말을 들어야 비로소 자신의 공적功績을 납득할 수 있는 '학자'였던 것이다.

이런 평가나 행동에서 당시부터 지금에 이르기까지 일본인의 의식을 부끄럽지만 엿볼 수 있다. 즉, 자신(일본인)의 창조나 발견, 발명을 '서양의 평가로밖에 확인할 수 없다는 것이다. 이것은 어떤 의미에서는 '겸허謙虛'한 국민성이라고 할 수 있지만, 어떤 의미에서는 '주체성主体性'의 약함을 지적하지 않을 수 없다. 어쨌든 겐나이는 자신의 발명에 대해서는 서양인의 '놀람'과 '칭찬'을 통해 비로소 납득하는 학자였다. 『화완포약설』에는 다음과 같은 부분이 있다.

같은 해 3월, 네덜란드인이 도쿄에 온다. 관학 유학자官儒 아오키青木 선생은 대화의 실마리를 얻어 네덜란드인에게 보이니, 캡틴 잔 크랜스와 서기書紀 헨드릭 델코프, 외과의사 콜네이레즈 폴스트루먼 등이 깜짝 놀라서 말하기를

정말 캡틴 잔 크랜스, 서기 헨드릭 델코프, 외과의사 콜네이레즈 폴스트루먼 등의 네덜란드인이 놀랐는지는 알 수 없지만, 겐나이의 기록에 의하면, 그들은 너무 놀라서 다음과 같이 대답했다고 한다.

이 물건은 네덜란드, 인도를 비롯해 세계의 여러 나라에서도 직조하는 방법을 모른다. 터키국이라는 나라에 예전에 한 사람이 있어 직조했지만, 그 나라도 난세乱世가 계속되어 직조하는 방법을 잊어버렸다. 따라서 이 물건은 생산이 끊어졌고 희귀하다.
화완포의 이름을 라틴어로 아미얀토스, 또는 아스베스토스라고 한다. 자세히는 '시카쓰토고무루, 델, 게네시엔, 나테유루, 곤데키사카, 우오이, 또 한명의 레키시곤, 항, 우오이' 라는 네덜란드 책에 쓰여 있다.

그들에 의하면, 불에 넣어도 타지 않는 '화완포'(라틴어로 '아미얀토스'

또는 '아스베스토스')는 '중국'에서는 만들지 못하고 '홍모紅毛(네덜란드)'나 '인도'에서도 직조할 수 없고, '터키국'에서는 직조된 적은 있지만 그 나라는 '난세가 계속되어' 직조 방법이 없어졌다는 것이다. 그들이 그렇게 이야기했다면 겐나이의 기쁨은 최고조였을 것이다. 세계에서 누구도 만들 수 없는 것을 '처음으로 만들어 냈다'라는 것이니 '세계' 속의 선구적인 대발명이라는 셈이 된다. 게다가 이 화완포의 이야기를 서양인이 전혀 알고 있지 않았으면 겐나이의 기쁨도 반감됐을 것이다. 네덜란드 사람이 이야기하는 화완포에 대한 정보, 이것이 예전에는 '터키국'이라는 나라에서 직조되었다는 사실은 그를 기쁘게 했다. 왜냐하면 그 사실이야말로 화완포의 필요성을 증명할 수 있는 것이었기 때문이다. 의미 없는 발명품을 만들어도 자기만족인 것이다. 필요성에 의해 서양에서 직조되었던 것이다. 그리고 아시아나 세계에 전파한 것이고 그 기록은 라틴어나 네덜란드의 서적에 지금도 남겨져 있을 정도로 중요한 일이었다. 그 중요성을 '수요需要'라고 대신 부를 수 있다면 그것은 겐나가 앞으로 걸어갈 길, 일본의 기술 혁신의 활로活路를 발견할 수 있을 것이다. 때문이 이 '터키국'에 대한 정보를 모아, 그 후엔 계속 그 이국을 상상할 뿐이다.

겐나이는, '화완포, 일본에서는 물론이고, 중국, 인도, 네덜란드에서도 개벽 이래 없었다. 터키국에서 근세에 직조된 적이 있다고 전해지지만 그것도 끊긴 것인데, 이번에 내가 개발했다. 고금古今의 진귀한 물건珍物이다'라고 적고 있다. 겐나이의 마음을 사로잡은 것은 일전에 딱 한 번 화완포를 직조하는 데에 성공한, 꿈에서밖에 상상할 수 없었던 '터키'이라는 '서역西域'의 나라였다. 그 서역국은 일본이나 '중국'과는 차원이 다른 고도한 문명을 가진 나라일 것이 틀림없고, 덧붙여 이야기하면 당시의 압도적인 문명을 갖은 네덜란드보다도 높은 기술을 갖은 나라였던 것이다. 섬나라에서 자란 자신의 과학지식이나 발명이 그 고도의 서역 문화에 필적한다는 만족감이 아마 그의 자존심이 향하는 지점이었을 것이다.

터키의 지리地理에 대해 『화완포약설』에서는 '터키국이란 서역의 나라명이다. 세계를 네 개로 나누면 크게 유럽, 아시아, 아프리카, 아메리카라고 한다. 터키는 아시아의 서쪽, 유럽의 경계로 중국보다 수천 리 서북쪽에 있다'라고 해설한다. 이 세계를 유럽, 아시아, 아프리카로 나누는 지형파악은 대개 맞다. 일본을 나가 본 적이 없는 겐나이지만, 머리에는 4대륙이 그려진 장대하고 큰 세계지도가 있었고 그것을 통해 상상의 세계에서는 자유롭게 외국으로 향했을 것이다. 바로 공상소설 『풍류지도헌전』의 주인공처럼. 그리고 터키국은 아시아의 서쪽, 유럽의 경계에 있고 중국에서 수천 리 서북쪽 방향에 있다는 지형파악도 거의 정확하다. 그런데, 그의 상상세계에 있던 터키라는 난세의 나라는 당시 일본에서는 어떤 식으로 파악되었던 것일까?

앞에서도 언급했듯이 일본의 근세기의 서양통이었던 니시카와 조켄과 아라이 하쿠세키의 저술은 겐나이도 읽었을 가능성이 있기 때문에 비교해보겠다.

우선 니시카와 뇨켄은 『사십이국인물도』(교호享保 5년(1721))에 '터키는 인도보다 서북쪽에 있는 나라로 사계절이 있다. 인륜人倫이 용감하고 무술武術을 좋아하는 나라이다'라고 기록하고 있다. 지리적인 파악이나 무술을 좋아하는 나라 등, 겐나이의 기술과 유사한 부분이 있지만, 그래도 겐나이 쪽이 압도적으로 자세하다. 한편, 아라이 하쿠세키의 『서양기문』(쇼토쿠正德 연간(1711~1715))에는,

　터키 이탈리아어로 토루코トルコ 라 하고, 다른 나라에서는 '투르크ツルコ 라고 한다. 한자 번역도 아직 명확하지 않다. 이 나라는 땅이 넓고, 아프리카·유럽·아시아 지역에 연결되고 수도는 옛 고슨치コウスンチイ의 땅, 대개 타타르タタール와 비슷하여, 그 용감하고 사나움에 적대할 수 없다. 병마가 많으니 하루에 20만 명을 만들어 낸다. 날마다 불어나니 그 수를 다 헤아릴 수 없다. 유럽지방의 침략이 끊이지 않으니 각 지방이 서로 도와 이에 대비한다고 한다. (…중략…) 그러니, 터키지역은 서북쪽은 포루투칼에 근접하고 동북지방은 모스크바의 동쪽에 이른다'

라고 적혀 있다. 전투적인 성격, 전란의 정보가 정확히 기술되어 있다. 또한 하쿠세키는 『채람이언』(쇼토쿠正德 – 교호享保 연간(1711~1735))에,

　그 나라는 대단히 넓다. 유럽과 아시아에 걸친다. 서로 경계를 이룬다. 수도는 파이파리아巴耳巴利亜 북쪽에 있다. 예전에 로마군이 피한 곳이다. 마상馬上 전투를 통해 나라를 이뤘다. 세계에 그 이름을 떨치고 있다. 서북쪽 사람들은 용감하고 사납다. 민중民衆은 또한 대단히 활발하다. 명령을 내리면 하루에 병사 20만 명이 모인다. 그것이 2, 3일이나 계속된다. 즉 물과 같이 불어나는 형국이다. 그 수를 다 헤아릴 수 없다. 유럽의 많은 나라들이 매번 그 우환憂患을 걱정한다

라는 같은 기사가 있다. 겐나이가 말하는 '이 나라 난세가 계속되어'를 증명하고 있다. 겐나이의 터키국에 관한 지식은 앞의 '무굴'의 사례와 마찬가지로 당시의 정치의 중심에 있었던 아라이 하쿠세키와 동등했고, 게다가 하쿠세키가 업무상 알게 된 내용까지 알고 있었던 것이다.

이야기를 겐나이의 뇌리脳裡나 신체身中의 '세계'에 돌려보자. 겐나이의 뇌리에는 그 나름의 세계지도가 있고 거기에서 상상하는 외국풍경이 있었다. 다른 사람들 보다 자세하고 중요한 지식도 갖고 있었다. 그럼에도 불구하고 겐나이는 '일본은 소국이라도 중국, 고려가 손가락질 못한 것은 모두 무덕武德이 있기 때문이다'라고 주장한다. 물론, 소설 세계 속에서의 말인 점, 당시의 독자를 의식한 기술이라는 점을 고려할 필요가 있을 것이다. 그래도 외국으로 상상의 날개를 넓힌『풍류지도헌전』의 결말부에서는, '당신이야말로 세계 여러 나라들을 각각 둘러보고 잘 기억해 두어라. 어느 나라에 가더라도 군신君臣・부자父子・부부夫婦・형제兄弟・붕우朋友의 다섯 가지에 있어 빠지는 부분이 없다'라고 끝난다. 해외와 일본이 대등하다는 글로벌한 결론이라고 할 수 있다. 해외 문명에 동경憧憬을 갖고 적극적으로 기술에 도전한 겐나이로서는 조금 기운 빠지는 말투이다. 또한 그 해외 문명에 대해 강렬한 '국익'이라는 내셔널리즘을 내던진 기세도 창끝矢先을 억누르는 것과 같다. 겐나이의 이 문장을 어떻게 평가하면 좋을까?

거기에는 이 콜로키엄의 테마인 '문명충돌─균열과 틈입'에 대한 하나의 대답이 있는 것이 아닐까? 외국이나 타문명他文明에 강렬한 관심과 동경을 갖고, 그들 외국문명 앞에 선 일본인을 상상하면서, 그 최종적으로 도달하는 지점은 '남은 남, 우리는 우리'라는 뻔한 섬나라 의식일지도 모른다.

겐나이는 계속해서 다음과 같이 말한다.

중국에는 이케다池田나 이탄伊丹 같은 유명한 주점酒屋도 없고, 또한 바다가 먼 나라는 자반류塩引き類의 맛도 모른다. 개나 돼지를 먹기 때문에 그 가르침 또한 다르다. 생선회와 같이 내놓는 장식용 채소는 먹지 않는다는 것이 또한 일본의 예법이다.

음식 하나를 먹는데 있어서 그 나라의 독자적인 면이 있어도 괜찮다는 것이다.

게다가, '일본에서는 천자天子를 무시하면, 의외로 세 살 배기라도 참지 못한다고 하는 것은 충의忠義가 올바른 나라이기 때문이다. 이러하니 천자가 천자에 어울리는 나라는 세계 속에도 별로 없다. 중국의 법이 모두 나쁜 것은 아니지만, 그래도 풍속에 따라 가르치지 않으면 오히려 해악害惡이다'라고 한다. 이것은 기술적으로는 해외문화를 받아들이지만, 혼魂은 일본인인 채로 있고 싶다는 정신의 발현發現이다. 이 정신을 동시대의 다니가와 고토스谷川士清가 '화혼양재和魂漢才'라고 불렀다. 겐나이는 이 다니가와에게 사숙私淑했는데 이 '화혼양재'로 서양문명을 확인한 점이 겐나이의 특색이다. 결국 메이지기明治期가 되어 본격적으로 서양문명의 파도에 씻기자, 그 아이덴티티를 상실한 근대 일본인이 부르짖은 '화혼양재'의 맹아萌芽가 겐나이에게 보이는 것이다.

5. 맺음말 – 겐나이가 말하는 '세계'

일본문학사에서 겐나이가 사용한 '세계'라는 용어에 주목해보겠다. '세계'라는 말은 당연하지만 겐나이가 창출한 말이 아니라 겐나이 이전에도 사용된 용어이다. 그래도 겐나이가 사용한 '세계'라는 말이 주목되는 것은 겐나이가 고향을 버리고 에도(도쿄)에 나서기 전에 아리마有馬 온천에서 읊은, '이 아리마 온천에서 나온 기분은 세계의 여름을 먼저 느낀 듯하다'라는 구句는 일본인의 틀枠에서 벗어나려고 한 겐나이의 의욕을 인정하게 하며, 혹은 인정하고 싶은 일본인의 평론자세를 보여준다.

또한 『근남지구좌』의, '여러 가지 풍속, 여러 얼굴 생김새, 구별할 수 없는 사람들의 군집이 여러 곳의 생활을 허무하게 하는가 하면, 오히려 먼지가 하늘에 가득한 것은, 세계의 구름도 여기에서 생긴다는 심정을 만들어 준다'라는 에도의 료고쿠바시両国橋에 대한 찬미에 이용된 '세계의 구름도 에도TOKYO에서 생긴 것 같은 기분이 든다'라는 한 구절이, 정치적으로 겨우 새롭게 정비되었지만, 가미가타(上方, 교토京都)에 대한 열등감을 갖고 있었던 에도(도쿄)가 일본의 중심이라는 자신감과 '에도 사람 의식江戸っ子意識'의 상징으로 읽히게 되었다. 그리고 그 에도 찬미는 그대로 '세계 속의 에도TOKYO'로 중첩된다. 그리고 겐나이가 이야기하는 '세계'가 일본에서의 '세계World'의 대표적인 용례로서 인정되게 되었다.

이국 문명의 위대함을 인지하면서도 그래도 에도는 '세계의 시작'이라고 공언하는 겐나이의 글에 에도 사람들은 찬미賛美를 아끼지 않았다. 그리고 그 찬미는 결국 에도 뿐만이 아니라, 일본 전체로 파급된 것이다. 거기에 겐나이라는 인물을 통해 엿볼 수 있는 일본인의 이문명과의 충돌·균열과 틈입이 있을 것이다.

일본인에게 있어 이문화(외국문화)의 만남은 충격을 가져왔다. 그 선진성과 합리성에는 오직 압도될 뿐이다. 그 서양문화에 대해서는 보통 두 가지 방향의 생각이 있다. 첫 번째는 그냥 서양문명에 맹종盲從하는 것이다. 또 다른 하나는 반대로 서양을 외면하고 오직 자국의 전통에 갇혀 있는 것이다.

겐나이는 바로 그 사이에서 갈등한 인물이다. 그 대답은 '화혼양재' 또는 '국익'으로 연결되는 그의 행동에 있다고 할 수 있다.

마지막으로 초대해주신 단국대학교 정형 선생님에게 각별한 감사의 인사를 올립니다. 또한 발표 당일 질문을 해 주신 윤재환 선생님, 송혁기 선생님, 금영진 선생님을 비롯해 발표 회장에 참석해 주신 모든 선생님들께 감사드립니다. 그리고 여러 가지 신경을 써 주신 김경희 선생님께도 감사의 말씀을 드리고 싶습니다.

*번역 : 김미진(서울여대)

참고문헌

1. 논문 및 단행본

福田安典, 『平賀源内の研究 大坂編 源内と上方学界』, ぺりかん社, 2013.

中村幸彦, 『風来山人集』, 岩波書店, 岩波古典文学大系 55, 1961.

城福勇, 『平賀源内』, 吉川弘文館, 1971.

_____, 『平賀源内の研究』, 創元社, 1976.

芳賀徹, 『平賀源内』, 朝日新聞社, 1981.

川村博忠, 『近世日本の世界像』, ぺりかん社, 2003.

福田安典・姜錫元・飯倉洋一・海野圭介・尾崎千佳・川崎剛志・川端咲子・近衛典子・
　　佐藤明浩・近本謙介・盛田帝子, 「韓日学術フォーラム「日本文学、その可能性」」,
　　『愛媛大学教育学部紀要』第36巻第2号, 2004.

福田安典, 「平賀源内と異国」, 『江戸文学』32号, ぺりかん社, 2005.

_____, 「中国小説と江戸文芸」, 『江戸文学』38号, ぺりかん社, 2008.

_____, 「平賀源内の自国意識」, 田中優子 編, 『日本人は日本をどうみてきたか江戸から
　　見る自意識の変遷』, 笠間書院, 2015.

福田安典, 「平賀源内『神霊矢口渡』について－福内鬼外論序説－」, 『日本女子大学文学部
　　紀要』64号, 2015.

愛媛大学プロジェクトチーム 編, 『えひめ 知の創造』, 愛媛新聞社, 2006.

제3장

「김현감호」와 「최치원」에서의 기이奇異의 형상화 양상과 차별적 시선

엄기영

1. 머리말

낯선 것과의 만남, 낯선 체험은 우리들을 혼란에 빠뜨린다. 특히 그 것이 일상의 범주를 넘어서는 것일 때에는 이는 일시적인 혼란을 넘어 세계관 자체를 뒤흔드는 것이 된다. 이에 대한 대처 방식은 크게 두 가 지로 나눌 수 있다. 이해하고 적응하든가, 아니면 배타적으로 배제하 고 거부하든가.[1]

그런데 이러한 구분은 보다 세심하게 적용할 필요가 있을 것으로 생

---

[1] 리처드 커니, 이지영 역, 『이방인, 신, 괴물』, 개마고원, 2004 참조.

각된다. 전자의 경우, 이해와 적응이라고는 하지만 이 또한 결국은 이해하고 적응하는 입장을 중심에 두고 이루어지는 것이기 때문이다. 후자의 경우, 배타적으로 배제하고 거부하는 데에는 반드시 '이러이러해서 배제하고 거부한다'는 식의 설명이 따르기 마련이다. 따라서 이 경우에도 낯선 존재나 체험에 대한 일정 수준의 이해가 필요하기 마련이다. 이렇게 볼 때 이해와 적응, 배제와 거부는 어느 한 쪽 과정만이 일방적으로 이루어진다기보다는 동시에 이루어진다고 할 수 있다. 즉, 이해되고 적응되는 것을 제외한 나머지가 배제되고 거부되는 것이다.

동아시아의 전통적인 서사 양식 중 전기傳奇는 지괴志怪와 더불어 이런 낯선 것과의 만남, 낯선 체험을 포착하여 서사화한 대표적인 장르이다. 근대 이전 동아시아의 지식인들은 지괴와 전기라는 장르를 통해 이계異界의 존재 여부와 그 속성을 탐색하는 한편, 이를 소재로 하여 인간 세계의 다양한 문제와 욕망을 그려낸 것이다.

이런 점에서 볼 때, 지괴와 전기 같은 장르가 낯선 존재, 낯선 체험을 서사화한다는 것은 결국 비일상적인 존재를 일상의 관점에서 인식 가능한 것, '어떤 식으로든' 설명 가능한 것으로 만드는 행위이다. 그리고 이는 일종의 계열화, 범주화라고 할 수 있다. 우리는 그 대표적인 사례로 『태평광기太平廣記』의 그 촘촘하고 체계적인 분류를 떠올릴 수 있다.[2] 낯선 존재, 낯선 체험은 그것이 인간의 언어로 규정되지 않은(혹은 규정할 수 없는) '그 무엇'일 때 불안한 것이지 '기이奇異한 것'이라는 말로

---

2   전체 500권에 이르는 『태평광기』는 수록 작품들을 그 소재에 따라 92류로 나눈 후, 이를 다시 150여 세목細目으로 나누었다. 『태평광기』의 편찬과 유전에 대해서는 張國風, 『太平廣記 板本 考述』, 中華書局, 2004 참조.

규정되고 범주화되는 순간, 달리 말하면 그것이 왜 기이한 것인지 설명되는 순간 더 이상 불안하지 않은 것이 된다.

그런데 낯선 존재, 낯선 경험을 지괴와 전기라는 서사 양식을 가지고 구체화했지만 서사화하는 과정을 통해서도 포섭되지 않는, 혹은 포섭하지 못하는 부분이 있기 마련이다. 그리고 이는 텍스트 속에서 균열이나 흔적으로 남게 된다.

「김현감호金現感虎」와 「최치원崔致遠」은 우리 서사문학사에 있어서 이른 시기에 등장한 대표적인 전기 작품으로 평가받아왔다.[3] 그리고 이에 대한 많은 연구 성과가 축적된 상황이다. 그간의 연구 경향은 대체로 김현金現과 호녀虎女, 최치원崔致遠과 귀녀鬼女가 어떤 욕망을 가지고 있는지, 그 성격은 무엇인지를 구명究明하는 데에 집중되었다고 할 수 있다. 본고의 표현으로 말하자면, 작자가 기이를 서사화함으로써 말하고자 하는 바가 무엇인지에 집중했던 것이다.

이와 달리 본고에서는 기이奇異를 서사화하는 과정에서 여전히 남아 있는, 낯선 것에 대한 어색함, 불안감, 꺼려짐 등이 어떻게 드러나고 있는지에 주목하고자 한다. 그리고 이를 통해 기이를 어떤 시선으로 바라보고 있는지, 그 결과 기이는 어떻게 다루어지고 있는지를 살필 수 있을 것이다.

---

[3] 이에 대해서는 박희병, 「羅麗時代의 傳奇小說」, 『한국전기소설의 미학』, 돌베개, 1997 참조.

2. 「김현감호」의 경우

일연은 「김현감호」를 『삼국유사三國遺事』 「감통感通」편에 수록해 두었다. 그 내용은 다음과 같이 네 부분으로 나눌 수 있다.

① 김현金現과 호녀虎女의 만남과 이별
② 김현의 후일담
③ 「신도징申屠澄」인용
④ 일연의 논평論評과 찬讚

그런데 작품 내에서 직접 언급되지는 않지만 김현과 호녀虎女의 사연은 다음과 같은 단계를 거쳐서 『삼국유사』에 수록되었다. 첫 번째는 김현이 호원사虎願寺를 세웠을 때이다. 그런데 이 단계에서는 김현과 호녀 사이의 사연은 세상 사람들에게 알려지지 않는다. 김현을 제외하면, 당시 모든 사람들은 김현이 그저 자신에 의해 죽임을 당한 호랑이를 불쌍히 여겨 그 명복을 빌어준 것으로 여겼을 것이다. 두 번째는 시간이 한참 흘러 죽음을 앞둔 김현이 호녀를 대상으로 전傳을 지었을 때이다. 이제야 비로소 당시 사람들은 김현과 호녀의 사연을 알게 된다. 세 번째는 일연에 의해 김현과 호녀의 사연이 「김현감호」라는 제목으로 『삼국유사』 「감통」편에 수록되는 단계이다. 이 단계에서 일연은 철저히 불교적 / 남성적 시각에서 김현과 호녀의 사연을 해석했으며, 이를 위해 「신도징申屠澄」을 의도적으로 변용하기까지 하였다.[4] 이상의 단계를 거쳐 「김현감호」는 김현과 호녀의 첫눈에 반한 사랑, 가슴 아픈 이별, 호녀의 숭고한 희생, 이를 평생 잊지 못한 김현 등의 내용으로 이해되었던 것이다.[5]

여기에서 우리는 한 가지 사실에 주목할 필요가 있다. 그것은 김현이 호녀와의 사연을 내내 함구하다가 죽음에 임박해서야 전을 지어 기록했다는 점이다. 물론 김현이 이렇게 한 이유는 분명하다. 호녀라는 존재, 그리고 그런 존재와의 만남이 일상에 속한 인간들에게는 설명될 수 없는 것이었기 때문이다. 하지만 김현 외의 다른 사람들에게만 그랬던 것 같지는 않다. "김현이 죽음에 임하여 지난 일의 기이함에 깊게 느낀 바가 있어서"[6]라는 서술의 "기이"에서 확인되듯이, 김현에게도 죽

---

4 일연은 김현과 호녀의 사연을 불교적 시각에서 그 의미를 해석하였으며, 이를 위해 「신도징」을 인용하기도 하였다. 그런데 이 과정에서 일연은 「신도징」을 있는 그대로 인용하지 않고, 『삼국유사』의 필요에 따라 虎女를 '의도적'으로 歪曲하여 등장시켰다. 이에 대해서는 정출헌, 『김부식과 일연은 왜―『삼국사기』『삼국유사』 엮어읽기』, 한겨레출판, 2012, 187~191쪽 참조.
「김현감호」는 16세기 權文海가 편찬한 『大東韻府群玉』에 「虎願」이라는 제목으로 축약되어 실려 있는데, 그 출전을 『殊異傳』으로 밝혀 놓았다. 박희병 교수는 일연의 논평과 『삼국유사』에서 네 글자로 된 제목이 흔히 발견된다는 점을 근거로 하여 '김현감호'보다는 '호원'이 원제이거나 원제에 가까울 것이라고 추정하였다. 박희병, 標點・校釋, 「虎願」, 『韓國漢文小說 校合句解』, 소명출판, 2005, 54~55쪽 참조. 이 또한 김현과 호녀의 사연을 바라보는 일연의 시각을 단적으로 보여주는 것이라고 할 수 있다.

5 임형택 교수는 「김현감호」의 김현을 화랑으로, 호랑이를 신라 말 각처에서 일어났던 저항적・반체제적인 세력의 상징으로 보고, 호녀를 "신분간의 대립갈등이 격화된 시대가 창출한 고귀한 희생정신의 여성 형상"이라고 설명하였다. 임형택, 「나말여초의 전기문학」, 『한국문학사의 시각』, 창작과비평사, 1984, 16~17쪽 참조.
이에 대해 이정원 교수는 호녀의 희생에 주목하면서도 이를 일상세계의 부성성을 환기하는 성찰적 계기라고 설명하였다. 이정원, 「조선조 애정 전기소설의 소설시학 연구」, 서강대 박사논문, 2003 참조.
박일용 교수는 호녀의 희생이 거창한 이념적 명분을 내세운 자발적인 행위로 형상화되지만 정황상 현실 질서에 의해 강요된 것이라고 설명하였다. 박일용, 「소설사의 기점과 장르적 성격 논의의 성과와 과제」, 『고소설연구』 제24집, 한국고소설학회, 2007 참조.

6 『三國遺事』「感通」, '金現感虎' "現臨卒, 深感前事之異, 乃筆成傳."

는 날까지 호녀는 일상日常의 논리로는 여전히 설명하기 어려운 존재였던 것으로 보인다.[7]

이런 점에서 볼 때, 김현이 호녀를 대상으로 전傳을 지은 것을 단순히 호녀와의 사연을 기록했다는 정도의 의미로만 이해하고 말 일이 아니다. 김현이 전을 지은 것은 호녀라는 비일상적非日常的 존재와의 만남에 대한 김현 나름대로의 정리이자 해석인 것이다. 따라서 우리는 「김현감호」에서 그려진 호녀의 형상이 어디까지나 김현의 해석을 거친 결과라는 점을 염두에 두어야 한다. 이러한 사실을 감안하고 다시 「김현감호」를 읽어보도록 하자.

처음에 저는 당신이 우리 집에 오는 것이 부끄러워서 사양하고 거절했습니다. 그러나 이제는 감출 수 없으니 감히 내심을 말하겠습니다. 저는 낭군과 비록 류類가 다르지만 하루 저녁의 즐거움을 얻어 중한 부부의 의義를 맺었습니다.[8]

본고에서 「김현감호」와 「최치원」을 인용할 때에는 이대형 편역, 『殊異傳』, 소명출판, 2013에 수록된 원문과 번역을 이용하였다. 다만 번역의 경우 필자가 수정한 부분이 있다. 이하 같음.

7 박일용, 앞의 글, 26쪽에서 "서술자를 대변하는 체험 당사자인 김현이 호녀에 대해 겪은 자신의 체험을 기이하게 여겼다"라고 하면서 이는 김현이 "호녀가 왜 자신을 사랑하고 왜 희생을 했는지를 진정으로 이해하지 못하기 때문이다"라고 설명하였다.
필자도 김현이 자신의 체험을 기이하게 여긴 것이 호녀를 입전立傳한 중요한 이유 중 하나라고 생각한다. 다만 필자는 여기에서 김현의 관찰자·방관자로서의 성격에 보다 주목할 필요가 있으며, 이렇게 볼 때 「김현감호」는 '김현과 호녀 사이의 사연'이라기보다는 '김현이 호녀라는 비일상적 존재를 만난 경험을 자신의 입장에서 이야기한 것'으로 이해할 수 있다고 생각한다.

8 『三國遺事』「感通」 '金現感虎' "始吾恥君子之辱臨弊族, 故辭禁爾, 今旣無隱, 敢布腹心. 且賤妾之於郎君, 雖曰非類, 得陪一夕之歡, 義重結褵之好."

호녀는 김현이 자신의 집에 오는 것이 부끄러워서 사양하고 거절했다고 하는데, 이는 그 자신이 김현과 같은 류類가 아니라는 사실 때문이었다. 하지만 호녀가 말하려는 것은 자신과 김현이 서로 류類가 다르다는 것이 아니다. 그녀가 궁극적으로 말하려는 바는 '같은 류가 아님에도 불구하고' 자신은 김현과 부부라는 무거운 의義를 맺었다는 것이다. 이에 대해 김현은 다음과 같이 말한다.

사람이 사람과 사귀는 것이 떳떳한 인륜人倫의 도리道理요, 다른 류類와 사귀는 것은 대개 상도常道가 아닙니다. 하지만 어느새 자연스럽게 사귀게 되었으니, 이는 진실로 천행天幸입니다. 어찌 차마 배필의 죽음을 팔아 벼슬을 바랄 수 있겠습니까?[9]

김현과 호녀가 말하고자 하는 바는 같다. 즉, 김현과 호녀는 서로 다른 류類이고, 이들의 만남이 상도常道는 아니지만 둘은 이런 구별을 뛰어넘어 부부가 되었다는 것이다. 그리고 이들의 관계는 인간의 부부 관계와 다르지 않다. 아니 그보다 더 모범적인 부부의 형상이다. 아내 호녀는 남편 김현을 위해 기꺼이 자신을 희생하고, 남편 김현은 아내 호녀와의 의義를 무엇보다 중하게 여긴다.

그런데 김현과 호녀의 발언 사이에는 일견 사소해 보이지만 중요한 차이가 있다. 그것은 바로 둘의 만남이 어떻게 이루어졌는가에 대한

---

9 『三國遺事』「感通」 '金現感虎' "人交人, 彝倫之道, 異類而交, 盖非常也. 旣得從容, 固多天幸, 何可忍賣於伉儷之死, 僥倖一世之爵祿乎?"

생각의 차이이다. 호녀는 둘 사이의 결합이 스스로의 의지에 의한 것임을 말하면서 부부로서의 의義를 강조한다.[10] 하지만 김현이 강조하는 바는 다르다. 김현은 둘의 만남이 하늘의 뜻에 의한 것이라고 말한다. 서로 느낌이 통하여 눈길을 주고받고 그 결과 정情을 통했음에도 불구하고[11] 이 모든 것이 하늘의 뜻에 따른 결과가 되는 것이다.

모든 것을 하늘의 뜻으로 돌리는 김현의 이러한 인식과 자세는 상대방인 호녀에 대한 보다 진전된 탐색을 가로막는다. 호녀가 왜 흥륜사에서 탑돌이를 했는지, 왜 자신이 속한 호족虎族을 부끄럽게 여기고 이들과 다른 면모를 보이는지, 왜 그토록 담담하게 스스로 죽을 수 있었는지 등등 호녀라는 존재를 이해할 수 있는 중요한 질문들이 애초에 차단되는 것이다. 그 결과 호녀는 오로지 희생을 위해 존재하는 형상으로 그려지게 된다.

김현의 이러한 인식은 「김현감호」의 전체적인 구성에 있어서도 중요한 의미가 있는데, 그것은 바로 작품 내에서 김현의 능동적인 역할이 현저하게 줄어든다는 점이다. 김현은 호녀와의 만남이라는 기이한 상황에 대해 적극적으로 대응하는 능동적인 태도보다는 상황에 이끌려가는 수동적인 태도를 취하게 되는 것이다. 김현에게 있어서 호녀와의 만남은 그 자신으로서는 어찌할 수 없는 '하늘의 뜻'에 의한 것이며, 따라서 이 상황에서 그가 주도적으로 할 수 있는 것은 거의 없다고 할 수 있다.

---

10 이런 까닭에 호녀는 김현에게 자신과의 인연을 잊지 말 것을 자결하는 마지막 순간까지 되풀이해서 부탁하는 것이다.

11 『三國遺事』「感通」'金現感虎 "有郞君金現者, 夜深獨處不息, 有一處女, 念佛隨遶, 相感而目送之, 遶畢, 引入屛處通焉."

이런 까닭에 김현은 배필의 죽음을 팔아 벼슬을 바랄 수는 없다고
하면서도 자신이 죽는 것은 "천명天命이요, 스스로 바라는 바이며, 낭군
의 경사慶事요, 호족虎族의 복福이며, 나라 사람들의 기쁨"이라며 죽음
을 자처하는 호녀의 뜻에 그저 울면서 따를 수밖에 없었던 것이다.[12]
그리고 호녀를 다시 만났을 때에도 스스로 목을 찔러 자결하는 호녀를
만류도 한번 해보지 못한 채 그저 바라보기만 할 뿐이다.[13] 김현에게는
호녀와 함께 자신들이 처한 상황에 맞서 '대결'하려는 의지가 거의 없
는 것이다. 결국 「김현감호」에서 김현은 방관자이자 사후事後 기록자
에 머물고 만다. 「김현감호」에서 작품의 상당 부분이 호녀의 목소리로
채워져 있는 것도 이와 관련이 있을 것이다.

그렇다면 「김현감호」에서 김현은 왜 이런 태도를 취할 수밖에 없었
을까? 물론 이에 대한 답변은 간단하고도 명료하다. 김현이 만나서 정
을 통한 존재가 인간이 아닌 짐승, 그것도 맹수인 호랑이였기 때문이
다. 하지만 이정도 답변만으로는 부족하다. 김현이 진정으로 꺼린 것
이 과연 무엇이었는지를 따져볼 필요가 있다.

필자는 이와 관련하여 김현과 호녀의 만남이 젊은 남녀의 충동적인
성적 결합으로 그려지고 있다는 점에 주목하고자 한다. 김현은 달밤에
흥륜사興輪寺에서 탑돌이를 하다가 한 여성과 눈이 맞았고, 즉흥적으로
관계를 맺었다. 그것이 얼마나 충동적이었는지는 김현이 호녀를 이끌

12　『三國遺事』「感通」 '金現感虎' "女曰, '郎君無有此言. 今妾之壽夭, 盖天命也, 亦吾願也, 郎君之
慶也, 予族之福也, 國人之喜也. 一死而五利備, 其可違乎? 但爲妾創寺, 講眞詮, 資勝報, 則郎君
之惠莫大焉.' 遂相泣而別."

13　『三國遺事』「感通」 '金現感虎' "現持短兵, 入林中, 虎變爲娘子, 熙怡而笑曰, '昨夜共郞君繾綣之
事, 惟君無忽. 今日被爪傷者, 皆塗興輪寺醬, 聆其寺之螺鉢聲則可治.' 乃取現所佩刀, 自頸而仆."

고 가서 관계를 맺은 장소가 기껏해야 사람들의 이목耳目을 겨우 피할 수 있는 으슥한 곳屛處이었다는 사실에서도 드러난다. 그리고 이러한 사실은 김현이 육체적 욕망 때문에 이물異物에게 미혹迷惑되었다는 혐의를 받을 수 있음을 의미한다.

그러므로 「김현감호」에서는 김현에 대한 이러한 혐의를 피할 수 있는 서사적 장치가 필요한데, 하나는 앞서 언급한 대로 호녀와의 만남을 하늘의 뜻으로 돌리는 것이고, 다른 하나는 호녀를 인간(김현)을 미혹하는 요망한 존재가 아닌 인간다운 존재로, 아니 인간보다 더 인간다운 존재로 그려내는 것이다.

사실 자신의 죽음으로 인해 다섯 가지 이로움이 있음을 말하면서 심지어 이를 나라 사람들의 기쁨과 연결 짓고, 자결하기 직전에도 자신의 발톱에 상처를 입은 사람들의 치료까지 챙기는 호녀의 형상은 어색하고 자연스럽지 못하다.[14] 하지만 이로 인해 "짐승으로서도 어질기가 그와 같은데, 지금은 사람으로서도 짐승만 못한 자가 있으니 어찌된 일인가?"[15]라는 일연一然의 찬사와 탄식을 자아내기까지 하였으니, 호녀의 인간적 · 도덕적 면모를 강조하고 김현에 대한 혐의를 씻어버리는 데에 있어서는 충분한 효과를 거두었다고 할 수 있다.[16]

---

14 그동안의 선행 연구에서 호녀의 행위와 그 의미를 어떻게 해석할 것인가를 두고 연구자들마다 의견이 크게 엇갈린 것은 虎女의 이러한 인물 형상 때문일 것이다.

15 『三國遺事』「感通」 '金現感虎' "獸有爲仁如彼者, 今有人而不如獸者, 何哉?'
虎女에 대한 一然의 이러한 발언은 沈旣濟의 「任氏傳」에서 任氏에 대한 "嗟乎, 異物之情也有人道焉! 遇暴不失節, 徇人以至死, 雖今婦人, 有不如者矣. 惜鄭生非精人, 徒悅其色而不征其情性. 向使淵識之士, 必能揉變化之理, 察神人之際, 著文章之美, 傳要妙之情, 不止於賞玩風態而已. 惜哉!"라는 논평과 상통한다. 沈旣濟, '任氏傳', 上海辭書出版社 編, 『古代小說 鑑賞辭典 上冊』, 上海辭書出版社, 2004, 310쪽.

16 박일용, 앞의 글, 27쪽에서는 「김현감호」는 김현이 죽기 전에 "짝의 죽음을 팔아 일세의

이처럼 「김현감호」에서 김현과 호녀의 만남, 호녀의 인물 형상 등을 그려내는 과정은 김현이 성적인 욕망으로 인해 이물에게 미혹되었다는 혐의를 받을 수 있었다는 사실과 밀접하게 관련되어 있다. 그리고 「김현감호」의 이러한 특징은 「최치원」과 비교해 보면 더욱 분명하게 드러난다.

3. 「최치원」의 경우

「김현감호」의 김현이 호녀와의 만남이라는 기이奇異에 압도되어 수동적인 태도로 일관하는 것과 비교해 보면, 「최치원」의 최치원은 매우 능동적인 태도를 보인다고 할 수 있다.

애초에 최치원과 두 귀녀鬼女가 만나게 된 것도 최치원이 지은 시 때문이었다. 율수현위溧水縣尉로 부임한 최치원이 율수현 남쪽에 있는 쌍녀분雙女墳에 갔다가 그 석문石門 앞에 시를 써 두었는데,[17] 최치원의 시에 감동한 두 귀녀가 그를 초대했던 것이다.[18] 그리고 귀녀들이 최치원

작록을 누린 부끄러운 과거"에 대해 정당성을 부여하기 위해 지은 것으로 볼 수도 있다고 설명하였다.

17 「崔致遠」"乾符甲午, 學士裴瓚掌試, 一擧登魁科, 調授溧水縣尉. 常遊縣南界招賢館, 館前岡有古塚, 號雙女墳, 古今名賢遊覽之所. 致遠題詩石門"

18 「崔致遠」"忽覩一女, 姿容綽約, 手操紅俗, 就前曰:'八娘子・九娘子, 傳語秀才. 朝來特勞玉趾, 兼賜瓊章, 各有酬答, 謹令奉呈.' 公回顧驚惶, 再問:'何姓娘子?' 女曰:'朝間披榛拂石題詩處, 卽二娘所居也.'"

을 초대한 것은 그의 뛰어난 시재詩才 때문이기도 했지만, "고운 그대를
꿈에서라도 만날 수만 있다면 긴긴 밤 나그네 위로함이 무슨 허물되리
오 고관孤館에서 운우雲雨의 만남 이룬다면 그대들과 낙천신洛川神을 이
어 부르리"[19]라는 시구에서 확인되듯이, 귀녀들에 대한 최치원의 적극
적인 태도 때문이기도 했다.[20]

　이 때문일까? 최치원은 유명세계幽冥世界의 존재인 두 귀녀와 그녀들
의 시비 귀금翠襟을 만났을 때 놀라거나 당황하는 기색이 전혀 없다. 최
치원에게 있어서 유명세계의 존재와의 만남 그 자체는 별다른 경이驚異
로움을 불러일으키지 못하는 것으로 보인다. 최치원은 이러한 만남이
가진 기이성奇異性에 대해서는 그다지 관심을 두지 않는 것이다. 오히
려 그의 관심은 두 귀녀가 여성으로서 정절貞節을 지키고 있는지, 아닌
지에 맞춰져 있다. 최치원은 두 귀녀를 만나자마자 대뜸 다음과 같은
시를 지어 보인다.

　　아름다운 밤 다행히 잠깐 만나뵙건만
　　어찌하여 말없이 늦봄을 마주하시나요
　　진실부秦室婦를 알게 되었다 했더니
　　원래 식부인息夫人인 줄 몰랐구려[21]

---

19 「崔致遠」 "芳情儻許通幽夢, 永夜何妨慰旅人 孤舘若逢雲雨會, 與君繼賦洛川神."
20 이와 더불어 崔致遠이 鬼女들에게 보낸 答書의 "今宵若不逢仙質, 判却殘生入地求"라는 표
　현 또한 그의 적극적인 태도를 단적으로 보여주는 것이다.
21 「崔致遠」 "芳宵幸得暫相親, 何事無言對暮春 將謂得知秦室婦, 不知元是息夫人"

여기에서 진실부는 진라부秦羅敷를 가리키는 것으로 보이는데, 그녀는 왕의 유혹을 받자 자기에게는 훌륭한 남편이 있음을 노래로 지어 부르면서 왕의 요구를 거부했다고 한다. 그리고 식부인은 원래 식후息侯의 부인이었는데, 초楚나라 문왕文王이 식息나라를 멸망시키고 부인으로 삼았다고 한다. 최치원은 두 귀녀를 만나자마자 이들에게 자신을 만나기 전에 다른 남자가 있지는 않았는지부터 물은 것이다. 이에 귀녀들은 경멸을 당했다며 크게 화를 내면서 식부인은 두 남편을 섬겼지만 자신들은 한 남자도 섬긴 적이 없다고 대꾸하는데, 그러자 최치원은 농담으로 이 상황을 얼버무린다.[22]

하지만 최치원이 쉽게 의심의 눈초리를 거둔 것은 아니다. 두 귀녀가 원치 않는 혼인 상대를 거부하다가 결국 울적한 마음이 맺혀 요절했다는 절절한 사연을 이야기하며 혐의를 두지 말 것을 부탁함에도 불구하고,[23] 최치원은 어찌 혐의를 두겠냐고 하면서도 곧바로 다시 이렇게 묻는다. "무덤에 깃든 지 오래되었고 초현관招賢館에서 멀지 않으니 영웅과 만나신 일이 있을 터인데 어떤 아름다운 사연이 있었는지요?"[24]

최치원은 귀녀들에게 죽기 전은 물론이고 죽은 후에도 다른 남자가 없었는지를 묻고 있는 것이다. 결국 최치원과 두 귀녀의 본격적인 만남은 "왕래하는 자들이 모두 비루한 사람들뿐이었는데, 오늘 다행히

---

22 「崔致遠」, "紫裙者恚曰: '始欲笑言, 便蒙輕蔑. 息嬀曾從二婿, 賤妾未事一夫.' 公言: '夫人不言, 言必有中.' 二女皆笑."

23 「崔致遠」, "紫裙者隕淚曰: '兒與小妹, 溧水縣 楚城鄉 張氏之二女也. 先父不爲縣吏, 獨占鄉豪, 富似銅山, 侈同金谷. 及姉年十八, 妹年十六, 父母論嫁, 阿奴則定婚鹽商, 小妹則許嫁茗估. 姉妹每說移天, 未滿于心, 鬱結難伸, 遽至夭亡. 所冀仁賢, 勿萌猜嫌!'"

24 「崔致遠」, "致遠曰: '玉音昭然, 豈有猜慮?' 乃問二女: '寄墳已久, 去舘非遙, 如有英雄相遇, 何以示現美談?'"

기품이 오산鼇山처럼 수려하신 수재秀才를 만났으니 함께 현묘玄妙한 이치를 말할 만합니다"[25]라는 귀녀의 대답이 있고 나서야 시작된다.

최치원이 두 귀녀의 정절에 대해 관심을 집중하는 것과 달리 두 귀녀는 혹시나 최치원이 자신들이 이계異界의 존재라는 이유로 자신들을 꺼리지 않을까 염려한다. 다음은 두 귀녀가 석문 앞에 적어둔 시에 화답한 시의 끝부분이다.

> 몹시 부끄럽게도 시로써 제 마음 알아주시니
> 고개 늘여 기다리고 한편으론 마음 상합니다[26]

> 양왕襄王 모시고 운우雲雨의 정 나누려 하나
> 이런저런 온갖 걱정에 마음 상하네[27]

두 귀녀들은 최치원을 초대한 시에서 자신들이 여러 걱정으로 인해 마음이 상한다고 한다. 그렇다면 그녀들은 무슨 걱정 때문에 마음이 상했던 것일까? 실마리는 바로 위 구절에 있다. 귀녀는 자신들에 대해 이렇게 설명한다.

> 늘 진녀秦女처럼 속세를 버리기를 원했지,
> 임희任姬가 인간을 유혹한 것은 배우지 않았도다.[28]

---

25 「崔致遠」 "紅袖者曰 : '往來者皆是鄙夫. 今幸遇秀才, 氣秀鼇山, 可與話玄女之理.'"
26 「崔致遠」 "深愧詩詞知妄意, 一回延首一傷神."
27 「崔致遠」 "欲薦襄王雲雨夢, 千思萬憶損精神."

여기에서 진녀는 진秦나라 목공穆公으로 딸로서, 소사蕭史와 함께 봉황을 타고 인간 세상을 떠났다는 농옥弄玉이며, 임희는 당唐나라 때 심기제沈旣濟가 지은 전기 「임씨전任氏傳」의 주인공 임씨任氏를 가리킨다.[29] 귀녀들은 자신들과 임씨를 엄격하게 구별하고 있는 것이다.

귀녀들은 왜 자신들을 임씨와 엄격히 구별하면서 스스로를 농옥에 견주었던 것일까? 그것은 임씨의 정체가 인간이 아니라 여우였기 때문이고, 더 중요한 것은 임씨가 미색으로 인간 남성을 홀렸기 때문이다. 귀녀들이 자신들과 임씨를 엄격하게 구별한 이유는 「임씨전」에서 남성 주인공 정생鄭生이 임씨의 정체를 알게 되는 장면을 통해 구체적으로 확인할 수 있다.

정생이 자기가 자고 온 집을 가리키면서 묻기를 "여기로부터 동쪽으로 돌아서 문이 달린 집이 뉘 댁이오?"하니, 주인이 말하기를 "거기는 허물어진 집터로 빈터가 남아 있을 뿐, 집은 없는데요"라고 했다. 이에 정생은 "지금 내가 그 곳을 지나왔는데 어째서 집이 없다고 하시오?"하면서 시비를 걸었다. 주인은 그제야 마침 생각이 떠오른 듯, "아 아, 알았습니다. 그곳에는 여우 한 마리가 있어 흔히 남자를 유혹해서 함께 자곤 하는데 여태까지 벌써 세 번이나 보았습니다. 그런데 이제 선생도 또 당하셨나요?"라고 말했다. 정생은 얼굴을 붉히면서 "그런 일은 없소이다"하며 숨기고 말았다.[30]

---

28 「崔致遠」"每希秦女能抛俗, 不學任姬愛媚人"

29 任姬가 「任氏傳」의 任氏라는 사실은 박희병, 『한국한문소설』, 한샘출판사, 1995에서 처음 밝혀졌다.

30 沈旣濟, 「任氏傳」, 上海辭書出版社 編, 『古代小說 鑑賞辭典 上冊』, 上海辭書出版社, 2004, 306쪽. "鄭子指前所以問之曰, '自此東轉, 有門者, 誰氏之宅?' 主人曰, '此嘖壖棄地, 無第宅也' 鄭子曰,

임씨는 정생에 대해 절의를 지켰음에도 불구하고, 결국 정생의 어리석음과 잘못으로 인해 죽음에 이르게 된다. 그렇기 때문에 「임씨전」의 작자 심기제는 이런 임씨에 대해 오늘날의 여성들 중에도 임씨와 같은 사람이 없다고 찬탄하고, 정생에 대해서는 임씨의 미모만 좋아했을 뿐 그 성정性情을 제대로 살피지 못했다고 비판한 것이다.[31] 하지만 심기제의 이런 긍정적인 평가에도 불구하고, 임씨가 정생을 만나기 전에 미색으로써 인간 남성들을 여러 차례 홀렸다는 사실은 귀녀들이 자신들을 임씨와 엄격하게 구별 짓게 하는 이유가 되었다. 귀녀들은 혹시나 최치원으로부터 자신들이 임씨와 같은 존재로 의심 받지 않을까 염려했던 것이다.

이렇듯 「최치원」에서 최치원은 귀녀들의 정절에 대해 의심하고, 귀녀들은 자신들이 임씨와 같은 존재로 여겨지지 않을까 걱정한다. 상대방을 바라보는 서로 엇갈린 시선들이 노출되고 있는 것이다. 그런데 이런 엇갈린 시선에도 불구하고 최치원과 귀녀들 사이에는 한 가지 공통적인 점이 있다. 그것은 바로 이들이 끊임없이 '구별하기'를 시도한다는 점이다. 이들은 문사와 장사꾼을, 비루한 이와 그렇지 않은 이를 구별하며, 인간과 동물(여우)을, 정절을 지킨 여자와 그렇지 않은 여자를 구별한다. 이러한 '구별하기'는 특히 다음과 같은 구절에서 단적으로 드러난다.

'適過之, 曷以云無?' 與之固爭. 主人遽悟, 乃曰, '吁! 我知之矣. 此中有一狐, 多誘男子偶宿, 嘗三見矣. 今子亦遇乎?' 鄭子赧而隱曰, '無.'"
번역은 정범진 편역, 「임씨전」, 『당대소설선집 앵앵전』, 성균관대 출판부, 1995, 79~80쪽.
31 각주 15번에서 인용한 沈旣濟의 논평 참조.

내가 이곳에서 두 여자를 만난 것은

양왕襄王의 운우雲雨의 꿈과 비슷하도다

대장부여, 대장부여!

남아라면 모름지기 아녀자의 한恨을 없애주어야 할 터,

마음을 요망한 여우에게 연연하지 마라[32]

최치원이 두 귀녀들과 헤어진 후 이들과의 만남을 떠올리며 지은 장
시長詩의 끝부분이다. 최치원은 자신이 두 귀녀를 만난 것을 양왕襄王이
무산巫山의 신녀神女를 만난 것에 비긴다. 그러면서 자신의 이러한 경험
을 미색에 혹하여 여우의 정체를 몰라본 세상의 사내들과 구별 짓는
다[33](작품 내의 전고를 고려한다면, 구체적으로는 「임씨전」의 정생이 최치원과 대
조되는 세상의 사내라고 할 것이다). 그리고 이를 통해 자신의 행위를 두 귀
녀의 한을 풀어준 것으로 규정한다. 이것이 최치원의 해석을 통과한,
귀녀와의 만남이 가진 '일차적' 의미[34]가 되는 것이다. [35]

---

32 「崔致遠」, "我來此地逢雙女, 遙似襄王夢雲雨, 大丈夫, 大丈夫, 壯氣須除兒女恨, 莫將心事戀妖狐"

33 맨 마지막의 "요망한 여우妖狐"의 해석을 두고 그간 다양한 설명이 있어 왔다. 그 논란의
핵심은 왜 최치원이 두 귀녀를 두고 "요망한 여우"로 표현했냐는 것이다. 그런데 필자는
애초에 "요망한 여우"가 두 귀녀를 가리키는 것으로 볼 수 없다고 생각한다. 이렇게 보는
것은 무리한 해석을 가져올 뿐이다. 문맥을 고려하더라도, 자신을 양왕에, 두 귀녀를 무
산의 신녀에 견주었으면서 곧바로 두 귀녀들을 여우로 비유한다는 것은 납득할 수 없다.

34 여기에서 '일차적'이라고 표현한 것은 귀녀와의 만남이 궁극적으로는 최치원에게 세계에
대한 새로운 인식을 불러일으키는 계기가 되기 때문이다. 최치원이 얻게 된 세계에 대한
새로운 인식은 그가 신라로 돌아오는 길에 읊었다는 "浮世榮華夢中夢, 白雲深處好安身"라
는 시에서 확인할 수 있다.

35 그간 「최치원」의 주제에 대한 연구는 크게 두 가지 시각에서 이루어져 왔다. 하나는 역
사적 인물 최치원을 작품 해석에 투영한 것으로, 여귀들과의 만남은 최치원에게 삶에 대
한 근본적인 인식의 변화를 불러일으켰으며, 이는 당시 소외된 지식인의 '시대와의 불화'
를 우의적으로 표현한 것이라는 시각이다. 이에 따르면 귀국 후 최치원의 遊歷은 그의 정

4. 맺음말

앞서 밝혔듯이, 「김현감호」와 「최치원」에는 남성 주인공 김현과 최치원이 성적인 욕망으로 인해 이물異物에 미혹되었다는 혐의를 의식하고, 이를 감추거나 정당화 하려고 한 흔적이 남겨져 있다. 그리고 이것은 '기이奇異'에 대한 시선과 관련되는데, 이러한 혐의의 문제는 철저한

치적 좌절을 상징하는 것이 된다. 이에 대해서는 다음의 논문들을 참조할 수 있다. 임형택, 앞의 글; 김종철, 「서사문학사에서 본 초기 소설의 성립 문제」, 다곡이수봉선생 회갑기념논총 간행위원회, 『고소설연구논총』, 경인문화사 1988; 박희병, 앞의 글; 이동환, 「쌍녀분기의 작자와 그 창작 배경」, 『민족문화연구』 제37호, 고려대 민족문화연구원, 2002.
다른 하나는, 역사적 인물 최치원을 작품 해석에 투영하는 것을 반대하면서 「최치원」에서 그려진 성적인 욕망에 집중한 것이다. 이러한 연구들은 작품 속에서 그려지는 최치원을 소외된 지식인으로 볼 수 있는 근거는 없으며, 오히려 '풍광한風狂漢'적인 면모가 두드러진다고 주장하였다. 이에 대해서는 다음의 논문들을 참조할 수 있다. 조혜란, 「남성환타지 소설의 시작, 「최치원」」, 『여/성이론』, 여이연, 2003; 최귀묵, 「전기 「최치원」 다시 읽기」, 『문학치료연구』 제16집, 한국문학치료학회, 2010; 김경미, 「전기소설의 젠더화된 플롯과 닫힌 미학을 넘어서」, 『한국고전여성문학연구』 제20집, 한국고전여성문학회, 2010.
한편, 이정원, 앞의 글, 34쪽에서는 "최치원은 텍스트 외적 실존 인물에 대한 선험적 지식에서 비롯되는 소외된 인물 형상과 귀녀와의 결연 과정에서 두드러지는 한량 같은 인물 형상이 뒤섞인 존재이다"라고 하여, 최치원의 인물 형상에 대해 서로 반대되는 견해를 절충하였으며, 박일용, 「「최치원」의 형상화 방식과 남·녀 주인공의 성적·사회적 욕망」, 『한국고전연구』 제23집, 한국고전연구학회, 2003에서는 성적인 욕망과 함께 여기에 내재한 사회적 욕망을 분석하였다. 그리고 김현양, 「「최치원」, 버림 혹은 떠남의 서사」, 『고소설연구』 제32집, 한국고소설학회, 2011에서는 기존의 연구 성과들을 비판적으로 검토한 후 「최치원」을 '초탈의 서사'로 읽어 냈다.
필자는 「최치원」을 분석함에 있어서 역사적 인물 최치원을 배제하는 것은 원천적으로 불가능할 뿐만 아니라 적절한 방법이 될 수 없다고 생각한다. 하지만 그렇다고 해서 『삼국사기』, 「최치원전」에 기반한 역사적 인물 최치원을 「최치원」의 해석에 일방적으로 투영하는 것 또한 적절치 않다고 생각한다. 필자는 「최치원」에서 귀국 후 최치원의 삶을 오로지 유력遊歷으로만 그려낸 것은 정치적 좌절을 우의한 것이라기보다 귀녀와의 만남을 통해 얻은, 세계에 대한 새로운 인식의 구체적인 실천으로 표현한 것이라고 생각하고 있다. 이 문제는 별도의 지면을 통해 다루고자 한다.

'구별하기'를 통해서 해결된다.

김현은 처음에는 호녀虎女와의 사연 자체를 함구한다. 그리고 죽음에 임박해서야 호녀와의 사연을 전傳으로 옮기는데, 이 과정에서 호녀에게 있어서 사나운 맹수인 '호虎'로서의 속성은 사라지고 헌신적인 '녀女'로서의 면모만 강조된다. 이런 점에서 볼 때, 호녀의 삼형三兄들은 호녀와 대비되어 그의 인간적·헌신적 면모를 부각시키는 역할을 한다고 할 수 있다. 특히 세 마리 호랑이들의 행위가 호랑이의 본성이 아닌 인간의 윤리적 관점이 투영된 악행惡行으로 표현되어 있음은 주목을 요한다.[36] 그리고 「최치원」에서는 이러한 '구별하기'가 「김현감호」보다 더욱 분명하게, 작품의 시작부터 거의 끝부분까지 계속해서 이루어진다.

물론 두 작품 사이에는 중요한 차이가 있다. 김현과 최치원이 만난 대상이 모두 똑같이 이물이었음에도 불구하고 그 결과가 다른 것이다. 귀녀鬼女들은 최치원과의 이별을 앞두고 "하룻밤의 즐거움을 만나 응했으나 이로써 천년의 한恨을 갖게 되었다"[37]고 탄식했지만 자신들이 생전에 원했던, 현현지리玄玄之理를 논할 수 있는 문사文士를 만났으니, 이들의 한은 '일단' 풀어진 것이다. 이는 최치원도 앞서 인용한 장시長詩에서 언급한 바이다. 하지만 호녀는 '구별하기'로 인해 결과적으로는 자신의 목숨을 바쳐야 했다. '구별하기'가 호녀가 자신의 존재 의의를 증명하는 방법이었음을 감안하면, 역설이 아닐 수 없다. 그리고 「최치원」의 귀녀들과 「김현감호」의 호녀 사이의 이러한 차이는 귀녀들이 비

---

36 『三國遺事』「感通」 '金現感虎' "時有天唱, '爾輩嗜害物命尤多, 宜誅一以徵惡.' 三獸聞之, 皆有憂色. 女謂曰, '三兄若能遠避而自懲, 我能代受其罰.' 皆喜俛首妥尾而遁去."
37 「崔致遠」 "只應拜一夜之歡, 從此作千年之恨"

록 지금은 살아있는 인간이 아니지만 한때는 인간이었던 것과 달리 호녀는 애초부터 짐승이었다는 사실 때문일 것이다.

이처럼 「김현감호」와 「최치원」은 인간에게 낯선 존재인 이물에 대해서도 인간／남성의 기준에 따른 위계位階가 강력하게 작용하고 있음을 보여준다. 짐승과 인간적인 짐승, 귀녀鬼女와 살아있는 여자, 부덕婦德을 갖춘 여자와 그렇지 못한 여자 등등 이계異界에서부터 인간 세계까지 이러한 구별과 위계는 견고하게 이어지고 있는 것이다. 「임씨전」에서 임씨가 끝내 여우라는 존재의 한계를 극복하지 못하고 개에 물려 죽임을 당하는 것도 같은 맥락에서 이해할 수 있다. 낯선 존재, 낯선 경험을 있는 그대로 받아들이지 않고(또는 못하고), 그것을 '기이'라고 이름 붙인 후 인간／남성 중심적인 일상의 논리와 윤리의 차원에서 순치馴致하려는 시도가 끊임없이 이루어지고 있는 것이다. 균열과 흔적을 남긴 채로.

참고문헌

1. 자료

박희병, 標點 · 校釋, 『韓國漢文小說 校合句解』, 소명출판, 2005.

이대형 편역, 『殊異傳』, 소명출판, 2013.

정범진 편역, 「임씨전」, 『당대소설선집 앵앵전』, 성균관대 출판부, 1995.

沈旣濟, 「任氏傳」, 上海辭書出版社 編, 『古代小說 鑑賞辭典 上冊』, 上海辭書出版社, 2004.

2. 논문 및 단행본

강상순, 「나말여초의 전기에 형상화된 사랑의 형식과 그 역사적 의미」, 『우리어문연
   구』 제35집, 우리어문학회, 2009.

김경미, 「전기소설의 젠더화된 플롯과 닫힌 미학을 넘어서」, 『한국고전여성문학연구』
   제20집, 한국고전여성문학회, 2010.

김종철, 「서사문학사에서 본 초기 소설의 성립 문제」, 다곡이수봉선생 회갑기념논총
   간행위원회, 『고소설연구논총』, 경인문화사, 1988.

김현양, 「「최치원」, 버림 혹은 떠남의 서사」, 『고소설연구』 제32집, 한국고소설학회,
   2011.

리처드 커니, 이지영 역, 『이방인, 신, 괴물』, 개마고원, 2004.

박일용, 「「최치원」의 형상화 방식과 남 · 녀 주인공의 성적 · 사회적 욕망」, 『한국고전
   연구』 제23집, 한국고전연구학회, 2003.

_____, 「소설사의 기점과 장르적 성격 논의의 성과와 과제」, 『고소설연구』 제24집,
   한국고소설학회, 2007.

박희병, 「나려시대의 전기소설」, 『한국전기소설의 미학』, 돌베개, 1997.

이동환, 「쌍녀분기의 작자와 그 창작 배경」, 『민족문화연구』 제37호, 고려대 민족문화
   연구원, 2002.

이정원, 「조선조 애정 전기소설의 소설시학 연구」, 서강대 박사논문, 2003.

임형택, 「羅末麗初의 傳奇文學」, 『韓國文學史의 視角』, 창작과비평사, 1984.

張國風, 『太平廣記板本 考述』, 中華書局, 2004.

정출헌, 『김부식과 일연은 왜-삼국사기 삼국유사 엮어읽기』, 한겨레출판, 2012.

조혜란, 「남성 환타지 소설의 시작, 「최치원」」, 『여/성이론』, 여이연, 2003.

최귀묵, 「전기 「최치원」 다시 읽기」, 『문학치료연구』 제16집, 한국문학치료학회, 2010.

조선시대의 이물 및 괴물에 대한 상상력, 그 원천으로서의 『산해경』과 『태평광기』

김정숙

1. 머리말

이물異物[1]이나 이계異界와 같은 비현실적 존재는 조선시대 성리학의 합리적 사고 하에서 금기와 추방의 대상이었다. 하지만 성리학적 합리성으로 설명할 수 없는 세계에 대한 인간의 근원적 호기심은 사라지지 않고 규범과 욕망의 사이에서 늘 위태롭게 도사리고 있었다. 그렇기

---

[1] 본고에서 이물은 비일상적 존재에 대한 총칭이다. 귀신이나 요괴 등의 괴물에서 상상 속 이국인까지 당대인들의 일상을 벗어나는 모든 존재를 가리킨다. 다만 죽음을 매개로 한 지옥이나 귀신 등은 논자의 이전 논문에서 다루었기 때문에 제외하고, (김정숙 「조선시대 비일상적 상상력─요괴 및 지옥 형상의 來源과 변모」, 『漢文學論集』 35, 근역한문학회, 2012, 95~118쪽) 본고에서는 異物 중에서 異獸, 異民 등에 집중한다.

때문에 고려시대의 비합리성을 비판하고 성리학적 이념으로 무장한 채로 등장한 조선의 성리학자들은 조선시대 내내 각종 귀신 관련 논설들을 쏟아내며 전복의 위험성을 지닌 불온한 호기심을 잠재우기 위해 끊임없이 노력했다. 그 결과 이계 및 이물에 대한 관심은 굴절되거나 타협된 형태로 나타나곤 하여, 비현실적 존재를 합리적 논리로 설명하려 하거나 죽음에 대한 호기심을 조령祖靈에 대한 강조로 치환하기도 하였다.[2]

상징적 측면에서 볼 때, 이물은 사회적 차별과 배제의 증거이며 규범과 이성에 의해 억눌리고 외면된 부정적 현실의 단면을 드러내는 기제이다. 따라서 규범적 현실에서 이물과 이물에 대한 관심은 불온하며 적대적일 수밖에 없다. 그러나 현실적 규범과 비현실적 존재에 대한 관심은 마치 순차적으로 돌아가는 톱니바퀴처럼 서로에 의해 발현되고 제어되는 작동원리를 지닌다. 즉, 현실적 규범이 느슨해지거나 균열이 일어나는 지점에 비현실적 상상력이 작동하는가 하면, 다른 면에서는 '비현실적'이라고는 하지만 현실에서 동떨어진 상상력이란 존재할 수 없기 때문이다. 현실적 관점에서 볼 때 이물과 이계가 매우 이질적인 듯 하지만 그 역시 현실의 사회 문화적 맥락을 한 번도 벗어난 적은 없다.

따라서 현대인들에게는 고정적으로 여겨지는 이물에 대한 인식도 사회 문화적 상황에 따라 변화가 있었으며, 나아가 조선인의 독특한 상

---

2 김정숙, 「17, 18세기 韓中 귀신・요괴담의 일탈과 욕망」, 『민족문화연구』 56, 고려대 민족문화연구원, 2012, 12~15쪽.

상력이라고 여겨지는 것도 그 원천을 따져보면 당대 동아시아 보편의 상상력이기도 하다. 그러므로 조선시대 인들의 비현실적 상상력에 대한 연구는 당대 사회 문화에 대한 연구이며, 동아시아 문화에 대한 연구이기도 하다. 연구자는 그간 조선시대 문헌 자료에 나타난 비현실적 상상력에 대해 형상과 인식에 대해 여러 측면에서 논의를 진행하였다. 특히 동아시아적 관점에서 조선과 중국의 이물에 대한 일탈에의 욕망을 비교적으로 살펴보고, 조선시대 요괴 및 지옥 형상의 원천을 살펴보는 과정에서 조선인들의 이물에 대한 상상력의 원천에 『산해경』과 『태평광기』가 큰 영향을 주었음을 확인할 수 있었다.

본고에서는 기존의 연구를 좀 더 확장시켜서 실제로 조선시대 문헌 자료 속에서 『산해경』과 『태평광기』가 어떤 방식으로 발견되는지, 조선인들은 『산해경』과 『태평광기』 속 비현실적 존재에 대해 어떻게 받아들였는지, 인식의 변화가 있었다면 그 구체적 내용은 어떠한지에 대해 살펴보도록 하겠다. 물론 조선시대 이물에 관해 기록하는 사람이 반드시 자료로써 『산해경』과 『태평광기』를 의식했다고 할 수는 없다. 상상력의 원천은 두 작품일지라도 관련 기록이 전고로 쓰인 2차 자료를 통해 익숙해진 경우가 많을 것이며(예를 들어 '猩猩'이나 '精衛' 등), 대다수의 조선인들이 중국 문헌을 직접 접하기는 쉽지 않았을 것이기 때문이다. 또한 문헌에 나타난 세계에 대한 인식은 도가道家적 상상력을 포함한 『열자列子』나 『회남자淮南子』에서도 발견할 수 있기 때문에 반드시 『산해경』에서 왔다고만 할 수도 없다. 그럼에도 『산해경』이 포함하고 있는 내용과 세계에 대한 인식과 상상의 범위가 다른 자료들보다 월등하며 동아시아인들의 가장 원초적인 상상력을 보여주고 있다고 파악하기 때문이다. 즉 간접적으로 획득된 인식일지라도 동아시아 상상력의 원천을 고찰한다는 의미에서 『산해경』의 유입과 양상을 검토하는 것은 의의가 있다. 더불어 『태평광기』는 한대漢代부터 북송北宋대까지 광범위한 자료를 망라하고 있기 때문에 조선인들이 접하는 비현실적 존재에 관한 설화와 소설은(북송 이전의 작품인 경우) 대부분 『태평광기』를 벗어나지 않는다. 따라서 중국과의 심리적 거리가 가까웠던 조선인들의 문헌 기록에 나타나는 문학적 상상력의 1차적 원천에 대한 검토는 이 두 자료에서 시작해야 한다.

2. 『산해경』의 유입과 신화적 상상력

『산해경山海經』은 고대 중국의 대표적 지리서이자 우주에 대한 고대 인들의 상상력을 보여주는 자료이다. 『산해경』의 편찬자부터 편찬시까지 논란이 많은 작품이지만, 그 안에 담긴 산천과 동식물, 이물과 신령에 대한 묘사는 지리서적인 면모를 넘어서 고대 동아시아의 신화적 상상력의 총화라 해도 과언이 아니다.

『산해경』이 한반도로 유입된 시기는 일본의 『화한삼재도회和漢三才圖會』를 근거로 할 때, 고이왕(234~286)이 아직기阿直岐로 하여금 일본에 『산해경』을 보내주었던 진晉 태강太康 5년(284년) 이전이다.[3] 『산해경』 성립시기에 대해 연구자들마다 서주西周 초初(BC 12세기)부터 위진魏晉(AD 3~4세기)시기까지 큰 이견을 보이고 있으며,[4] 『산해경』 중 각 편마다 성립시기가 같지 않아[5] 3세기 말 한반도에 전래된 『산해경』이 현재의 것과 같다고는 할 수 없겠지만, 이것이 『산해경』의 유입과 관련된 최초의 기록이다.

이후 신라 최치원崔致遠, 857~?의 『계원필경桂苑筆耕』에서 '천오天吳'와 '촉룡燭龍' 등 『산해경』 관련 내용이 다수 보이지만, 『계원필경』은 최치원이 당唐에서 유학한 뒤 벼슬하면서 쓴 글을 모은 것이기에 신라인들의 독서 분위기를 대변한다고 단언하기는 어렵다.[6] 『산해경』이 한반도에서 실제로 일반화된 것은 고려 이후의 일로 보이는데, 특히 고려시대 문인 중에서 이규보李奎報, 1168~1241는 『산해경』에 매우 익숙했던 인물로, 그의 문집 곳곳에서 『산해경』 관련 내용을 전고로 사용하였고[7] 「산해경의힐山海經疑詰」에서는 『산해경』의 저자를 대우大禹로 보는 것이 옳은가에 대해 의문을 제기하기도 하였다.[8] 이규보는 『산해경』 서문의

---

3   『和漢三才圖會』, "晉太康五年, 應神十五年秋八月丁卯, 百濟王遣阿直岐者, 貢, 『易經』·『孝經』·『論語』·『山海經』及良馬"(민관동·김명신, 『中國古典小說批評資料叢考』, 학고방, 2003, 15쪽 재인용)

4   劉秀(B.C.53?~A.D.23)는 「上山海經表」에서 "태상太常의 속신屬臣인 신臣 망望이 교감한 『산해경山海經』 32편을 18편으로 정리」하였다고 했다(망望은 前漢의 정망으로 추정되나 확실치 않다). 유수의 기록을 볼 때 『산해경』이 형태상으로 완성된 것은 전한 때의 일이다.

5   『산해경』의 명칭과 성립에 관한 제설은 袁珂 譯註 『山海經全譯』, 「前言」(貴州人民出版社, 1991, 1~16쪽)을 참고할 것.

6   귀국 후에 지은 글에서도 『산해경』의 '燭龍'이 보인다. 『孤雲先生文集』 「新羅壽昌郡護國城八角燈樓記」, "爰憑勝槩, 高枊麗譙, 燕以銀釭, 鑛於鐵甕, 永使燭龍開口, 無令燧象焚軀." 이 글은 천우天祐 5년(908, 효공왕12) 10월에 호국의영도장護國義營都將 중알찬重閼粲 이재異才가 남령南嶺에 팔각등루八角燈樓를 세운 뒤 최치원에게 부탁하여 써준 것이다.

7   『東國李相國集』에 쓰인 『산해경』 관련 고사를 예로 들면 다음과 같다. "肹彭眞禮氐謝羅, 靈山路復㝵又難道"(「老巫篇」), "智祕龜六眸"(「次韻聆首座寄林工部」), "夸父荷杖應難道"(「閔常侍令賦雙馬圖」) 등.

8   「山海經疑詰」, "予讀山海經, 每卷首標之曰大禹製㫼氏傳, 則此經當謂夏禹所著矣. 然予疑非禹製, 何者?"

기록과 『상서尚書』 기록의 불일치, 내용상의 부자연스러움 등을 들어 우임금이 지었다는 설에 대해 반박했는데, 이는 이규보의 개인적 관심도 있었겠지만 당시 문인들 사이에 『산해경』이 그만큼 일반화되었기에 가능한 문제제기였다.

이규보만큼이나 『산해경』을 애호했던 인물로 고려 말의 목은 이색李穡, 1328~1396을 들 수 있으니, 『목은집』에 나오는 '부상扶桑'이나 '풍산豐山', '단혈丹穴' 등은 『산해경』의 대표적 전고이다. 특히 「봉억광암奉憶光岩」에는 "고요히 앉아 다시 『산해경』을 보았네[靜坐更參山海經]"라고 하여 『산해경』을 읽는 장면이 나온다. 이는 문인들 사이에 애송되었던 도연명의 시 「독산해경讀山海經」의 분위기를 차용한 것이기는 하지만 그의 문집 곳곳에 등장하는 『산해경』 관련 내용으로 보았을 때 이색이 유유자적한 모습으로 『산해경』을 읽었을 정경이 그려지기도 하다.[9]

조선에 와서도 『산해경』은 문인들의 필독서이자 미지의 대상에 대한 고증의 전거가 되어, 조선 초기 홍귀달洪貴達, 1438~1504에서 허목許穆, 1595~1682, 박지원朴趾源, 1737~1805, 정약용丁若鏞, 1762~1836 등 다수의 문집에서 『산해경』 독서의 경험과 상상력이 발견된다. 또한 백과사전적 자료를 담고 있는 『오주연문장전산고五洲衍文長箋散稿』나 『지봉유설芝峯類說』, 『송남잡지松南雜識』 등에서 빠지지 않고 인용된 것이 『산해경』이다.

문헌 속에 자주 등장하는 『산해경』 관련 내용 중 대표적인 것을 제

---

9 조선시대 신흠의 『상촌집』 21권에도 「讀山海經」이라는 시가 있는데, 이 역시 신흠이 직접 『산해경』을 읽고 시를 쓴 것이 아니라 蘇東坡가 陶淵明의 시에 화답하던 것처럼 자신도 도연명이 썼던 「독산해경」의 시를 본떠 쓴 것이다. 그러나 신흠의 시문에 신선이나 구미호 등 이물과 관련된 내용이 종종 등장하는 것을 볼 때, 그가 『산해경』이나 『태평광기』의 비현실적 세계에 대해 품고 있는 관심이 적지 않았음은 추측할 수 있다.

시하면 다음과 같다.[10]

① 천오天吳

천오는 『산해경』 「해외동경」에 나오는 이물로 일종의 수신水神이다. 여덟 개의 머리와 다리, 꼬리로 이루어졌고 사람의 얼굴에 짐승의 몸을 한 전형적인 이종배합의 존재이다.

> 조양곡朝陽谷의 神을 天吳라고 하는데 그는 水神(水伯)이다. 쌍무지개의 북쪽 두 강물 사이에 있다. 그 생김새는 여덟 개의 머리가 사람의 얼굴이며 여덟 개의 다리와 여덟 개의 꼬리를 지니고 있는데 등은 청황색이다.[11]

천오는 최치원의 『계원필경』에서부터 고려 이제현과 이색이나 조선시대 서거정부터 조선말기 황현의 문집에까지 두루 전고로 등장한다.

> 반드시 천오天吳가 풍랑을 그치게 하고 / 必使天吳息浪
> 수백水伯이 순풍을 영접하게 할 것입니다 / 水伯迎風[12]

> 천오는 바닷물을 옮기고 / 天吳移海水

---

10 한국 고전 번역원의 DB를 통해 검색한 결과, 문집에 주로 등장하는 『산해경』 관련 소재는 '天吳', '燭龍', '精衛', '若木', '蚩尤', '夸父', '鑿齒', '窫窳', '鶴', '夔', '九尾狐', '西王母', '蜩像', '黑齒國', '烏衣國', '裸人國' 등을 찾을 수 있었다. 그 중에서 본고에서는 빈도수가 상대적으로 많은 '天吳', '燭龍', '窫窳', '九尾狐', '扶桑'을 대상으로 선정하였다.

11 정재서 역주, 『산해경』, 민음사, 1994, 326쪽(이하 『산해경』 번역은 이에 준한다).

12 崔致遠(857~?), 「上太尉別紙」(이하 원문에 대한 번역은 한국고전번역원의 번역을 따른다, "한국고전번역원DB" http://db.itkc.or.kr/itkcdb/mainIndexIframe.jsp)

옥녀는 웃으며 번개를 일으키네 / 玉女笑作霆[13]

머리 아홉의 천오와 / 天吳九首
외발 달린 기는 / 怪夔一股
폭풍을 일으키고 비를 내린다네 / 飆回且雨[14]

집채만한 파도로 사람을 죽이고 모든 것을 휩쓸어 버리는 거대한 풍
랑과 폭풍을 접하는 이들은 거대한 신의 주재를 떠올리게 되고, 그 신
은 여러 개의 머리와 꼬리 다리를 가지고 인간과 동물의 형상을 결합한
존재로 귀결되었다. 허목의 시 외에 천오의 형상이 구체적으로 제시된
것은 없으나 당시 문인들에게 천오는 해약海若이나 자봉紫鳳처럼 풍랑
과 폭풍을 일으키는 수신水神의 대명사가 되었다.

② 촉룡燭龍

촉룡은 촉음燭陰이라고도 하는데, 「해외북경」과 「대황북경」에 등장
하는 뱀처럼 생긴 신이다.

종산의 신은 이름이 촉음이라고 한다 이 신이 눈을 뜨면 낮이 되고, 눈을
감으면 밤이 되며 입으로 숨을 세게 내쉬면 겨울이 되고, 천천히 내쉬면 여
름이 되며, 마시지도 않고 먹지도 않으며 숨을 쉬지도 않는데 숨을 쉬면 바

---

13 申欽(1566~1628), 「擬古」.
14 許穆(1595~1682), 「東海頌」.

람이 되고 몸의 길이가 천 리나 된다. 무계無膚의 동쪽에 있다. 그 생김새는 사람의 얼굴에 뱀의 몸을 하고 있으며, 붉은 색이고 종산의 기슭에 산다.

—「해외북경」

서북해의 밖, 적수의 북쪽에 장미산이 있다. 신이 있어 사람의 얼굴에 뱀의 몸으로 붉은데 세로눈이 곧바로 합쳐져 있다. 그가 눈을 감으면 어두워지고 눈을 뜨면 밝아진다. 먹지도 잠자지도 숨도 쉬지 않으며 비바람을 불러 올 수 있다. 이것은 대지의 밑바닥을 비추며 이름을 촉룡이라고 한다

—「대황북경」

어둠에 갇혀 있는 이에게는 촉룡의 빛을 빌려 주소서 / 幽滯則假燭龍之照[15]

불을 머금은 촉룡이 황혼에 타네 / 燭龍呀呀燒薄[16]

촉음이 기운을 부니 불타는 구름 치솟네 / 燭陰呼氣火雲騰[17]

촉룡이 차가운 문에 깃들어 빛을 비추는 듯하네 / 若燭龍棲耀於寒門[18]

천오가 바다의 신이라면 촉룡은 지상에 거하며 세상의 낮과 밤, 그

15 崔致遠, 『桂苑筆耕集』, 「下元齋詞」.
16 釋達全, 「次李賀將進酒韻」.
17 權好文(1532~1587), 『松巖集』, 「大旱」.
18 許穆(1595~1682), 『記言』, 「感遊」.

리고 여름과 겨울을 관장한다. 숨을 세게 쉬면 겨울이 되고 천천히 쉬면 여름이 되며, 눈을 감으면 밤이 되고 눈을 뜨면 여름이 되며 천 리나 되는 거대한 몸을 꿈틀거리며 이 세상을 주관하는 이종혼합의 촉룡에 대한 관념은 세상을 대하는 인간의 매우 원초적인 상상력을 보여준다. 낮과 밤을 주관하는 촉룡은 주로 어둠을 몰아내는 존재이며 불과 관련지어 등장한다. 어둠을 몰아내기에 미몽迷夢을 깨우는 존재로 상징되기도 하며 괴로움에서 구제하는 구원자로 묘사되기도 한다.

③ 알유夔窳, 猰貐

"소함산이라는 곳에 초목은 자라지 않고 푸른 옥돌이 많이 난다. 이곳의 어떤 짐승은 생김새가 소 같은데 몸빛이 붉고 사람의 얼굴에 말의 발을 하고 있다. 이름은 알유라고 하며 그 소리는 어린 아이 같고 사람을 잡아먹는다."(「북산경」)

알유가 약수 가운데에 사는데 성성이의 서쪽에 있다. 그 생김새는 추貙와 비슷하며 용의 머리를 하고 사람을 잡아먹는다.

— 「해내남경」

알유는 뱀의 몸에 사람의 얼굴인데 이부의 신하에게 죽임을 당했다

— 「해내서경」

천오와 촉룡이 물과 불을 주관하는 신이었던데 비해, 알유는 사람을 잡아먹는 사나운 짐승이다. 형상은 다양하여 소의 몸을 하기도 하고

용, 뱀의 몸에 사람의 얼굴을 하기도 한다. 알유는 원래는 천신天神이었는데 이부의 신하에게 죽임을 당한 뒤 악수惡獸로 변했다고도 하는데, 이는 신화적 숭배의 대상이 이념의 제어에 의해 공포와 배제의 대상으로 바뀌었음을 의미한다.

지난 용사년龍蛇을 회고하니 / 憶昔歲在龍蛇間

우리나라 조선이 액운을 만났네 / 鰈域遭罹陽九厄

바다 속의 알유와 착치가 이를 갈며 인육을 다투니 / 海中猰貐鑿齒磨牙競人肉

천 리의 피비린내 창칼을 물들였네 / 千里腥膻染戈戟[19]

흉악한 자들이 마구 날뛰었으니 / 羣凶恣陸梁

알유와 착치와 같구나 / 猰貐與鑿齒

사람 죽이는 것을 즐거움으로 삼고 / 殺人用爲娛

하늘을 화살로 쏠 수 있다 했지 / 謂天可挾矢[20]

차천로의 시에서 용사龍蛇년은 임진왜란이 일어났던 1592년 전후를 이르는 것으로, 조선에 왜적이 침입한 것을 바다 속 알유와 착치[21]가 참혹하게 인육을 도륙하는 것으로 비유하였으며, 이익의 시에서도 무도하고 흉악한 자가 멋대로 살인하며 방자한 것을 알유와 착치에 비견하였다.

---

19 車天輅(1556~1615), 『五山集』, 「上天朝楊御史」.
20 李瀷(1681~1763), 『星湖全集』, 「挽權參判」.
21 鑿齒는 『산해경』 「해외남경」에 나오는데, 곽박의 주석에 "착치 또한 사람이다. 이빨이 끌과 같은데 길이가 5~6척이어서 인하여 이름으로 불리게 되었다"라고 하였다. 高誘의 주석에서는 착치를 짐승의 이름으로 보았다.

이와 같이 문집 속에서 천오는 바다의 신, 촉룡은 어둠을 관장하는 신, 알유는 흉포한 무리를 비유하는 대명사가 되었다. 이외에 『산해경』에서 유래하여 조선시대 문집에 상투적 전고가 된 것은 일일이 열거하기 어려울 정도로 많으니, '지팡이를 들고 태양과 경쟁하던 과보夸父',[22] '태양을 낳은 희화국羲和國 여인 희화',[23] '날개를 합쳐야 날아갈 수 있는 비익조',[24] '신농씨의 딸로 동해를 건너다 익사하여 새가 된 정위새'[25] 등은 이미 오랜 기간을 거치며 전형으로 고착된 예이다.

④ 부상扶桑

『산해경』은 기본적으로 세계에 대한 지리지적 성격을 띠는 책으로, 미지의 공간에 대한 호기심이 무한한 상상력으로 표현된다. 그중에서 조선시대 문집에 종종 등장하는 이국은 '단혈丹穴', '부상扶桑', '대황大荒', '단림丹林', '약수弱水', '영산靈山', '단산丹山' 등이다. 그 중에서 가장 널리 쓰이는 것은 '부상'이다.

> 양곡의 위에는 부상이 있는데 이곳은 열 개의 태양이 목욕을 하는 곳으로 흑치의 북쪽에 있다. 물 가운데에 큰 나무가 있는데 아홉 개의 태양은 아랫가지에 있고 한 개의 태양은 윗가지에 있다.
>
> —「해외동경」

---

22 朴趾源(1737~1805), 『燕巖集』, 「叢石亭觀日出」, "鄧林秋實丹一顆, 東公綵毬蹙半登. 夸父殿來喘不定, 六龍前道頗誇矜."

23 申從濩(1456~1497), 『續東文選』, 「題日出扶桑圖」, "羲和女子獨西行, 浪底敲日玻瓈聲."

24 徐居正(1420~1488), 『四佳集』, 「次韻淸寒見寄」, "昔年托深契, 比之鶼與蟨."

25 成俔(1439~1504), 『虛白堂集』, 「精衛詞」, "有鳥有鳥何瑣細, 飛來飛去波濤際."

『산해경』 주석에 "잎은 뽕나무 같고 길이는 수천 길이며, 둘레는 스무 아름이다. 두 그루가 같은 뿌리에서 나와 서로 의지하고 있기에 '부상'이라 이름한 것이다"라 하였다. 부상은 신목으로 규모로 볼 때 거의 천하를 뒤덮을 만한 크기이기에, 열 개의 태양이 이곳에서 목욕을 하는, 태양의 근원이 되는 곳으로 그려졌다. 이러한 상상력에 의해 부상은 곧 태양이 떠오르는 동쪽, 즉 우리나라나 일본을 가리키는 용어로 사용되게 되었다.

해 뜨는 곳의 천자가 / 日出處之天子兮

부상 땅에 터전을 잡았도다 / 奄宅扶桑之域也[26]

고래등 같은 파도도 귀국할 땐 잠잠할 터 / 東歸會見鯨波定

부상 나뭇가지 아래 해님 목욕시키리라 / 自在扶桑浴日枝[27]

첫 시는 이색이 일본으로 사신가는 정봉주에게 준 시로, 부상은 일본을 가리키며, 두 번째 시는 해가 목욕한다는 관념에 한자선韓子善이 중국에서 귀국한 뒤에 그만큼 중요한 일을 하게 될 것이라고 그만큼 중요한 일을 하게 될 것임을 비유하였다.

이상에서 살펴본 바, 『산해경』을 뿌리에 둔 이물과 이국은 우주적 규모의 신화적 상상력으로 가득하다. 간혹 사람을 잡아먹는 알유처럼

---

26 李穡(1328~1396),「送鄭達可奉使日本國」.

27 崔岦(1539~1612),「送管押使韓子善令公詩序」.

무섭기도 하지만 이들은 선악의 가치로서는 판단할 수 없는 원초적이
며 신적인 존재라고 할 수 있다. 따라서 『산해경』속에는 이들의 형상
이 사람의 얼굴에 짐승의 몸을 결합시킨다거나 수적 우위를 보이는 모
습으로 그려 우월한 능력을 부각시키기도 하지만, 이미 세상의 근원적
존재이며 신적 지위를 가진 이물들은 특별한 형상 묘사없이 제시되어
우주적 존재로 등장한다. 『산해경』의 신화적 상상력은 한반도로 유입
되어 조선인들의 세계와 우주에 대한 상상력의 근간이 되었다.

3. 『태평광기』 열독과 이물 인식의 변화

『태평광기』의 유입과 관련해서는 송나라 왕벽지王闢之의 『민수연담
록澠水燕談錄』에 송에 사신으로 간 박인량이 『태평광기』속 고사를 인용
하여 글을 지었다는 기록을 첫머리에 들 수 있다.[28] 고려 문종34년(1080)
에 고려의 지식인 박인량은 『태평광기』(권 251, 「鄰夫」)의 고사를 인용하
여 시를 지을 수 있을 정도로 『태평광기』에 대해 익숙해 있었다. 고려의
경기체가 「한림별곡」에도 『태평광기』가 자연스럽게 등장하는 것 또한
고려시대 유행의 일단을 보여준다. 『태평광기』가 북송 977년에 편찬되

---

28 박지원, 김혈조 역, 『열하일기』 3, 「避暑錄」, 54~56쪽. 또한 이 기록은 이수광의 『芝峯類
    說』 권8에도 수록되어 있다. 『태평광기』의 한국 전래에 대해서는 김장환 「『태평광기』의
    시대적 의미」, 『중국어문학논집』 75, 중국어문학연구회, 2012, 493~497쪽을 참고할 것.

기 시작하여 수년 뒤에 출간된 뒤 정작 중국에서 큰 반향을 일으키지 못한 상황에서 고려 후기와 조선시대 지식인들의 『태평광기』에 대한 애호는 하나의 붐을 형성하였다.[29]

우리나라의 문장하는 선비들은 모두 『태평광기』를 공부하였다. (…중략…) 민한림이 지은 별곡에 『태평광기』 오백권이라 했는데 내가 항상 그 전질을 얻어 보고자 했다. 얻어서 보니 그 문장이 고문에 가까워 자못 간략했지만 당나라 사람들의 문장으로 많이 비약하여 시에는 훨씬 못 미쳤다.

(我國文章之士, 皆攻太平廣記 (…中略…) 文翰林別曲, 稱太平廣記五百卷云, 余每欲得全秩觀之, 及觀之, 其文近古頗簡, 而唐人之文多卑弱, 不及詩遠)

— 『어우야담』 235화

일찍이 『태평광기』를 보니 거기에도 이런 일이 있었으니, 예나 지금이나 무엇이 다르랴!

(嘗觀太平廣記有是事, 古今奚異哉)

— 『어우야담』 481화

평하건대, 여우가 여자의 모습으로 변하여 사람들을 홀렸다는 것은 『태평광기』나 여러 소설류에 다수 실려 있다.

(評曰, 狐之幻作女形, 迷人惑衆, 廣記及小說諸家多有之)

— 『천예록』 47화

---

29 그 결과 조선에서는 500권의 방대한 『태평광기』의 축약본인 『태평광기상절』(成任, 1462년)이 50권으로 간행되었고 선조에서 경종 시기에는 5권 5책의 『태평광기언해』가 발간되었다.

『태평광기』는 북송대 이전까지의 설화와 소설을 총망라한 것으로 각종 귀신이나 신선, 요괴, 이인, 괴물 등 비현실적 존재에 대한 상상력이 넘친다. 공히 비현실적 존재를 담고 있는『산해경』이 세계의 창조와 미지의 존재에 대한 원초적 상상력을 근간으로 하고 있다면,『태평광기』는 세계의 완성 이후 인간이 상상할 수 있는 모든 이물과 이계에 대한 이야기를 담고 해도 과언이 아니다. 위의 인용문을 보면, 조선에서 기이한 이야기의 끝에 항상『태평광기』를 끌어와 근거로 삼고 있는 것도 조선인들에게『태평광기』는 비현실적 세계를 접하는 창구가 되었음을 알 수 있다.[30]

『산해경』이 대체로 비현실적 존재와 세계를 경의를 담고 있는 것과 달리『태평광기』에서 이물을 바라보는 시각은 훨씬 다양하다. 한대漢代부터 북송대까지의 자료를 모은『태평광기』에는 위진남북조 성행했던 도가 사상에 의한 신선고사가 방대하게 실려 있는가 하면, 한나라 이후 강고화된 유교적 이념에 의한 비현실적 세계에 대한 부정적 시각도 농후하다. 중국에서 이물에 대한 시각은 당송대를 거치며 하나의 전형을 갖추어 가는데 이러한 시각의 변화를『태평광기』속에서 확인할 수 있다.[31]

---

30 이 외에 李春英(1563~1606)은 신선관련 고사를 「讚神仙傳」 53수로 창작하였는데, 이는 모두『태평광기』출전 고사를 시화한 것이며, 허난설헌의 「유선사」 또한『태평광기』신선전의 한 장면을 묘사하거나 요약한 것이다(강민영 「조선 중기 지식인의 神仙傳 독서 경향과 詩化」,『도교문화연구』 17, 한국도교문화학회, 2002, 15~29쪽).

31 예를 들어 人魚는『산해경』에서 "생김새는 제어(鯑魚) 같으나 네 개의 발이 있고 소리는 어린애 같다. 이것을 먹으면 어리석음증이 없어진다"(「북산경」)라거나, "능어(陵魚)는 사람의 얼굴에 팔 다리가 있고 몸둥이는 물고기인데 바다 한 가운데 산다"(「해내북경」)이라고 하여 인간과 물고기의 결합으로만 보았다. 이에 반해『태평광기』권 464 「海人魚」에서는 인어에 대한 상세한 묘사와 더불어 음부까지 갖추어 바닷가 과부들이 교합한다

『태평광기』의 이물에 대한 변화된 시각은 후대 중국뿐만 아니라 조선에도 그대로 계승되는데, 아래에서는 그 중에서 조선시대 대표적 이물인 여우(구미호)에 대한 시선과 변화의 양상에 대해 살펴보기로 한다.

구미호는 원래부터 무서운 존재였다. 『산해경』에서도 구미호는 사람을 잡아먹는다는 짐승으로 그려진다.

> 청구산 남쪽에 (…중략…) 어떤 짐승은 생김새가 여우같은데 아홉 개의
> 꼬리가 있으며 그 소리는 마치 어린애 같고 사람을 잘 잡아먹는다. 이것을
> 먹으면 요사스러운 기운에 빠지지 않는다.
>
> ─「남산경」

하지만 아홉 개의 꼬리와 어린애의 소리, 사람을 잡아먹는 구미호의 이러한 속성은 『산해경』 전체를 볼 때 그다지 엄청난 것은 아니다. 개수로 본다면 꼬리뿐만 아니라 머리와 다리까지 각각 여덟 개씩 지닌 천오가 있고, 형상으로 본다면 뱀의 몸에 사람의 얼굴을 한 촉룡이 있으며, 사납기로 본다면 이부의 신하에게 죽임을 당한 알유가 있다. 도리어 구미호는 사악한 기운에 빠지지 않을 수 있는食者不蠱 효험을 지니고 있기까지 있다.

이처럼 단지 먼 이국의 기이한 짐승이었던 구미호는 동진東晉의 학자 곽박郭璞, 276~324의 『산해경』 주석에서 "세상이 태평하면 출현하여 상서로움을 보인다는 여우"로 긍정적으로 서술되었고, 『오월춘추』에서

는 내용을 첨가하였다. 『태평광기』에서 인어는 경이가 아니라 기이하고 이질적 존재로 묘사된다. 이러한 인어에 대한 시각은 유몽인의 『어우야담』 516화에서도 발견된다.

도 흰 구미호가 나타나 우임금과 결혼하였다는 설화에서도 구미호는 상서로운 존재였다.[32] 이에 비해 한나라 허신許慎, 30~124의 『설문해자』에는 "여우는 요사스런 짐승이니, 귀신이 타는 바이다狐, 妖獸也, 鬼所乘也"라고 하여 이미 한나라 때부터 긍정적 시선과 부정적 시선이 혼재되어 나타난다.

한나라 이후의 거의 모든 여우狐 관련 서사는 『태평광기』 권 447에서 455에 망라되어 있으며, 그중에서도 권 447 「호신狐神」의 "여우요괴가 없으면 마을이 생기지 않는다"(『조야첨재朝野僉載』)는 기록처럼 특히 여우설화가 발달했던 당대唐代의 여우 서사가 다수 실려 있다. 『광이기廣異記』나 『집이기集異記』의 많은 이야기가 여우 변신서사이며, 그 안의 여우는 호선狐仙이나 호박사狐博士처럼 박식하고 신이한 능력을 지닌 여우의 모습을 보이기도 하고 인간으로 변신했다가 실체가 들통나 도망가거나 죽임을 당하는 여우가 등장하기도 한다. 특히 여자로 변신하여 요망한 짓을 하는 경우가 많으니 권 451의 「유중애劉衆愛」에서 부인으로 변한 여우를 잡아 입 속의 구슬을 얻었다는 이야기는 전래의 여우구슬 설화를 바탕으로 한 것이고, 「승안통僧晏通」에서 해골을 머리에 쓰고 여인으로 변한 뒤 남성을 유혹하는 여우를 안통 스님이 물리친다는 내용은 우리나라에도 전래되는(여우잡은 소금장수 설화) 전형적인 여우 변신담이다. 이처럼 『산해경』의 사나운 짐승이었던 여우는 후대로 오면서 여러 가지 관념들이 착색되어 변신담의 주인공이 되었는데, 여성으로 변해 남

---

32 『오월춘추』의 원작자는 동한 시대의 조엽趙曄이지만 현전하는 『오월춘추』는 이후 당나라 황보준黃甫遵이 주를 달고 고쳐서 완성된 것이다.

성의 정기를 흐리게 하는 부정적 구미호 이야기가 보편화된 것은 당대에 이루어진 것으로 보인다.[33]

우리나라에서도 여우는 다양한 의미를 지닌다.[34] 고려시대의『삼국유사』에는「원광서학圓光西學」처럼 원광법사의 불법을 돕는 신격을 지닌 여우도 있고「도화녀비형랑」의 길달과 같이 부정적 여우도 등장한다. 하지만 우리나라에서 가장 일반적인 구미호 이야기는 구비설화 속의 여우누이나 여우구슬 등이며, 구미호는 대부분 부정적 행위나 부정적 여성의 대명사인 경우가 압도적이다.

한시에서 여우를 소재로 하는 경우, 대개 당시 부정부패를 요사스러운 여우에 비유하여 이와 관련된 여러 설화적 이야기를 서술하고 구미호를 퇴치하고자 하는 열망을 담는 경우가 많다. 여우로 시대를 풍자한 것은『시경詩經』「유호有狐」편에서 시작하는데,[35] 조선에서는 광해군 시절 정인홍을 비롯한 대북파大北派가 정권을 농단하며 폐모론廢母論을 주장하던 혼란상황을 늙은 여우가 여자로 변신하여 소년을 호리고 정기를 빨아먹는 설화로 비유하곤 하였으니, 신흠申欽, 1566~1628의「유호행有狐行」과 김육金堉, 1580~1658의「노호老狐」, 황섬黃暹, 1544~1616의「요호妖狐」등이 그것이다.

---

33 여우가 사람으로 변신해 인간을 유혹하는 서사는 이미 六朝時代『搜神記』권 18의 '阿紫' 이야기에서 찾을 수 있다. 하지만 이러한 관념이 서사로 보편화된 것은 소설이 발달하고 문인 남성의 유흥문화가 만연했던 당나라 때라고 할 수 있다.

34 강진옥「변신설화에 나타난 '여우'의 형상과 의미」,『고전문학연구』9권, 한국고전문학회, 1994, 327~349쪽.

35 「유호」편에서는 위나라가 혼란스러워 남녀가 혼인할 시기를 놓쳐 배우자를 얻지 못한 것을 여우가 거닐면서 근심하는 모습에 비하였다.

산 속에 있는 여우가 / 有狐在山中

밤이면 사람의 해골을 머리에 이고 / 夜戴人髑髏

두 번 절하고 북두성에 기도하여 / 再拜祈北斗

사람의 형상모습으로 변한다네 / 化作人形侔

나뭇잎으로 저고리를 만들고 / 木葉以爲衣

풀잎으로 치마를 만들어 입고서 / 野草以爲裳

밝은 달을 향해 어슬렁거리고 / 徘徊向明月

요염한 자태로 봄볕에 아양을 떠네 / 艶態嬌春陽

그러다가 길에서 소년을 만나면 / 路逢少年子

소매로 얼굴 가리고 온갖 아양 떨며 / 掩袂生百媚

손을 잡고 깊은 방으로 들어가 / 携手入洞房

오색 술이 달린 금장막을 내리치고는 / 流蘇金帳闔

스스로 좋은 배필 얻었다 말하며 / 自言得好逑

서로 사랑하길 비밀히 맹세한다네 / 密誓同心結

그러나 어찌 알랴 서쪽 이웃의 늙은이가 / 那知西鄰老

도록으로 천인의 이치 통달하여 / 道籙人天徹

입으로 한 장의 부적을 외워 / 口呪一角符

문득 여우의 참모습 드러나게 해서 / 遽使眞形睹

잠깐 사이에 두 동강을 내어 / 須臾身首分

요물의 해독을 길이 제거할 줄을 / 永辟妖物蠱[36]

---

36 申欽, 『象村集』 권 6, 「有狐行」. 한국고전번역원DB. 번역은 연구자가 일부 수정하였다.

위의 시 이외에도 구미호를 소재로 한 시들은 정도의 차이는 있지만, 모두 이처럼 구미호와 관련된 설화를 나열하고 이를 퇴치하고자 하는 소망을 담는 것이 일반적이다. 신흠의 시에서 구미호가 계축옥사로 영창대군永昌大君을 폐서인하고 반대파를 숙청하였던 정인홍이나 이이첨 등을 비유한다면 구미호를 물리치는 '서쪽 이웃의 늙은이'는 선조에게서 영창대군을 부탁받았던 자신을 비롯한 서인西人을 가리키는 것으로 볼 수 있다. 당시 대북파에 대한 분노는 '머리와 몸을 두 동강身首分' 낸다거나 '백 개의 강한 화살을 구해 한꺼번에 죽이고 싶다거나'[37] '누런 개를 데리고 가서 죽여 버리고 가죽으로 옷을 해 입고 싶다'[38] 등의 표현에서 매우 강렬하게 드러난다.

이러한 관념은 1895년 매천 황현의 「노호행老狐行」에 오면 구미호는 일본의 앞잡이가 되어 악행을 자행하는 '남산 바위굴에 사는 천년 여우'이며, 이들이 사나운 알유猰貐에게 빌붙어 사납게 쳐들어 오려고 한다는 것으로 한말 일본을 비롯한 강대국의 위협을 비유했으며, 이들을 옥황상제가 괴강魁罡으로 하여금 물리치게 했다고 하였다.

이들 여우를 다룬 시에서 자주 나오는 '자호紫狐', '천년호千年狐', '촉루髑髏', '현인眩人' 등은 구미호 설화에서 자주 등장하는 삽화로『산해경』의 신비한 이물이 아니라 인간을 유혹하여 정기를 소모하고 결국은 죽게 만드는 사악한 존재이며, 광해군과 친일파의 사악한 행위에 대한 메타포이다. 이미 구미호는 처단해야힐 악의 대명사일 뿐 신성성은 사라졌으

---

37 金堉,「老狐」, "願得强弓勁弩金矢百, 射盡狐群一時戮."
38 黃暹,「妖狐」, "我欲牽黃狗, 戮盡皮作襖."

며, 위의 시 속에서 온갖 설화적 상상력으로 되살아났다.

우리나라에서 구미호 이야기는 대개 구비설화로 전해 내려오거나 국문소설인 「이화전」, 「임씨삼대록」 등에 화소로 등장하곤 한다. 한문으로 기록된 것은 중국 자료를 인용한 경우가 많은데, 이러한 상황에서 조선 후기 야담집인 규장각본 『기설奇說』의 「태백산호암기太白山狐菴記」는 한문 야담계소설로 구미호 퇴치담을 담고 있는 흔치 않은 자료이다. 내용을 정리하면 다음과 같다.

> ① 안동에 김생은 나이 스물에 신장은 팔 척이었으며 용맹을 갖추어 마을에서 인정을 받았다.
>
> ② 태백산 용문사에 갔다가 흰 가마를 만났는데 잠시 뒤에 가마를 따르는 노복들이 모두 죽고, 어떤 중이 가마 안의 여인을 희롱하는 것을 목격하였다.
>
> ③ 김생이 중을 죽여 버리자 여인은 사례하였지만 치욕을 당했다고 하며 연못에 빠져 자살하자 생이 언덕에 묻어 주었다.
>
> ④ 절에서 몇 달을 공부하다가 산꼭대기의 암자를 방문하니 깨끗하고 녹의홍상의 아름다운 여인이 맞이하였다. 요괴라고 여기며 칼을 빼들고 죽이려고 했으나 잡을 수 없어 절로 돌아갔다.
>
> ⑤ 다음날 아침 또 가서 싸우기를 3일을 하는데 승부가 결정나지 않아 돌아오는 길에 연못가에서 지난날 죽었던 흰 가마의 여인을 만났다.
>
> ⑥ 여인이 죽은 뒤 동해 용왕이 절개를 어여삐 여겨 며느리로 삼았는데, 김생의 은혜를 갚고자 하였다. 암자의 여인은 천년 묵은 구미호로 김생이 대적할 수 없으니 다음날 용궁에 청하여 신병을 보내 잡도록 하겠다고 하였다.

⑦ 다음날 새벽 푸른 구름과 비바람과 천둥 번개가 쳤지만 구미호는 죽지 않자, 여인은 서해용왕의 며느리인 언니에게 청하여 삼일 뒤에 구미호를 물리치도록 하겠다고 하였다.

⑧ 더욱 거센 구름과 바람이 불고 나무가 뽑히더니 건장한 소만큼 커다란 여우가 나와 죽어 있었다. 이에 연못의 여인에게 사례하였다.

⑨ 절에 머물러 있는데 어느 날 꿈에 귀졸들이 김생을 잡아 지옥으로 끌고 가서 보니 염라대왕 앞에 구미호가 원통함을 하소연하고 있었다. 이에 태백산 신령과 서해 용왕에게 사실을 확인한 뒤 구미호를 구유옥九幽獄에 가두었다. 생은 요괴를 제거한 공으로 일기一紀의 목숨이 늘어나게 되었다.

⑩ 생이 사례하고 절에 이르니 꿈이었다. 이후 과거급제하고 입신양명하였으며 나이 70을 넘기고 죽었다.

여기서 천년 묵은 구미호는 변화를 자유자재로 하며 신병神兵도 잡을 수 없는 천하의 요물이다.[39] 동해 용왕이 우레와 천둥을 일으키며 공격해도 꿈쩍도 하지 않다가 서해용왕의 무자비한 공격이 있고나서야 제거할 수 있을 정도의 위력을 지니고 있었다.[40] 있어서는 안 될 존재이다.

그런데 '지음지요물至陰之妖物', '사매邪魅', '요얼妖孽' 등으로 표현되는 구미호는 실상 김생이나 주변 사람들에게 위해를 끼친 것은 없다. 김

---

39 「太白山狐菴記」, "郎君欲殺之物, 乃九尾狐, 而一千年所成, 變化不測而眞怪, 作妖之事無常也. 自作神兵斯捕, 不可得, 況郎君之一身尺劍, 豈能圖之乎?"

40 "頃之, 天地晦暝, 咫尺不辨, 雷霆之聲, 風大之氣, 倍於前日, 終日不絶. 寺僧不敢出, 村人悚懼, 莫能起動. 屋瓦皆飛, 樹木盡拔, 徑宿始霽. 生與僧五六人, 還投其處, 則殿宇蕩然無有, 大木盡絶, 岩石成築. 有一巨狐, 死於木石之中, 乃九尾而其體則若建牛也."

생이 구미호를 인지한 것은 태백산 정상의 암자에 아무도 가보지 못했다고 하여 호기심으로 갔다가 일어난 일이지 구미호가 인간에게 해악을 끼쳐서가 아니었다.[41] 그런데도 김생은 그곳의 아름다운 여인을 만나자 마자 요괴라고 생각하며 칼을 빼들고 공격했다. 공격을 받았을 때에도 구미호는 동에 번쩍 서에 번쩍하고 자신의 능력을 발휘해서 피했을 뿐이다. 그렇기 때문에 구미호가 자신은 무죄라고 염라대왕에게 했던 하소연[42]이 공감되기도 한다.

그럼에도 작품 속에서 구미호는 시종 제거해야 할 대상이며 변화를 헤아릴 수 없어 불안한 '진짜 괴물[眞怪]'이다. 김생의 여인(구미호)에 대한 공격은 처음부터 맹목적이고 무자비했다. 깨끗한 암자에 사방에 훌륭한 그림과 글씨, 책을 갖추고 화려한 옷을 입은 절세가인은 존재를 걸고 죽여 버려야 하며, 죽이지 않으면 예측할 수 없는(아직 일어나지 않은) 화를 불러올 수 있는 대상이다. 작품 속에 등장하는 또 다른 여인, 가마를 타고 가다가 만난 승려에 의해 농락을 당하다 김생의 도움으로 살아난 여인은 모든 문제가 해결되었음에도, 중에게 모욕을 당했기 때문에 의롭지 못한 삶보다는 죽음을 택하는 편이 낫다고 하며 연못에 빠져 죽었다. 의를 지키며 자살한 여인은 정절을 높이 산 용왕의 며느리가 되어 끝까지 김생을 구해준다. 정절을 지키고 남성에게 끝까지 은혜를 갚는 여인은 구미호의 정반대측에 있는 남성적 이상형이다.

---

41 굳이 구미호가 한 나쁜 행동이라면, 오랫동안 태백산 꼭대기 암자에 거하면서 구름과 안개로 사람들의 접근을 철저하게 막은 것뿐이다.

42 "妾隱居深山, 已過千年, 與人無罪矣. 狂士金生, 空然侵困而去, 因請西海水府, 驅駕神兵, 極其戰伐, 殘命夷滅, 坮舍傾蕩, 事甚寃鬱."

「태백산호암기」에서 구미호는 인간에게 아무런 해를 끼치지도 않았지만 ① 인간의 접근을 허락하지 않았고, ② 남성을 유혹할 만한 아름다움과 지성미를 갖추었으며, ③ 인간(남성)의 공격에도 전혀 아랑곳하지 않은 '여성'으로, "헤아릴 수 없는 화를 내재한 존재[是妖物而若不能夷滅, 則禍不可測也]"였기에 반드시 없애야 했다. 이는 아름답고 능력을 지닌 여인에 대한 남성의 근원적 적대감이며, 『산해경』 속 신이한 구미호가 이후 신성성을 탈각한 뒤 가부장적 사회에서 모든 불안과 적대의 상징으로 집약된 결과이다.

4. 맺음말 — 이물에서 괴물로

조선 건국 이래 비합리적 세계에 대한 부정적 인식이 강고했음에도 앞에서 살펴본 대로 문인들의 시문집에는 『산해경』에서 기인한 각종 이물과 이국에 대한 묘사를 확인할 수 있었다. 『산해경』 속 이물과 이계는 성리학의 관점에서 볼 때는 비현실적일지라도 위진시대 이래로 성행했던 신선과 자연을 동경하는 풍조를 수용한 것으로 볼 수 있다. 이는 조선 중기 집중적으로 지어졌던 유선시遊仙詩 속 신선고사 속에 『산해경』과 관련된 전고들이 다수 등장하는 것에서도 확인할 수 있다.

조선 문인들에게 『산해경』의 이물은 귀鬼가 아닌 신神이나 선仙이었기에 가치판단보다 미지의 세계에 대한 경이와 동경의 태도를 보인다.

이들은 저 멀리 존재하는(할지도 모르는) 완전 타자이며 압도하는 무게를 지니기 때문에 그 속의 인간은 어떤 평가를 할 수 없다.

이러한 이물에 대한 신화적 상상력은 한대 이후 강고화된 가부장적 이념이 덧칠해지는 순간 가치평가가 개입되고 사회가 지닌 단절과 배제를 상징하는 괴물로 변신하였다. 구미호의 예에서 보듯 여우는 더 이상 청구산에 사는 신이한 짐승이 아니라 사회의 부정과 억압, 차별을 응축시킨 악의 총화가 되었다. 또 다른 예로, 문헌에 나타난 '거인'을 들 수 있다. 민간 설화 속에서 설문대할망 등 여신으로 등장하던 거인은 한문 문헌에 들어오면 『삼국유사』에서 보듯 임금의 권위와 영웅적 면모를 상징하게 된다. 이러한 시선은 남성 지식인의 시선에 의한 왜곡이고 축소이지만 여전히 거인은 범접할 수 없는 타자이며 이물이었다. 이러한 거인이 후대 야담 속에서는 인간을 찢어 먹고 공격하는 잔혹한 모습으로 등장하며 때때로 야차 등의 괴물과 혼동되기도 한다.[43] 조선시대 야담에 등장하는 거인의 이러한 묘사는 바로 『태평광기』의 기록과 매우 흡사하며, 영웅과 신성이 차단과 배제로 바뀌는 순간이다. 조선 후기로 갈수록 묘사에 있어서 이물은 추상적이고 관용화되는 반면 괴물은 구체화되거나 서사화되는 경향이 늘어나는 것도 사회적 억압이 가속화되었음을 보여주는 단면이다.

본고에서는 조선시대 이물과 이계에 대한 상상력의 원천으로 『산해경』과 『태평광기』를 들고, 『산해경』 속의 세계에 대한 경이가 『태평광기』에

---

43 김정숙 「조선 필기·야담집 속 지식인의 巨人에 대한 상상과 그 원천」, 『고전과 해석』 16, 고전문학한문학연구학회, 2014, 147~166쪽.

오면 단절과 배제의 의미로 변화하고 있다고 보았다. 그런데 사실 한반도에서 이러한 변화가 순차적으로 나타나지는 않는다. 우선 초기 기록의 부족으로 인해 두 자료가 한반도에 유입되어 일반화된 것이 고려시대로 그다지 차이가 나지 않기 때문이다. 『산해경』의 유입이 3세기라고 해도 보편화된 것은 최치원 등 중국 유학생들에 의해 한문학이 만개된 이후이며 문헌에 보이는 것은 고려시대 이후의 일이다. 문인 지식인들 사이에 두 문헌의 영향에 시차가 그다지 없는 상황에서 비현실적 존재에 대한 시각의 변화를 끄집어내기란 녹록치 않은 일이다. 그럼에도 이러한 시도가 의미있다고 여기는 것은, 고려·조선시대 문인들 사이에 『산해경』과 『태평광기』라는 방대한 저서가 유행했던 역사적 배경과 희미하긴 하지만 문헌에 보이는 이물에 대한 서로 다른 인식의 흔적 간에 연결고리를 탐색했다는 점이다. 향후 조선 문인들의 시문집에 보이는 이물과 이계에 대한 기록들을 더욱 광범위하게 분석하여 시기별로 이물에 대한 인식이 어떤 변화를 보이는지 그 자료적 원천은 어떠한지에 대한 연구로 확대해 볼 예정이다.

참고문헌

....

1. 자료

민관동 · 김명신, 『中國古典小說批評資料叢考』, 학고방, 2003.

박지원, 김혈조 역, 『熱河日記』 3, 돌베개, 2014.

袁珂 譯, 『山海經全譯』, 貴州人民出版社, 1991.

柳夢寅, 신익철 외역 『於于野談』, 돌베개, 2006.

李昉 等編, 김장환 역, 『太平廣記』, 학고방, 2000.

정재서 역, 『山海經』, 민음사, 1994.

2. 논문 및 단행본

강민영, 「조선 중기 지식인의 神仙傳 독서 경향과 詩化」, 『도교문화연구』 17, 한국도교
    문화학회, 2002.

강상순, 「조선 전기 귀신 이야기에 잠복된 사회적 적대」, 『민족문화연구』 56권, 고려대
    민족문화연구원, 2012.

_____, 「조선시대의 역병 인식과 신이적 상상세계」, 『일본학연구』 46권, 단국대 일본
    연구소, 2015.

강진옥, 「변신설화에 나타난 '여우'의 형상과 의미」, 『고전문학연구』 9권, 한국고전문
    학회, 1994.

김장환, 「『太平廣記』의 時代的 意味—그 轉移와 收容의 研究史的 成果를 중심으로」, 『중
    국어문학논집』 75, 중국어문학연구회, 2012.

김정숙, 「17, 18세기 韓中 귀신 · 요괴담의 일탈과 욕망」, 『민족문화연구』 56, 고려대
    학교 민족문화연구원, 2012.

_____, 「조선 필기 · 야담집 속 지식인의 巨人에 대한 상상과 그 원천」, 『고전과 해석』
    16, 고전문학한문학연구학회, 2014.

_____, 「조선시대 비일상적 상상력—요괴 및 지옥 형상의 來源과 변모」, 『한문학논집』
    35, 근역한문학회, 2012.

이명현, 「구미호의 이중적 관념과 고전서사 수용양상」, 『우리文學研究』 제41집, 2014.

최기숙, 「조선시대 사대부 문인의 "환상" 인식과 문학적 향유」, 『문학교육학』 30, 한국

문학교육학회, 2009.

3. DB자료

http://db.itkc.or.kr/itkcdb/mainIndexIframe.jsp

공편자 소개

정형 鄭灐, Jhong Hyung
단국대학교 문과대학 일어일문학과 교수. 동교 일본연구소장으로 있다.
일본문화론, 일본종교사상, 일본근세문학을 전공하였다.
쓰쿠바대학과 국제일본문화연구센터 초빙교수, 한국일어일문학회 회장, 한국일본사
상사학회 회장 등을 역임하였다.
대표논저로『西鶴 浮世草子硏究』(보고사, 2004),『일본근세소설과 신불』(제이앤씨,
2008, 대한민국학술원우수도서),『일본일본인일본문화』(다락원, 2009),『일본문학 속
의 에도도쿄표상연구』(제이앤씨, 2010년, 대한민국학술원우수도서),『日本近世文學
と朝鮮』(勉誠社, 2013),『슬픈 일본과 공생의 상상력』(논형, 2013, 대한민국학술원우수
도서) 등 20여 권이 있고, 역서로는『일본인은 왜 종교가 없다고 말하는가』(예문서원,
2001),『천황제국가 비판』(제이앤씨, 2007),『일본영대장』(소명출판, 2009) 등이 있으
며, 학술논문으로는 일본근세문학 및 문화론에 관한 40여 편의 학술논문이 있다.

윤채근 尹采根, Yoon Chae Keun
단국대학교 사범대학 한문교육과 교수.
한국 한문학을 전공하였다.
대표 저서로『한문소설과 욕망의 구조』(소명출판, 2008) 외 다수가 있다.

필자 소개

이도흠 李都欽, Lee Do-Heum
한양대학교 국어국문학과 교수. 지순협 대안 대학 이사장, 정의평화불교연대 상임대표, 계간 『불교평론』 편집위원장. 고전문학을 전공하였다. 대표 논저로 『인류의 위기에 대한 원효와 마르크스의 대화』(자음과모음, 2015), 『신화 / 탈신화와 우리』(한양대 출판부, 2009), 『신라인의 마음으로 삼국유사를 읽는다』(푸른역사, 2000), 『화쟁기호학, 이론과 실제』(한양대 출판부, 1999) 등이 있다.

우쓰이 신이치 空井伸一, Utsui Shinichi
아이치대학 문학부 준교수. 일본고전문학, 근세문학을 전공하였다. 대표 논저로 「批判の學としての「國文學」」(『人文知の再生に向けて』, 2016), 「「無常」と「美」の日本的連關についての批判的考察」(『文學論叢』, 2016), 「芥子の考察－「葵」から「蛇性の婬」「仏法僧」に及ぶ」(『京都語文』, 2012) 등이 있다.

엄태웅 嚴泰雄, Eom Tae-ung
강원대학교 국어국문학과 교수. 한국고전서사문학을 전공하였다. 대표 논저로 『방각본 영웅소설의 지역적 특성과 이념적 지향』(고려대 민족문화연구원, 2016), 「『삼국유사』「기이」 부여·고구려 관련 기사의 서술 의도」(『열상고전연구』 47, 열상고전연구회, 2015), 「완판본 『구운몽』의 인물 형상과 주제 의식」(『어문논집』 72, 민족어문학회, 2014), 「朴燁에 대한 기억의 재구성과 그 의미」(『우리어문연구』 45, 우리어문학회, 2013) 등이 있다.

김정희 金靜熙, Kim Junghee
한국외국어대학교 외국문학연구소 책임연구원. 일본고전문학 및 문화를 전공하였다. 대표 논저로 「고전의 만화화를 통한 독자의 스토리텔링 리터러시의 확대－『아사키유메미시』의 전략」(『일본사상』 27, 한국일본사상사학회, 2014), 「『백락천』과 조선의 대마도 정벌과의 관련성－노가쿠와 정치의 관계라는 시점에서」(『일어일문학연구』 91-2, 한국일어일문학회, 2014), 「『신쿠로우도』에마키(繪卷)의 세계－섹슈얼리티의 변혁과 종교적 차별의 수용」(『일본언어문화』 35, 한국일본언어문화학회, 2016) 등이 있다.

소메야 도모유키 染谷智幸, Someya Tomoyuki
이바라키 기독교대학 문학부 교수. 일본근세문학, 한일비교문학을 전공하였다. 대표 논저로『冒險・淫風・怪異　東アジア古典小說の世界』(笠間書院, 2012),『西鶴小說論－對照的構造と〈東アジア〉への視界』(翰林書房, 2005), 編著に『韓國の古典小說』(ぺりかん社, 2008),『日本近世文學と朝鮮』(勉誠出版, 2013) 등이 있다.

신익철 申翼澈, Shin Ikcheol
한국학중앙연구원 인문학부 교수. 한국문학, 한문학을 전공하였다. 대표 논저로『유몽인 문학 연구』(보고사, 1998),『연행사와 북경 천주당』(보고사, 2013),『조선의 매화시를 읽다』(글항아리, 2015)가 있고,『어우야담』,『송천필담』 등 다수의 역서가 있다.

아베 야스로 阿部泰郎, Abe Yasurō
나고야대학 대학원 인문학연구과 인류문화유산텍스트학연구센터 교수. 일본중세종교문예, 종교텍스트학을 전공하였다. 대표 논저로『中世日本の宗教テクスト体系』(2013),『聖者の推参』(2001),『湯屋の皇后』(이상 名古屋大學出版會, 1998) 등이 있다.

한정미 韓正美, Han Chong-mi
단국대학교 일본연구소 학술연구교수, 일본 고전문학을 전공했다. 대표 논저로『源氏物語における神祇信仰』(武藏野書院, 2015.10),「『春日權現驗記繪』に現れている春日神の樣相－卷二から卷七までの詞書を中心に」(『日本學研究』第46輯, 檀國大學校日本研究所, 2015.9),「変貌する天神の樣相─覺一本・延慶本『平家物語』・『源平盛衰記』の安樂寺關連記事を中心に」(『日本學報』第101輯, 韓國日本學會, 2014.11),「모노가타리 속 신들의 활약」,(『키워드로 읽는 겐지 이야기』, 제이앤씨, 2013.2)이 있다.

강상순 姜祥淳, Kang Sangsoon
고려대학교 민족문화연구원 HK교수. 한국 고전서사문학을 전공하였다. 대표 논저로『한국 고전소설과 정신분석학』(고려대 민족문화연구원, 2016),『귀신과 괴물』(소명출판, 근간),『19세기 조선의 문화구조와 동역학』(소명출판, 2013),「한국 고전문학 연구에 수용된 탈근대・탈민족 담론에 대한 비판적 고찰」(『민족문화연구』53, 고려대 민족문화연구원, 2010) 등이 있다.

후쿠다 야스노리 福田安典, Fukuda Yasunori
일본여자대학 문학부 교수. 일본고전문학, 특히 근세문학, 하이쿠 문학(俳文學), 일본

의학사(医學史)를 전공하였다. 대표 논저로『平賀源內の研究 大坂篇』(ぺりかん社, 2013),『医學書の中の「文學」』(笠間書院, 2016) 등이 있다.

엄기영 嚴基榮, Um Kiyoung

대구대학교 국어국문학과 조교수. 한국고전서사문학을 전공하였다. 대표논저로『16세기 한문소설 연구』(월인, 2009),「雲英傳과 갈등 상황의 조정자로서의 紫鷰」(『한국문학이론과 비평』49, 한국문학이론과 비평학회, 2010),「천군전(天君傳), 남명학파의 정치적 상상력」(『고소설연구』39, 한국고소설학회, 2015) 등이 있다.

김정숙 金貞淑, Kim, JeongSuk

고려대학교 대학인문역량강화사업단(CORE) 연구교수. 한국 한문학을 전공하였다. 대표 논저로『조선 후기 재자가인소설과 통속적 한문소설』(보고사, 2006),「조선시대 저승체험담 속 죽음과 환생의 이념성」(Journal of korean Culture 29, 2015),「한중(韓中)저승 체험담 속 저승 묘사와 사상적 경향 비교」(『민족문화연구』53, 2013),「조선시대 비일상적 상상력 – 요괴 및 지옥 형상의 來源과 변모」(『한문학논집』, 2012) 등이 있다.